CENTELHA MORTAL

OBRAS DO AUTOR PUBLICADAS PELA EDITORA RECORD

A cadeira vazia
Carte blanche
O Colecionador de Ossos
O colecionador de peles
A janela quebrada
A lágrima do diabo
Lua Fria
O macaco de pedra

JEFFERY DEAVER

CENTELHA MORTAL

Tradução de
S. Duarte

1ª edição

EDITORA RECORD
RIO DE JANEIRO • SÃO PAULO
2017

CIP-BRASIL. CATALOGAÇÃO NA PUBLICAÇÃO
SINDICATO NACIONAL DOS EDITORES DE LIVROS, RJ

Deaver, Jeffery, 1950-
D329c Centelha mortal / Jeffery Deaver; tradução de S. Duarte. – 1ª ed. – Rio de Janeiro: Record, 2017.

Tradução de: The Burning Wire
ISBN: 978-85-01-09465-0

1. Ficção americana. I. Duarte, S. II. Título.

CDD: 813
17-40605 CDU: 821.111(73)-3

TÍTULO ORIGINAL:
THE BURNING WIRE

Texto revisado segundo o novo Acordo Ortográfico da Língua Portuguesa.

Direitos exclusivos de publicação em língua portuguesa somente para o Brasil adquiridos pela
EDITORA RECORD LTDA.
Rua Argentina, 171 – Rio de Janeiro, RJ – 20921-380 – Tel.: (21) 2585-2000,
que se reserva a propriedade literária desta tradução.

Impresso no Brasil

ISBN 978-85-01-09465-0

À extraordinária editora Marysue Rucci.

Que diabo, aqui não há regras. Estamos tentando realizar algo importante.

Thomas Alva Edson, ao criar a primeira rede de transmissão de energia elétrica.

Parte I
O OPERADOR DE EMERGÊNCIA

TRINTA E SETE HORAS PARA O DIA DA TERRA

Do pescoço para baixo, o homem vale uns poucos dólares por dia; do pescoço para cima, vale o que seu cérebro for capaz de produzir.

Thomas Alva Edison

CAPÍTULO 1

No centro de controle do vasto complexo da companhia Algonquin Consolidated Power and Lighting, à margem do East River, no Queens, em Nova York, o supervisor do turno da manhã franziu a testa ao ver as palavras em vermelho piscando na tela do computador.

FALHA CRÍTICA.

Abaixo delas estava indicada a hora exata do acontecimento: 11:20:20:003.

Ele baixou o copo descartável de café, feito de papelão azul e branco com representações de atletas gregos, e endireitou o corpo na cadeira giratória que rangia.

Os funcionários encarregados do centro de controle se sentavam diante de postos de trabalho individuais, como controladores de tráfego aéreo. Um grande monitor de tela plana dominava a sala ampla e bastante iluminada, informando o fluxo da corrente elétrica na rede de transmissão conhecida como Interconexão Nordeste, que fornecia energia para Nova York, Pensilvânia, Nova Jersey e Connecticut. A arquitetura e a decoração do centro de controle eram muito modernas — caso fosse 1960.

O supervisor estreitou os olhos para observar o quadro que mostrava a energia que vinha das usinas geradoras de vários pontos do país: turbinas a vapor e reatores, além da represa da usina hidrelétrica nas cataratas do Niágara. Havia algo errado em um pequeno ponto do emaranhado de traços que representavam as linhas de transmissão. Um círculo vermelho piscava.

— O que está acontecendo? — perguntou o supervisor.

Ele tinha cabelos grisalhos e um abdômen atlético sob a camisa branca de mangas curtas, além de trinta anos de experiência no ramo da energia elétrica. Estava mais curioso que qualquer outra coisa. Embora sinais luminosos de indicadores de incidentes críticos surgissem de vez em quando, era muito raro que efetivamente ocorressem.

Um técnico jovem explicou:

— Parece que os disjuntores da MH-12 desarmaram completamente.

A escura, suja e automatizada subestação 12 da Algonquin, localizada no Harlem — o código "MH" se refere a Manhattan —, era uma das principais da região. Recebia uma tensão de cento e trinta e oito mil volts e a enviava para os transformadores, que então a reduzia a dez por cento do nível original para, em seguida, dividi-la e distribuí-la.

Um novo aviso surgiu na tela maior, piscando em vermelho embaixo da hora e do aviso da falha crítica.

MH-12 FORA DE SERVIÇO.

O supervisor digitou no computador, lembrando-se do tempo em que o trabalho era feito por meio de rádio, telefone e comutadores com isolamento, em meio ao cheiro de óleo, latão e baquelita aquecida. Ele leu o texto denso e complexo que apareceu na tela.

— Por que os disjuntores desarmaram? A carga é normal — comentou em voz baixa, quase consigo mesmo.

Outra mensagem apareceu na tela.

MH-12 FORA DE SERVIÇO. REDIRECIONAMENTO DE MH-17, MH-10, MH-13 E NJ-18 PARA A REGIÃO AFETADA.

— A carga foi redirecionada — declarou alguém, sem necessidade.

Nos subúrbios e no campo, é possível ver a rede de transmissão de energia elétrica — são os cabos de alta-tensão, os postes e a fiação que leva a energia para as casas. Quando uma linha cai, não é muito difícil encontrar e resolver o problema. Em muitas cidades, como Nova York, a eletricidade segue por cabos subterrâneos com isolamento. Como o material isolante se deteriora com o tempo e sofre danos causados pela água no subsolo, o que ocasiona curtos-circuitos e a interrupção do fornecimento, as companhias elétricas costumam manter uma dupla redundância ou até mesmo tripla na rede de distribuição. Quando a subestação MH-12 parou, o computador passou a satisfazer a demanda dos consumidores automaticamente, redirecionando o fornecimento de outros lugares.

— Não houve interrupção nem redução da carga — acrescentou outro técnico.

Na rede de distribuição, a eletricidade é como a água que entra em uma casa por um único cano principal e escoa por muitas torneiras abertas. Quando uma delas é fechada, a pressão nas demais aumenta. O mesmo ocorre com a eletricidade, embora ela se mova numa velocidade bem maior que a água — pouco mais de um bilhão de quilômetros por hora. E, como Nova York consome muita energia, a voltagem — o equivalente elétrico à pressão da água — crescia nas subestações sobrecarregadas.

Porém, o sistema estava preparado para suportar essa situação e os indicadores de voltagem ainda apareciam em verde.

O que preocupava o supervisor, no entanto, era o que havia feito os disjuntores desarmarem na subestação MH-12. Em geral, isso acontecia por causa de um curto-circuito ou de uma demanda inusitadamente elevada em horários de pico — no início da manhã, nas horas do rush e no início da tarde, ou então quando a temperatura subia e os famintos aparelhos de ar condicionado exigiam seu alimento.

Nada disso acontecia às 11:20:20:003 numa agradável manhã de abril.

— Mande um operador de emergência ao MH-12. Pode ser um cabo com defeito ou um curto-circuito em...

Nesse instante, uma segunda luz vermelha começou a piscar.

FALHA CRÍTICA.
NJ-18 FORA DE SERVIÇO.

Outra subestação da região, localizada perto de Paramus, em Nova Jersey, tinha acabado de desligar. Era uma das que haviam entrado em linha para suprir a ausência da MH-12.

O supervisor emitiu um som, algo entre uma risada e uma tosse. Seu rosto assumiu uma expressão perplexa.

— O que diabo está acontecendo? O fluxo está dentro dos limites de tolerância.

— Todos os sensores e indicadores estão funcionando — disse um dos técnicos.

— Será um problema no SCADA? — indagou o supervisor.

O império energético da Algonquin era monitorado por um complexo sistema de supervisão e aquisição de dados — ou Supervisory Control and Data Acquisition, em inglês —, um programa que rodava em enormes computadores Unix. O lendário apagão de 2003 no nordeste dos Estados Unidos, o mais extenso na história do país, foi causado em parte por uma série de erros na programação dos computadores. Os sistemas atuais não permitiriam que algo assim acontecesse, embora não fosse impossível que novos problemas surgissem.

— Não sei — respondeu lentamente um dos auxiliares. — Mas acho que tem que ser isso. Os diagnósticos dizem que não há problemas físicos nas linhas nem no equipamento de comutação.

O supervisor olhou para a tela, esperando pelo próximo passo da sequência lógica: a informação de qual nova subestação — ou subestações — preencheria a lacuna deixada pela perda da NJ-18.

Mas nenhuma mensagem apareceu.

As três subestações de Manhattan — 17, 10 e 13 — continuaram sozinhas a fornecer energia às duas áreas da cidade que passaram a servir e que de outra forma ficariam às escuras. O programa SCADA não estava fazendo o que devia: trazer energia de outras estações para ajudar no esforço. Agora, a quantidade de eletricidade que entrava e saía de cada uma daquelas três subestações crescia consideravelmente.

O supervisor coçou a barba e, após esperar inutilmente que outra subestação entrasse em linha, deu uma ordem ao seu principal ajudante.

— Passe manualmente o suprimento da Q-14 para a área leste servida pela MH-12.

— Sim, senhor.

Logo depois, ele exclamou:

— Faça isso, agora!

— Hmm. Estou tentando.

— Como assim "tentando"?

O procedimento exigia apenas alguns toques no teclado.

— O sistema de transposição não está respondendo.

— Isso é impossível!

O supervisor foi até o computador do técnico e digitou o comando, que sabia de cor.

Nada.

Os indicadores de voltagem estavam no limite do verde. O amarelo já estava prestes a aparecer.

— Isso não é bom — murmurou alguém. — É um problema.

O supervisor voltou para sua escrivaninha e se jogou na cadeira. A barra de cereal e o copo com atletas gregos caíram ao chão.

Então, mais uma pedra de dominó tombou. Um terceiro ponto vermelho, como o centro de um alvo, começou a tremer e, com sua indiferença habitual, o computador que rodava o programa SCADA anunciou:

FALHA CRÍTICA.
MH-17 FORA DE SERVIÇO.

— Não, mais uma, não! — murmurou alguém.

E, assim como antes, nenhuma subestação se apresentou para satisfazer a voraz demanda de energia dos habitantes de Nova York. Duas estavam fazendo o trabalho de cinco. A temperatura dos cabos elétricos de entrada e de saída dessas subestações aumentava e o nível da voltagem na tela grande já estava no amarelo.

MH-12 FORA DE SERVIÇO. NJ-18 FORA DE SERVIÇO.
MH-17 FORA DE SERVIÇO. REDIRECIONAMENTO DE
MH-10 E MH-13 PARA A REGIÃO AFETADA.

O supervisor mandou, abruptamente:

— Arranjem mais suprimento para essas regiões. Não importa como. De qualquer lugar.

Uma mulher, em um dos postos de controle, levantou-se rapidamente.

— Tenho aqui quarenta quilowatts. Estou trazendo linhas de alimentação do Bronx.

Isso não era muito, e seria complicado fazer os quarenta mil volts passarem pelas linhas de alimentação, que eram feitas para suportar um terço disso.

Outro assistente conseguiu trazer um pouco de energia de Connecticut.

O indicador de voltagem continuava a subir, porém mais lentamente.

Talvez fosse possível controlar a situação.

— Mais!

Entretanto, nesse instante, a mulher que tinha puxado a energia do Bronx disse, com voz embargada:

— Espera, a transmissão se reduziu a vinte mil. Não sei por quê.

Isso estava acontecendo em toda a região. Assim que um técnico conseguia trazer um pouco mais de corrente para aliviar a pressão, o suprimento vindo de outro lugar se extinguia.

Todo esse drama se desenrolava numa velocidade estonteante.

Mais de um bilhão de quilômetros por hora...

E então surgiu outro círculo vermelho, outro ferimento de bala.

FALHA CRÍTICA.
MH-13 FORA DE SERVIÇO.

Um sussurro.

— Isso não pode estar acontecendo.

MH-12 FORA DE SERVIÇO. NJ-18 FORA DE SERVIÇO.
MH-17 FORA DE SERVIÇO. MH-13 FORA DE SERVIÇO.
REDIRECIONAMENTO DE MH-10 PARA AS ÁREAS AFETADAS.

Isso equivalia a um imenso reservatório de água tentando escoar seu conteúdo por um único cano bem fino, como aqueles de onde sai água gelada na porta da geladeira. A voltagem que passava pela MH-10, localizada em um prédio antigo na rua 57, oeste, no bairro de Clinton, em Manhattan, já era quatro ou cinco vezes maior que a carga normal e continuava aumentando. Os disjuntores desarmariam a qualquer momento, impedindo uma explosão e um incêndio, mas levariam boa parte da ilha aos tempos coloniais.

— O norte parece estar funcionando melhor. Tenta o norte, tenta trazer alguma energia de lá. Experimenta Massachusetts.

— Tenho uns cinquenta, sessenta quilowatts. De Putnam.

— Ótimo.

Em seguida, alguém gritou:

— Meu Deus!

O supervisor não viu quem tinha sido. Todos estavam de olhos fixos nas telas, de cabeça baixa, imóveis.

— O que foi? — perguntou, irritado. — Não quero ficar ouvindo isso! Alguém me diz o que aconteceu!

— Os disjuntores da MH-10! Olha! Os disjuntores!

Ah, não, não...

Os disjuntores da MH-10 tinham voltado ao normal. Eles deixariam passar uma carga dez vezes maior que a segura.

Se o centro de controle da Algonquin não conseguisse reduzir logo a pressão da voltagem que atingia a subestação, os cabos e os comutadores dentro da instalação iriam permitir a passagem de uma torrente mortal de eletricidade. A subestação explodiria. Antes que isso acontecesse, porém, a energia correria pelas linhas de alimentação até os transformadores subterrâneos nos quarteirões ao sul do Lincoln Center e entraria nas redes de edifícios de escritórios e grandes arranha-céus. Alguns fusíveis interromperiam o circuito, mas transformadores e painéis mais antigos simplesmente derreteriam, virando uma massa de metal altamente condutora que permitiria à corrente prosseguir seu caminho, deflagrando incêndios e explodindo em arcos elétricos, com centelhas capazes de matar qualquer pessoa perto de um aparelho elétrico ou de uma tomada de parede.

Pela primeira vez o supervisor pensou: terroristas. É um ataque terrorista.

— Liguem para a segurança nacional e para a polícia de Nova York — gritou. — E armem os malditos disjuntores! Armem os disjuntores!

— Eles não estão respondendo. Não consigo controlar a MH-10.

— Como é possível não conseguir controlar essa merda?

— Eu não...

— Tem alguém lá dentro? Meu Deus! Se tiver operários... Faça com que eles saiam agora!

As subestações eram automatizadas, mas, de vez em quando, técnicos faziam visitas para realizar operações rotineiras de manutenção.

— Claro, vou fazer isso.

Os indicadores já estavam no vermelho.

— Senhor, devemos esgotar parte da carga?

Rangendo os dentes, o supervisor pensava justamente nisso. Também conhecido como blecaute sistemático, o esgotamento da carga era uma medida extrema no setor de energia elétrica. A "carga" era a quantidade de energia que os clientes estavam consumindo. O esgotamento significava o fechamento controlado de certas partes da rede de distribuição a fim de impedir uma falha mais ampla do sistema.

Era o último recurso de uma empresa elétrica na luta para manter a rede em funcionamento e teria consequências desastrosas na parte densamente povoada de Manhattan que estava em risco. Seria impossível ligar para a emergência. Com os sinais de trânsito apagados, ambulâncias e carros de polícia ficariam presos no tráfego. Elevadores parariam. Haveria pânico. Assaltos, pilhagens e estupros invariavelmente aumentavam durante apagões, mesmo à luz do dia.

A eletricidade mantém as pessoas comportadas.

— Senhor? — perguntou o técnico, desesperado.

O supervisor olhava para os indicadores de voltagem em movimento. Ele pegou o telefone e ligou para *seu* superior, o vice-presidente da Algonquin.

— Herb, temos um problema — avisou ele, e explicou rapidamente.

— Como isso aconteceu?

— A gente não sabe. Estou pensando em terroristas.

— Meu Deus! Você ligou para a segurança nacional?

— Ainda há pouco. Nós estamos tentando levar mais energia para as áreas afetadas. Sem muito sucesso.

Ele olhava para os indicadores que subiam na zona vermelha.

O vice-presidente perguntou:

— Alguma recomendação?

— Não temos muita escolha. Esgotar a carga.

— Boa parte da cidade vai ficar no escuro pelo menos por um dia.

— Mas não vejo outra opção. Com toda aquela energia entrando, a subestação vai acabar explodindo se a gente não fizer nada.

O vice-presidente pensou por um momento.

— Há uma segunda linha de transmissão que passa pela Manhattan-10, não é?

O supervisor olhou para a tela. Um cabo de alta voltagem passava pela subestação em direção ao oeste a fim de levar energia a partes de Nova Jersey.

— É verdade, mas não está ligada. Ela simplesmente passa por um duto na subestação.

— Mas você não poderia dividir a linha em dois e usá-la para suprir as outras?

— Manualmente? Acho que sim, mas... para isso seria preciso que alguém entrasse na MH-10. E, se a gente não conseguir controlar o fluxo até o serviço ser terminado, vai haver um arco elétrico. Todos que estiverem lá vão morrer, ou pelo menos sofrer queimaduras de terceiro grau no corpo inteiro.

Houve uma pausa.

— Espera. Vou ligar para Jessen.

CEO da Algonquin ou, como chamavam os funcionários sem que soubesse, "O Ser Onipotente".

Enquanto esperava, o supervisor olhou para os técnicos que o rodeavam e para a tela, vendo os pontos vermelhos piscando.

Falha crítica...

Finalmente, o chefe do supervisor voltou ao telefone. Sua voz estava falhando. Ele pigarreou e disse, depois de um tempo:

— Você deve mandar alguém até lá para dividir manualmente o cabo.

— Foi isso que Jessen disse?

Outra pausa.

— Foi.

O supervisor murmurou:

— Eu não posso mandar ninguém para lá. É suicídio.

— Então arranje voluntários. Jessen disse que você não deve, repito, não deve esgotar a carga sob hipótese nenhuma.

CAPÍTULO 2

O motorista do ônibus M70 se aproximou da calçada com cuidado para chegar ao ponto da rua 57, perto de onde a Décima Avenida se transforma na avenida Amsterdam. Ele estava de bom humor. O novo ônibus tinha um mecanismo que baixava os degraus até a calçada, facilitando a entrada de passageiros. Tinha também uma rampa para cadeirantes, direção hidráulica e, o mais importante, um assento confortável para a bunda do motorista.

Só Deus sabia o quanto ele precisava disso, passando oito horas sentado ali.

O motorista não se interessava pelos metrôs, pela linha férrea de Long Island nem pelo Metro-North. Nada disso; ele adorava os ônibus, apesar da loucura do trânsito, da hostilidade, das atitudes negativas e do mau humor. Gostava do quão democrático era viajar de ônibus; via-se todo mundo, de advogados a músicos se esforçando para ganhar a vida a entregadores de encomendas. Táxis eram caros e fediam, trens nem sempre iam ao destino que os passageiros queriam. Quanto a caminhar... Bem, estávamos em Manhattan. Era ótimo, quando se tinha tempo, mas quem tinha? Além disso, ele gostava de pessoas e de poder acenar com a cabeça ou cumprimentar cada uma que entrava em seu veículo. Os nova-iorquinos não eram desagradáveis, como se dizia. Às vezes, eram apenas tímidos, inseguros, cautelosos, preocupados.

Com frequência, porém, bastava um sorriso, um aceno, uma única palavra... E eles se transformavam em novos amigos.

E ele gostava desse papel.

Ainda que durasse apenas uns seis ou sete quarteirões.

O cumprimento também lhe dava a oportunidade de reconhecer os desajustados, os bêbados e os provocadores e resolver se apertava ou não o botão de emergência.

Afinal, *isso* era Manhattan.

O dia estava lindo, claro e fresco. Abril, um dos seus meses favoritos. Eram quase onze e meia da manhã e o ônibus estava lotado de gente que seguia até o lado leste para seus compromissos de almoço ou para resolver algum problema na hora de folga. O trânsito estava lento conforme ele aproximava o grande veículo do ponto, onde quatro ou cinco pessoas esperavam perto do poste com a placa.

Ao se aproximar do ponto de ônibus, olhou por acaso para além das pessoas que aguardavam, observando o velho prédio marrom que ficava logo atrás. A construção datava do início do século XX e tinha diversas janelas com grades, mas sempre parecia escuro do lado de dentro. Ele nunca tinha visto ninguém entrando nem saindo. Era um lugar assustador, como uma prisão. Na fachada havia uma tabuleta desgastada, com letras brancas sobre um fundo azul.

ALGONQUIN CONSOLIDATED LIGHT AND POWER COMPANY
SUBESTAÇÃO MH-10
PROPRIEDADE PARTICULAR
PERIGO. ALTA VOLTAGEM. PROIBIDA A ENTRADA

Ele raramente prestava atenção no edifício, mas, naquele dia, algo atraiu seu olhar, algo fora do comum. Pendurado fora da janela, a cerca de três metros de altura, havia um cabo de pouco mais de um centímetro de diâmetro. Estava coberto de fita isolante até a ponta, onde o plástico, ou a borracha, tinha sido retirado, revelando as tranças prateadas dos fios afixadas a uma peça plana de latão. Era um pedaço bem grande de cabo, pensou ele.

E estava pendurado, saindo pela janela. Isso era seguro?

Parou o ônibus e acionou a alavanca que abria as portas. O mecanismo que baixava os degraus entrou em ação, e o grande veículo se inclinou para a calçada, seus degraus a poucos centímetros do chão.

O motorista virou o rosto largo e corado para a porta, que se abriu com um alegre silvo hidráulico. As pessoas começaram a subir.

— Bom dia — disse o motorista, animadamente.

Uma mulher de uns 80 anos, com uma velha sacola de compras da Henri Bendel na mão, correspondeu ao cumprimento, e, apoiando--se em uma bengala, caminhou com dificuldade para a traseira do ônibus, sem dar atenção aos assentos vazios na parte da frente, reservados a idosos e deficientes físicos.

Como era possível não *amar* os nova-iorquinos?

Houve um movimento repentino no espelho retrovisor. Luzes amarelas piscando. Uma caminhonete da Algonquin Consolidated se aproximava por trás. Três operários saltaram e ficaram de pé juntos, conversando. Traziam caixas de ferramentas e usavam luvas grossas e jaquetas. Não pareciam estar contentes ao caminhar lentamente para o prédio, encarando-o com suas cabeças muito próximas, debatendo alguma coisa. Uma das cabeças balançava negativamente, um mau presságio.

O motorista se virou para o último passageiro, um jovem latino que segurava o cartão para entrar no ônibus, ainda parado do lado de fora. Ele encarava a subestação. De testa franzida. O motorista notou que ele tinha levantado a cabeça, como se estivesse farejando o ar.

Sentiu um odor acre. Tinha alguma coisa queimando. O odor o fez se lembrar do curto-circuito que havia ocorrido no motor elétrico da máquina de lavar roupa da sua esposa, o que queimou o material isolante. Dava náuseas. Um fio de fumaça surgiu na porta da subestação.

Então era isso que o pessoal da Algonquin tinha vindo fazer.

Devia ser um problema grave. O motorista ficou pensando se haveria um apagão e se os semáforos seriam desligados. Era uma perspectiva desagradável. Atravessar a cidade, um percurso que normalmente levaria vinte minutos, tomaria várias horas. Bem, de qualquer forma, era melhor tirar o ônibus dali, para dar lugar aos bombeiros. Ele fez um gesto, chamando o passageiro.

— Ei, senhor, eu preciso partir. Entra, entra...

Quando o homem, ainda de testa franzida por causa do cheiro, se virou e colocou um pé no degrau para entrar no veículo, o motorista ouviu o que pareciam ser estalos fortes vindo de dentro da subestação. Eram sons agudos, quase como tiros. Em seguida, um clarão de vários sóis encheu a calçada entre o ônibus e o cabo pendurado na janela.

O passageiro simplesmente desapareceu em meio a uma nuvem de labaredas brancas.

A visão do motorista se reduziu a imagens acinzentadas. O ruído se assemelhava simultaneamente a estalos sucessivos e a tiros de escopeta, aturdindo seus ouvidos. Embora estivesse preso ao assento pelo cinto de segurança, ele se sentiu arremessado na janela lateral.

Quase ensurdecido, escutou os ecos dos gritos dos passageiros

Quase cego, viu chamas.

Ao perder os sentidos, o motorista imaginou que ele próprio poderia ser a origem do incêndio.

CAPÍTULO 3

— Eu preciso contar uma coisa: ele já saiu do aeroporto. Foi visto uma hora atrás no centro da Cidade do México.

— Não! — exclamou Lincoln Rhyme com um suspiro, fechando brevemente os olhos. — Não...

Amelia Sachs, sentada ao lado da cadeira de rodas motorizada, cor de maçã do amor, de Rhyme, curvou-se para a frente e falou para a caixa negra do microfone.

— O que aconteceu? — perguntou, puxando seus longos cabelos ruivos e enrolando-os em um apertado rabo de cavalo.

— Quando recebemos as informações de Londres sobre o voo, o avião já tinha aterrissado — disse uma voz feminina que surgia com nitidez do alto-falante. — Parece que ele se escondeu em um caminhão e saiu do aeroporto por um portão de serviço. Posso mostrar a vocês a gravação da câmera de segurança que recebemos da polícia mexicana. Tenho um link aqui. Esperem um instante.

A voz sumiu enquanto ela conversava com um colega, dando instruções para a transmissão do vídeo.

Era pouco mais de meio-dia. Rhyme e Sachs estavam no primeiro andar da casa dele, na sala de estar transformada em laboratório de criminalística, no lado oeste do Central Park. Era um prédio gótico da era vitoriana onde — Rhyme gostava de imaginar — possivelmente residiram alguns vitorianos pouco notáveis. Homens de negócios implacáveis, políticos ardilosos, criminosos da classe alta. Talvez um chefe de polícia incorruptível que gostava de uma boa discussão. Rhyme havia escrito um livro sobre os crimes na antiga Nova York e tinha utilizado suas fontes para pesquisar a genealogia do prédio. No entanto, não encontrou nada relevante.

A mulher com quem eles conversavam estava num edifício muito mais moderno, pelo que Rhyme imaginava, a quase cinco mil quilômetros de distância: o escritório do California Bureau of Investigation, o CBI, em Monterey. Anos antes, a agente Kathryn Dance havia trabalhado com Rhyme e Sachs num caso que envolvia o mesmo homem que agora ambos tentavam capturar. Acreditavam que seu nome verdadeiro fosse Richard Logan, embora Lincoln Rhyme se referisse a ele pelo apelido: o Relojoeiro.

Era um assassino profissional que planejava seus crimes com a precisão que dedicava a sua paixão e a seu passatempo: construir relógios. Os caminhos de Rhyme e do assassino se cruzaram diversas vezes. O perito criminal havia impedido a execução de um dos seus planos, mas não tinha conseguido evitar outro. Lincoln Rhyme se considerava em desvantagem, porque o Relojoeiro ainda não estava preso.

Rhyme se recostou na cadeira de rodas, recordando a figura de Logan. Já o tinha visto de perto, em pessoa. Corpo esbelto, cabelos escuros, jeito infantil, parecia sutilmente entretido ao ser interrogado pela polícia, sem revelar nenhuma pista do assassinato em massa que planejava. Sua serenidade parecia inata e constituía talvez a qualidade que Rhyme achava mais perturbadora nele. As emoções geram erros e descuidos, mas ninguém jamais poderia acusar Richard Logan de ser emotivo.

Ele aceitava contratos para roubos, tráfico ilegal de armas ou qualquer outro esquema que exigisse planejamento complexo e execução impecável, mas, em geral, alugava seus serviços para assassinatos — matar testemunhas ou delatores, ou ainda figuras do mundo político e empresarial. Informações recentes indicavam que ele aceitara um contrato de homicídio em algum lugar do México. Rhyme havia ligado para Dance, que tinha muitos contatos ao sul da fronteira dos Estados Unidos — e que quase tinha sido morta por um cúmplice do Relojoeiro poucos anos antes. Por causa dessa conexão, ela representava a polícia norte-americana na operação que visava prendê-lo e extraditá-lo, trabalhando com um investigador sênior da polícia federal mexicana, um agente jovem e ativo chamado Arturo Diaz.

Bem cedo, naquela manhã, eles ficaram sabendo que o Relojoeiro aterrissaria na Cidade do México. Dance tinha ligado para Diaz, que tentou organizar rapidamente um grupo de policiais para interceptar Logan. De acordo com a última comunicação dela, eles chegaram tarde demais.

— Está pronto para o vídeo? — perguntou ela.

— Vai em frente.

Rhyme estendeu um dos poucos dedos que tinham movimento, o indicador da mão direita, e aproximou a cadeira de rodas da tela. Era tetraplégico nível C4, quase completamente paralisado dos ombros para baixo.

Na tela plana de um dos diversos monitores do laboratório surgiu a imagem noturna de um aeroporto. Dos dois lados da cerca que aparecia em primeiro plano havia lixo, caixas de papelão, latas e tambores vazios. Um jato de carga particular surgiu taxiando e, assim que parou, uma porta traseira se abriu e dela saiu um homem.

— É ele — indicou Dance, em voz baixa.

— Não consigo ver com clareza — rebateu Rhyme.

— Sem dúvida é Logan — assegurou ela. — Tem uma impressão digital parcial... Daqui a pouco você vai poder vê-la.

O homem se alongou e se orientou. Colocou uma bolsa a tiracolo e correu, abaixando-se e se escondendo atrás de um barracão. Poucos minutos depois, um funcionário do aeroporto trouxe um pacote do tamanho de duas caixas de sapato. Logan o cumprimentou e trocou o pacote por um envelope. O operário olhou em volta e se afastou rapidamente. Um caminhão da manutenção se aproximou. Logan subiu na traseira, escondendo-se debaixo de lonas. O caminhão desapareceu da imagem.

— E o avião? — perguntou Rhyme.

— Continuou viagem para a América do Sul, contratado por uma empresa. O piloto e o copiloto afirmam não saber sobre um clandestino. É claro que estão mentindo, mas não temos jurisdição para interrogar nenhum dos dois.

— E o funcionário? — insistiu Rhyme.

— A polícia federal o pegou. Era só um empregado qualquer do aeroporto. Ele disse que alguém que ele não conhecia prometeu pagar duzentos dólares se entregasse o pacote. O dinheiro estava no envelope. Foi dele que recuperaram a impressão digital.

— O que havia no pacote? — indagou Rhyme.

— Ele disse que não sabia, mas também está mentindo. Eu vi o vídeo do interrogatório. Nosso pessoal do DEA o está interrogando. Eu queria ter tentado obter informações dele pessoalmente, mas conseguir a permissão ia demorar demais.

Rhyme e Sachs se entreolharam. Dizer que queria "tentar" obter informações era modéstia da parte de Dance. Ela era perita em cinésica — linguagem corporal — e uma das principais interrogadoras do país. Mas o relacionamento entre México e Estados Unidos era tão complicado que seria necessário vencer muita burocracia para permitir que uma policial da Califórnia atravessasse a fronteira para realizar um interrogatório formal, ao passo que o DEA já estava legalmente presente no país vizinho.

— Em que parte da capital Logan foi visto? — quis saber Rhyme.

— Em um bairro comercial. Ele foi seguido até um hotel, mas não se hospedou lá. Era uma reunião, ou pelo menos é o que acreditam os homens de Diaz. Quando organizaram o grupo de vigilância, Logan já tinha desaparecido, mas todos os agentes policiais e hotéis agora têm uma foto dele. — Dance acrescentou que o chefe de Diaz, um policial graduado, iria se encarregar da investigação. — É animador eles estarem levando esse caso a sério.

Sim, animador, pensou Rhyme. No entanto, sentia-se frustrado. Estar prestes a dar o bote na presa, tendo tão pouco controle sobre o caso... Notou que sua respiração estava mais rápida. Ele revisitava a última vez que tinha se defrontado com o Relojoeiro. Logan havia enganado a todos e matado com facilidade o homem que havia sido contratado para assassinar. Rhyme tivera em mãos todos os fatos necessários para perceber o que Logan planejava, mas se equivocara completamente quanto à estratégia do assassino.

— Aliás, como foi aquele fim de semana romântico? — ouviu Sachs perguntar a Kathryn Dance.

Ao que parecia, Sachs estava se referindo a um interesse amoroso de Dance. Ela tinha dois filhos e morava sozinha, e havia ficado viúva anos antes.

— Foi muito divertido — respondeu a policial.

— Aonde vocês foram?

Rhyme não sabia por que Sachs fazia perguntas sobre a vida particular de Dance, mas ela não deu atenção ao seu olhar de impaciência.

— Santa Barbara. Paramos no castelo Hearst... Escuta, ainda estou esperando a visita de vocês. As crianças querem muito conhecer vocês. Wes preparou um trabalho sobre criminalística na escola e mencionou você, Lincoln. O professor dele morou em Nova York e leu tudo o que há sobre você.

— Sim, seria agradável — disse Rhyme, pensando exclusivamente na Cidade do México.

Sachs sorriu, notando a ansiedade na voz dele, e disse a Dance que precisava desligar.

Depois disso, ela enxugou algumas gotas de suor da testa de Rhyme, que não tinha percebido a umidade, e ambos ficaram em silêncio por um tempo, observando o voo de um falcão-peregrino que tinha aparecido na janela, em direção ao seu ninho no segundo andar da casa de Rhyme. Embora não fossem incomuns em cidades grandes — havia muitos pombos gordos e saborosos —, essas aves de rapina costumavam fazer os ninhos em lugares mais elevados. Por algum motivo, no entanto, várias gerações de pássaros escolheram a casa de Rhyme para morar. Ele gostava da presença das aves. Eram espertas, observá-las o fascinava e, além disso, eram visitas perfeitas, que não pediam nada a ele.

Uma voz masculina se intrometeu.

— Afinal, você o pegou?

— De quem você está falando? — perguntou Rhyme, abruptamente. — E quão versátil é o verbo "pegar"?

Era Thom Reston, o ajudante de Rhyme.

Ele explicou:

— O Relojoeiro.

— Não — resmungou o perito criminal.

— Mas está perto, certo? — perguntou o jovem, que vestia calças pretas, camisa amarela engomada e gravata florida.

— Ah, estou perto — murmurou Rhyme. — Muito perto. Isso ajuda muito. Da próxima vez que você for atacado por um puma, Thom, o que acharia se o guarda florestal atirasse *perto* do animal? Em vez de, não sei, *acertar* o bicho?

— Os pumas não estão entre as espécies em extinção? — perguntou Thom, sem se importar com a inflexão irônica.

Ele era imune ao sarcasmo de Rhyme. Já trabalhava com o perito criminal havia muitos anos, um convívio que durava mais que muitos relacionamentos. Estava tão bem treinado quanto um cônjuge obstinado.

— Ha-ha. Muito engraçado. Espécie em extinção.

Sachs caminhou para trás da cadeira de rodas de Rhyme, segurou os ombros dele e improvisou uma massagem. Era alta e estava em melhor forma que muitos detetives do Departamento de Polícia de Nova York de sua idade. Embora a artrite atacasse com frequência seus joelhos e suas extremidades inferiores, seus braços e mãos eram fortes e não sentiam dor.

Ambos vestiam as roupas de trabalho: Rhyme usava calça de moletom preta e uma camisa de tricô verde-escura. Sachs havia tirado a jaqueta azul-marinho, mas vestia uma calça larga do mesmo tom e uma blusa branca de algodão, de botão aberto no colarinho, exibindo o colar de pérolas. Trazia a Glock na altura do quadril, em um coldre de plástico, preparada para apontar rapidamente, com os pentes em uma cartucheira própria, além de um *taser*.

Rhyme sentia a pressão dos dedos dela, pois sua sensibilidade estava inalterada acima do ponto em que havia sofrido uma fratura quase fatal na coluna, anos antes, na quarta vértebra cervical. Embora em certo momento tivesse considerado uma arriscada cirurgia para melhorar suas condições, tinha preferido outro caminho para a reabilitação. Por meio de um exaustivo regime de exercícios e terapia, havia conseguido recuperar parte do uso dos dedos e da mão. Também era capaz de utilizar o dedo anelar esquerdo, que, por algum motivo, permanecera funcional depois que ele tinha quebrado o pescoço ao cair no trilho do metrô.

Gostava de sentir os dedos dela se enterrando em sua carne. Era como se isso aumentasse o pequeno percentual de sensações remanescentes em seu corpo. Olhou para baixo, para as pernas inúteis, e fechou os olhos.

Thom o encarou com uma expressão cuidadosa.

— Você está se sentindo bem, Lincoln?

— Bem? Desconsiderando o fato de que o criminoso que venho perseguindo há anos escapou das nossas mãos e agora está escondido na segunda cidade mais populosa desse hemisfério, eu me sinto muito bem.

— Não é disso que estou falando. Você não parece bem.

— Você tem razão. Na verdade, eu preciso de um remédio.

— Remédio?

— Uísque. Eu vou me sentir melhor com um pouco de uísque.

— Não, não é verdade.

— Bem, por que não fazemos uma experiência? Ciência. Cartesianismo. Racionalidade. Quem pode discordar? Eu sei como me sinto agora. Depois de tomar um pouco de uísque, farei um relatório para você.

— Não. É cedo demais — retrucou Thom, calmamente.

— Já é de tarde.

— Há apenas alguns minutos.

— Merda.

Rhyme parecia rabugento, como sempre, mas na verdade estava se deixando levar pela massagem de Sachs. Alguns fios de cabelo ruivo haviam escapado do rabo de cavalo e roçavam o rosto dele. Rhyme não se afastou. Como aparentemente havia perdido a batalha do uísque, ele ignorou Thom, mas o ajudante chamou sua atenção ao dizer:

— Quando você estava ao telefone, Lon ligou.

— Ligou? Por que você não me avisou?

— Você disse que não queria ser interrompido quando estivesse falando com Kathryn.

— Bem, sobre o que era a ligação?

— Ele vai ligar de novo. É sobre algum caso. Algum problema.

— Sério?

O caso do Relojoeiro saiu um pouco de sua mente com essa notícia. Rhyme compreendeu que havia outro motivo para seu mau humor: o tédio. Havia acabado de examinar as pistas de um caso complicado de crime organizado e diante de si dispunha de várias semanas com muito pouco a fazer. A perspectiva de um novo trabalho o animou. Assim como Sachs era louca por velocidade, Rhyme precisava de problemas, desafios, dados. Uma das dificuldades resultantes de ter uma deficiência grave, e poucos se dão conta disso, é a ausência de novidades. O mesmo ambiente, as mesmas pessoas, as mesmas atividades... e os mesmos lugares-comuns, as mesmas promessas vazias, as mesmas conclusões de médicos impassíveis.

O que havia salvado sua vida depois do desastre — literalmente, já que ele tinha começado a pensar em suicídio assistido — foram os passos cautelosos para voltar a sua paixão anterior: usar a ciência para resolver crimes.

Nunca se fica entediado ao enfrentar um mistério.

Thom insistiu:

— Tem certeza de que é isso o que quer? Você está um pouco pálido.

— Eu não tenho ido à praia ultimamente, como você sabe.

— Tudo bem, eu só queria saber. Ah, Arlen Kopeski vai passar aqui mais tarde. A que horas você quer que ele venha?

O nome parecia familiar, mas deixou um gosto estranho na boca.

— Quem?

— Ele trabalha com aquele grupo de direitos dos deficientes. Quer tratar do prêmio que você ganhou.

— Hoje?

Rhyme se lembrava vagamente de algumas ligações. Quando não se tratava de um caso, ele raramente prestava muita atenção ao que acontecia ao seu redor.

— Você disse que receberia hoje.

— Ah, eu *realmente* preciso de um prêmio. O que eu vou fazer com ele? Usar como peso de papel? Você conhece alguém que use pesos de papel? *Você* já usou algum?

— Lincoln, você vai receber o prêmio por ter inspirado jovens com deficiência.

— Ninguém me inspirou quando eu era jovem, mas acabei dando certo.

Isso não era totalmente verdade — no que dizia respeito à inspiração —, mas Rhyme se tornava mesquinho quando apareciam distrações, principalmente em forma de visitas.

— Isso só vai levar meia hora.

— Não tenho esse tempo todo a perder.

— Tarde demais. Ele já está na cidade.

Às vezes era impossível derrotar o ajudante.

— Vamos ver.

— Kopeski não vai vir até aqui e ficar sentado como um cortesão esperando a audiência com o rei.

Rhyme gostou da metáfora.

Todas as ideias de prêmios e realeza, no entanto, desapareceram quando o telefone tocou e o número do detetive Lon Sellitto apareceu na tela de identificação de chamada.

Rhyme usou o dedo que funcionava da mão direita para atender.

— Lon.

— Linc, escuta, eu tenho uma coisa aqui.

Sellitto parecia preocupado e, a julgar pelo som que vinha do telefone, dirigia o carro rapidamente em direção a algum lugar.

— Talvez a gente tenha uma situação envolvendo terrorismo se desenrolando.

— Situação? Você não está sendo muito específico.

— Bem, então escuta. Alguém andou se metendo com a companhia de eletricidade, disparou uma centelha de cinco mil volts contra um ônibus e apagou seis quarteirões ao sul do Lincoln Center. Isso é específico o suficiente para você?

CAPÍTULO 4

A comitiva chegou vindo do centro da cidade.

O representante do Departamento de Segurança Nacional dos Estados Unidos era um típico agente jovem, porém de grau hierárquico elevado, provavelmente nascido e criado nos clubes exclusivos de Connecticut ou Long Island, embora, para Rhyme, isso constituísse apenas um dado demográfico, não necessariamente um defeito. O brilho e a intensidade do olhar do homem ocultavam o fato de que ele não devia saber muito bem sua posição na hierarquia dos agentes encarregados da aplicação da lei, mas isso valia para quase todos os funcionários da Segurança Nacional. Seu nome era Gary Noble.

O FBI também estava presente, é claro, na figura de um agente especial com quem Rhyme e Sellitto frequentemente trabalhavam: Fred Dellray. O fundador do FBI, J. Edgar Hoover, ficaria espantado ao ver aquele agente afro-americano, em parte porque suas raízes sem dúvida não vinham da Nova Inglaterra; na verdade, ele se sentiria consternado pela falta de "estilo da rua 9", uma referência à localização da sede do escritório em Washington, D.C. Dellray só usava camisa branca e gravata quando suas missões secretas o obrigavam, o que considerava um disfarce como outro qualquer no guarda-roupa. Naquele dia, vestia-se como o Dellray autêntico: terno quadriculado verde-escuro, camisa cor-de-rosa que poderia pertencer a algum executivo ousado de Wall Street e uma gravata alaranjada que Rhyme rapidamente jogaria fora.

Dellray vinha acompanhado de seu chefe recém-nomeado, Tucker McDaniel, agente especial assistente encarregado do escritório do FBI em Nova York, que havia começado a carreira em Washington e em seguida tinha aceitado missões no Oriente Médio e na Ásia Meridional. O agente especial assistente era atarracado, de cabelos escuros e espessos e pele morena, apesar dos olhos azuis brilhantes que focalizavam o interlocutor como se este estivesse mentindo ao dizer "olá".

Era uma postura útil para um agente da lei, que o próprio Rhyme às vezes assumia quando a ocasião exigia.

O principal agente do Departamento de Polícia de Nova York presente era o corpulento Lon Sellitto, de terno cinza e, o que era incomum para ele, um camisa azul-bebê. A gravata — cujas manchas eram próprias do tecido, não de algum desleixo — era a única peça que não estava amarrotada. Provavelmente um presente de aniversário da namorada, Rachel, que morava com ele, ou do filho. Era detetive de casos importantes e seus auxiliares eram Sachs e Ron Pulaski, o loiro e eternamente jovem policial patrulheiro que oficialmente era ligado a Sellitto, mas extraoficialmente trabalhava com Rhyme e Sachs nas investigações de cenas de crime. Pulaski vestia o uniforme azul-escuro da polícia, com a camiseta visível através da gola V.

Naturalmente, os dois agentes federais, McDaniel e Noble, já tinham ouvido falar de Rhyme, porém nenhum dos dois o conhecia pessoalmente e demonstraram surpresa, comiseração e desconforto em diversos graus ao ver o consultor em criminalística tetraplégico se movendo com destreza no laboratório, sentado na cadeira de rodas. A novidade e o embaraço logo se dissiparam, como em geral acontecia com todos os visitantes, exceto com os mais cerimoniosos, e ambos passaram a se demonstrar impressionados com outra presença mais bizarra: a quantidade de aparelhos e equipamentos que qualquer unidade forense de uma cidade de tamanho médio sem dúvida invejaria.

Depois das apresentações, Noble assumiu a posição principal. A Segurança Nacional seria a responsável pela condução da conversa.

— Sr. Rhyme...

— Lincoln — corrigiu ele.

Rhyme ficava irritado quando alguém se colocava em posição inferior à sua e considerava o uso de seu sobrenome uma forma sutil de lhe dar um tapinha na cabeça, dizendo: "Pobrezinho, lamento que seja obrigado a passar o resto da vida numa cadeira de rodas. Por isso eu vou ser extremamente educado."

Revirando os olhos sutilmente, Sachs mostrou ter entendido o significado da correção. Rhyme se esforçou para não sorrir.

— É claro, Lincoln — recomeçou Noble, pigarreando. — Eis o cenário: o que você sabe sobre a rede de distribuição de energia?

— Não muito — confessou Rhyme.

Ele havia estudado ciências na faculdade, mas não tinha dado muita atenção à eletricidade a não ser quanto à existência do eletromagnetismo na física, como uma das quatro energias fundamentais da natureza, junto da gravidade e das forças nucleares fortes e fracas. Isso, porém, no nível acadêmico. Na prática, o principal interesse de Rhyme pela eletricidade era que ela continuasse a ser enviada a sua casa para fazer o equipamento do laboratório funcionar. As máquinas eram especialmente famintas e ele já havia substituído a fiação da casa duas vezes, aumentando a amperagem a fim de suportar a carga.

Tinha também plena consciência de que se encontrava vivo e ativo exclusivamente por causa da eletricidade: um ventilador havia mantido o oxigênio circulando nos seus pulmões logo depois do acidente. Agora ele dependia da bateria da cadeira de rodas, da corrente controlada pelo toque e da unidade de controle de ambiente ativada por voz. Além disso, é claro, dependia também dos computadores.

Sua vida não seria grande coisa sem todos aqueles fios. Provavelmente ele não teria vida alguma.

Noble continuou:

— O cenário básico é que o nosso indivíduo desconhecido entrou numa das subestações da companhia elétrica e colocou um cabo pendurado do lado de fora do prédio.

— Um indivíduo desconhecido? No singular? — perguntou Rhyme.

— Ainda não sabemos.

— Um cabo do lado de fora. Muito bem.

— Depois, ele se infiltrou no computador que controla a rede de distribuição e desviou para a subestação uma voltagem mais elevada do que ela era capaz de suportar. — Noble mexia nas abotoaduras em forma de animais.

— A eletricidade aumentou — acrescentou McDaniel, do FBI. — Basicamente, ela procurava a terra e ocorreu o que se chama de combustão súbita generalizada. Uma explosão, como a de um relâmpago.

Uma centelha de cinco mil volts...

O agente especial assistente prosseguiu:

— É tão poderosa que cria plasma, um estado da matéria que...

— ... não é gás, nem líquido, nem sólido — completou Rhyme, impaciente.

— Exato. Uma combustão relativamente pequena tem o poder explosivo de cerca de quatrocentos gramas de TNT, e essa não foi pequena.

— O alvo era o ônibus? — perguntou Rhyme.

— Parece que sim.

— Mas os ônibus têm pneus de borracha. Os veículos são o lugar mais seguro em uma tempestade com relâmpagos. Eu aprendi isso num programa qualquer que eu vi — interveio Sellitto.

— É verdade — concordou McDaniel —, mas nosso indivíduo tinha previsto isso. Era um daqueles ônibus com um mecanismo para baixar os degraus. Ele esperava que o degrau tocasse a calçada ou que alguém estivesse com um pé no chão e o outro no ônibus. Isso seria o suficiente para atrair o arco elétrico.

Noble novamente mexeu no mamífero de prata da abotoadura.

— Mas alguma coisa não deu certo: o *timing*, o alvo, não sei. A centelha atingiu o poste de metal com a placa que indicava o ponto, perto do ônibus. Matou um passageiro, deixou os que estavam perto surdos, lançou estilhaços de vidro nos outros e provocou um incêndio. Se tivesse atingido o ônibus diretamente, teria sido muito pior. Acho que metade dos passageiros teria morrido ou pelo menos sofreria queimaduras de terceiro grau.

— Lon falou de um apagão — comentou Rhyme.

McDaniel voltou a participar da conversa.

— O indivíduo usou o computador para desligar quatro outras subestações da região, fazendo com que toda a energia passasse pela subestação da rua 57. Assim que o acidente aconteceu, a subestação saiu de linha, mas o pessoal da Algonquin fez as demais funcionarem novamente. Nesse momento, tem uns seis quarteirões da região de Clinton sem energia. Você não viu no jornal?

— Eu não costumo assistir — respondeu Rhyme. — O motorista ou outra pessoa viu alguma coisa?

— Nada de útil. Havia alguns operários da Algonquin no local. Eles receberam a ordem de entrar e redirecionar as linhas ou algo assim. Graças a Deus ainda não tinham entrado quando o arco elétrico se formou.

— Não havia ninguém lá dentro? — perguntou Dellray. O agente parecia um tanto desinformado e Rhyme imaginou que não tinha havido tempo para que McDaniel fizesse um relato completo.

— Não. Nas subestações em geral há apenas equipamentos, sem ninguém, a não ser em caso de manutenção ou reparos.

— Como ele hackeou o computador? — quis saber Sellitto, fazendo muito barulho ao se sentar numa cadeira de vime.

— Não temos certeza — respondeu Gary Noble. — Estamos investigando possíveis cenários. Nossos técnicos tentaram reproduzir uma situação de terrorismo, mas não conseguiram entrar no programa. Sabe como é: os criminosos estão sempre um passo à frente do ponto de vista técnico.

— Alguém reivindicou a autoria? — perguntou Pulaski.

— Até agora, não — respondeu Noble.

— Nesse caso, por que terrorismo? Estou achando que essa é uma boa forma de desligar alarmes e sistemas de segurança. Houve algum assassinato ou assalto? — questionou Rhyme.

— Até agora, não — observou Sellitto.

— Existem alguns motivos que nos fazem pensar em terroristas — disse McDaniel. — Nosso software com o perfil de padrões e relacionamentos obscuros nos sugere isso, para começar. E, logo depois do acontecimento, mandei meu pessoal verificar sinais recebidos em Maryland.

Ele fez uma pausa, como se ninguém devesse repetir o que estava prestes a dizer. Rhyme imaginou que se referisse ao submundo da inteligência, as agências governamentais de espionagem que, do ponto de vista técnico, poderiam não ter jurisdição no país, mas que manobravam por meio de brechas na legislação a fim de se manter informadas sobre possíveis crimes dentro de suas fronteiras. A Agência de Segurança Nacional, o melhor de todos os postos de escuta clandestina, ficava em Maryland. McDaniel continuou:

— Um novo sistema SIGINT trouxe algumas informações interessantes.

SIGINT era a sigla em inglês de Signal Intelligence, que monitorava celulares, comunicações via satélite, e-mails... Parecia um recurso adequado para lidar com alguém que usava eletricidade para armar um ataque.

— Registramos referências ao que acreditamos ser um novo grupo terrorista que opera nessa região, nunca antes catalogado.

— Qual? — perguntou Sellitto.

— O nome começa com "Justice" e tem a palavra "For" — respondeu McDaniel.

Justice For...

— Mais nada? — indagou Sachs.

— Não. Talvez queiram justiça para Alá ou para os oprimidos. Qualquer coisa. Não temos pistas.

— As palavras são em inglês? — indagou Rhyme. — Não em árabe, somali ou indonésio?

— Isso mesmo — concordou McDaniel. — Mas nós criamos programas de monitoramento multilíngue e multidialetos sobre todas as comunicações que interceptamos.

— Legalmente — acrescentou Noble. — As que interceptamos *legalmente.*

— Mas a maioria das comunicações deles ocorre na nuvem — completou McDaniel, sem maiores explicações.

— Bem, o que é isso, senhor? — quis saber Pulaski, numa variante da pergunta que Rhyme estava prestes a fazer, porém de forma muito menos respeitosa.

— Nuvem? — repetiu o agente especial. — A expressão vem da mais recente técnica de computação, na qual os dados e os programas ficam armazenados em servidores em outro lugar, e não no próprio computador. Eu escrevi um ensaio analisando essa tendência. Utilizo o termo agora para significar novos protocolos de comunicação. Os atores negativos quase não usam celular e e-mail. As pessoas que nos interessam estão explorando novas técnicas, como blogs, Twitter e Facebook para mandar mensagens. Também embutem códigos ao baixar ou subir músicas e vídeos. Eu particularmente acho que elas têm alguns novos sistemas, telefones modificados, rádios e frequências alternativas com modificações.

Nuvem... Atores negativos...

— Por que você acha que o Justice For está por trás do ataque? — perguntou Sachs.

— Não achamos, necessariamente — respondeu Noble.

— Simplesmente houve alguns sinais de SIGINT sobre despesas em dinheiro nos últimos dias, movimento de pessoal e a frase "Vai ser algo grande". Por isso, quando o ataque aconteceu, pensamos que poderia ser esse o caso — explicou McDaniel.

— E o Dia da Terra está perto — observou Noble.

Rhyme não sabia muito bem o que era o Dia da Terra. Não tinha opinião negativa ou positiva a respeito, a não ser o reconhecimento, com certa petulância, de que era como outros feriados ou efemérides, com multidões e protestos atravancando as ruas e exaurindo os recursos do Departamento de Polícia de Nova York, dos quais ele poderia precisar para tratar de casos.

— Pode ser mais que coincidência. Um ataque à rede de energia antes do Dia da Terra? O presidente está preocupado — disse Noble.

— O presidente da República? — questionou Sellitto.

— Exatamente. Ele está participando de uma reunião de cúpula sobre fontes renováveis de energia, fora do Distrito de Columbia.

— Alguém quer mandar um recado. Ecoterrorismo.

Não se viam coisas como essa em Nova York. As indústrias madeireiras e mineradoras não eram importantes na cidade.

— Talvez queiram justiça para o meio ambiente — arriscou Sachs.

— Tem outro detalhe — disse McDaniel. — Um dos sinais do SIGINT encontrou uma conexão de Justice For com o nome Rahman. Nenhum sobrenome. Temos oito pessoas chamadas Rahman na nossa lista de possíveis terroristas islâmicos sob observação, e não sabemos onde se encontram. Achamos que poderia ser um desses Rahmans, mas não sabemos qual.

Noble tinha deixado de lado os ursos e os peixes-boi das abotoaduras e agora mexia numa caneta.

— Nós, da Segurança Nacional, achamos que Rahman pode fazer parte de uma célula dormente que existe há muitos anos, talvez desde a época do 11 de Setembro, sem seguir o estilo de vida islâmico, frequentando mesquitas moderadas e evitando se comunicar em árabe.

— Chamei uma equipe de T e C de Quantico — acrescentou McDaniel.

— T e C? — indagou Rhyme, com ar aborrecido.

— Tecnologia e Comunicações. Ela está aqui para fazer a vigilância. E tenho especialistas para fazer grampos, se for preciso, além de dois advogados do Departamento de Justiça. Além disso, disponho de mais duzentos agentes suplementares.

Rhyme e Sellitto se entreolharam. Era uma força-tarefa surpreendentemente numerosa para um incidente isolado, que não fazia parte de nenhuma investigação em curso. Além disso, tinha sido mobilizada com incrível rapidez. O ataque havia acontecido menos de duas horas atrás.

O homem do FBI percebeu a reação dos dois.

— Estamos convencidos de que o terrorismo adotou um novo perfil e por isso temos que mudar a nossa forma de combatê-lo. Sabe os drones no Oriente Médio e no Afeganistão? Os pilotos ficam em uma base em Colorado Springs ou em Omaha.

A nuvem...

— Com o pessoal de T e C, em breve vamos ter a chance de coletar mais sinais. Mesmo assim, ainda precisamos dos métodos tradicionais — disse ele, observando o laboratório ao redor. Métodos como os da criminalística forense, pensou Rhyme. Em seguida, o agente especial olhou para Dellray. — E também precisamos do trabalho de rua, embora Fred tenha me informado que não obteve muito êxito.

O talento de Dellray como operador secreto só era superado pela sua habilidade de lidar com informantes confidenciais. Desde o 11 de Setembro ele tinha passado a cultivar contatos em um amplo grupo de informantes da comunidade islâmica e havia aprendido árabe, indonésio e farsi. Colaborava regularmente com a impressionante unidade antiterrorismo da polícia de Nova York. No entanto, confirmou o comentário do chefe. Com expressão grave, disse:

— Eu não ouvi nenhuma referência ao Justice For ou a Rahman. Falei com muita gente no Brooklyn e em Jersey, Queens e Manhattan.

— Isso acabou de acontecer — recordou Sellitto.

— Exato — confirmou McDaniel. — Naturalmente, uma coisa como essa precisaria de muito tempo para ser planejada. Quanto tempo, vocês acham? Um mês?

— Acho que sim. Pelo menos isso — concordou Noble.

— Vejam, esse é o problema da nuvem.

Rhyme também percebeu a crítica de McDaniel a Fred Dellray: os informantes devem saber das coisas *antes* que aconteçam.

— Bem, continue assim, Fred — disse McDaniel. — Você está fazendo um bom trabalho.

— Certo, Tucker.

Noble tinha deixado de brincar com a caneta e agora consultava o relógio de pulso.

— Então, a Segurança Nacional vai se coordenar com Washington e com o Departamento de Estado, inclusive com as embaixadas, se for necessário. Agora, Lincoln, todos conhecem sua perícia ao trabalhar com cenas de crime, e por isso esperamos que você possa fazer uma análise das pistas no local. Estamos organizando uma equipe. Em vinte minutos, no máximo trinta, os homens devem chegar à subestação.

— É claro que vamos colaborar — disse Rhyme. — Mas vamos examinar a cena inteira, do início ao fim, e todas as cenas secundárias; não apenas as pistas. Vamos querer ver o novelo inteiro.

Olhou para Sellitto, que balançou a cabeça afirmativamente, com firmeza, para dizer que concordava.

No embaraçoso momento de silêncio que se seguiu, todos compreenderam as entrelinhas: a definição de quem estaria encarregado da investigação. No atual trabalho policial, geralmente quem controlasse a criminalística forense seria também responsável pela investigação. Era uma consequência prática do progresso das técnicas de investigação de cenas de crime nos últimos dez anos. Por meio da análise do que fosse encontrado no local, os investigadores criminais conseguiam entender melhor a natureza do crime e dos possíveis suspeitos, e eram os primeiros a desenvolver as pistas.

O trio — Noble e McDaniel na esfera federal e Sellitto pelo Departamento de Polícia de Nova York — tomaria as decisões estratégicas. No entanto, caso os homens acreditassem que Rhyme era imprescindível à perícia, isso o tornaria o principal investigador. Fazia sentido. Ele já resolvia crimes na cidade havia muito mais tempo que qualquer um dos outros, e, como até aquele momento não foram encontrados suspeitos nem outras pistas significativas, a não ser o que fosse possível encontrar na cena, era indicado usar um especialista em perícia criminal.

O mais importante é que Rhyme queria muito se ocupar com esse caso. Era o fator tédio...

Bem, um pouco de ego também.

Por isso ele apresentou o melhor argumento que era capaz de usar: ficou em silêncio. Simplesmente encarou Gary Noble, o homem da Segurança Nacional.

McDaniel hesitou um pouco, pois era a sua equipe que teria a relevância abreviada, e Noble olhou para ele, então perguntou:

— O que você acha, Tucker?

— Eu conheço o trabalho do Sr. Rhyme... Quero dizer, de Lincoln. Não me importo que ele se ocupe da cena do crime, desde que haja cem por cento de coordenação conosco.

— Claro que sim.

— E precisamos ter alguém presente. Além disso, queremos ser notificados imediatamente de tudo. — Fitava os olhos de Rhyme, não seu corpo. — O mais importante é reagir o mais rápido possível.

Nas entrelinhas da afirmação, pensou Rhyme, ele questionava se alguém nas suas condições físicas seria capaz de trabalhar adequadamente. Era uma pergunta legítima, que o próprio Rhyme teria feito.

— Entendido — respondeu.

— Ótimo. Vou dizer ao meu pessoal que ajude você da forma que achar necessária — assegurou o agente especial.

Noble interveio:

— Bem, quanto à imprensa, a essa altura estamos procurando dar menos força à possibilidade de terrorismo. Vamos fazer com que pareça um acidente, mas já houve boatos de que não foi bem assim. O público está preocupado.

— Não há dúvida — concordou McDaniel. — No meu escritório há monitores que verificam o tráfego na internet. Houve um grande aumento em buscas por "eletrocussão", "arcos elétricos" e "apagões". Milhares de pessoas procuraram cenas de combustões súbitas no YouTube. Eu mesmo pesquisei. As imagens são assustadoras. Dois operários trabalham em um painel elétrico e, de repente, um clarão enche a tela e um deles aparece caído no chão, com metade do corpo em chamas.

— Além disso — acrescentou Noble —, as pessoas têm medo de que ocorram arcos em outros lugares que não sejam uma subestação. Por exemplo, em suas casas e escritórios.

— Isso é possível? — perguntou Sachs.

Aparentemente, McDaniel não havia pesquisado tudo que podia sobre o assunto.

— Creio que sim, mas não tenho certeza de qual deve ser a intensidade da corrente para que isso aconteça — confessou. Os olhos dele se desviaram para uma tomada de duzentos e vinte volts próxima.

— Bem, é melhor começarmos a trabalhar — decretou Rhyme, olhando para Sachs.

— Ron, venha comigo. — Ela se dirigiu para a porta. Pulaski a acompanhou e, no momento seguinte, a porta se fechou. Logo ouviram o poderoso motor do carro dela que arrancava.

— Precisamos ter em mente uma coisa: um dos cenários que construímos no computador — disse McDaniel — indica que o indivíduo desconhecido estava só fazendo um teste, verificando se a rede de transmissão *poderia* servir para um ato terrorista. O resultado foi um tanto desastroso e só uma pessoa morreu. Carregamos essa hipótese no sistema e os logaritmos responderam sugerindo que ele poderia tentar algo diferente. Existe até mesmo a possibilidade de que essa tenha sido uma singularidade.

— Uma... o quê? — perguntou Rhyme, irritado com a expressão.

— Singularidade; um acontecimento que ocorre uma única vez. Nosso programa de análise de ameaças atribuiu a esse incidente um fator de não repetição da ordem de cinquenta e cinco por cento. Não é a pior coisa do mundo.

— Mas isso não é o mesmo que dizer que existe quarenta e cinco por cento de chance de que alguma outra pessoa na cidade de Nova York corre o risco de ser eletrocutada? E de que isso poderia estar acontecendo nesse instante? — observou Rhyme.

CAPÍTULO 5

A subestação MH-10 da Algonquin Consolidated Power era um castelo medieval em miniatura numa área tranquila ao sul do Lincoln Center. Era feita de arenito rudemente lapidado, escuro e esburacado após décadas de poluição e fuligem da cidade de Nova York. A inscrição na pedra fundamental estava gasta, mas era possível ler a data: 1928.

Pouco antes das duas da tarde, Amelia Sachs estacionou o Ford Torino Cobra bordô diante do prédio, atrás dos destroços do ônibus. O veículo, cujo cano de escape ainda lançava estertores, atraiu olhares curiosos de transeuntes, policiais e bombeiros. Ela saltou do carro, colocou uma placa do Departamento de Polícia de Nova York no painel e ficou observando a cena com as mãos na cintura. Ron Pulaski emergiu do assento do passageiro e fechou a porta com um estrondo.

Sachs notou a incongruência do panorama. Edifícios modernos, de pelo menos vinte andares, cercavam a subestação, que, por algum motivo, tinha sido projetada com torreões. As pedras estavam sujas de branco por causa dos pombos residentes, diversos dos quais haviam regressado depois do tumulto. As janelas tinham vidraças amareladas e grandes, pintadas de preto.

A espessa porta de metal estava aberta, e o interior, às escuras.

Com o gemido de uma sirene eletrônica, um veículo da perícia do Departamento de Polícia de Nova York surgiu na área. A van estacionou e três técnicos, vindos da sede do Queens, desceram do carro. Sachs já havia trabalhado com eles em outras ocasiões e acenou para o homem de origem latina e para a mulher de ascendência asiática sob a direção de uma agente mais graduada, a detetive Gretchen Sahloff. Sachs cumprimentou com a cabeça, recebendo um aceno como resposta. Com um olhar grave para a fachada da subestação, ela caminhou até a traseira da grande van, de onde os agentes recém-chegados começavam a descarregar o equipamento.

A atenção de Sachs se deslocou para a calçada e para a rua, isoladas com fita amarela, além da qual um grupo de cerca de cinquenta pessoas observava o que estava acontecendo. O ônibus que tinha sido alvo do ataque continuava estacionado diante da subestação, vazio e tombado, com os pneus do lado direito vazios. Na frente do veículo, a tinta mostrava sinais de que tinha sido queimada. Metade das janelas estava acinzentada e opaca.

Uma médica negra e atarracada do serviço de emergência se aproximou e cumprimentou Sachs.

— Olá — respondeu Sachs.

A mulher assentiu com a cabeça. O pessoal do serviço médico estava habituado a ver carnificinas, mas ela parecia abalada.

— Detetive, é melhor você dar uma olhada.

Sachs a seguiu até a ambulância, onde havia um cadáver em uma maca, esperando para ser levado ao necrotério. Estava coberto por uma lona verde encerada.

— Parece que era o último passageiro a embarcar — disse ela. — Pensamos que poderíamos salvar a vida dele, mas não foi possível.

— Morreu eletrocutado?

— É melhor você ver — murmurou ela, erguendo a lona.

Sachs se sentiu gelar quando o odor de pele e cabelos queimados chegou às narinas. Ela olhou para a vítima, um latino vestido de terno e gravata — ou o que restava de suas roupas. Por causa das queimaduras, as costas e grande parte do lado direito eram uma mistura de pele e pano. Sachs imaginou que fossem queimaduras de segundo e terceiro graus, mas não era isso o que mais a impressionava. Durante sua carreira ela já tinha visto queimaduras graves, tanto acidentais quanto intencionais. O que mais a horrorizou foi a carne exposta nos lugares em que a equipe médica havia removido o tecido do terno. Dezenas de ferimentos profundos cobriam seu corpo, como se ele tivesse recebido uma rajada de uma escopeta enorme.

— A maioria dessas feridas vai de um lado ao outro — comentou a médica.

Tinham atravessado o corpo?

— O que teria causado uma coisa dessas?

— Eu não sei. Nunca vi nada igual em todos esses anos.

Sachs percebeu outra coisa. Todos os ferimentos eram distintos e claramente visíveis.

— Não tem sangue.

— O que quer que tenha sido, cauterizou as feridas. Por isso... — A voz dela quase sumiu. — Por isso ele permaneceu consciente por tanto tempo.

Sachs era incapaz de imaginar a dor.

— Como? — perguntou, um pouco para si mesma.

Logo obteve a resposta.

— Amelia — chamou Ron Pulaski.

Ela olhou para o colega.

— Dá uma olhada na placa do ponto de ônibus. Imagina...

— Meu Deus — murmurou ela, aproximando-se da fita amarela que limitava a cena do crime. A quase dois metros do chão, havia um buraco de pouco mais de dez centímetros de diâmetro atravessando o poste de metal, que tinha derretido como plástico sob um maçarico. Em seguida, ela se concentrou nas janelas do ônibus e em um caminhão de entregas estacionado bem próximo. O vidro parecia ter ficado opaco com o fogo, mas, na verdade, o que havia atingido ambos os veículos eram pequenos estilhaços; os mesmos que mataram o passageiro. As chapas de metal também apresentavam buracos estreitos.

— Olha — murmurou ela, apontando para a calçada e para a fachada da subestação. Havia dezenas de pequenas crateras no pavimento e na pedra.

— Teria sido uma bomba? — indagou Pulaski. — Talvez não tenha sido percebida inicialmente.

Sachs abriu uma bolsa de plástico e retirou luvas azuis de látex. Calçando-as, abaixou-se e recolheu um pequeno disco de metal em forma de lágrima, na base do poste. Estava tão quente que quase derreteu a luva.

Ao compreender do que se tratava, ela estremeceu.

— O que é isso? — perguntou Pulaski.

— A combustão derreteu o poste — respondeu Sachs, olhando em volta e vendo mais de cem gotas semelhantes no chão ou incrustadas na lateral do ônibus, nas paredes dos prédios e nos carros próximos.

Era isso que tinha matado o jovem passageiro. Uma chuva de gotas de metal derretido voando a milhares de metros por segundo.

O jovem oficial expirou lentamente.

— Imagina ser atingido por uma coisa como essa... queimando e atravessando seu corpo.

Sachs estremeceu de novo, imaginando a dor e pensando na devastação que o ataque poderia ter causado. Essa parte da rua estava relativamente deserta. Se a subestação fosse localizada mais perto do centro de Manhattan, dez ou quinze transeuntes certamente teriam morrido.

Sachs ergueu o olhar para a arma usada pelo indivíduo. De uma das janelas da fachada sobre a rua 57, via-se pouco mais de meio metro de cabo elétrico pendurado. O cabo estava coberto por material isolante preto, removido na extremidade de forma que os fios expostos haviam sido aparafusados a uma placa de latão chamuscada. Parecia uma instalação industrial comum, e não algo que poderia produzir uma explosão terrível.

Sachs e Pulaski se juntaram ao grupo de mais de vinte agentes da Segurança Nacional, do FBI e da polícia de Nova York na van que servia de posto de comando do FBI. Alguns usavam equipamentos táticos, outros vestiam macacões para perícia forense. Outros usavam apenas ternos ou uniformes padrão. Ocupavam-se da distribuição de tarefas. Procurariam testemunhas e verificariam a ocorrência de bombas após o incidente ou qualquer outra armadilha, técnicas comuns de terroristas.

Um homem de olhar solene e rosto magro, de cerca de 50 anos, olhava para a subestação de pé, com os braços cruzados. Usava no pescoço um crachá da Algonquin Consolidated, preso por uma correntinha Era o representante mais graduado da empresa no local: o supervisor encarregado daquela seção da rede de distribuição. Sachs pediu a ele que relatasse o acontecimento de forma detalhada e anotou em seu bloco de notas o que o homem disse.

— Havia câmeras de segurança?

— Infelizmente, não. Não costumamos usar câmeras. As portas têm muitas trancas e na verdade não tem nada no interior que possa ser roubado. De qualquer forma, a eletricidade é uma espécie de cão de guarda. Um cão bem grande.

— Como você acha que ele pode ter entrado? — perguntou Sachs.

— A porta estava trancada quando chegamos. Os cadeados têm segredo.

— Quem conhece as combinações?

— Todos os empregados. Mas o intruso não entrou pela porta. Os cadeados têm um chip que registra a data e a hora de abertura. Tem dois dias que não há acessos. E aquilo — continuou, apontando para o cabo pendurado na janela — não estava aqui dois dias atrás. Ele deve ter entrado de alguma outra forma.

Sachs se virou para Pulaski.

— Quando você acabar aqui, verifica os fundos, as janelas e o telhado. — Dirigindo-se novamente ao funcionário da Algonquin, perguntou: — Existe algum acesso subterrâneo?

— Não que eu saiba. Os cabos elétricos que entram e saem dessa subestação vêm através de dutos onde um ser humano não caberia. No entanto, pode existir algum túnel que eu não conheça — respondeu o supervisor.

— Verifica mesmo assim, Ron — pediu Sachs, passando a interrogar o motorista do ônibus, que havia recebido tratamento para os cortes causados pelos estilhaços de vidro e para a concussão. Sua visão e audição também foram temporariamente afetadas, mas ele tinha feito questão de permanecer no local e auxiliar a polícia tanto quanto fosse possível. Apesar disso, não podia ajudar muito. Ele relatou que havia ficado curioso ao ver o cabo saindo da janela, coisa que jamais presenciara antes. Tinha sentido cheiro de fumaça e ouvido estalos no interior. Em seguida, a aterradora centelha.

— Foi muito rápido — murmurou ele. — Nunca vi uma coisa tão rápida em toda a minha vida.

Ele tinha sido arremessado na janela do ônibus e recuperado os sentidos dez minutos depois. Ficara em silêncio, contemplando o ônibus destroçado. Sua expressão exibia decepção e tristeza.

Então Sachs se virou para os agentes e policiais e avisou que ela e Pulaski fariam a análise da cena. Ficou pensando se Tucker McDaniel, o homem do FBI, teria realmente repassado essa autorização aos homens. Já tinha ouvido casos em que dirigentes de alta patente das forças da lei concordavam sorridentes com alguma coisa e logo esqueciam intencionalmente que a conversa havia acontecido. Mas os agentes federais sabiam do trato. Alguns dos homens pareciam irritados porque a polícia de Nova York estava desempenhando aquela tarefa essencial, mas outros — principalmente os responsáveis pela coleta de evidências do FBI — não pareciam em desacordo e chegavam a olhar para a detetive com um misto de curiosidade e admiração. Afinal, Sachs fazia parte do grupo liderado pelo lendário Lincoln Rhyme.

Virando-se para Pulaski, ela disse:

— Vamos começar o trabalho.

Logo depois, dirigiu-se à van enquanto juntava os cabelos ruivos num coque a fim de se arrumar adequadamente.

Pulaski hesitou, lançando um olhar para as centenas de discos de metal ainda quentes que enchiam a calçada e se incrustaram na fachada do prédio, e, em seguida, para o cabo pendurado pela janela.

— Espero *realmente* que tenham desligado a energia lá dentro.

Sachs se limitou a fazer um sinal para que ele a seguisse.

CAPÍTULO 6

Usando o macacão azul-escuro sóbrio dos operários da Algonquin Consolidated Power, boné de beisebol e óculos de segurança, um homem trabalhava no painel de serviço nos fundos de uma academia no bairro de Chelsea, em Manhattan.

Enquanto fazia o serviço, montando equipamentos, cortando e emendando fios, pensava no incidente daquela manhã. O jornal só falava disso.

Um homem morreu e diversas pessoas ficaram feridas nesta manhã quando uma sobrecarga em uma subestação da empresa de energia elétrica de Manhattan produziu uma imensa centelha que saltou da subestação para o poste de um ponto de ônibus, quase atingindo um coletivo da empresa metropolitana de transportes públicos.

"Parecia um relâmpago", disse uma testemunha, um passageiro do ônibus. "Pegou a calçada toda. Eu fiquei cego. Não sei como descrever o som que eu ouvi. Parecia um ronco forte e, em seguida, veio uma explosão. Estou com medo de chegar perto de qualquer coisa elétrica. Eu fiquei realmente apavorado. Qualquer pessoa que viu aquela coisa deve ter ficado apavorada."

Você não está sozinho, pensou o operário. Há mais de cinco mil anos os seres humanos sentem respeito e temor pela eletricidade. A palavra vem do termo grego que significa âmbar, numa referência a essa resina vegetal solidificada que os antigos esfregavam para criar descargas elétricas. Os efeitos paralisantes da eletricidade causada por enguias e outros peixes, nos rios e no litoral de Egito, Grécia e Roma, foram descritos em tratados científicos desde muito antes da era cristã.

Os pensamentos do operário passaram a se ocupar de criaturas aquáticas, pois, enquanto trabalhava, observava furtivamente as cinco pessoas que nadavam na piscina do clube. Três mulheres e dois homens, todos já aposentados.

Um dos peixes que o fascinavam era a raia-elétrica, cujo gênero *Torpedo* tinha dado o nome aos projéteis lançados por submarinos. A palavra latina *torpore* — paralisia, ou rigidez — dera origem ao nome. Na verdade, o corpo da raia continha duas baterias compostas por centenas de placas gelatinosas que geravam eletricidade, transmitida através de um complexo conjunto de nervos, como fios. A corrente elétrica era usada para defesa mas também tinha um emprego ofensivo, para a caça. As raias ficavam à espreita e, de repente, usavam uma descarga para aturdir a próxima refeição, e, às vezes, matá-la de uma vez. As raias maiores conseguiam gerar até duzentos volts e uma amperagem maior que a de uma furadeira elétrica.

Era fascinante...

O operário terminou a montagem do painel e apreciou o trabalho. Como todos os eletricistas do mundo, orgulhava-se de seu capricho. Ele achava que trabalhar com eletricidade era mais que um ofício; era uma ciência e uma arte. Fechando a porta, dirigiu-se ao lado oposto do ginásio, perto do vestiário masculino. Ali, escondido, esperou.

Como uma raia-elétrica.

Aquela parte da cidade, do lado oeste, era residencial. Naquele momento, no início da tarde, não havia frequentadores correndo, nadando ou jogando *squash*, embora as instalações ficassem cheias após o horário de trabalho, com centenas de moradores das vizinhanças ansiosos para se livrarem das tensões do dia.

Por enquanto, porém, ele não precisava de muita gente. Isso ficaria para mais tarde.

Para que as pessoas imaginassem que se tratava simplesmente de um operário qualquer e não lhe dessem atenção, ele passou a se ocupar de um painel de controle de incêndio. Retirou a tampa e examinou o conteúdo sem grande interesse. Pensou novamente nas raias-elétricas. As que viviam em águas salgadas tinham os fios arrumados em circuitos paralelos e produziam voltagens menos intensas porque a água salgada é melhor condutora que a doce — a descarga não precisa ser muito forte para matar a presa. As raias-

-elétricas que habitavam rios e lagos, por sua vez, tinham os fios arranjados em *série* e produziam voltagens maiores, compensando a baixa condutividade da água doce.

Para ele, isso era não apenas fascinante mas também relevante naquele momento, para o teste sobre a condutividade da água. Ficou imaginando se teria feito os cálculos corretamente.

Precisou esperar apenas dez minutos até ouvir passos e ver um dos nadadores, um homem calvo de mais de 60 anos, calçando chinelos. Então entrou no chuveiro.

O funcionário olhou disfarçadamente para o homem que abria o chuveiro e se colocava sob a cascata de água quente, sem perceber que era observado.

Três minutos, cinco. Ensaboando-se, lavando-se...

Impaciente por causa do risco de ser surpreendido, o funcionário empunhou o controle remoto — semelhante a uma chave eletrônica de carros, porém maior — e sentiu os músculos dos ombros se enrijecerem.

Torpore. Riu silenciosamente. E relaxou.

Por fim, o nadador saiu do chuveiro e começou a se enxugar com uma toalha. Vestiu um robe e calçou novamente os chinelos, caminhando até a porta do vestiário e segurando a maçaneta.

O operário apertou simultaneamente dois botões do controle remoto.

O idoso deu um gemido e seu corpo ficou rígido. Imediatamente, recuou, olhando para a maçaneta. Depois olhou para os dedos e tocou novamente o metal.

Uma estupidez, é claro. Ninguém pode ser mais rápido que a eletricidade.

Mas dessa vez não houve choque, e o homem ficou imaginando que talvez uma aresta do metal ou uma dor artrítica tivesse sido responsável pelo que tinha sentido.

Na verdade, a armadilha continha uma corrente de apenas alguns miliamperes. A intenção do técnico de macacão não era matar ninguém. Tratava-se simplesmente de uma experiência para verificar duas coisas: a primeira era saber se o comutador de controle remoto que ele havia criado funcionaria àquela distância, através do concreto e do aço. Funcionou. A segunda, qual seria exatamente o efeito da água sobre a condutividade. Engenheiros especializados em segurança costumavam estudar esse assunto, mas ninguém nunca tinha conseguido quantificá-la em um sentido prático, isto é, saber qual a mínima quantidade de corrente necessária para aturdir uma pessoa usando calçados úmidos de couro, fazendo-a passar à fibrilação e à morte.

A resposta era que seria preciso uma corrente extremamente pequena.

Ótimo.

Fiquei apavorado...

O homem de macacão se dirigiu às escadas e à saída dos fundos.

Pensou novamente nos peixes e na eletricidade. Desta vez, no entanto, não a respeito da criação de eletricidade, mas sim em sua detecção. Especialmente pelos tubarões. Eles possuíam, literalmente, um sexto sentido: a surpreendente capacidade de perceber a atividade bioelétrica no corpo de presas a quilômetros de distância, muito antes de chegar a vê-las.

Olhou para o relógio e imaginou que a investigação na subestação já estaria adiantada. Era lamentável, para quem quer que estivesse examinando a cena, que seres humanos não possuíssem o mesmo sexto sentido dos tubarões.

Logo também seria lamentável para muitas outras pessoas na pobre cidade de Nova York.

CAPÍTULO 7

Sachs e Pulaski vestiram os macacões azul-claros com capuz da Tyvek, além de máscara, botas e óculos protetores. Conforme as instruções de Rhyme, passaram uma fita de borracha em volta dos pés, a fim de diferenciar facilmente suas pegadas das de qualquer outra pessoa. Em seguida, contornando a cintura com um cinturão no qual estavam afivelados um transmissor de rádio/vídeo e a arma, Sachs ultrapassou a fita amarela, o que provocou algumas pontadas resultantes da artrite em suas juntas. Nos dias mais úmidos, ou depois de examinar uma cena de crime mais complexa, ou ainda após uma perseguição a pé, os joelhos e os quadris latejavam de dor e ela invejava secretamente a insensibilidade de Lincoln Rhyme. Nunca comentava isso em voz alta, naturalmente, nem sequer se ocupava dessa ideia louca por mais de um ou dois segundos, mas ela existia. Todas as condições tinham suas vantagens.

A detetive parou na calçada, sozinha dentro do perímetro mortal. Quando Rhyme era diretor de Recursos Investigativos — a unidade do Departamento de Polícia de Nova York encarregada das cenas de crime —, ele instruía seu pessoal a fazer a análise a sós, a menos que a cena fosse especialmente ampla. Ele recomendava isso porque as pessoas têm uma tendência psicológica a ser pouco cuidadosas quando outros investigadores estão presentes, já que assim haveria alguém capaz de encontrar o que passasse despercebido. Além disso, assim como criminosos deixam evidências para trás, os peritos também o fazem, por mais que se revistam de equipamento de proteção. Quanto maior o número de pesquisadores, maior é o risco.

Sachs olhou o vão da porta aberta, de onde ainda saía fumaça, e pensou na arma que tinha à cintura. Metal.

As linhas estão desligadas...

Bem, vamos em frente, disse a si mesma. Quanto mais cedo a cena for investigada depois do crime, melhor a qualidade das pistas. Gotas de suor cheias de DNA evaporavam e ficavam impossíveis de serem vistas. Fibras e fios de cabelo valiosos eram levados pelo vento, enquanto outros, irrelevantes, vinham flutuando para a cena e causavam confusão e enganos.

Ela ajustou o fone auricular, dentro do capuz, preparando também o microfone de haste. Verificou o transmissor e ouviu a voz de Rhyme:

— Você já está aí, Sachs? Está... bem, já vi que está na linha. Fiquei sem saber. O que é aquilo?

Ele via o mesmo que ela graças a uma pequena câmera de alta definição na altura da testa de Sachs. Ela percebeu que, involuntariamente, observava o buraco aberto no poste do ponto de ônibus. Explicou a Rhyme o que havia acontecido: a centelha, as gotas de chuva derretidas.

O perito criminal ficou em silêncio por um instante. Então, disse:

— Bem, é uma arma e tanto. Mas vamos trabalhar. Pode varrer a área.

Havia várias maneiras de percorrer uma cena de crime. Uma das formas mais usadas era começar em um canto externo e caminhar em círculos concêntricos cada vez menores até chegar ao centro.

Lincoln Rhyme, porém, preferia o padrão de varredura. Às vezes dizia aos alunos que pensassem no itinerário como se estivessem manejando um cortador de grama de um jardim, mas fazendo-o duas vezes. Eles deviam caminhar em linha reta ao longo da cena até chegar ao outro lado, dar meia-volta, afastar-se uns trinta centímetros para a direita ou para a esquerda e começar de novo, seguindo na direção de onde tinham vindo. Depois, ao chegar ao fim, virar-se em sentido perpendicular ao caminho percorrido e começar de novo, no mesmo vai e vem.

Rhyme fazia questão de que houvesse essa redundância porque a primeira verificação de uma cena de crime é crucial. Caso a primeira análise fosse feita de forma apressada, o investigador ficaria convencido de que não existia nada a encontrar. As buscas subsequentes seriam, em grande parte, inúteis.

Sachs refletiu sobre a ironia da situação. Teria que fazer uma varredura linear e precisa justamente num lugar de fios emaranhados e maleáveis. Lembrou-se de dizer isso a Rhyme, porém mais tarde. Agora precisava se concentrar.

O trabalho dos investigadores na cena do crime era como o de um catador de lixo. O objetivo era simples: encontrar alguma coisa, *qualquer coisa*, que tivesse sido deixada pelo criminoso. Certamente *haveria* algo. Quase cem anos antes, o perito criminal francês Edmond Locard já havia observado que sempre que um crime acontece, há uma transferência de evidências entre o criminoso e a cena do crime, ou entre ele e a vítima. Mesmo que fosse algo virtualmente impossível de ser visto, era algo que existia e poderia ser encontrado caso se soubesse onde procurar e se fosse paciente e diligente.

Amelia Sachs iniciou a busca, começando pelo lado de fora da subestação e pela arma do crime: o cabo pendurado.

— Parece que ele...

— ...ou *eles* — emendou Rhyme pelo fone auricular. — Se o Justice For for o responsável, deve ter uma boa quantidade de membros.

— Boa observação, Rhyme.

Ele queria ter certeza de que ela não seria vítima do principal problema que os investigadores de cenas de crime costumam encontrar: não manter a mente aberta. Um cadáver, sangue e uma pistola sugeriam que a vítima havia morrido com um tiro; mas, caso seja presumido que esse era o caso, pode-se deixar de ver a faca que efetivamente tinha sido usada.

— Bem, ele, ou *eles*, prepararam tudo do lado de dentro, mas imagino que, em algum momento, tenha sido necessário vir aqui à calçada a fim de verificar a distância e o ângulo — prosseguiu ela.

— Para mirar no ônibus?

— Exatamente.

— Muito bem, continue. Examine a calçada.

Foi o que ela fez, olhando com atenção para o chão.

— Bitucas de cigarro, chapinhas de cerveja, mas nada que esteja perto da porta ou da janela onde está o cabo.

— Não se preocupe com essas coisas. Ele não devia estar fumando nem bebendo enquanto agia. É uma pessoa competente, considerando todo esse planejamento. Mas deve haver algum vestígio no ponto onde ficou, mais perto do prédio.

— Existe uma saliência aqui, está vendo? — perguntou ela, olhando para uma espécie de prateleira baixa de pedra, quase um metro acima da calçada. Na face superior havia pontas de ferro para evitar que pombos, ou seres humanos, pousassem, mas podiam servir de degraus para alguém que quisesse alcançar alguma coisa na janela. — Vejo marcas de sapatos na superfície, mas não suficientes para uma análise eletrostática.

— Vamos ver de perto.

Ela se curvou, baixando a cabeça. Rhyme via o mesmo que ela: marcas que podiam ser de bicos de sapatos, perto da parede.

— Você não consegue a marca das pegadas?

— Não. Não estão claras o suficiente. Mas olhando para elas eu diria que são masculinas. São largas, com pontas quadradas, mas é tudo o que consigo ver. Não vejo solas nem saltos. Mas isso nos diz que, se os criminosos são *eles*, provavelmente quem preparou a armadilha do lado de fora foi só um *ele*.

Sachs continuou examinando a calçada e não viu pistas físicas que lhe parecessem relevantes.

— Recolha os vestígios, Sachs, e depois verifique o interior da subestação.

Ela instruiu os dois técnicos, que colocaram poderosas lâmpadas halógenas do lado de dentro da porta. Tirou fotos e depois recolheu os traços existentes na calçada e na saliência da parede, perto do cabo.

— E não esqueça... — começou Rhyme.

— Os substratos.

— Muito bem, você está um passo à minha frente.

Na verdade, não, pensou ela, porque Rhyme já era seu mentor havia vários anos e, se até agora ela não tivesse absorvido os procedimentos indicados por ele para fazer a varredura, não estaria em condições de executar um bom trabalho. A detetive se dirigiu a uma área fora do perímetro e recolheu um segundo grupo de indícios — o substrato, isto é, amostras para controle, para servirem de base de comparação com as primeiras. Qualquer diferença entre o que tinha sido recolhido a certa distância da cena e no lugar onde se sabia que o indivíduo havia estado poderia ser referente a ele ou a sua localização.

Naturalmente, também poderia não ser... mas essa era a natureza do trabalho da perícia. Nunca haveria certeza absoluta, mas era preciso fazer o possível, fazer o que era necessário.

Sachs entregou aos técnicos as bolsas contendo as evidências e acenou para o supervisor da Algonquin, com quem havia falado antes.

Com o mesmo ar solene, o supervisor se apressou em sua direção.

— Pois não, detetive?

— Vou examinar lá dentro. Pode me dizer exatamente o que devo procurar? De que forma ele preparou o cabo? Preciso descobrir o ponto em que ele esteve, as coisas em que tocou.

— Me deixa chamar o responsável pela manutenção — disse o homem, olhando para os operários. Chamou um deles, vestido com o macacão azul-escuro da Algonquin Consolidated Power e capacete amarelo. O operário jogou fora o cigarro e se juntou aos dois. O supervisor o apresentou e o informou sobre o pedido de Sachs.

— Sim, senhora — disse o homem, desviando os olhos da subestação e observando demoradamente o tórax de Sachs, embora os contornos dela estivessem em grande parte ocultos pelo folgado macacão azul. Ela pensou em olhar para a barriga proeminente dele, mas naturalmente não o fez. Cães urinam onde não queremos; não é possível adverti-los o tempo todo.

— Eu vou conseguir ver o lugar em que ele ligou o cabo à fonte da corrente? — perguntou.

— Tudo está à vista, claro — respondeu o homem. — Imagino que ele tenha feito a ligação perto dos disjuntores. Eles estão no térreo, à direita de quem entra.

— Pergunte se o cabo tinha corrente quando o indivíduo o ligou — sugeriu Rhyme. — Isso nos dará alguma informação sobre a competência dele.

Sachs obedeceu.

— Claro, a linha tinha carga — foi a resposta.

Sachs ficou admirada.

— Como ele pôde fazer isso?

— Usou equipamento de proteção e tomou bastante cuidado para manter o isolamento adequado.

Rhyme acrescentou:

— Tenho outra pergunta para ele. Eu quero saber como consegue trabalhar passando o tempo todo olhando para os seios das mulheres.

Sachs conteve um sorriso.

Mas ao se aproximar da entrada, caminhando pela calçada, o bom humor desapareceu. Ela fez uma pausa, virando-se para o supervisor.

— Eu só quero confirmar mais uma vez. A corrente está desligada, certo? — disse, apontando para a subestação. — As linhas estão apagadas.

— Claro.

Sachs deu meia-volta.

— Menos as baterias — acrescentou o supervisor.

— Baterias? — perguntou ela, parando e se virando.

O supervisor explicou:

— É o que faz os disjuntores funcionarem. Mas as baterias não estão ligadas à rede. Não vão estar ligadas ao cabo.

— Muito bem, as baterias. Elas podem ser perigosas?

Sachs se lembrava dos ferimentos redondos no corpo do passageiro.

— Bem, com certeza. — A pergunta era aparentemente ingênua, e ele acrescentou: — Mas os terminais estão cobertos com capas isolantes.

Sachs se virou novamente e caminhou para a subestação.

— Eu vou entrar, Rhyme.

Ela se aproximou da porta e notou que, por alguma razão, as luzes tornavam o interior ainda mais ameaçador do que quando ficava às escuras.

É a porta do inferno, pensou ela.

— Eu estou ficando tonto, Sachs. O que você está fazendo?

Ela percebeu que hesitava e olhava em volta, tornando a focalizar a porta aberta. Também se deu conta de que esfregava compulsivamente o indicador na ponta do polegar. Às vezes, quando fazia isso, chegava a se ferir e se surpreendia ao ver o sangue surgir. Já seria desagradável, mas ela com certeza não queria rasgar a luva e contaminar a cena com seus próprios vestígios. Esticou os dedos e disse:

— Eu estou só olhando ao redor.

Mas eles já se conheciam há tempo demais para que caíssem nessa.

— Qual é o problema? — perguntou ele.

Sachs respirou fundo. Por fim, respondeu:

— Eu estou com um pouco de medo, tenho que confessar. Por causa daquele arco. A morte da vítima. Foi horrível.

— Quer esperar um pouco? Chama um dos peritos da Algonquin para entrar com você.

Pelo tom de voz dele, pelos intervalos entre as palavras, ela percebia que Rhyme não queria que chamasse alguém. Era uma das coisas de que gostava nele — o respeito que demonstrava, sem a proteger demais. Em casa, à mesa de jantar, na cama, as coisas eram diferentes. Ali, eles eram o perito criminal e a detetive.

Ela se lembrou de seu lema pessoal, herdado do pai: "Enquanto você estiver em movimento, eles não podem te pegar."

Por isso, movimente-se.

— Não, eu estou bem.

Amelia Sachs deu um passo para dentro do inferno.

CAPÍTULO 8

— Está vendo bem?

— Estou — respondeu Rhyme.

Sachs tinha verificado a lâmpada halógena presa a sua testa. Pequena, porém poderosa, lançava um facho brilhante na escuridão. Mesmo assim, havia vários pontos na penumbra. O interior da subestação era cavernoso, embora visto de fora o prédio parecesse menor e mais estreito, diminuído pelos edifícios altos de ambos os lados.

Ela sentiu os olhos e o nariz arderem por causa dos resíduos de fumaça. Rhyme fazia questão de que os examinadores das cenas cheirassem o ar: os odores podiam revelar muita coisa sobre o criminoso e a natureza do delito. Ali, no entanto, o único aroma era um odor acre, como o de borracha queimada, óleo e metal, que lembrava a Sachs o dos motores de automóvel. Lembrou-se das tardes de domingo que passava na companhia do pai, com as costas doendo, ambos debruçados sobre o motor de um Chevrolet ou de um possante Dodge, tentando reanimar os sistemas nervoso e vascular mecânicos. Outras memórias mais recentes lhe trouxeram à mente Pammy, a adolescente que havia se tornado uma sobrinha postiça, regulando o Torino Cobra junto com ela, enquanto Jackson, o cãozinho da jovem, observava pacientemente o trabalho das duas cirurgiãs, sentado na bancada de ferramentas.

Virando a cabeça para iluminar o trecho mais escuro com a lâmpada, ela notou diversos equipamentos enfileirados; alguns eram bege ou cinza e pareciam novos, outros eram verde-escuros e datavam do século passado, com placas metálicas que exibiam o nome do fabricante e a cidade de origem. Alguns continham endereços sem código postal, revelando a época de seu nascimento.

O andar térreo da estação era circular, seis metros acima do subsolo, que podia ser visto de uma plataforma com balaustrada feita de canos de metal. O piso do térreo era de concreto, mas algumas das plataformas e escadas também eram de aço.

Metal.

Uma das coisas que ela sabia a respeito de eletricidade era que o metal costuma ser um bom condutor.

Sachs localizou o cabo posto pelo indivíduo, que vinha da janela até um dos equipamentos que o supervisor tinha mencionado. Viu o lugar onde o criminoso provavelmente se posicionou para ligar os fios. Começou a varrer a área, dirigindo-se àquele ponto.

— O que é aquilo no chão? Parece alguma coisa brilhante — quis saber Rhyme.

— Parece graxa ou óleo — respondeu ela, com a voz falhando. — O fogo causou fissuras em algumas das máquinas, ou talvez tenha havido um segundo arco desse lado.

Ela notou cerca de uma dúzia de manchas circulares de queimado, que pareciam ter sido causadas por centelhas batendo nas paredes e nas máquinas em volta.

— Ótimo.

— Por quê?

— As pegadas devem estar bastante nítidas.

Era verdade. Mas, ao observar os resíduos oleosos no chão, Sachs se perguntava se o óleo também seria um bom condutor, assim como o metal e a água.

E onde estavam as merdas das baterias?

Encontrou pegadas nítidas perto da janela onde o criminoso tinha feito um buraco pelo qual passou o cabo mortífero e também perto de onde ele o havia ligado à linha da Algonquin.

— Podem ter sido deixadas pelos operários — comentou ela —, quando entraram depois da centelha.

— Bem, isso nós vamos ter que descobrir.

Ela e Ron Pulaski iriam tirar fotos dos calçados dos operários para compará-los às pegadas e eliminá-los como suspeitos. Mesmo que o Justice For realmente fosse responsável, o grupo poderia ter recrutado alguém da empresa para executar seus planos terroristas.

Porém, enquanto numerava e tirava fotos das marcas existentes, ela disse:

— Eu acho que são do nosso indivíduo, Rhyme. São todas iguais, e o bico do sapato é semelhante ao da marca na saliência do lado de fora.

— Excelente — disse Rhyme.

Sachs fez impressões eletrostáticas das marcas e colocou as chapas perto da porta. Depois, examinou o cabo, que era mais fino do que ela imaginava, com pouco mais de um centímetro de diâmetro. Estava encapado com algum tipo de fita isolante e era composto por fios prateados enrolados em forma de trança. Ela se surpreendeu ao ver que não eram de cobre. No total, tinha cerca de cinco metros. Estava conectado à linha principal da Algonquin por meio de parafusos de latão ou de cobre com furos de quase dois centímetros.

— Essa é a arma do crime? — perguntou Rhyme.

— Isso mesmo.

— É pesada?

Ela ergueu o cabo, tocando o pedaço revestido pela fita isolante.

— Não. É de alumínio.

Era perturbador perceber que, assim como uma bomba, uma coisa tão pequena e tão leve era capaz de causar tamanha destruição. Examinou os parafusos e as porcas, pensando nas ferramentas de que precisaria para desmontar a engenhoca. Voltou à calçada para pegar a caixa na mala do carro. Conhecia melhor as próprias ferramentas, que usava no carro e em pequenos reparos em casa, do que as que estavam na van dos peritos. As suas eram velhas amigas.

— Como está indo? — perguntou Pulaski.

— Bem — murmurou ela. — Descobriu como ele fez para entrar?

— Eu olhei o telhado. Não existe nenhum acesso. Mesmo que o pessoal da Algonquin diga que não, eu acho que ele deve ter entrado pelo subsolo. Vou examinar os bueiros e os porões nas proximidades. Não há caminhos óbvios, mas isso é uma boa notícia. Ele devia estar bem confiante. Se tivermos sorte, podemos encontrar alguma coisa interessante.

Rhyme sempre dizia aos seus subordinados que havia muitas cenas ligadas a um crime. Claro, talvez o delito em si tivesse ocorrido em apenas um lugar. Contudo, era preciso considerar as vias de entrada e de saída, que poderiam ser diferentes, e até mesmo diversas, quando eram vários criminosos envolvidos. Poderia haver lugares específicos para os preparativos ou pontos de encontro. Poderia haver um hotel onde os criminosos se reunissem para confraternizar e dividir o lucro após o crime. Nessas cenas secundárias ou terciárias, nove em cada dez vezes os criminosos se esqueciam de usar luvas ou de eliminar os vestígios. Às vezes deixavam até mesmo seus nomes e endereços.

Rhyme ouviu o comentário pelo microfone de Sachs e observou:

— Muito bem, novato. Mas não confie na sorte.

— Sim, senhor.

— E pode tirar esse sorriso do rosto. Não pense que eu não vi.

O rosto de Pulaski ficou sério. Ele tinha esquecido que Amelia Sachs servia de olhos, ouvidos e pernas para Rhyme. Ele se virou e se afastou para continuar a busca pelo acesso do criminoso à subestação.

Voltando ao interior com as ferramentas, Sachs as recobriu de fita adesiva para eliminar a contaminação por resíduos. Depois, dirigiu-se ao disjuntor, onde o cabo estava preso com os parafusos e estendeu a mão para tocar a parte de metal. Involuntariamente, a mão se deteve antes de encostar no fio. Ela olhou fixamente para o metal nu que brilhava sob a luz da lâmpada de seu capacete.

— Sachs? — A voz de Rhyme a sobressaltou.

Ela não respondeu, lembrando-se do buraco no poste, as partículas mortíferas de aço derretido, os ferimentos no corpo da jovem vítima.

As linhas estão desligadas...

E se ela colocasse a mão no metal e alguém a dois ou três quilômetros dali tivesse resolvido religá-las? Se alguém ligasse uma chave, sem saber que a busca por evidências no local estava em curso?

E onde estavam as merdas das baterias?

— Precisamos das evidências — disse Rhyme.

— Certo.

Ela cobriu a ponta da chave inglesa com um pedaço de náilon para que a ferramenta não deixasse marcas que se confundissem com as do criminoso nas porcas e nos parafusos. Sachs hesitou por um instante, mas logo se curvou e ajustou a chave em torno do primeiro parafuso. Soltou-o com certo esforço, trabalhando com rapidez e esperando a cada momento sentir a dor de uma queimadura, embora suspeitasse que não fosse sentir nada ao ser eletrocutada com uma voltagem tão elevada.

Ela afrouxou o segundo parafuso e puxou o cabo, envolvendo-o em uma capa de plástico. Os parafusos e as porcas foram colocados em um saco de evidências. Sachs deixou o material do lado de fora da subestação para que Pulaski ou os técnicos o recolhessem e prosseguiu na busca. Olhando para o chão, viu outras marcas que pareciam semelhantes às pegadas que ela acreditava ser do indivíduo.

Inclinou a cabeça.

— Você está me fazendo ficar tonto, Sachs.

— O que foi isso? — perguntou para si mesma e para Rhyme.

— Ouviu alguma coisa?

— Sim. Você também?

— Se tivesse ouvido, eu não perguntaria.

Parecia ser algo tamborilando. Ela caminhou até o centro da subestação e olhou por cima da balaustrada para a escuridão lá embaixo.

Seria imaginação sua?

Não, o som era inconfundível.

— Agora eu estou ouvindo — avisou Rhyme.

— Vem lá de baixo, do porão.

Era uma batida regular, não parecia produzida por um ser humano.

Seria o tique-taque de um detonador?, pensou ela. Talvez fosse uma armadilha, imaginou. O criminoso era esperto. Sabia que uma equipe de peritos faria uma varredura completa na subestação. Poderia querer impedi-los. Sachs fez esses comentários para Rhyme.

— Mas, se ele colocou uma armadilha, por que não fez isso perto do cabo? — questionou.

Ambos chegaram à mesma conclusão, mas foi Rhyme quem falou.

— Porque no porão existe alguma ameaça maior a ele. — Em seguida, Rhyme observou: — Mas se a energia está desligada o que está causando o barulho?

— O intervalo não parece ser de um segundo, Rhyme. Talvez não seja um dispositivo de tempo. — Sachs examinava a escuridão por cima da balaustrada, tendo cuidado para não tocar no metal.

— Está escuro. Não consigo ver bem — falou Rhyme.

— Vou descobrir o que é.

Ela começou a descer a escada em espiral.

Uma escada de *metal.*

Três, cinco, sete metros. Fachos de luz da lâmpada halógena passavam a esmo pelas paredes do porão, mas apenas nas partes superiores. Embaixo, tudo estava na escuridão. Os resíduos de fumaça ainda eram espessos. A respiração de Sachs estava ofegante e ela se esforçava para não engasgar. Ao se aproximar da base, dois andares abaixo do pavimento térreo, era difícil ver qualquer coisa. O reflexo da luz da lanterna do capacete voltava aos seus olhos. Mesmo assim, era a única fonte de luz de que dispunha, e ela virava a cabeça de um lado para o outro, observando as caixas, as engrenagens, os fios e os painéis que recobriam as paredes.

Sachs hesitou, apalpando a arma, e desceu o último degrau.

Ela se sobressaltou quando um arrepio percorreu seu corpo.

— Sachs! O que foi?

Ela não havia percebido que o chão estava coberto com mais de meio metro de água salobra. A fumaça tinha impedido que ela visse.

— É água, Rhyme. Eu não esperava isso. E olha — disse ela, jogando o facho de luz em um cano que pingava.

O barulho vinha *dali.* Não era uma batida, e sim água gotejando. Em uma subestação elétrica, a água era um elemento incongruente — e tão perigoso que ela não havia imaginado que fosse a causa do ruído.

— Foi resultado da explosão?

— Não. Ele abriu um buraco, Rhyme. Estou vendo daqui. Dois

buracos. E a água também está escorrendo pela parede. Por isso está enchendo o porão.

Água não conduzia eletricidade tão bem quanto metal?, pensou Sachs, vendo-se de pé em meio a uma grande poça, com uma variedade de fios, chaves e conexões acima de uma placa que dizia:

PERIGO: 138.000 VOLTS

A voz de Rhyme a assustou.

— Ele está inundando o porão para destruir pistas.

— Isso.

— Sachs, o que é aquilo? Não consigo ver direito. Aquela caixa grande. À direita... Ali. O que é?

Finalmente...

— É a bateria, Rhyme. A bateria de reserva.

— Está carregada?

— Eles disseram que sim, mas não sei...

Caminhando dentro da água, ela se aproximou. Um mostrador na bateria indicava que, de fato, estava carregada. A agulha passava de cem por cento. Em seguida, Sachs se lembrou de outra coisa que o pessoal da Algonquin tinha dito: não devia se preocupar porque os bornes estariam cobertos com capas isolantes.

No entanto, não estavam. Ela sabia como eram as capas de bornes de baterias, e naquela não havia nenhuma. Os dois terminais de metal, ligados a cabos grossos, estavam expostos.

— A água está subindo. Em poucos minutos vai chegar aos terminais.

— Tem corrente suficiente para produzir uma combustão como a outra?

— Eu não sei, Rhyme.

— Tem que ter — murmurou. — Ele vai usar uma combustão para destruir alguma coisa que nos levaria a ele. Algo que não teve como levar consigo nem destruir enquanto estava aí. É possível fechar o fluxo de água?

Ela olhou em volta.

— Não vejo registros... Espera um minuto. — Continuou observando o porão. — Não vejo o que ele poderia querer destruir.

Naquele momento, porém, ela reparou que por trás da bateria, a cerca de um metro e vinte do chão, havia uma porta de acesso. Não era muito grande; tinha pouco mais de sessenta centímetros de lado.

— Ali, Rhyme. Foi por ali que ele entrou.

— Deve ter um esgoto ou um túnel de serviço do outro lado. Mas deixa para lá. Pulaski pode investigar vindo pela rua. Você precisa sair daí.

— Não, Rhyme. Olha a abertura. É realmente estreita. Ele teria que se esgueirar por ela. Deve ter alguma pista ali. Fibras, cabelos, talvez DNA. Por que outro motivo ele tentaria destruir a passagem?

Rhyme hesitava. Sabia que ela tinha razão quanto à necessidade de preservar as evidências, mas não queria que Sachs fosse vítima de um novo arco elétrico.

Ela se aproximou da abertura. Mas, ao caminhar, uma pequena onda se elevou com o movimento das pernas e quase cobriu a bateria.

Ela parou de imediato.

— Sachs!

— Shh! — Ela tinha que se concentrar. Movimentando-se devagar, conseguiu manter a água abaixo da fonte de energia, mas sabia que em poucos minutos ela cobriria os bornes.

Começou a retirar a moldura da porta com uma chave de fenda.

A água já estava perto do topo da bateria. Cada vez que ela se curvava para chegar mais perto da porta, outra onda se formava e a água se aproximava da parte superior da bateria, antes de recuar.

A voltagem da bateria certamente era menor que a da linha de mais de cem mil volts que havia produzido o arco do lado de fora, mas o indivíduo provavelmente não precisava provocar um grande dano ali dentro. Queria apenas causar uma explosão poderosa o suficiente para destruir a porta de acesso e as evidências que pudesse conter.

Sachs queria levar a porta consigo.

— Sachs? — sussurrou Rhyme.

Ela não lhe deu atenção. Tampouco pensou nos ferimentos cauterizados na carne da vítima, nas lágrimas de aço derretido...

Finalmente, o último parafuso se soltou. A tinta antiga ainda mantinha a moldura da porta no lugar. Ela usou a chave de fenda como alavanca, enfiando a ponta na base da moldura. Com um estalo, o metal se soltou em suas mãos. A porta e a moldura eram mais pesadas do que ela imaginava, e Sachs quase as deixou cair. Conseguiu se endireitar sem provocar um tsunami por cima da bateria.

Pela abertura, viu o estreito túnel de serviço que o suspeito devia ter usado para entrar na subestação.

— Entra no túnel! Você vai ficar em segurança. Rápido! — murmurou Rhyme, com urgência na voz.

— Eu estou tentando!

Mas a porta não passava pela abertura, nem mesmo na diagonal, porque a moldura ainda estava presa nela.

— Eu não consigo passar — avisou ela, explicando a situação. — Vou voltar pela escada.

— Não, Sachs! Deixa a porta. Entra no túnel.

— É uma pista boa demais.

Segurando a porta com ambas as mãos, ela iniciou a fuga, caminhando dentro da água em direção à escada e olhando para trás de vez em quando, vigiando a bateria. Seus movimentos eram extremamente lentos. Mesmo assim, cada passo provocava uma nova onda que quase atingia os terminais da bateria.

— O que está acontecendo, Sachs?

— Estou quase lá — murmurou ela, como se falar em voz mais alta pudesse criar uma turbulência na água.

Já estava na metade do percurso quando a água subiu mais um pouquinho e cercou os terminais.

Não houve centelha.

Nada.

Ela relaxou os ombros, o coração batendo forte.

— É um alarme falso, Rhyme. Não precisamos nos preocup...

Um clarão de luz branca encheu seu campo de visão, acompanhado de um estrondo. Amelia Sachs foi lançada para trás, abaixo da superfície daquele oceano cinzento.

CAPÍTULO 9

— Thom!

O ajudante entrou correndo na sala, observando Rhyme cuidadosamente.

— O que foi? O que está sentindo?

— Não é nada *comigo* — disse o chefe abruptamente, de olhos arregalados, acenando com a cabeça para a tela em branco. — Amelia... estava na cena do crime. Uma bateria... Houve outro arco. O áudio e o vídeo apagaram. Chame Pulaski! Chame alguém!

Os olhos de Thom Reston mostravam preocupação, mas já fazia muito tempo que ele praticava a arte da enfermagem. Por maior que fosse a crise, executaria com frieza as tarefas necessárias. Pegou um telefone fixo calmamente, observou a lista de números e apertou um botão de chamada direta.

O pânico não reside nos intestinos nem corre pela espinha como... bem, como a eletricidade em um fio carregado de energia. O pânico sacode o corpo e a alma por toda parte, ainda que esse corpo não sinta nada. Rhyme estava furioso consigo mesmo. Devia ter mandado Sachs sair no momento em que ambos viram a bateria e a maré montante. Isso *sempre* acontecia: ele ficava tão focado no caso, no objetivo, na busca por um pedaço de fibra, por um fragmento de pegada, qualquer coisa que o aproximasse do criminoso, que esquecia as consequências — brincava com vidas humanas.

O exemplo era sua própria condição física. Tinha sido capitão do Departamento de Polícia de Nova York, diretor de Recursos Investigativos, e fazia pessoalmente a busca na cena de um crime, abaixando-se para recolher uma fibra em um cadáver, quando uma trave desabou sobre si, mudando para sempre sua vida.

E, agora, essa mesma atitude que ele havia instilado em Amelia Sachs poderia ter resultado em algo ainda pior. Ela poderia estar morta.

Thom tinha conseguido fazer a ligação.

— Com quem? — quis saber Rhyme, encarando o ajudante. — Com quem você está falando? Ela está bem?

Thom levantou uma das mãos.

— O que significa isso? O que *diabo* isso pode significar?

Rhyme sentiu o suor escorrer pela testa. Percebeu que tinha ficado ofegante. O coração batia forte, embora ele o sentisse no queixo e no pescoço, e não no peito, claro.

Thom falou:

— É Ron. Ele está na subestação.

— Eu sei onde ele está! Que merda. O que está acontecendo?

— Houve... um incidente. É o que eles estão dizendo.

Incidente...

— Onde Amelia está?

— Estão procurando. Tem gente lá dentro. Ouviram uma explosão.

— Eu sei que houve uma explosão. Eu vi! Que merda!

Os olhos do ajudante se voltaram para Rhyme.

— Você... Como você está se sentindo?

— Para de perguntar isso. O que está acontecendo na subestação?

Thom continuou a fitar o rosto de Rhyme.

— Você está muito nervoso.

— Eu estou bem — respondeu o perito criminal, com calma, para que Thom se concentrasse no telefone. — De verdade.

O ajudante se virou para o lado, e Rhyme viu, horrorizado, que ele contraía os músculos do corpo, levantando ligeiramente os ombros.

Não...

— OK — disse Thom, ao telefone.

— OK *o quê*? — perguntou abruptamente.

Thom não deu atenção ao chefe.

— Pode passar a informação. — Mantendo o telefone preso entre o pescoço e o ombro, começou a digitar no teclado do computador principal do laboratório.

A tela se iluminou.

Rhyme tinha deixado de fingir calma e estava prestes a perder completamente o controle quando surgiu na tela a imagem de

Amelia Sachs, aparentemente sem ferimentos, embora encharcada. Mechas de cabelo ruivo escondiam seu rosto, que parecia o de um mergulhador coberto de algas.

— Lamento, Rhyme, perdi a câmera quando mergulhei — disse ela, num acesso de tosse. Enxugou a testa com a mão e depois olhou para os dedos com ar de nojo. Ela se mexia desajeitadamente.

O alívio tomou o lugar do pânico, ainda que Rhyme continuasse furioso consigo mesmo.

Sachs o encarava de um jeito sombrio, seus olhos concentrados apenas na direção dele.

— Estou usando a câmera de um dos laptops da Algonquin. Você está me vendo bem?

— Vejo, vejo sim. Mas você está bem?

— Eu só engoli um pouco daquela água nojenta pelo nariz. Mas estou bem.

— O que aconteceu? O arco elétrico...

— Não era um arco elétrico. A bateria não tinha sido preparada para isso. O homem da Algonquin me disse que não tinha voltagem suficiente. O que o indivíduo desconhecido fez foi uma bomba. Parece que é possível fazer isso com as baterias fechando os respiradores e deixando que elas sobrecarreguem. Isso produz gás de hidrogênio. Quando a água atinge os terminais, provoca um curto-circuito que inflama o hidrogênio. Foi isso o que aconteceu.

— Os médicos examinaram você?

— Não, não foi preciso. A explosão fez barulho, mas não foi muito forte. Alguns pedaços de plástico me acertaram, porém não me feriram. O impacto me derrubou, mas consegui manter a porta acima da água. Acho que não ficou muito contaminada.

— Que bom, Ame... — A voz de Rhyme vacilou. Por alguma razão, anos antes, ambos adotaram uma superstição de forma tácita: nunca usavam o primeiro nome. Ele ficou preocupado por quase tê-lo feito. — Ótimo. Então foi por lá que ele entrou.

— Deve ter sido.

Só então Rhyme percebeu que Thom se encaminhava até uma das paredes. O ajudante pegou o aparelho de medir a pressão e o enrolou no braço do perito criminal.

— Não faça isso...

— Silêncio — disse Thom, fazendo-o se calar. — Você está agitado e transpirando muito.

— Por causa da merda do *incidente* na cena do crime, Thom.

— Você está com dor de cabeça?

Rhyme estava, mas disse que não.

— Não mente.

— Só um pouquinho. Não é nada.

Thom bateu com o estetoscópio no braço dele.

— Desculpa, Amelia. Eu preciso que ele fique quieto durante trinta segundos.

— Claro.

Rhyme ia começar a protestar novamente, mas depois achou que, quanto mais rápido o deixasse medir a pressão, mais rápido poderia voltar ao trabalho.

Sem sensibilidade no braço, observou a borracha inflando. Thom esgotou o ar do esfigmomanômetro, abrindo o velcro.

— A pressão está alta. Não quero que suba mais. Tenho que cuidar de outras coisas agora.

Era um eufemismo para o que Rhyme costumava descrever objetivamente como "merda e mijo".

— O que está acontecendo aí, Thom? Está tudo bem? — perguntou Sachs.

— Está — respondeu Rhyme, esforçando-se para manter a voz calma, escondendo o fato de que se sentia estranhamente vulnerável, embora não soubesse atribuir esse sentimento ao acidente quase fatal ou à própria condição emocional.

Além disso, sentia-se também um tanto sem jeito.

— A pressão subiu um pouco. Quero que ele pare de falar ao telefone — disse Thom.

— Vou levar as evidências, Rhyme. Daqui a mais ou menos meia-hora estaremos aí.

Thom ia desligar o telefone, mas Rhyme, de repente, sentiu uma espécie de toque na cabeça — cognitivo, não físico.

— Espera! — exclamou. Era uma ordem, tanto para Thom quanto para Sachs.

— Lincoln... — protestou o ajudante.

— Por favor, Thom. Só dois minutos. É importante.

Embora suspeitasse daquele apelo delicado, Thom concordou, relutante.

— Ron estava procurando o lugar por onde o criminoso entrou no túnel, não é?

— Isso mesmo.

— Ele está aí?

A imagem de Sachs fez uma volta, com movimentos bruscos.

— Sim.

— Ponha-o na câmera.

Ele ouviu Sachs chamar o policial. No momento seguinte, ele já aparecia na tela do monitor.

— Pronto, senhor.

— Descobriu por onde ele entrou no túnel atrás da subestação.

— A-hã.

— A-hã? Parece que você está pigarreando, novato.

— Desculpa. Eu descobri, sim.

— Onde fica?

— Tem um bueiro da Algonquin em um beco perto daqui. Servia para acessar a tubulação de vapor. Não levava à subestação. Mas, depois de uns seis metros, encontrei uma grade. Alguém a tinha cortado, abrindo uma passagem larga o suficiente para se esgueirar. Foi colocada de volta no lugar, mas vi que tinha sido cortada.

— Recentemente?

— Sim.

— Você viu se as pontas não estavam enferrujadas?

— Isso mesmo. A passagem dava para aquele túnel. Era muito antiga. Talvez servisse para despejar carvão, há muitos anos. Era o que passava pela porta de acesso que Amelia retirou. Eu estava dentro do túnel e vi a luz quando ela soltou a porta. Ouvi o estrondo da explosão e o grito dela. Continuando pelo túnel, cheguei rapidamente até onde ela estava.

Rhyme abandonou o tom rude.

— Obrigado, Pulaski.

Era um momento embaraçoso. Os elogios de Rhyme eram tão raros que as pessoas pareciam não saber muito bem como recebê-los.

— Tive cuidado para não contaminar demais a cena.

— Para salvar vidas, pode contaminar à vontade. Lembre-se disso.

— Claro.

— Você examinou o acesso ao bueiro e a grade cortada? O túnel também? — continuou o perito criminal.

— Sim, senhor.

— Alguma coisa importante?

— Só pegadas. Mas recolhi alguns resíduos.

— Vamos ver o que podem nos revelar.

Thom sussurrou, com firmeza:

— Lincoln?

— Só mais um minuto. Agora preciso que você faça outra coisa, novato. Está vendo aquele restaurante ou café, do outro lado da rua, em frente à subestação?

O policial olhou para a direita.

— Estou vendo... Espera, como você sabia que tem um restaurante aqui?

— Ora, pelas minhas caminhadas pelo local — disse Rhyme, contendo o riso.

— Eu... — O jovem agente estava atrapalhado.

— Eu sei porque *tem* que ter alguma coisa assim. Nosso indivíduo precisava observar a subestação para atacá-la. Não podia ser um quarto de hotel, porque teria que preencher o registro, nem algum escritório, porque despertaria suspeitas. Tinha que ser um lugar onde pudesse ficar à vontade.

— Entendi. Quer dizer que ele se diverte vendo os fogos de artifício que criou.

Já não era mais hora de elogios.

— Meu Deus, novato, você já está traçando um perfil. Sabe qual é minha opinião a respeito de perfis?

— Bem, você não é exatamente um entusiasta, Lincoln.

Rhyme viu a imagem de Sachs atrás de Pulaski, sorrindo.

— Ele precisava ver como estava funcionando o dispositivo que tinha armado. O que criou foi algo extraordinário. Era um tiro de canhão com eletricidade, que ele não podia ter testado em outro lugar. Era preciso fazer ajustes na voltagem e nos disjuntores ao longo dos preparativos. Ele tinha que se certificar de que a descarga ocorreria no exato momento em que o ônibus chegasse. Ele começou a manipular o computador de controle da rede de distribuição às onze e meia, e em dez minutos tudo já tinha terminado. Vá falar com o gerente do restaurante...

— É um café.

—... do café, e veja se alguém estava lá dentro, perto de alguma janela, por um tempo antes da explosão. Ele deve ter saído pouco antes de a polícia e os bombeiros chegarem. E também verifique se eles têm banda larga e qual é o provedor.

Thom, já com luvas de borracha, fazia gestos impacientes.

O mijo e a merda...

— Vou fazer isso, Lincoln — disse Pulaski.

— E também...

— Vou mandar fechar o restaurante para fazer uma varredura na área.

— Exatamente, novato. Depois, vocês dois corram para cá, depressa.

Com um tremor de um de seus dedos úteis, Rhyme desligou, um milissegundo antes que Thom fizesse o mesmo.

CAPÍTULO 10

Fred Dellray pensava na nuvem.

Lembrava-se da palestra que o agente especial Tucker McDaniel tinha dado aos seus subordinados sobre o tema que pouco antes havia abordado no laboratório de Rhyme: os novos métodos de comunicação dos criminosos e o fato de que o progresso acelerado da tecnologia vinha tornando as coisas mais fáceis para eles e mais difíceis para nós.

A nuvem...

Naturalmente, Dellray compreendia o conceito. Não era possível hoje em dia trabalhar do lado da lei e não conhecer as ideias de McDaniel sobre como descobrir e prender criminosos. Mas isso não significava que ele gostasse delas. Não gostava nem um pouco, em grande parte pelo que aquela expressão significava: era um símbolo de mudanças fundamentais, talvez cataclísmicas, na vida de todos.

Mudanças em sua própria vida, também.

No metrô, a caminho do centro da cidade naquela tarde clara, Dellray se lembrava do pai, professor no Marymount Manhattan College e autor de diversos livros sobre filósofos e críticos culturais norte-americanos de origem africana. Ele tinha se dedicado a estudos acadêmicos aos 30 anos e nunca mais tivera outra ocupação. Havia morrido na mesma escrivaninha que durante décadas tinha considerado como seu lar, desabando sobre as provas tipográficas da revista que fundara quando o assassinato de Martin Luther King ainda era recente na lembrança do mundo.

Durante a vida do pai, a política havia mudado drasticamente — o fim do comunismo, a ruptura da segregação racial, o surgimento de inimigos não estatais. Os computadores substituíram as máquinas de escrever e as bibliotecas. Os carros passaram a ter airbags.

Os canais de TV se multiplicaram, passando de quatro — além do UHF — para centenas. Pouquíssimo, porém, havia mudado fundamentalmente na vida dele. O pai de Dellray tinha prosperado em seu próprio mundo acadêmico isolado, principalmente no campo da filosofia. Desejara muito que o filho seguisse seu exemplo, estudando a natureza da existência e a condição humana. Ele procurara instilar no filho o amor por esses mesmos temas.

Até certo ponto, tinha conseguido. O jovem Fred, questionador, brilhante e perceptivo, havia se sentido realmente fascinado pela humanidade em todas as suas encarnações: metafísica, psicológica, teológica, epistemológica, ética e política. Adorava tudo isso, mas bastou um mês como pesquisador assistente para perceber que enlouqueceria se não utilizasse seu talento de forma prática.

Sua audácia fez com que buscasse a aplicação prática da filosofia mais crua e intensa que foi capaz de imaginar.

Ele entrou para o FBI.

Mudança...

O pai se reconciliou com a deserção do filho, e ambos compartilharam cafés e longas caminhadas no Prospect Park, durante as quais chegaram ao entendimento de que, embora usassem laboratórios e técnicas diferentes, suas visões e percepções eram as mesmas.

A condição humana... observada e transformada em texto pelo pai, vivida em primeira mão pelo filho.

Em seu trabalho como policial infiltrado, a intensa curiosidade e as percepções de Fred sobre a natureza humana o transformaram em um homem capaz de incorporar qualquer personagem. Ao contrário da maioria dos policiais infiltrados, cuja capacidade de atuação e repertório eram limitados, Dellray podia realmente se transformar nas pessoas que representava.

Certa vez, disfarçado de sem-teto nas ruas de Nova York, perto do edifício que abriga as repartições federais, o homem que na época era agente especial assistente no escritório do FBI em Manhattan — na verdade, o chefe de Dellray — passou por ele e jogou uma moeda de vinte e cinco centavos, sem o reconhecer.

Foi um dos melhores elogios que Dellray já recebeu.

Era um camaleão. Em uma semana personificava um drogado desesperado por metanfetamina. Na seguinte, um diplomata da África do Sul querendo vender segredos nucleares. Depois, auxiliar de um imame somali que odiava os Estados Unidos e sabia uma centena de citações do Corão.

Possuía dezenas de trajes, adquiridos ou montados por ele mesmo, que agora enchiam o porão da casa que havia comprado com Serena há alguns anos, no Brooklyn. Tinha avançado na carreira, o que era inevitável para alguém com sua vontade, habilidade e absoluta falta de desejo de apunhalar os colegas pelas costas. Atualmente, sua principal atividade era coordenar outros agentes secretos do FBI e informantes confidenciais — também conhecidos como delatores —, embora de vez em quando ainda fizesse trabalhos de campo, atividade da qual continuava a gostar como antes.

Mas aí veio a mudança.

A nuvem...

Dellray não deixava de perceber que tanto os mocinhos quanto os bandidos iam ficando mais espertos e mais tecnológicos. A mudança era óbvia: HUMINT — os frutos da coleta de inteligência por meio do contato entre seres humanos — cedia espaço à SIGINT.

No entanto, ele simplesmente não se sentia à vontade diante desse fenômeno. Quando jovem, Serena havia tentado ser cantora de baladas românticas. Tinha talento para todas as formas de dança, do balé ao jazz e à dança moderna, mas simplesmente não possuía capacidade para ser cantora. O mesmo acontecia com Dellray no novo trabalho policial por meio de dados, números, tecnologia.

Continuou trabalhando com seus delatores e como policial infiltrado, obtendo bons resultados. Mas, na companhia de McDaniel e sua equipe de *tecnologia e comunicações*, o velho Dellray se sentia, como dizer, velho. O chefe atual era incansável, trabalhando sessenta horas por semana, além de ser destemido dentro do departamento. Se fosse preciso, defenderia seus homens até contra o presidente da República. Além disso, suas técnicas davam certo: na semana anterior, o pessoal de McDaniel tinha recolhido, por meio de ligações codificadas, detalhes suficientes para descobrir uma célula fundamentalista nos arredores de Milwaukee.

O recado a Dellray e aos agentes mais velhos era claro: seu tempo já passou.

Ainda se ressentia do golpe, provavelmente involuntário, desferido na reunião no laboratório de Rhyme.

Bem, continue assim, Fred. Você está fazendo um bom trabalho.

Ou seja, ele nem esperava que *você* descobrisse pistas que os levassem ao Justice For e a Rahman.

Talvez McDaniel estivesse certo em suas críticas. Afinal, Dellray tinha em mãos uma boa rede de informantes para acompanhar atividades terroristas. Encontrava-se regularmente com eles e os manipulava como podia, protegendo os mais temerosos, consolando os que tinham remorsos, pagando bem aos que viviam de dar informações e pressionando impiedosamente os que, como a avó de Dellray costumava dizer, tinham ficado metidos demais.

Mas em todas as informações que tinha conseguido sobre planos terroristas, até mesmo embrionários, nada havia sobre o Justice For nem sobre a merda daquela centelha.

E aí o pessoal de McDaniel identificou a ameaça sem nem levantar a bunda da cadeira.

Sabe os drones no Oriente Médio e no Afeganistão? Os pilotos ficam em uma base em Colorado Springs ou em Omaha.

Dellray também tinha outra preocupação, que havia surgido mais ou menos junto com o jovem McDaniel: talvez já não fosse tão competente quanto antes.

Rahman poderia ter estado debaixo do seu nariz. Os membros da célula do Justice For poderiam ter estudado engenharia elétrica no Brooklyn ou em Nova Jersey, assim como os sequestradores do 11 de Setembro estudaram aviação.

Outra coisa: precisava confessar que ultimamente andava um pouco distraído. Tinha a ver com sua *outra vida*, como ele dizia, a vida com Serena, que ele mantinha tão distante das ruas quanto uma chama da gasolina. Era uma coisa muito importante: Dellray se tornara pai. Serena tinha tido um filho no ano anterior. Ambos debateram o assunto e ela fez questão de que, mesmo depois do nascimento da criança, o marido não mudasse de atividade, ainda que isso acarretasse alguns perigos como agente secreto. Ela compreendia que o trabalho o definia, assim como a dança definia a si mesma, e passar a trabalhar dentro de um escritório poderia ser ainda mais perigoso para ele.

Mas a paternidade o teria mudado como agente? Dellray ansiava por levar Preston a um parque ou a uma loja, dar comida ao garoto, ler para ele. (Serena tinha ido ao quarto do menino, rido e suavemente tirado das mãos de Dellray o manifesto existencialista de Kierkegaard, *Temor e tremor*, substituindo-o por um livro infantil. Dellray não havia percebido a importância das palavras, mesmo naquela tenra idade.)

O metrô parou em Greenwich Village e muitos passageiros entraram.

Instintivamente, seu faro de agente secreto percebeu quatro pessoas interessantes: duas que muito provavelmente eram batedoras de carteira, um rapazinho armado com uma faca e um jovem executivo suado que apertava um dos bolsos com a mão, numa atitude protetora tão firme que poderia rasgar o pacote de cocaína que trazia oculto.

As ruas... Fred Dellray adorava as ruas.

Mas aqueles quatro nada tinham a ver com sua missão e por isso ele os deixou escapar de sua percepção, conforme disse a si mesmo: Bem, você se deu mal. Não achou Rahman e não achou o Justice For. No entanto, as perdas e os danos eram mínimos. McDaniel tinha sido condescendente, mas não transformou você num bode expiatório, pelo menos por enquanto. Outro chefe poderia ter feito isso em um segundo.

Dellray ainda poderia encontrar alguma pista para identificar o indivíduo e detê-lo antes que acontecesse outro ataque terrível como aquele. Ainda poderia se redimir.

Ele desceu na parada seguinte do metrô e caminhou para o leste. Em pouco tempo chegou a um trecho onde havia bodegas e prédios residenciais baratos, clubes de má fama, restaurantes rançosos, empresas de táxi com funcionários que falavam espanhol, árabe ou farsi. Não eram profissionais liberais ativos como no West Village; ali, as pessoas não se movimentavam muito, simplesmente permaneciam sentadas, na maioria homens, em cadeiras desconjuntadas ou em degraus na entrada das casas; os mais jovens eram esbeltos, os mais velhos, gordos. Todos observavam com cautela.

Era ali que se fazia o verdadeiro trabalho de rua. Ali ficava o escritório de Fred Dellray.

Caminhou até a vitrine de um café e olhou para dentro com certa dificuldade, porque fazia meses que o vidro tinha sido limpo pela última vez.

Sim, ali estava. Viu o que poderia ser sua ruína ou sua salvação.

Sua última oportunidade.

Encostando um calcanhar no outro para ter certeza de que a pistola presa à perna não tinha saído do lugar, abriu a porta e entrou.

CAPÍTULO 11

— Como você está se sentindo? — perguntou Sachs ao entrar no laboratório.

Rhyme deu uma resposta seca:

— Muito bem. Onde estão as evidências?

Aparentemente, as duas frases foram ditas sem pontuação.

— Os técnicos e Ron estão trazendo. Eu vim sozinha no Cobra.

Ele entendeu que Sachs tinha vindo dirigindo feito uma louca.

— E você, como está? — perguntou Thom.

— Molhada.

Não precisava dizer. Os cabelos dela estavam secando, mas as roupas ainda continuavam encharcadas. O estado dela não era um problema. Todos sabiam que estava bem. Isso já tinha sido informado antes. Rhyme havia ficado abalado naquele momento, mas agora ela estava bem e ele queria começar a trabalhar nas evidências.

Mas isso não é o mesmo que dizer que existe quarenta e cinco por cento de chance de que alguma outra pessoa na cidade de Nova York corre o risco de ser eletrocutada? E de que isso poderia estar acontecendo nesse instante?

— Bem, onde estão...?

— O que aconteceu? — perguntou ela a Thom, olhando para Rhyme.

— Eu já disse que estou bem.

— Estou perguntando a ele.

Sachs também tinha temperamento forte.

— Ele estava com a pressão alta. Bastante.

— Mas agora não está, não é, Thom? — disse Lincoln Rhyme, com teimosia. — Está ótima, bem normal. É como dizer que os russos mandaram mísseis para Cuba. *Aquilo* foi um problema. Mas, como Miami não virou uma cratera radioativa, creio que a situação já tenha se resolvido, não é mesmo? Está no passado. Chame Pulaski e os técnicos do Queens. Eu quero as evidências.

O ajudante não lhe deu atenção e disse a Sachs:

— Ele não precisou de medicação, mas estou atento.

Ela fitou Rhyme mais uma vez e disse que ia subir para trocar de roupa.

— Algum problema? — perguntou Lon Sellitto, que tinha chegado da cidade alguns minutos antes. — Você não está se sentindo bem, Linc?

— Meu Deus do céu — cuspiu Rhyme. — Vocês estão surdos? Estão me ignorando? — Então se virou para a porta. — Ah, finalmente. Chegou mais um. Que merda, Pulaski, pelo menos você está sendo produtivo. O que temos aí?

O jovem policial, outra vez uniformizado, trazia caixas que encarregados da perícia costumam usar para transportar evidências.

No momento seguinte, dois técnicos da sede do Queens trouxeram um objeto envolto num plástico volumoso: o cabo. Era a arma mais estranha que Rhyme já tinha visto em um caso. Era também uma das mais mortíferas. Eles também carregavam a porta de acesso ao porão da subestação, igualmente embrulhada em plástico.

— Pulaski? E o café?

— O senhor tinha razão. Eu trouxe algumas coisas de lá.

O perito criminal ergueu uma sobrancelha para mostrar ao policial que o tratamento cerimonioso não era necessário. Rhyme era capitão *aposentado* do Departamento de Polícia de Nova York. O direito dele de ser chamado formalmente de "senhor" não era maior que o de qualquer outra pessoa na rua. Vinha tentando fazer com que Pulaski deixasse de lado a insegurança que, às vezes, transparecia por causa da juventude, claro. Existia, porém, outro aspecto. O jovem policial tinha sofrido uma grave lesão na cabeça no primeiro caso em que ambos trabalharam juntos. Isso quase acarretou o fim de sua carreira na polícia, mas ele havia continuado na corporação, apesar do ferimento e dos consequentes surtos de confusão e desorientação que ainda o assaltavam ocasionalmente. (A decisão de permanecer na polícia tinha sido em grande parte inspirada pela determinação de Rhyme em fazer o mesmo.)

Dando sequência ao seu projeto de transformar Pulaski em um agente de primeira linha, a coisa mais importante que Rhyme precisava instilar no rapaz era um ego à prova de bala. Pode-se ter todos os dotes do mundo, mas eles serão inúteis se não tiver coragem de sustentá-los. Antes de morrer, ele queria ver Pulaski subir na hierarquia dos peritos criminais da cidade de Nova York. Ele sabia que isso poderia acontecer. Sua esperança era que Pulaski e Sachs comandassem juntos aquela unidade. Seria o legado de Rhyme.

Ele agradeceu aos técnicos ao vê-los se retirarem com cumprimentos respeitosos e expressões que pareciam indicar a tentativa de memorizar como era o laboratório. Não eram muitos que iam até ali para ver Rhyme em pessoa. Ele ocupava um lugar especial na hierarquia do Departamento de Polícia de Nova York. Tinha ocorrido uma mudança recente e o diretor da Unidade de Criminalística havia sido transferido para o município de Dade, em Miami. Agora, vários detetives graduados comandavam as operações até que um novo diretor fosse designado. Havia até mesmo rumores de que Rhyme poderia voltar.

O subchefe da polícia conversara com ele a respeito, mas Rhyme tinha dito que poderia ter problemas no teste para assumir o cargo. O exame de capacidade física exigia que os candidatos completassem um percurso com obstáculos num tempo determinado: correr até um muro de um metro e oitenta e passar por cima dele, dominar um bandido falso, subir escadas correndo, arrastar um manequim de oitenta quilos para um lugar seguro e puxar o gatilho da arma dezesseis vezes com a mão hábil e quinze com a outra.

Rhyme recusou o convite, explicando ao funcionário que veio visitá-lo que jamais passaria nesse teste. Talvez fosse capaz de saltar a barreira se ela tivesse um metro e meio. Mesmo assim, ficou lisonjeado com o interesse.

Sachs voltou ao primeiro andar vestindo jeans e um suéter azul-claro por dentro da calça, com os cabelos lavados e ainda úmidos presos num rabo de cavalo e amarrados com um elástico.

Nesse momento, Thom foi atender à porta e outra figura surgiu no vestíbulo.

O homem magro cujo aspecto reservado fazia com que ele parecesse um contador ou um vendedor de meia-idade era Mel Cooper, que, na opinião de Rhyme, era um dos melhores técnicos de laboratório de criminalística do país. Tinha diplomas de matemática, física e química orgânica e era membro sênior da Associação Internacional de Identificação e da Associação Internacional de Análise Sanguínea. O quartel-general da Unidade de Criminalística o convocava constantemente; porém, como Rhyme era responsável por tê-lo raptado de um cargo no estado de Nova York, anos antes, trazendo-o para a polícia de Nova York, o combinado era que ele deixaria o que estivesse fazendo e viria para Manhattan, caso Rhyme e Sellitto estivessem ocupados com um caso e precisassem dele.

— Mel, que bom que você estava disponível.

— Disponível... Não foi você quem ligou para o meu chefe e o ameaçou se ele não me liberasse do caso Hanover-Sterns?

— Eu fiz isso para o seu bem, Mel. Você estava sendo desperdiçado num caso de corrupção financeira.

— E eu agradeço pela oportunidade.

Cooper cumprimentou os presentes com um aceno de cabeça. Ajeitou os óculos no nariz e atravessou o laboratório até a mesa de exames, caminhando silenciosamente com seus sapatos marrons acolchoados. Embora fosse um dos homens menos atléticos que Rhyme já tinha visto, exceto por si próprio, Mel Cooper se movia com a graça de um jogador de futebol, e o perito criminal se lembrou de que ele era profissional em dança de salão.

— Eu quero saber os detalhes — disse Rhyme, voltando-se para Sachs.

Ela folheou o bloco de notas e explicou o que tinha ouvido do funcionário da companhia de eletricidade.

— A Algonquin Consolidated Power fornece eletricidade à maior parte dessa região. Pensilvânia, Nova York, Connecticut e Nova Jersey.

— As chaminés no East River são dela?

— Exatamente — respondeu a Cooper. — Além de uma usina geradora de vapor e eletricidade, a sede também fica lá. O supervisor da Algonquin disse que o indivíduo poderia ter entrado na estação a qualquer momento nas últimas trinta horas para preparar o cabo. As subestações, em geral, não têm funcionários. Pouco depois das onze da manhã de hoje, ele, ou eles, entrou nos computadores da Algonquin, começou a desligar subestações em toda a área e redirecionou toda aquela eletricidade para a subestação da rua 57. Quando a voltagem chega a um certo ponto, ela precisa completar um circuito. É impossível evitar. Ou ela salta para outro cabo ou para alguma coisa na terra. Normalmente, os disjuntores da subestação se abririam, mas ele os tinha preparado para suportar uma carga dez vezes maior. Por isso ela se acumulou naquilo — Sachs apontou para o cabo —, esperando o momento de estourar. Como uma represa. A pressão foi subindo e o "suco" tinha que ir para algum lugar. A rede de distribuição de eletricidade em Nova York funciona da seguinte maneira. Um dos funcionários desenhou para mim e foi muito útil.

Sachs pegou uma folha de papel na qual havia um diagrama. Aproximou-se de um dos quadros brancos e, com um marcador azul-escuro, escreveu:

Usina geradora, ou fonte de alimentação (345.000v)

↓ (através de cabos de alta-tensão)

Subestação de transmissão (reduz de 345.000v para 138.000v)

↓ (através das linhas regionais de transmissão)

Subestação local (reduz de 138.000v para 13.800v)

↓ (através de cabos de alimentação)

1. *Redes secundárias em grandes edifícios comerciais (reduz de 13.800v para 120/208v) ou*
2. *Transformadores de rua (reduz de 13.800v para 120/208v)*

↓ (através de linhas de serviço)

Residências e escritórios (120/208v)

Sachs continuou:

— A MH-10, a subestação da rua 57, é uma subestação local. A linha de entrada é de alta voltagem. Ele poderia ter preparado o cabo em qualquer lugar em uma linha regional de transmissão, mas isso é difícil, imagino, porque a voltagem é muito elevada. Por isso ele trabalhou na *saída* da subestação local, de apenas treze mil e oitocentos volts.

— Ufa! — murmurou Sellitto. — "Apenas".

— Depois de preparar o cabo, ele modificou a capacidade dos disjuntores para uma voltagem maior e inundou a subestação com eletricidade.

— E aí explodiu — completou Rhyme.

Ela pegou um dos sacos de evidências que continha as lágrimas metálicas.

— E aí explodiu — repetiu ela. — Essas coisas estavam por toda parte, como estilhaços.

— O que são? — quis saber Sellitto.

— Gotas derretidas do poste do ponto de ônibus. A explosão as espalhou por toda parte. Abriram buracos no concreto e atravessaram as chapas de alguns carros. A vítima sofreu queimaduras, mas não foi isso que a matou. — Rhyme notou que a voz dela havia assumido um tom grave. — Foi como uma grande rajada de tiros de escopeta. Cauterizou as feridas — prosseguiu Sachs, fazendo uma careta. — Isso a manteve consciente durante algum tempo. Vejam — concluiu, olhando para Pulaski.

O jovem policial colocou os cartões de memória em um computador próximo e criou arquivos para o caso. Logo as fotos surgiram nos monitores de alta definição. Após muitos anos de trabalho em cenas de crime, Rhyme estava praticamente imune às imagens mais horripilantes, mas aquelas o abalaram. O corpo do jovem vitimado tinha sido atravessado pelos pingos de metal derretido. Havia pouco sangue graças ao poder de cauterização dos projéteis. Será que o criminoso já sabia que sua arma causaria aquilo, cauterizando os ferimentos? Mantendo as vítimas conscientes, para que sentissem dor? Seria isso parte de seu *modus operandi*? Rhyme compreendia a emoção de Sachs.

— Meu Deus — murmurou o detetive corpulento.

Rhyme afastou a imagem de sua mente e perguntou:

— Quem era ele?

— O nome dele era Luís Martin. Era subgerente de uma loja de artigos musicais. Tinha 28 anos. Sem registros criminais.

— Ele tinha alguma ligação com a Algonquin ou com a empresa metropolitana de transportes? Algum motivo para que alguém quisesse matá-lo?

— Nada — respondeu Sachs.

— Estava no lugar errado na hora errada — resumiu Sellitto.

— Ron, e o café? O que você descobriu lá? — perguntou Rhyme.

— Por volta das dez e quarenta e cinco, um homem de macacão azul-escuro entrou com um laptop e acessou a internet.

— Macacão azul? — perguntou Sellitto. — Algum logotipo ou identificação?

— Ninguém reparou. Mas o pessoal da Algonquin usa uniformes do mesmo tom de azul.

— Você conseguiu uma descrição? — insistiu o policial.

— Provavelmente era branco e devia ter uns 40 anos, óculos, boné escuro. Algumas pessoas disseram que não usava óculos nem boné. Cabelos loiros ou pretos ou ruivos.

— Testemunhas — murmurou Rhyme, com desprezo.

Um atirador sem nada da cintura para cima poderia matar alguém diante de dez testemunhas e cada uma o descreveria usando uma camiseta de dez cores diferentes. Nos últimos anos, as dúvidas dele sobre o valor das testemunhas se atenuaram um pouco por causa da habilidade de Sachs nos interrogatórios e também porque Kathryn Dance tinha provado que a análise da linguagem corporal era um método suficientemente científico e capaz de produzir resultados constantes em muitos casos. Mesmo assim, ele não conseguia abandonar completamente o ceticismo.

— O que aconteceu com o homem do macacão? — perguntou Rhyme.

— Ninguém tem certeza. A situação estava bastante caótica. Só disseram ter ouvido uma grande explosão, a rua inteira ficou branca com a luz do arco elétrico e todos correram para fora. Ninguém se lembrava de ter visto o homem depois disso.

— Ele levou o copo de café? — perguntou Rhyme. Ele adorava recipientes de bebida. Eram como carteiras de identidade, contendo informações sobre o DNA e impressões digitais, além de outros vestígios que ficavam aderidos aos recipientes por causa da característica viscosa do leite, do açúcar e de outros aditivos.

— Parece que levou — respondeu Pulaski.

— Merda. O que você encontrou na mesa?

— Isso — respondeu Pulaski, tirando um envelope plástico da caixa.

— Está vazio — disse Sellitto, examinando-o de perto enquanto coçava a imponente barriga, talvez para aliviar uma coceira ou para mostrar decepção com a falta de resultados da última dieta da moda.

Rhyme, porém, olhou para o plástico e sorriu.

— Bom trabalho, novato.

— "Bom trabalho"? — murmurou o tenente. — Não tem nada aí dentro.

— Esse é meu tipo preferido de pista, Lon. Os fragmentos invisíveis. Daqui a um minuto vamos cuidar disso. Estou pensando em hackers — prosseguiu Rhyme. — Pulaski, tinha Wi-Fi no café? Eu estava pensando nisso e aposto que não tinha.

— Tem razão. Como você sabe?

— Ele não podia arriscar que estivesse fora do ar. Provavelmente fez a conexão por meio do celular. Mas precisamos saber como ele entrou no sistema da Algonquin. Lon, chama o pessoal de Cibercrimes. Eles precisam entrar em contato com alguém do Departamento de Segurança da Algonquin. Veja se Rodney está disponível.

A Unidade de Cibercrimes do Departamento de Polícia de Nova York era um grupo de elite composto por cerca de trinta detetives e pessoal de apoio. De vez em quando Rhyme trabalhava com um deles, o detetive Rodney Szarnek. Achava-o jovem, mas, na verdade, não fazia ideia da idade dele por causa de sua atitude despojada, das roupas casuais e dos cabelos desgrenhados, como os de um hacker — uma imagem e uma vocação que costumam fazer a pessoa parecer uns anos mais nova.

Sellitto fez a ligação e desligou após um breve diálogo, explicando que Szarnek ligaria imediatamente para a equipe de tecnologia da informação na Algonquin para verificar se tinha havido alguma invasão dos servidores da rede de distribuição de energia.

Cooper observava o cabo elétrico com reverência.

— Então é isso? — disse, erguendo outro dos sacos que continham estilhaços retorcidos dos discos de metal. — Felizmente, não tinha nenhum pedestre passando por ali. Se isso acontecesse na Quinta Avenida, poderia haver dezenas de mortes.

Ignorando a observação desnecessária do técnico, Rhyme concentrou a atenção em Sachs. Ele notou que os olhos dela estavam fixos nos pequenos discos.

Com a voz talvez mais rude do que o necessário, para fazê-la esquecer os estilhaços, disse:

— Vamos, pessoal. Vamos começar a trabalhar.

CAPÍTULO 12

Sentando-se à mesa, Fred Dellray se viu diante de um homem pálido e franzino, que poderia ter 30 anos mal-vividos ou 50 bem--preservados.

O homem vestia uma jaqueta esportiva grande demais, comprada num brechó mambembe ou roubada de algum cabideiro quando ninguém estivesse prestando atenção.

— Jeep — disse Dellray.

— Esse não é mais o meu nome.

— Não é o seu nome? Parece marca de queijo. Qual é o seu queijo agora?

— Não entendi...

— Eu quero saber qual é o seu novo nome — disse Dellray, franzindo a testa e desempenhando o papel que geralmente encarnava com gente como aquela.

Jeep, ou Não Jeep, era um traficante sádico que ele mesmo tinha prendido durante uma operação secreta em que precisou gargalhar enquanto o outro descrevia com detalhes a tortura de um jovem universitário que havia atrasado o pagamento da droga. Depois de preso e de ter cumprido parte da sentença, houve uma negociação e ele se tornou um dos animais de estimação de Dellray.

Era um cabresto curto que de vez em quando ele precisava apertar.

— *Era* Jeep, mas resolvi mudar. Agora eu sou Jim, Fred.

Mudanças. A palavra mágica do momento.

— Já que estamos falando em nomes... Fred? Eu sou seu amigo, seu melhor amigo? Eu não me lembro de ter sido comunicado, de termos passado um tempo juntos, de ter conhecido seus pais.

— Desculpe, senhor.

— Sabe de uma coisa? Pode me chamar de Fred mesmo. Eu não acredito em você quando me chama de "senhor".

O sujeito era um trapo de gente desprezível, mas Dellray sabia que precisava ter cuidado. Nunca demonstrar desprezo mas também nunca hesitar em aplicar pressão, a pressão do medo.

O medo gera respeito. O mundo é assim.

— Eis o que eu quero que você faça. Isso é importante. Eu lembro que você tem um encontro marcado.

Era uma audiência para sair da jurisdição. Dellray não se preocupava em perder o informante. A utilidade de Jeep já era quase nula. Assim é a natureza dos delatores: duram tanto quanto iogurte fresco na prateleira do mercado. Jeep, ou Jim, estava apelando à junta de livramento condicional do estado de Nova York a fim de obter permissão para se mudar para a Georgia. Logo a Georgia.

— Se você pudesse ajudar, Fred, senhor, seria ótimo — disse ele, fitando o agente com olhos marejados.

Wall Street devia aprender algumas lições com os informantes confidenciais. Não havia derivativos, nem perdão por inadimplência, nem seguro, nem adulteração de registros contábeis. Era tudo muito simples. Você dá a ele algo de valor e recebe em troca uma informação igualmente importante.

Se ele não correspondesse, estava fora. Se você não pagasse, receberia merda em troca.

Tudo era muito transparente.

— Tudo bem — disse Dellray. — O que você quer é possível. Agora ouça o que eu quero. E o que preciso dizer é perecível. Entendeu o que isso significa, Jim?

— Alguém vai se foder muito rápido.

— Isso mesmo. Agora escuta com atenção. Eu preciso achar o Brent.

Houve uma pausa.

— William Brent? E como eu vou saber onde ele está?

Jeep-Jim, Jim-Franzino fez essa pergunta quase sem levantar a voz, mas o suficiente para que Dellray percebesse que ele tinha pelo menos alguma ideia de onde encontrar o homem.

— Eu estou com a Georgia na cabeça — disse Dellray.

Passou-se um minuto enquanto Jeep negociava consigo mesmo.

— Quero dizer, talvez eu possa... Existe uma possibilidade...

— Você vai terminar essas frases ou eu posso deixar pra lá?

— Preciso checar uma coisa.

Jeep-James-Jim se levantou e se dirigiu a um canto do café, começando a mandar uma mensagem de texto. Dellray achou engraçada a paranoia de que ele pudesse ouvir uma mensagem de texto. Jeep provavelmente se daria melhor na Georgia.

Dellray tomou um gole da água que o garçom havia trazido. Tinha esperança de que o interlocutor franzino conseguisse a informação. Um dos seus maiores êxitos tinha sido conseguir controlar William Brent, um homem branco de meia-idade, de aparência descuidada, que lembrava um vendedor do Walmart. Ele tinha sido decisivo para a descoberta de uma conspiração perigosa. Um grupo terrorista doméstico — racista e separatista — planejava explodir algumas sinagogas em uma tarde de sexta-feira, colocando a culpa em fundamentalistas islâmicos. O grupo tinha dinheiro, mas não os meios necessários, e por isso procurou uma família criminosa local, que tampouco apreciava judeus e muçulmanos. Brent havia sido contratado pela família para ajudar na execução do plano e tinha confiado no personagem representado por Dellray — um traficante de armas haitiano que oferecia lança-granadas-foguete.

Brent foi preso e Dellray o fez mudar de lado. Surpreendendo a todos, ele se dedicou à informação confidencial como se tivesse se preparado a vida inteira para essa atividade. Infiltrou-se no comando do grupo racista e na família, fazendo com que a conspiração fracassasse. Mesmo tendo quitado sua dívida, continuou trabalhando com as várias encarnações de Dellray — um assassino de aluguel, um ladrão de joias e bancos, um ativista radical antiaborto. Revelou-se um dos mais espertos entre os delatores controlados pelo agente, além de um eficiente camaleão. Era como o outro lado de Fred Dellray (anos antes houvera uma suspeita, nunca comprovada, de que Brent controlava uma rede de informantes — no interior do Departamento de Polícia de Nova York).

Dellray usou seus serviços durante um ano, até que Brent ficou superexposto e se retirou sob o manto confortável da proteção a testemunhas. Dizia-se, no entanto, que em uma de suas encarnações ele continuava a manter boas conexões e frequentava as ruas.

Como nenhuma das fontes costumeiras de Dellray havia trazido informações sobre o Justice For ou Rahman, ou sobre o ataque à rede elétrica, ele se lembrou de William Brent.

Jimmy-Jeep voltou e ocupou o assento que rangia.

— Acho que consigo. Mas isso é sobre o que, cara? Eu não quero que ele me pegue.

Dellray refletiu que aquela era uma diferença importante entre Wall Street e o mundo das informações confidenciais.

— Não, Jimmy querido, você não me entendeu. Eu não quero que você descubra nada. Basta servir de casamenteiro. Consiga um encontro com ele e em breve vai estar comendo pêssegos na Georgia.

Dellray estendeu ao outro um cartão onde havia apenas um número de telefone. — Ele deve ligar para esse número. Consiga isso.

— Agora?

— Agora.

Jeep olhou para a cozinha.

— E o meu almoço? Eu ainda não comi nada.

— Que diabo de lugar é esse? — questionou Fred de repente, olhando em volta, com ar horrorizado.

— Do que você está falando, Fred?

— Não pode pedir comida para viagem?

CAPÍTULO 13

Cinco horas já tinham se passado desde o momento do ataque e a tensão aumentava na casa de Rhyme. Nenhuma das pistas dava resultados.

— O cabo — disse ele, ansioso. — De onde veio?

Cooper ajustou novamente os óculos no nariz. Colocou as luvas de látex para o exame, mas, antes de tocar no objeto, limpou as mãos com um rolo de papel adesivo e jogou fora a parte usada. Rhyme instruía sua equipe a tomar essa precaução desde o dia em que havia analisado um caso para a polícia do estado de Nova Jersey e descoberto que um fragmento de fibra não tinha vindo do suspeito detido, e sim do bolso do paletó de um dos detetives. Esse investigador havia colocado as luvas de borracha no bolso, porque tinha visto um policial numa série popular de TV fazendo o mesmo. A possibilidade de contaminação era pequena, mas a busca e a análise de pistas eram apenas uma parte do trabalho de um detetive perito criminal; ele também precisava fazer com que elas permanecessem intocadas a fim de poder condenar os criminosos num julgamento cheio de advogados de defesa espertos.

Após o triste caso da fibra de Nova Jersey, ele passou a fazer questão de que seus agentes limpassem as luvas depois de colocá-las, caso não estivessem em bolsas ou caixas livres de contaminação.

Com uma tesoura cirúrgica, Cooper cortou fora o isolamento plástico, expondo o interior. Tinha cerca de quatro metros e meio de comprimento e a maior parte estava coberta com uma fita isolante. O cabo propriamente dito não era compacto, e sim constituído por muitos fios prateados. Em uma extremidade estava aparafusada a placa de latão, espessa e um tanto chamuscada. Na outra ponta havia dois grandes parafusos de cobre, duplamente perfurados no meio.

— O nome é parafuso fendido, como disse o cara da Algonquin — informou Sachs. — É usado para dividir os fios. Foi assim que ele ligou o cabo à linha principal.

Depois ela explicou de que forma ele havia pendurado a placa do lado de fora da janela, conforme o funcionário da Algonquin tinha lhe contado. A placa estava presa ao cabo com dois parafusos de seis milímetros. O arco elétrico havia partido da placa até a fonte aterrada mais próxima, o poste do ponto de ônibus.

Rhyme olhou para o polegar de Sachs, arranhado e enegrecido por um pouco de sangue coagulado. Ela costumava roer as unhas e esfregar os dedos no couro cabeludo. A tensão dentro dela havia crescido tanto quanto a voltagem na subestação da Algonquin. A detetive arranhou novamente o dedo e, em seguida, como se fizesse um esforço para evitá-lo, colocou luvas de látex.

Lon Sellitto falava ao telefone com os policiais que buscavam testemunhas na rua 57. Rhyme olhou para ele interrogativamente, mas a expressão de desagrado do tenente — ainda mais intensa que a costumeira — revelou que até ali as tentativas foram inúteis. O perito criminal voltou a atenção para o cabo.

— Passe a câmera sobre ele, Mel. Lentamente.

Usando uma câmera de vídeo portátil, o técnico escaneou o cabo de cima a baixo, virou-o ao contrário e repetiu a operação. O que a câmera captava era transmitido em alta definição numa grande tela diante de Rhyme. Ele observava atentamente.

— Bennington Electrical Manufacturing, Chicago, Illinois, modelo AM-MV-60, espessura zero, capaz de suportar sessenta mil volts — murmurou.

Pulaski riu.

— Como você sabe disso, Lincoln? Onde aprendeu a identificar cabos elétricos?

— Está escrito no fio, novato.

— Ah, não reparei.

— Claramente. E o nosso criminoso o cortou nesse comprimento, Mel. O que acha? Não foi cortado à máquina.

— Creio que não.

Com uma lupa, Cooper examinava a extremidade do metal que tinha sido aparafusada na linha da subestação. Em seguida, focalizou a câmera na ponta cortada.

— Amelia?

A mecânica amadora prestou atenção.

— Serra manual — sugeriu.

Os parafusos fendidos eram usados unicamente na indústria de eletricidade, mas poderiam ter vindo de vários lugares. Os que ligavam o cabo à placa também eram impossíveis de identificar.

— Vamos começar nossos quadros — disse Rhyme.

Pulaski trouxe diversos quadros brancos de um canto do laboratório. No topo de um deles Sachs escreveu: *Cena do crime, subestação Manhattan-10 da Algonquin, rua 57, oeste.* No outro pôs: *Perfil do indivíduo desconhecido.* Anotou o que haviam descoberto até ali.

— Ele conseguiu o cabo na subestação? — perguntou Rhyme.

— Não. Não havia cabos armazenados lá — respondeu o jovem policial.

— Então descubra *onde* ele o conseguiu. Ligue para Bennington.

— Certo.

— Muito bem — prosseguiu Rhyme. — Temos metais e ferramentas. Isso significa que deve haver marcas. A serra. Vamos olhar o cabo de perto.

Cooper levou o material para o microscópio destinado a objetos de grande porte, também ligado ao computador, e examinou o ponto em que o cabo havia sido cortado, usando uma lente de aumento.

— Foi uma serra nova, afiada.

Rhyme olhou com inveja para a destreza das mãos do técnico ao modificar o foco e a distância do microscópio. Em seguida, prestou novamente atenção à tela.

— Parece nova, sim, mas com um dente quebrado.

— Perto do cabo.

— Isso mesmo.

Antes de começar a serrar, as pessoas em geral apoiam a lâmina no local que desejam cortar, três ou quatro vezes. Esse gesto, especialmente em metais mais moles como o do cabo, pode revelar dentes quebrados ou tortos na serra, ou outras características próprias capazes de estabelecer uma ligação entre ferramentas encontradas em poder do criminoso e as usadas para cometer um crime.

— E os parafusos fendidos?

Cooper encontrou marcas de arranhões em todos os parafusos, dando a impressão de que teriam sido causadas pela chave inglesa do criminoso.

— Eu adoro metais maleáveis — murmurou Rhyme. — Eu realmente adoro... Então, ele tem ferramentas que já foram bastante usadas. Cada vez mais parece que se trata de alguém de dentro.

Sellitto finalizou a ligação.

— Nada. Talvez *alguém* tenha visto *alguém* de macacão azul, mas isso deve ter sido uma hora depois da explosão, quando todo o quarteirão já estava cheio de operários da Algonquin vestindo uniformes azuis.

— E você, novato, o que encontrou? — questionou Rhyme. — Eu quero saber de onde veio o cabo.

— Estou esperando que me atendam.

— Diga que é a polícia.

— Eu já disse.

— Diga que você é o chefão. O mandachuva.

— Eu...

Mas Rhyme já estava prestando atenção em outra coisa: a grade de ferro que barrava a entrada do túnel de acesso.

— Como foi que ele a cortou, Mel?

Um exame cuidadoso revelou que o intruso não tinha usado uma serra, e sim um alicate de pressão.

Cooper examinou as extremidades das barras por meio de um microscópio com câmera digital e tirou fotos. Prontamente, transferiu as imagens para o computador central e as montou na tela.

— Alguma marca característica? — perguntou Rhyme.

Assim como o dente da serra quebrado e os arranhões em parafusos e porcas, qualquer marca específica deixada pelo alicate ligaria seu dono à cena do crime.

— Que tal aquela? — perguntou Cooper, apontando para a tela.

Havia um pequeno arranhão em forma de meia-lua mais ou menos na mesma posição na superfície dos cortes de várias barras.

— Serve. Ótimo.

Pulaski inclinou a cabeça e preparou a caneta quando alguém na Bennington Wire atendeu ao telefone para falar com o jovem policial em sua nova posição como imperador do Departamento de Polícia de Nova York.

Após um breve diálogo, ele desligou.

— O que diabo você ficou sabendo sobre o cabo, Pulaski?

— Primeiro, o cabo é de um modelo muito comum. Eles...

— O *quanto* é comum?

— Eles vendem milhões de metros por ano. Serve principalmente para distribuição de voltagem mediana.

— Sessenta mil volts são medianos?

— Acho que sim. Dá para comprar em atacadistas de material elétrico. Ele disse que a Algonquin compra em grandes quantidades.

— Qual departamento da Algonquin faz a encomenda? — quis saber Sellitto.

— O de Suprimentos Técnicos.

— Vou ligar para lá — avisou Sellitto. Fez a ligação e desligou depois de uma breve conversa. — Eles vão verificar se alguma coisa está faltando no almoxarifado.

Rhyme observava a grade.

— Então ele entrou pelo bueiro mais cedo e passou para o espaço de serviço da Algonquin, no subsolo do beco.

— Ele pode ter descido pelo bueiro do túnel das tubulações de vapor para fazer algum serviço e viu a grade que dava acesso ao túnel — sugeriu Sachs.

— Definitivamente, parece ser um dos funcionários. — Rhyme tinha esperança de que esse fosse o caso. Os crimes cometidos internamente eram mais fáceis para a polícia. — Vamos continuar. As botas.

— Existem pegadas semelhantes tanto no túnel de acesso quanto perto do lugar onde o cabo tinha sido preparado na subestação — falou Sachs.

— Alguma pegada no café?

— Aquela — respondeu Pulaski, apontando para uma imagem eletrostática. — Debaixo da mesa. Acho que são da mesma marca.

Mel Cooper as examinou e concordou. O jovem policial continuou:

— Amelia me fez verificar as botas dos trabalhadores da Algonquin que estavam no local. Todas eram diferentes.

Rhyme voltou a atenção para a bota.

— Qual é a marca, na sua opinião, Mel?

Cooper estava acessando a base de dados de calçados da polícia de Nova York, que continha amostras de milhares de sapatos e botas, a grande maioria masculinos. Os crimes mais graves, com presença física na cena, eram em geral cometidos por homens.

Rhyme tinha sido parte importante da criação da base ampliada de dados sobre calçados, anos antes. Tinha feito acordos com os principais fabricantes para que mandassem regularmente ao Departamento de Polícia de Nova York amostras de seus modelos.

Ao voltar ao trabalho de perícia criminal, depois do acidente, Rhyme continuou colaborando com a manutenção da base de dados de produtos e materiais da polícia de Nova York, inclusive a de calçados. Quando trabalhou em um caso recente relacionado à mineração de dados, ele teve uma ideia que agora era usada em muitos departamentos de polícia em todo o país. Havia pedido (na verdade, exigido) que o Departamento de Polícia de Nova York contratasse um programador a fim de criar imagens gráficas em computador reproduzindo as solas de cada calçado da base de dados em estágios diferentes de uso — novos, com seis meses, um ano e dois anos. Em seguida, imagens de solas de calçados usados por quem tinha pisada pronada ou supinada. Fez também com que o técnico em informática indicasse tipos de desgaste em função da altura e do peso da pessoa.

O projeto era dispendioso, mas foi relativamente fácil de ser carregado nos computadores e resultou em respostas quase imediatas a perguntas quanto à marca e à idade do calçado, e quanto à altura, ao peso e à forma de caminhar característicos da pessoa que o usava.

A base de dados já tinha auxiliado a identificação de três ou quatro criminosos.

Com os dedos sobrevoando as teclas, Cooper disse:

— Achei um tipo que serve. Albertson-Fenwick Botas e Luvas, Inc. Modelo E-20. — Observou a tela com mais atenção. — Não é de estranhar que essas botas possuam um isolamento especial. São para trabalhadores que têm contato constante com fontes elétricas carregadas. Elas obedecem ao padrão F2413-05 da ASTM. As que estamos examinando são tamanho 43.

Rhyme as examinou com olhos semicerrados.

— As marcas são profundas. Ótimo.

Isso queria dizer que conservariam quantidades significativas de resíduos.

Cooper continuou:

— Essas são bastante novas e por isso não existem marcas de desgaste que possam nos dar indícios sobre a altura dele, o peso e outras características.

— No entanto, eu diria que ele caminha em linha reta. Você concorda?

Rhyme olhava para as pegadas projetadas em sua tela, transmitidas pela câmera que estava sobre a mesa de exames.

— Concordo.

Sachs fez a anotação no quadro.

— Muito bem, Sachs. Agora, novato, quais foram as evidências invisíveis que você encontrou?

Rhyme se referia ao envelope de plástico com o rótulo *Café em frente à explosão: mesa onde o suspeito se sentou.*

Cooper examinava as evidências.

— Um fio de cabelo loiro. Dois centímetros e meio de comprimento. Natural, sem tintura.

Rhyme adorava os cabelos como instrumento de criminalística. Muitas vezes podiam ser usados para colher amostras de DNA — quando a raiz estivesse aparente — e podiam revelar muita coisa sobre a aparência do suspeito, por meio da cor, da textura e da forma. Também era possível determinar a idade e o sexo com certo grau de exatidão. O exame dos cabelos era cada vez mais utilizado como instrumento de criminalística forense e de determinação de hábitos, porque retinha traços de drogas por mais tempo que a urina ou o sangue. Dois centímetros conservavam o histórico de dois meses de uso de drogas. Na Inglaterra, os cabelos eram usados frequentemente para testes de abuso de bebidas alcoólicas.

— Não temos certeza de que seja dele — observou Sellitto.

— É claro que não — murmurou Rhyme. — Nesse momento, não temos certeza de nada.

Mas Pulaski interveio:

— Mas é muito provável. Eu falei com o proprietário. Ele faz questão de que os ajudantes limpem as mesas depois que cada cliente as desocupa. Ninguém a limpou depois que o criminoso esteve no café por causa da explosão.

— Muito bem, novato.

Cooper continuou falando do fio de cabelo.

— Não tem cachos naturais nem artificiais. É liso. Não há mostras de despigmentação, e, por isso, eu diria que ele tem menos de 50 anos.

— Eu quero uma análise de presença de substâncias tóxicas.

— Eu vou mandar o fio para o laboratório.

— Um laboratório *comercial* — recomendou Rhyme. — Prometa pagar mais para ter resultados rápidos.

— Não *temos* muito dinheiro e o laboratório do Queens é perfeitamente adequado — resmungou Sellitto.

— Não vai ser adequado se não me mandar o resultado antes que o criminoso mate mais alguém, Lon.

— Que tal o Uptown Testing? — perguntou Cooper.

— Ótimo. Lembre-se: ofereça pagar mais.

— Meu Deus, a cidade não gira em torno de *você*, Linc.

— Não? — perguntou Rhyme, com um brilho de surpresa no olhar, ao mesmo tempo fingido e genuíno.

CAPÍTULO 14

Por meio do microscópio de escaneamento por elétrons e do espectroscópio de raios X com dispersão de energia — instrumentos conhecidos pela sigla em inglês SEM-EDS —, Mel Cooper analisou os resíduos que Sachs havia coletado no lugar onde o indivíduo preparou o cabo.

— Eu identifiquei um tipo de mineral, diferente dos que existem em torno da subestação.

— Do que é feito?

— Cerca de setenta por cento feldspato, e também quartzo, magnetita, mica, calcita e anfibólio. Também um pouco de anidrito. Curiosamente, uma grande porcentagem de silício.

Rhyme conhecia bem a geologia da região de Nova York. No tempo em que podia caminhar, passeava pela cidade, recolhendo amostras de terra e pedras e criando bases de dados que pudessem ajudá-lo a identificar locais por onde um criminoso tivesse passado. Aquela combinação de minerais era um mistério para ele. Sem dúvida não vinha dos arredores.

— Precisamos de um geólogo — disse Rhyme. Pensou um pouco e em seguida fez uma ligação com a tecla de discagem rápida.

— Alô — respondeu uma voz masculina suave.

— Arthur — disse Rhyme ao primo, que morava em Nova Jersey, não muito longe.

— Oi! Como vai?

Rhyme achou que todos pareciam querer saber de sua saúde naquele dia, embora Arthur estivesse apenas sendo educado.

— Eu estou bem.

— Foi bom ver você e Amelia na semana passada.

O perito criminal havia refeito recentemente os laços com Arthur Rhyme, que tinha sido uma espécie de irmão e companheiro de infância e juventude, na região de Chicago. Embora a ideia de passar fins de semana fora da cidade não o empolgasse, ele havia surpreendido Sachs ao sugerir que os dois aceitassem o convite para visitar o primo e a mulher, Judy, na casa de praia deles. Arthur informou que tinha preparado uma rampa para cadeirantes para tornar a casa mais acessível. Rhyme e Sachs foram passar uns dias lá, junto com Pammy e o cachorro dela, Jackson.

Rhyme tinha gostado do passeio. Enquanto as mulheres e o cão caminhavam na praia, ele e o primo conversaram sobre ciência, assuntos acadêmicos e acontecimentos mundiais. As opiniões de ambos iam ficando cada vez mais confusas, na mesma proporção do consumo de uísque puro malte. Assim como o perito, Arthur tinha uma bela coleção de garrafas.

— Você está no viva-voz, Arthur. Aqui estão... bem, muitos policiais.

— Eu vi o jornal. Aposto que você está cuidando daquele acidente elétrico. Foi terrível. A imprensa diz que provavelmente foi um acidente, mas... — Arthur riu com ceticismo.

— Não, não foi um acidente, com certeza. Não sabemos se foi um funcionário descontente ou um terrorista.

— Posso ajudar em alguma coisa?

Arthur também era cientista, com um repertório um pouco maior que o de Rhyme.

— Na verdade, pode. Eu tenho uma pergunta rápida. Pelo menos, assim espero. Encontramos alguns resíduos na cena do crime que não correspondem ao que existe nos arredores. Na verdade, não correspondem a nenhuma formação geológica que eu conheça na região de Nova York.

— Peguei uma caneta. Me diz o que você encontrou.

Rhyme relatou o resultado dos testes.

Arthur ficou em silêncio. Rhyme pensou no primo com ar taciturno, olhando para a lista de elementos que havia rabiscado e conjecturando sobre as possibilidades. Finalmente, perguntou:

— Qual era o tamanho das partículas?

— Mel?

— Alô, Art, aqui é Mel Cooper.

— Oi, Mel. Tem dançado muito ultimamente?

— Ganhamos o concurso de tango em Long Island na semana passada. Vamos disputar o campeonato regional no domingo. A menos que eu fique preso aqui, naturalmente.

— Mel? — disse Rhyme, insistente.

— As partículas? Eram muito pequenas. Cerca de um quarto de milímetro.

— OK, tenho quase certeza de que é tefra.

— O que é isso? — quis saber Rhyme.

Arthur soletrou a palavra.

— É matéria vulcânica. A palavra vem do grego e significa "cinza". Quando flutua no ar, depois de expelida por um vulcão, é chamada de piroclasto, fragmentos de fogo, mas no chão se chama tefra.

— É nativa? — perguntou Rhyme.

Com ar divertido, Arthur respondeu:

— É nativa de *algum* lugar, mas, se quer saber se é daqui, vou dizer que já não é o caso. É possível encontrar traços minúsculos no nordeste do país, se houver uma grande erupção vulcânica na Costa Oeste e ventos fortes vierem em nossa direção, mas nada disso aconteceu ultimamente. Nessas proporções, creio que a fonte mais provável seja o noroeste, na costa do Pacífico.

— Então, para que isso aparecesse na cena do crime, precisaria ter sido trazida pelo criminoso ou por outra pessoa.

— É o que eu posso imaginar.

— Obrigado. Em breve vamos voltar a nos falar.

— Ah, Judy está dizendo que vai mandar por e-mail para Amelia aquela receita que ela queria.

Rhyme não tinha ouvido essa parte da conversa durante o fim de semana. Devia ter ocorrido nos passeios na praia.

— Não tem pressa — disse Sachs.

Depois de desligar, Rhyme não pôde deixar de olhar para ela com as sobrancelhas erguidas.

— Você agora resolveu cozinhar?

— Pammy vai me ensinar — respondeu ela, encolhendo os ombros. — Será que é muito difícil? Eu acho que deve ser como montar um carburador, só que com peças perecíveis.

Rhyme observou o quadro branco.

— Tefra. Talvez nosso criminoso tenha estado recentemente em Seattle, em Portland ou no Havaí. Mas duvido que tantos resíduos pudessem resistir a uma viagem longa. Aposto que ele esteve em algum museu, escola ou exposição geológica, ou nas proximidades de algum desses lugares. A cinza vulcânica é usada em alguma atividade comercial? Talvez para polimento de pedras semipreciosas, como o carborundum.

— É uma rocha muito variada e irregular para ter uso comercial. Também creio que seja mole demais — comentou Cooper.

— Hmm. E joias? A lava é usada para fazer joias?

Mas ninguém tinha ouvido falar disso. Rhyme concluiu que a fonte teria de ser uma exibição ou exposição que o criminoso tivesse visitado ou que ficasse perto de onde ele morava ou do local de um futuro alvo.

— Mel, peça a alguém no Queens que comece a ligar procurando exposições permanentes ou temporárias na região que tenham a ver com vulcões ou lava. Primeiro, verifiquem em Manhattan. — Ele olhou para a porta de acesso ao túnel, envolvida em plástico e disse: — Vamos ver o que Amelia trouxe depois do mergulho. É sua vez de entrar em campo, novato. Quero sentir orgulho de você.

CAPÍTULO 15

Passando o rolo adesivo para limpar as luvas de látex — e atraindo um olhar de aprovação de Rhyme —, o jovem oficial ergueu a porta de acesso, ainda com a moldura. Tinha cerca de cento e dez centímetros quadrados, com mais cinco da moldura. Estava pintada de cinza escuro.

Sachs tinha razão. Era bem apertado. O indivíduo desconhecido deve ter precisado se livrar de algumas coisas para conseguir entrar na subestação.

Havia quatro pequenas tramelas de ambos os lados. Seria difícil abri-las com a mão enluvada, por isso era possível que ele tivesse usado os dedos nus, especialmente porque pretendia explodir a porta com a bomba da bateria, destruindo as evidências.

As impressões digitais se dividem em três categorias. As visíveis (como a marca de um polegar ensanguentado numa parede branca), as impressas (deixadas em material flexível, como explosivos plásticos) e as latentes (ocultas a olho nu). Havia muitas boas formas de recuperar as deste tipo, mas uma das melhores, especialmente em superfícies de metal, era usar cianoacrilato, a supercola que se compra em lojas. Coloca-se o objeto em um ambiente de vácuo junto com uma vasilha com a cola, que era aquecida até se tornar gasosa. Os vapores se juntavam a diversas substâncias deixadas pelo dedo — aminoácidos e ácido láctico, glicose, potássio e trióxido de carbono. A reação resultante criava uma impressão digital visível.

O processo era capaz de operar milagres, tornando aparentes impressões que antes eram invisíveis.

Nesse caso, porém, isso não aconteceu.

— Nada — disse Pulaski, desanimado, olhando para a porta de acesso por uma lupa que parecia a do Sherlock Holmes. — Só manchas de luvas.

— Isso não me surpreende. Até agora ele se mostrou muito cuidadoso. Bem, junte resíduos do interior da moldura, onde ele fez contato.

Foi o que Pulaski fez, usando um pincel macio sobre as folhas de papel-jornal da mesa de análise e retirando amostras. Ele colocou o que havia encontrado — e que parecia muito pouco para Rhyme — dentro de sacos plásticos, organizando-os para que Cooper os analisasse.

Sellitto recebeu uma ligação e disse:

— Espera. Estamos ligando o viva-voz.

— Alô? — disse uma voz.

— Quem é? — murmurou Rhyme para Sellitto.

— Szarnek.

Ele era o perito da Unidade de Cibercrimes do Departamento de Polícia de Nova York.

Ouvia-se rock ao fundo.

— Eu posso garantir quase com certeza que a pessoa que entrou nos servidores da Algonquin simplesmente usou as senhas. Na verdade, eu *garanto*. Em primeiro lugar, não encontramos nenhuma prova de que houve alguma tentativa de invasão. Não houve um ataque com força bruta. Nenhum código apagado de *rootkit*, controladores suspeitos, módulos do kernel...

— Diga logo a conclusão, se não se importa.

— OK. O que estou dizendo é que investigamos todas as portas... — Szarnek hesitou ao ouvir o suspiro de Rhyme. — Bem, a conclusão. Foi e não foi um trabalho interno.

— E isso significa...?

— O ataque foi feito de fora do prédio da Algonquin.

— Isso nós já sabemos.

— Mas o criminoso precisou conseguir as senhas na sede da empresa no Queens. Ele ou um cúmplice. Elas ficam registradas em papel e em um gerador aleatório de senhas, que fica separado das redes.

— Portanto — disse o perito criminal, para resumir —, não houve hackers, nem domésticos nem internacionais.

— É praticamente impossível. Eu estou falando sério, Lincoln. Nem um só *rootkit*...

— Eu já entendi, Rodney. Algum indício na linha que ele usou no café?

— Era um celular pré-pago ligado a uma porta USB. Um servidor na Europa.

Rhyme tinha conhecimento técnico suficiente para saber que a resposta a sua pergunta era negativa.

— Obrigado, Rodney. Como você consegue trabalhar com essa música?

O rapaz riu.

— Quando precisar, é só chamar.

O barulho estridente desapareceu quando o telefone foi desligado.

Cooper também estava ao telefone. Ele encerrou a ligação e disse:

— Eu encontrei uma pessoa na seção de Análise de Materiais na sede. Ela entende de geologia. Conhece várias escolas que sempre têm exposições abertas ao público. Está procurando as que exibem cinza vulcânica e lava.

Pulaski, que observava atentamente a porta, franziu a testa.

— Eu acho que tem alguma coisa aqui — disse ele, apontando para um ponto próximo à tramela superior. — Parece que ele limpou aqui — continuou, pegando a lupa. — Tem uma aresta de metal... bem afiada. Ele deve ter se cortado e sangrou.

— Mesmo? — indagou Rhyme, ansioso. Nada como uma amostra de DNA no trabalho de criminalística.

— Mas, se ele limpou, do que nos adianta? — perguntou Sellitto.

Antes que Rhyme pudesse dizer alguma coisa, Pulaski especulou, ainda olhando atentamente para o que havia encontrado.

— Mas o que ele poderia ter usado para limpar? Talvez saliva. É tão boa quanto sangue.

Essa também tinha sido a conclusão de Rhyme.

— Use as fontes de luz alternativas.

Esse método é capaz de revelar fluidos corporais, como traços de saliva, sêmen e suor; todos contêm DNA.

Todas as agências de polícia passaram a coletar amostras de DNA de suspeitos em certos tipos de delitos — crimes sexuais, por exemplo — e muitas iam ainda mais longe. Se o indivíduo tivesse cometido alguma contravenção que tivesse levado a polícia a coletar seu DNA, ele estaria incluído na base de dados do Sistema Combinado de Índices de DNA — o CODIS.

Pouco depois, Pulaski, usando óculos de proteção, passou um bastão luminoso sobre a parte da porta de acesso onde havia reparado na mancha. Houve um pequeno clarão amarelado.

— Sim, senhor, achei alguma coisa. Não é muito — exclamou ele.

— Novato, sabe quantas células existem no corpo humano?

— Bem... Não, eu não sei.

— Mais de três trilhões.

— Isso é muito...

— E sabe quantas são necessárias para ter uma amostra útil de DNA?

— Conforme está no seu livro, Lincoln, umas cem.

Rhyme ergueu uma sobrancelha.

— Impressionante. — Depois acrescentou: — Você acha que pode haver cem células aí nessa mancha?

— Eu acho que sim, provavelmente.

— Isso mesmo. Sachs, parece que você não se molhou à toa. Se a bateria tivesse explodido, teria destruído a amostra. Muito bem, Mel, mostre a ele como fazer a coleta.

Pulaski entregou a delicada tarefa a Cooper.

— STR? — perguntou Rhyme ao técnico. — Ou a amostra está degradada?

O método de reação em cadeia com polímeros mediante repetição a intervalos curtos, ou STR, era o teste padrão de DNA nos casos criminais. Era o sistema mais rápido e mais confiável, com grau de precisão de um bilhão contra um. Também era capaz de determinar o sexo da pessoa de quem tinha vindo a amostra. Porém, embora a amostra pudesse ser muito pequena, ela precisava estar em bom estado. Se tivesse sido deteriorada pela água ou pelo calor na subestação, teria que ser usado um teste diferente e mais demorado — o de DNA mitocondrial.

— Eu acho que vai dar certo — disse o técnico, coletando o DNA e ligando para o laboratório para que viessem buscar a amostra. — Já sei: o mais rápido possível — disse ele a Rhyme quando o perito criminal já se preparava para ordenar.

— E não se importe com as despesas.

— Você vai pagar com seus honorários, Lincoln? — resmungou Sellitto.

— Eu vou dar um desconto a você, Lon. Pulaski, você descobriu uma coisa importante.

— Obrigado, eu...

Tendo distribuído elogios suficientes, Rhyme prosseguiu.

— E os resíduos na parte de dentro da porta, Mel? Não estamos caminhando muito depressa com a investigação.

Cooper coletou as amostras e as examinou na mesa ao microscópio.

— Nada que não esteja de acordo com as amostras de fora do perímetro e o que havia em volta, a não ser isso.

Era um pequeno ponto cor-de-rosa.

— Passe no cromatógrafo gasoso — pediu Rhyme.

Pouco tempo depois, Mel já recebia os resultados desse teste e da análise com o espectrômetro de massa e várias outras informações.

— Temos aqui um pH ácido, por volta de dois, além de ácido cítrico e sacarose. E ainda... Bem, eu vou mostrar na tela.

As palavras apareceram: quercetina 3-O-rutina-7-O-glucosídeo e crisoeriol 6, 8-di-C-glucosídeo (stelarina-2).

— Ótimo — disse Rhyme, impaciente. — Suco de fruta. Com esse pH, provavelmente de limão.

Pulaski não conseguiu conter o riso.

— Como você *sabe* isso? Sério, como você sabe?

— Só se consegue resultados com esforço, novato. Faça o seu dever de casa. Lembre-se disso.

Rhyme se voltou para Cooper novamente.

— Também tem algum tipo de óleo vegetal, muito sal e algum composto que não consigo identificar.

— Composto de quê?

— É rico em proteínas. Os aminoácidos são arginina, histidina, isoleucina, lisina e metionina. Também há muitos lipídios, principalmente colesterol e lecitina, além de vitamina A, vitaminas B2, B6, B12, niacina, ácido pantotênico e ácido fólico. Grande quantidade de cálcio, magnésio, fósforo e potássio.

— Deve ser gostoso — comentou Rhyme.

Cooper assentiu.

— É comida, sem dúvida. Mas o que será?

Embora o sentido de paladar de Lincoln Rhyme não tivesse se modificado depois do acidente, o alimento era para ele essencialmente um combustível e não lhe dava grande prazer, a não ser, naturalmente, o uísque.

— Thom? — Não houve resposta e por isso ele respirou fundo. Antes que chamasse novamente, a cabeça do ajudante apareceu na porta e disse:

— Você está bem?

— Por que você sempre pergunta isso?

— O que você quer?

— Suco de limão, óleo vegetal e ovos.

— Está com fome?

— Não, não, não. Em que alimento podemos encontrar esses ingredientes?

— Maionese.

Rhyme olhou para Cooper, que balançou negativamente a cabeça.

— É uma coisa meio encaroçada e cor-de-rosa.

O ajudante pensou um pouco.

— Então deve ser taramasalata.

— O que é isso? Um restaurante?

Thom riu.

— É um aperitivo grego. Uma coisa pastosa.

— Como caviar, não é? Come-se com pão.

Thom respondeu a Sachs:

— Bem, são ovas de peixe, mas de bacalhau, e não de esturjão. Portanto, tecnicamente, não é caviar.

Rhyme concordou.

— Claro, o teor salino é elevado. Peixe. É comum?

— Em restaurantes, mercearias e mercadinhos gregos.

— Existe algum lugar onde seja mais comum que em outros? Um bairro grego da cidade?

— Queens — respondeu Pulaski, que morava nessa parte de Nova York. — Astoria. Tem muitos restaurantes gregos por lá.

— Posso voltar para dentro? — perguntou Thom.

— Claro, claro.

— Obrigada — disse Sachs.

O ajudante acenou com uma das mãos, com luva de plástico amarelo, e desapareceu.

— Talvez ele esteja preparando algum novo ataque no Queens — sugeriu Sellitto.

Rhyme encolheu os ombros, um dos poucos gestos que ainda era capaz de fazer. Refletiu consigo mesmo que sem dúvida o criminoso precisaria preparar o local do ataque. Mesmo assim, ele estava mais inclinado a acreditar numa hipótese diferente.

Sachs olhou para ele.

— Você está pensando. A sede da Algonquin fica em Astoria, não?

— Exatamente. E tudo parece indicar que se trata de alguém de dentro. Quem manda na empresa? — perguntou ele.

Ron Pulaski informou que tinha conversado com funcionários do lado de fora da subestação.

— Eles falaram do presidente e CEO. O nome dele é Jessen, Andy Jessen. Todos pareciam ter medo dele.

Rhyme ficou olhando para os quadros durante um tempo e depois disse:

— Sachs, que tal dar uma voltinha no seu maravilhoso carro novo?

— Eu vou adorar.

Ela fez uma ligação e combinou com a assistente do CEO um interrogatório para dali a meia hora.

O celular de Sellitto tocou. Ele o tirou do bolso e verificou o autor da chamada.

— É da Algonquin — disse, apertando um botão. — Aqui é o detetive Sellitto. — Logo depois, acrescentou: — Tem certeza? Está bem. Quem teria acesso? Obrigado. — Ele desligou e disse: — Que filho da mãe.

— O quê?

— Era o supervisor da divisão de suprimentos da Algonquin. Ele disse que houve um roubo na semana passada em um dos armazéns da empresa, na rua 118. Eles acham que foi algum empregado. O intruso tinha uma chave. Ele não precisou arrombar a porta.

Pulaski perguntou:

— E o ladrão roubou o cabo?

Sellitto fez que sim com a cabeça.

— E os parafusos fendidos também.

Pela expressão no rosto redondo do detetive, Rhyme percebeu que havia ainda outra mensagem.

— Quanto? — perguntou ele, num sussurro. — Quantos metros de cabo ele roubou?

— Você acertou na mosca, Linc. Vinte e três metros de cabo e doze parafusos. O que McDaniel estava dizendo mesmo? Que era um caso isolado? Besteira. O INDES vai continuar a agir.

Cena do crime: subestação Manhattan-10 da Algonquin, rua 57, oeste

- Vítima (falecida): Luís Martin, subgerente de loja de artigos musicais
- Não há impressões digitais em nenhuma superfície
- Estilhaços de metal derretido, resultantes de arco elétrico
- Cabo de alumínio trançado, 8 milímetros, com isolamento
  - Bennington Electrical Manufacturing, AM-MV-60, capacidade de até 60 mil volts
  - Cortado com serra manual, lâmina nova, dente quebrado
- Dois parafusos fendidos, buracos de 2 centímetros.
  - Não rastreável

- Marcas de ferramentas nos parafusos
- Placa de latão presa ao cabo com dois parafusos de 6 milímetros
  - Não rastreável
- Pegadas de botas
  - Albertson-Fenwick, modelo E-20 para eletricistas, tamanho 43
- Grade de metal cortada para entrada na subestação, marcas do instrumento de corte
- Porta de acesso e moldura no porão
  - DNA coletado; enviado para teste
  - Comida grega, taramasalata
- Fio de cabelo loiro, 2,5cm, natural, de pessoa abaixo de 50 anos, descoberto no café em frente à subestação
  - Enviado para teste toxicológico
- Resíduos minerais, cinza vulcânica
  - Não encontrada em estado natural na região de Nova York
  - Exibições, museus, escolas de geologia?
- Acesso feito ao Centro de Controle da Algonquin por meio de códigos internos, sem invasão por hackers

Perfil do indivíduo desconhecido

- Sexo masculino
- Cerca de 40 anos
- Provavelmente branco
- Possivelmente usava óculos e boné
- Possivelmente tem cabelos loiros e curtos
- Macacão azul-escuro, semelhante ao usado por operários da Algonquin
- Conhece bem os sistemas elétricos
- Pegada de bota sugere ausência de característica física que modifique a postura ou o caminhar
- Possivelmente a mesma pessoa roubou 23 metros de cabo Bennington semelhante ao do ataque e 12 parafusos fendidos. Mais ataques em mente? Acesso com chave ao armazém da Algonquin onde ocorreu o roubo

- É provável que seja empregado da Algonquin ou tenha contato com algum empregado
- Conexão terrorista? Relação com o grupo Justice For [desconhecido]? Grupo terrorista? Envolvimento do indivíduo chamado Rahman? Referências codificadas a desembolsos financeiros, movimentos de pessoal e alguma coisa "grande"

CAPÍTULO 16

Prestes a acontecer.

Essas foram as palavras que vieram à mente de Amelia Sachs quando ela saltou de seu Torino Cobra no estacionamento da Algonquin Consolidated Power and Light, em Astoria, no Queens. As instalações se estendiam por vários quarteirões, mas o prédio principal era complexo e alto, coberto de painéis vermelhos e cinzentos, com cerca de sessenta metros de altura. O imenso edifício fazia com que os empregados que saíam ao fim do expediente parecessem anões atravessando portas de uma casinha de boneca.

Tubulações partiam do prédio em muitos pontos e, como ela esperava, havia fios por toda parte, embora "fio" não fosse a denominação adequada. Eram cabos grossos e rígidos, alguns com isolamento, outros de cor acinzentada e descobertos, que brilhavam sob lâmpadas de segurança. Provavelmente transportavam centenas de milhares de volts vindos do interior do prédio, atravessando uma série de barras metálicas, e outras que ela imaginou serem feitas de cerâmica ou outro material isolante, e chegando a novas estruturas, suportes e torres ainda mais complicadas. Elas se separavam e corriam em diversas direções, como o tronco de uma árvore se dividindo em diversos galhos.

Olhando para trás, ela viu acima as quatro chaminés altas, também de um vermelho sujo de fuligem, munidas de luzes de advertência que brilhavam em meio ao nevoeiro do crepúsculo. Naturalmente, ela as tinha visto ao longo de muitos anos; ninguém que passasse por Nova York, ainda que uma única vez, poderia deixar de notá-las, pois constituíam a característica dominante da margem industrial do East River. Porém, nunca havia estado tão próxima delas, e se sentia fascinada pela forma como perfuravam o céu nublado. Lembrava-se de ter visto fumaça ou vapor saindo delas no inverno, mas agora nada escapava, a não ser calor ou algum gás invisível que distorcia a tranquila planície do céu.

Ouviu vozes e olhou para além do estacionamento, vendo um grupo de cerca de cinquenta manifestantes que protestavam. Erguiam cartazes e cantavam, provavelmente se queixando da empresa elétrica perversa que engolia óleo. Eles não repararam que Sachs tinha chegado dirigindo um carro que consumia cinco vezes mais petróleo que um dos Toyota Prius deles.

Ela acreditou sentir um tremor debaixo dos pés, como o provocado por grandes máquinas do século XIX que rosnavam. Ouvia um leve zumbido.

Fechou a porta do carro e se aproximou da entrada principal. Dois guardas a observavam, visivelmente curiosos com aquela ruiva alta que havia chegado num carro possante, mas pareciam também se divertir vendo a reação dela ao prédio. As expressões deles diziam: "Claro, é realmente impressionante, não? Depois de todos esses anos a gente ainda não consegue se acostumar."

Em seguida, quando ela exibiu a identidade e o distintivo, os dois guardas assumiram uma atitude alerta — talvez esperassem um policial, mas não exatamente alguém como ela — e imediatamente a acompanharam pelos corredores das instalações executivas da Algonquin Consolidated.

Ao contrário do edifício elegante de uma grande empresa de mineração de dados em Manhattan, envolvida em um caso recente no qual ela havia trabalhado, o da Algonquin parecia uma reprodução do panorama da vida na década de cinquenta: móveis de madeira clara, grandes fotos emolduradas das instalações e das torres de transmissão, carpete marrom. A indumentária dos funcionários, quase todos homens, era ultraconservadora: camisas brancas e ternos escuros.

Prosseguiram pelos corredores sem atrativos, decorados com quadros que mostravam capas de revistas com artigos sobre a Algonquin: "A era da energia", "Almanaque da transmissão elétrica", "A rede".

Eram quase seis e meia e mesmo assim havia dezenas de funcionários, com as gravatas afrouxadas, mangas arregaçadas e rostos preocupados.

No fim do corredor, o guarda a fez entrar no gabinete de A. R. Jessen. Embora tivesse corrido até chegar ali — com velocidades acima de cem por hora em uma parte da estrada —, Sachs tinha conseguido fazer uma breve pesquisa. O nome de Jessen não era Andy, e sim *Andi*, abreviação de Andrea. Sachs sempre fazia questão de fazer o dever de casa antes de uma missão, para saber o que fosse possível a respeito dos principais indivíduos envolvidos. Era importante conservar o controle nas conversas e nos interrogatórios. Ron havia presumido que fosse um homem. Sachs ficou pensando que sua credibilidade seria reduzida caso, ao chegar, tivesse perguntado pelo *Sr.* Jessen.

Diante do gabinete, Sachs fez uma pausa na porta da antessala. Uma secretária ou assistente pessoal, de blusa preta colada ao corpo, equilibrando-se precariamente na ponta dos sapatos de saltos muito altos, procurava algo em um arquivo. Era loira, tinha 30 e muitos ou 40 e poucos anos e parecia frustrada por não conseguir encontrar o que a chefe havia lhe pedido.

De pé, na porta do gabinete propriamente dito, estava outra mulher, de porte imponente e cabelos grisalhos, vestida de terno marrom sóbrio e blusa fechada até o pescoço. Tinha a testa franzida, observando a busca no arquivo, de braços cruzados.

— Eu sou a detetive Sachs. Liguei mais cedo — avisou a policial, quando a mulher se virou com ar sério.

Nesse momento, a mais jovem das duas puxou uma folha da gaveta do arquivo e a entregou à outra, dizendo:

— Encontrei, Rachel. O erro foi meu. Eu arquivei quando você saiu para almoçar. Por favor, faça cinco cópias.

— Sim, Srta. Jessen — disse a assistente, aproximando-se de uma copiadora.

A CEO se adiantou, caminhando sobre os perigosos saltos, olhou Sachs nos olhos e lhe deu um aperto de mão firme.

— Entre, detetive — disse ela. — Parece que temos muito a conversar.

Sachs olhou para a assistente vestida de terno marrom e seguiu a verdadeira Andi Jessen, entrando no gabinete

É bom se dedicar mais ao dever de casa, pensou, com certo arrependimento.

CAPÍTULO 17

Andrea Jessen tinha se dado conta de que uma gafe quase havia sido cometida.

— Eu sou a segunda mais jovem aqui e a *única* mulher CEO de uma empresa elétrica importante no país. Mesmo sendo eu quem toma decisões sobre a contratação de funcionários, a Algonquin tem dez vezes menos mulheres que a maioria das grandes companhias norte-americanas. É a natureza da indústria.

Sachs ia perguntar por que ela se dedicava àquele tipo de atividade quando Jessen disse, antecipando-a:

— Meu pai trabalhava nisso.

A detetive quase revelou que tinha seguido a profissão exclusivamente por causa do pai, que havia sido policial de rua do Departamento de Polícia de Nova York durante muitos anos. Mas se conteve.

O rosto de Jessen era anguloso, com pouquíssima maquiagem. Havia rugas, porém tênues, que surgiam timidamente no canto dos olhos verdes e dos lábios pouco expressivos. O restante da pele era liso. Não era uma mulher acostumada ao ar livre.

Ela também observou Sachs atentamente e, em seguida, fez um gesto indicando a mesa ampla, rodeada por cadeiras de escritório. A detetive se sentou enquanto Jessen pegava o telefone.

— Me desculpe por um momento — disse, discando com dedos de unhas bem cuidadas, porém sem esmalte.

Ligou para três pessoas diferentes, falando com todas sobre o ataque. Uma das ligações foi para um advogado, pelo que a detetive pôde entender, outra para o Departamento de Relações Públicas da Algonquin ou para uma empresa de RP. A terceira ligação foi a mais longa, aparentemente certificando-se de que haveria segurança reforçada em todas as subestações da empresa e em outras instalações. Tomando notas com um lápis folheado a ouro, falava frases curtas e em staccato, sem nenhum contato com função fática como "quer dizer" ou "você sabe". Enquanto ela disparava instruções, Sachs observou o escritório, notando na escrivaninha de madeira uma foto de Andi Jessen ainda adolescente, com a família. Pelas várias fotos das crianças, deduziu que a CEO tinha um irmão alguns anos mais jovem. Ambos se pareciam, embora ele tivesse cabelos castanhos e ela, loiros. Fotos recentes mostravam que era bonito e atlético, vestindo um uniforme do Exército. Havia outras fotos dele durante viagens, às vezes abraçando uma mulher bonita, que era sempre diferente em cada imagem.

Não havia fotos de Jessen com parceiros românticos.

As paredes eram cobertas com estantes de livros e quadros com gravuras e mapas antigos que poderiam ter vindo de alguma exposição de um museu sobre a história da energia. Uma era intitulada *A primeira rede* e mostrava uma área da parte sul de Manhattan, perto da rua Pearl. Em letras legíveis aparecia o nome de Thomas A. Edison, e Sachs entendeu que deveria ser a assinatura do inventor.

Jessen desligou e se empertigou, com os cotovelos sobre a mesa e olhos avermelhados, mas o queixo e a boca se mantiveram firmes.

— Já se passaram mais de sete horas desde... o incidente — disse ela. — Eu esperava que vocês já tivessem detido alguém. Acho que, se isso tivesse acontecido — murmurou —, vocês teriam ligado e não mandado alguém pessoalmente.

— Não, eu vim para fazer algumas perguntas sobre coisas que surgiram na investigação.

Novamente, a CEO a observou com atenção.

— Eu falei com o prefeito, com o governador e com o chefe do escritório do FBI em Nova York. Ah, e também com a Segurança Nacional. Eu esperava que um deles viesse, não uma policial.

Não era um menosprezo intencional, e Sachs não se sentiu ofendida.

— A polícia de Nova York está tratando da cena do crime nesse caso. Minhas perguntas têm a ver com isso.

— Isso explica sua visita. — A expressão dela ficou um pouco mais suave. — De mulher para mulher, devo dizer que às vezes fico na defensiva. Eu achei que os chefões não estavam me levando a sério. — Sorriu, com ar conspiratório. — Isso acontece com mais frequência do que você pensa.

— Eu sei muito bem.

— Imagino que sim. Você é detetive, não?

— Isso mesmo. — Pensando na urgência do caso, Sachs disse: — Podemos tratar das perguntas?

— É claro.

O telefone tocou várias vezes, mas, conforme Jessen tinha instruído sua assistente, que havia entrado pouco antes na antessala, o aparelho emitia som apenas uma vez e depois ficava em silêncio, enquanto esta se ocupava das chamadas.

— Primeiro, um esclarecimento preliminar. As senhas de acesso ao software das redes foram mudadas?

Jessen franziu a testa.

— Naturalmente. Foi a primeira coisa que fizemos. O prefeito ou a Segurança Nacional não informaram vocês?

Elas não foram mudadas, refletiu Sachs.

A CEO prosseguiu:

— Também colocamos mais uma barreira eletrônica. Nenhum hacker vai ter como invadir.

— Provavelmente não foi trabalho de um hacker.

Jessen inclinou a cabeça.

— Hoje de manhã, Tucker McDaniel disse que é provável que tenha sido terroristas. Ele é agente do FBI.

— Temos informações mais recentes.

— De que outra forma isso poderia ter acontecido? Alguém de fora estava redirecionando o suprimento e alterando os disjuntores da MH-10, a subestação da rua 57.

— Mas nós temos certeza de que ele conseguiu as senhas dentro da empresa.

— Isso é impossível. Tem que ter sido um ataque terrorista.

— Essa definitivamente é uma possibilidade e eu quero fazer algumas perguntas a você sobre isso. Mesmo que tenham sido terroristas, eles usaram alguém de dentro. Um agente da nossa divisão de Cibercrimes conversou com o seu pessoal de informática. Eles disseram que não havia indícios de tentativas de invasão.

Jessen ficou em silêncio, olhando para a escrivaninha. Não parecia contente. Era por causa da possibilidade de que o responsável fosse alguém da empresa? Ou porque algum dos seus subordinados tinha falado com a polícia sem que ela soubesse? Ela rabiscou uma nota e Sachs ficou pensando se seria um lembrete para repreender alguém na seção de Segurança da Tecnologia.

— O suspeito foi visto usando um uniforme da Algonquin, ou pelo menos um macacão muito semelhante ao que os seus operários usam — prosseguiu Sachs.

— Existe um suspeito?

— Um homem foi visto em um café em frente à subestação, por volta da hora do ataque. Ele estava com um laptop.

— Vocês conseguiram algum detalhe sobre ele?

— Era do sexo masculino e branco, provavelmente tinha cerca de 40 anos. Nada mais.

— Bem, quanto ao uniforme, é possível comprar ou mandar fazer.

— Claro. Mas tem mais: o cabo que ele usou para preparar o arco elétrico era da Bennington. É o que a sua empresa costuma usar.

— É verdade. A maioria das empresas de geração de energia também usa essa marca.

— Na semana passada, vinte e três metros de cabo da Bennington, do mesmo diâmetro, foram roubados de um dos seus armazéns no Harlem, junto com uma dúzia de parafusos fendidos. Eles são usados para dividir...

— Eu sei para o que servem — interrompeu Jessen, acentuando as rugas do rosto.

— A pessoa que entrou no armazém usou uma chave. E entrou no túnel de acesso no subsolo da subestação por um bueiro da Algonquin para as tubulações de vapor.

— Isso quer dizer que ele *não* usou o código eletrônico para entrar na subestação? — disse rapidamente Jessen.

— Não.

— Então existem indícios de que *não* é um funcionário.

— É uma possibilidade, como eu disse. Porém, tem mais uma coisa.

Sachs revelou que encontraram traços de comida grega, o que poderia indicar uma conexão próxima à sede da empresa.

Aparentemente atônita diante da extensão do que já havia sido descoberto, a CEO disse, em tom exasperado:

— Taramasalata?

— Há cinco restaurantes gregos nas proximidades do seu escritório e mais vinte e oito num raio de dez minutos de táxi. Como os traços são bastante recentes, faz sentido supor que se trate de um funcionário ou que tenha obtido as senhas de alguém daqui. Talvez eles tenham se encontrado em um desses restaurantes.

— Ah, por favor, existem muitos restaurantes gregos na cidade.

— Vamos presumir que as senhas dos computadores tenham vindo de dentro. Quem teria acesso a elas? — perguntou Sachs. — Essa é realmente a questão inicial.

— É muito limitado e controlado — respondeu Jessen rapidamente, como se estivesse sendo julgada por negligência. Parecia uma frase ensaiada.

— Quem são?

— Eu tenho. Meia dúzia de funcionários seniores. Só isso. Mas, detetive, são pessoas que estão na empresa há muitos anos. Não é possível que tenham feito isso. É inconcebível.

— Pelo que entendo, as senhas não ficam armazenadas nos computadores.

Ela pareceu surpresa diante da revelação do que a polícia já sabia.

— Isso. Elas são definidas aleatoriamente pelo supervisor principal do centro de controle. E ficam guardadas num cofre na sala ao lado.

— Eu gostaria de saber os nomes e também se houve algum acesso não autorizado a essa sala.

Jessen, visivelmente, resistia à ideia de que o criminoso fosse algum funcionário da empresa, mas respondeu:

— Vou chamar o chefe de segurança. Ele deve ter essa informação.

— Também preciso do nome dos operários que foram designados nos últimos meses para executar reparos nas tubulações de vapor daquele bueiro atrás da subestação. Fica em um beco cerca de dez metros ao norte do prédio.

A CEO levantou o fone e pediu à assistente que chamasse dois funcionários ao seu gabinete. O pedido foi feito com polidez. Embora algumas pessoas na mesma posição pudessem ter dado uma ordem seca, Jessen se mantinha controlada e moderada. Isso fez com que Sachs a considerasse ainda mais firme. Os fracos e inseguros são os que perdem a calma. Era algo que acontecia constantemente na polícia.

Quase imediatamente, um dos funcionários chamados chegou. Era um homem de negócios gorducho, de meia-idade, vestindo calça cinza e camisa branca.

— Alguma novidade, Andi?

— Algumas. Sente-se. — Em seguida ela se voltou para Sachs. — Esse é Bob Cavanaugh, vice-presidente sênior de Operações. Essa é a detetive Sachs.

Ambos se cumprimentaram com um aperto de mãos.

— Algum progresso? Algum suspeito? — perguntou ele a Sachs.

Antes que a detetive pudesse responder, Jessen disse, em tom estoico:

— Eles acham que é alguém de dentro, Bob.

— De dentro?

— É o que parece — reforçou Sachs, explicando o que tinham descoberto até então. Cavanaugh pareceu consternado com a ideia de que pudesse haver um traidor na companhia.

Jessen perguntou:

— Você poderia descobrir na Manutenção de Vapor quem foi designado para inspecionar a tubulação no bueiro perto da MH-10?

— Desde quando?

— Dois, três meses — respondeu Sachs.

— Eu não sei se eles vão ter todos os registros guardados, mas vou verificar.

Ele fez uma ligação pedindo a informação e depois se voltou para as duas mulheres.

— Vamos conversar mais um pouco sobre a conexão terrorista — disse Sachs.

— Eu pensei que você estava acusando um funcionário.

— Não é incomum que uma célula terrorista recrute alguém de dentro.

— Devemos procurar entre os funcionários muçulmanos? — perguntou Cavanaugh.

— Eu estava pensando no grupo de manifestantes lá fora — respondeu Sachs. — O que acha de ecoterrorismo?

Cavanaugh encolheu os ombros.

— A Algonquin foi criticada na imprensa por não se preocupar o suficiente com o meio ambiente.

Ele disse isso com delicadeza, sem olhar para Jessen. Aparentemente era um assunto conhecido e cansativo.

A CEO disse a Sachs:

— Nós *temos* um programa de energia renovável. Mas estamos sendo realistas, e não perdendo tempo. É politicamente correto agitar a bandeira das fontes renováveis, mas a maioria das pessoas não sabe nada a respeito do assunto — concluiu ela, com um gesto de desprezo.

Lembrando-se de alguns incidentes graves de terrorismo ecológico que ocorreram recentemente, Sachs pediu a ela que elaborasse os comentários.

Foi como se tivesse apertado um botão.

— Combustíveis à base de células de hidrogênio ou de matéria orgânica, painéis solares, geração geotérmica com metano, energia das ondas... Você sabe quanta energia isso produz? Menos de três por cento de toda a energia consumida no país. Metade do fornecimento de eletricidade dos Estados Unidos vem do carvão. A Algonquin usa gás natural, que representa vinte por cento. As fontes nucleares fornecem dezenove. As hidrelétricas, sete. É claro que as fontes renováveis continuarão crescendo, porém muito, muito lentamente. Durante os próximos cem anos, vão ser como uma gota num balde cheio d'água, se eu puder citar minhas próprias palavras. — Ela prosseguiu, parecendo cada vez com mais raiva. — Os custos iniciais são imensos, a aparelhagem para criar a eletricidade é ridiculamente dispendiosa e pouco confiável, e, como os geradores em geral ficam longe dos grandes centros, a transmissão também tem um custo elevado. Veja as baterias dos geradores solares. São a onda do futuro, não é? Você sabia que estão entre os que mais utilizam água em toda essa indústria? E onde ficam localizados? Onde tem mais sol e, portanto, menos água. No entanto, quem disser isso em voz alta vai ser imediatamente atacado pela mídia e pelo pessoal de Washington e de Albany. Você ouviu falar dos senadores que estão vindo para cá para comemorar o Dia da Terra?

— Não.

Jessen continuou:

— Eles fazem parte da Subcomissão Mista de Recursos Energéticos e trabalham com o presidente em temas ambientais. Vão estar presentes num grande comício no Central Park, na noite de quinta. E o que eles vão fazer? Vão nos atacar. Claro, não vão mencionar a Algonquin pelo nome, mas tenho certeza de que vão falar de nós. Do parque é possível ver as chaminés. Eu tenho certeza de que foi por isso que os organizadores escolheram a posição do palanque... Bem, essas são as minhas opiniões. Mas será o suficiente para que a Algonquin seja um alvo? Eu não consigo entender. Eu entendo alguns fundamentalistas políticos ou religiosos atacando a infraestrutura norte-americana, mas não ambientalistas.

Cavanaugh concordou.

— Ecoterrorismo? Nunca tive problemas com isso, pelo que me lembro. E já estou aqui há trinta anos; trabalhei com o pai de Andi quando ele era o diretor aqui. Naquela época queimávamos carvão. Sempre esperávamos que o Greenpeace ou alguns liberais viessem nos sabotar. Mas nada aconteceu.

Jessen confirmou.

— Não, em geral são boicotes e manifestações.

Cavanaugh sorriu com amargura.

— E essas pessoas não percebem a ironia de que metade delas vem para cá de metrô, que funciona graças à corrente elétrica gerada pela Algonquin, depois de terem visitado a exposição Novas

Energias no centro de convenções. Ou então confeccionaram seus cartazes ontem à noite, com a luz que nós fornecemos. Nem é ironia. Na verdade, é hipocrisia.

— Até que venha alguma comunicação de alguém ou que fiquemos sabendo de mais alguma coisa, eu continuo considerando a hipótese de ecoterroristas — observou Sachs. — Vocês já ouviram falar algo sobre um grupo que se chama Justice For?

— Justice For o quê? — perguntou Cavanaugh.

— Não sabemos.

— Bem, eu nunca ouvi falar — respondeu Jessen.

Cavanaugh tampouco. Porém, ele disse que verificaria com os escritórios regionais da Algonquin para ver se conheciam.

Cavanaugh recebeu uma ligação. Ele olhou para Andi Jessen enquanto ouvia e, ao desligar, disse a Sachs:

— Há mais de um ano não são executados serviços no bueiro de acesso às tubulações de vapor. A tubulação está fechada.

— Tudo bem. — A notícia desanimou Sachs.

— Se não precisarem de mim, vou entrar em contato com os escritórios regionais agora — avisou Cavanaugh.

Depois que ele saiu, um homem alto, afro-americano, apareceu à porta. Era o segundo dos que foram chamados. Jessen acenou para que ele se sentasse e fez as apresentações. O chefe de segurança Bernard Wahl era, pelo que Sachs notou na empresa, o único funcionário não branco a não usar o macacão azul dos operários. Era um homem forte, de terno escuro e camisa branca, muito engomada. Sua gravata era vermelha. A cabeça raspada brilhava com as luzes do teto. Olhando para cima, Sachs reparou que apenas metade das lâmpadas estava acesa. Seria por economia? Ou Jessen teria decidido, por causa de sua posição antiecológica, que a redução do uso de energia seria vantajosa do ponto de vista de relações públicas?

Wahl trocou um aperto de mão com Sachs, olhando de relance para a protuberância no quadril dela, onde ficava a Glock. Um ex-policial não se interessaria pela arma, por representar nada mais que um instrumento de trabalho, como celulares ou canetas. Os amadores, ao contrário, eram fascinados pelo armamento.

Jessen explicou do que se tratava e perguntou como era o acesso às senhas dos computadores.

— As senhas? Pouquíssima gente tem acesso. Só funcionários seniores. Na minha opinião, seria muito óbvio. Tem certeza de que não foi um hacker? Hoje em dia esses meninos são muito espertos.

— Temos noventa e nove por cento de certeza — retrucou Sachs.

— Bernie, mande alguém verificar os acessos à sala do cofre ao lado do centro de controle.

Wahl pegou o celular e fez uma ligação, pedindo a um subordinado que se ocupasse do assunto. Desligou e disse:

— Eu esperava que algum grupo terrorista se pronunciasse. Mas vocês acham que foi alguém de dentro?

— Achamos que ou foi alguém de dentro ou houve *ajuda* de alguém de dentro. Mas também queremos saber se houve ameaças de ecoterroristas.

— Nunca nos quatro anos em que trabalho aqui. Só manifestações — disse ele, fazendo um gesto para a janela.

— Você já ouviu falar de um grupo chamado Justice For alguma coisa? Algo que tenha a ver com temas ambientais?

— Não, senhora. — Wahl falava com tranquilidade, sem expressar nenhuma emoção.

— Houve algum problema com funcionários que tenham sido despedidos recentemente, que tenham alguma queixa contra a companhia? — continuou Sachs.

— Contra a companhia? — questionou Wahl. — O atentado foi contra um ônibus metropolitano. O alvo não era a companhia.

— Nossas ações caíram oito por cento, Bernie — interveio Jessen.

— Ah, claro. Eu não tinha pensado nisso. Tem alguns funcionários assim. Posso fornecer os nomes.

— Eu também gostaria de ter informações sobre funcionários com problemas mentais, ou que tenham demonstrado sentir raiva da direção da empresa, ou com sintomas de instabilidade — pediu Sachs.

— Em geral, o Departamento de Segurança não anota o nome dessas pessoas, a menos que o problema seja grave, com algum risco de violência contra eles próprios ou terceiros — respondeu Wahl. — Eu não seria capaz de mencionar ninguém imediatamente, mas vou verificar com o RH e com o pessoal do serviço médico. Alguns detalhes podem ser confidenciais, mas vou informar os nomes. Vocês podem partir dessa base.

— Obrigada. Agora, achamos que ele pode ter roubado o cabo e as ferragens de um dos armazéns da Algonquin, na rua 118.

— Eu me lembro disso — falou Wahl, com uma expressão de desagrado. — Fizemos uma investigação, mas o prejuízo era de apenas algumas centenas de dólares. Não encontramos pistas.

— Quem poderia ter as chaves?

— São chaves padronizadas. Todos os nossos trabalhadores de rua têm um conjunto. Umas oitocentas pessoas, além dos supervisores.

— Algum funcionário foi despedido ou é suspeito de furto ou roubo recentemente?

Wahl olhou para Jessen para ter certeza se deveria responder à pergunta. A mensagem sutil foi positiva.

— Não. Pelo menos não é do conhecimento do meu departamento. — O celular dele tocou e Wahl olhou para a tela. — Me desculpem... Aqui é Wahl. — Sachs observou a expressão no rosto do homem e viu que ele estava recebendo notícias perturbadoras. Ele encarou as duas e desligou. Pigarreou, um tom de barítono. — É possível, embora eu não tenha certeza, que tenha havido uma quebra de segurança.

— O quê? — perguntou Jessen, enrubescendo.

— Os registros da ala 9, leste — explicou ele, olhando para Sachs. — O setor onde ficam o centro de controle e a sala do cofre.

— E então? — perguntaram simultaneamente Sachs e Jessen.

— Existe uma porta de segurança entre a sala de controle e a do cofre. Ela deveria fechar automaticamente, mas fomos informados pelos registros de que ela ficou aberta durante duas horas, poucos dias atrás. Ou foi algum defeito ou foi impedida de fechar.

— Duas horas? Sem supervisão? — questionou Andi Jessen, furiosa.

— Isso mesmo — respondeu ele, comprimindo os lábios. Esfregou o couro cabeludo reluzente e continuou: — Mas não parece que tenha sido alguém de fora. Não houve arrombamento na entrada do prédio.

— Vocês têm câmeras com filmagens de segurança? — perguntou Sachs.

— Não naquela sala.

— Alguém trabalha perto dessa sala?

— A porta fica num corredor vazio. Nem sequer está identificada, por medida de segurança.

— Quantas pessoas poderiam ter entrado?

— Todas as que tenham autorização para a ala 9 através da 11, leste.

— E isso são quantas pessoas?

— Muitas — confessou ele, baixando o olhar.

A notícia era desanimadora, mas exatamente o que Sachs esperava.

— Você pode fazer uma lista das pessoas que entraram nesse dia?

Wahl fez outra ligação, enquanto Jessen repreendia alguém ao telefone. Poucos minutos depois, uma jovem de blusa dourada e cabelos eriçados surgiu à porta, com ar tímido. Olhou uma só vez para Andi Jessen e entregou algumas folhas a Wahl.

— Bernie, são as listas que você pediu e também a que veio do RH.

A moça deu meia-volta, feliz por escapar da cova da leoa.

Sachs observou a expressão de Wahl enquanto ele percorria a lista. Aparentemente, a compilação não havia exigido muito tempo, no entanto, os resultados não pareciam ser bons. Ele explicou que quarenta e seis pessoas poderiam ter tido acesso à sala.

— Quarenta e seis? Meu Deus! — exclamou Jessen, afundando na cadeira e olhando pela janela.

— Muito bem, o que precisamos descobrir é quais dessas pessoas da lista têm álibis e quais possuem conhecimento técnico suficiente para redirecionar o computador e preparar o cabo no ponto de ônibus.

Jessen contemplava a escrivaninha imaculada.

— Eu não sou perita em questões técnicas. Herdei do meu pai o tino comercial nas atividades relacionadas à energia, como geração, transmissão e comercialização. — Ficou pensativa por um instante e depois disse: — Mas conheço alguém que pode nos ajudar.

Ela fez outra ligação e em seguida ergueu o olhar.

— Ele vai estar aqui em poucos minutos. O escritório dele fica do outro lado do Forno.

— Forno?

— A sala da turbina — explicou ela, fazendo um gesto para a janela, em direção às chaminés. — É lá que produzimos o vapor para movimentar os geradores.

Wahl estava lendo a lista mais curta.

— Aqui estão os nomes dos funcionários que tivemos que repreender ou demitir por diversos motivos durante os últimos seis meses. Alguns por problemas mentais, outros por uso de drogas, outros ainda por bebida.

— São só oito — acrescentou Jessen.

Havia um tom de orgulho na voz dela?

Sachs comparou as duas listas. Ninguém da lista mais curta — os funcionários problemáticos — tinha acesso às senhas do computador. Ela ficou decepcionada, porque tinha imaginado que haveria uma pista ali.

Jessen agradeceu a Wahl.

— Qualquer coisa que eu possa fazer, detetive, pode contar comigo.

Sachs também agradeceu ao chefe da segurança, que saiu da sala. Então, disse a Jessen:

— Eu gostaria de ter cópias do currículo de todas as pessoas da lista, com perfis profissionais, qualquer coisa.

— Claro, eu posso conseguir isso. — Jessen pediu à assistente que copiasse a lista e reunisse informações pessoais de todos os nomes.

Outro homem entrou no gabinete da CEO, um tanto sem fôlego. Sachs estimou que ele tivesse entre 40 e 50 anos. Era um pouco gorducho e seus cabelos eram castanhos e revoltos, levemente grisalhos. "Fofo" era um bom adjetivo para descrevê-lo. Tinha um ar simpático e algo de juvenil. Olhos vivos, sobrancelhas erguidas, atitude inquieta. As mangas da camisa amarrotada e listrada estavam arregaçadas. Parecia ter restos de migalhas na calça.

— Detetive Sachs — disse Jessen —, esse é Charlie Sommers, gerente da Divisão de Projetos Especiais.

O homem apertou a mão da policial.

A CEO olhou para o relógio de pulso, levantou-se e vestiu uma jaqueta escolhida em um amplo armário de roupas. Sachs ficou pensando se ela costumava passar noites no escritório. Jessen espanou poeira ou caspa dos ombros.

— Eu tenho uma reunião com a nossa empresa de relações públicas e depois uma coletiva de imprensa. Charles, você poderia levar a detetive Sachs para sua sala? Ela tem algumas perguntas a fazer. Ajude no que puder.

— É claro, com prazer.

Jessen olhava pela janela, contemplando seu legado — o grande prédio, a superestrutura de cabos, torres e andaimes. Com a correnteza do East River como pano de fundo, ela parecia a capitã de um grande navio. Esfregava obsessivamente o polegar direito no indicador, gesto que denotava estresse e que Sachs reconheceu imediatamente, porque costumava fazer o mesmo.

— Detetive Sachs, qual era o comprimento do cabo usado no ataque?

Sachs deu a informação.

A CEO assentiu, ainda olhando pela janela.

— Então ele ainda tem o suficiente para mais seis ou sete ataques. Isso é, caso não possamos detê-lo.

Andi Jessen não parecia estar esperando uma resposta. Nem sequer dava a impressão de estar falando com as outras pessoas que estavam na sala.

CAPÍTULO 18

Depois do trabalho, um público diferente tomava conta do Parque Tompkins Square, no East Village. Casais jovens, alguns com roupas da Brooks Brothers, outros com piercings e tatuagens, passeavam com os filhos pequenos. Músicos, namorados, grupos de pessoas de 20 e poucos anos voltavam para casa depois de passar o dia em empregos que detestavam e se enchiam do crescente entusiasmo com as perspectivas da noite. Os aromas dominantes eram o da água usada para cozinhar as salsichas dos cachorros-quentes, maconha, curry e incenso.

Fred Dellray estava sentado em um banco perto de uma árvore grande com uma copa ampla. Ele tinha lido a placa ao chegar e ficara sabendo que ali o fundador do movimento Hare Krishna havia cantado o mantra do grupo pela primeira vez fora da Índia, em 1966.

Ele jamais saberia disso. Dellray preferia a filosofia secular à teologia, mas havia estudado as principais religiões e sabia que a seita Hare Krishna tinha quatro regras principais necessárias para seguir o *dharma*, o caminho da virtude: compaixão, autocontrole, honestidade e limpeza de corpo e alma.

Refletia sobre essas qualidades e sobre a forma como elas eram entendidas na atual cidade de Nova York versus na Ásia meridional quando ouviu passos atrás dele.

Sua mão não havia chegado à metade do caminho até a arma quando soou:

— Fred.

Dellray se sentiu embaraçado por ter sido pego de surpresa. William Brent não representava uma ameaça, mas poderia facilmente ser um risco.

Seria outro sinal de que estava perdendo a capacidade de tratar com seus informantes?

Ele acenou para que o outro se sentasse. Vestido com um terno preto que já conhecera dias melhores, Brent tinha aparência comum, com a pele do queixo um tanto flácida e olhos vivos sob os cabelos negros penteados para trás e fixados com gel. Usava óculos de aros de metal que já estavam fora de moda desde a época em que ele havia trabalhado para Dellray. No entanto, eram práticos, típicos de William Brent.

O informante cruzou as pernas e olhou para a árvore. Usava meias coloridas e mocassins.

— Está tudo bem, Fred?

— Tudo bem. Tenho andado ocupado.

— Você está sempre ocupado.

Dellray não se importou em perguntar o que Brent pretendia, qual era o nome que estava usando no momento e o que estava fazendo. Teria sido um desperdício de energia e tempo.

— Jeep é uma criatura estranha, não acha?

— É, sim — concordou Dellray.

— Quanto tempo você acha que ele ainda vai ficar vivo?

Dellray fez uma pausa e depois respondeu, com sinceridade:

— Três anos.

— Aqui. Mas, se Atlanta der certo, ele ainda deve durar um tempo, se não fizer bobagem.

Dellray se sentiu estimulado pela informação de Brent. Ele próprio não sabia o destino exato de Jeep.

— Fred, agora eu sou um trabalhador honesto. Legítimo. O que eu vim fazer aqui?

— Você veio porque sabe escutar.

— Escutar?

— Por isso eu gostava de trabalhar com você. Você sempre escutava. Ouvia muita coisa. Eu acho que ainda ouve.

— Isso tem a ver com a explosão no ponto de ônibus?

— Sim.

— Algum defeito elétrico — disse Brent, sorrindo. — Foi o que saiu no jornal e eu sempre penso nessa obsessão que temos com a mídia. Por que eu deveria acreditar? Eles falam do mau comportamento de atores sem talento e de estrelas peitudas de 29 anos viciadas em cocaína. Por que isso mereceria mais que um milissegundo da nossa atenção? O que aconteceu naquele ponto de ônibus, Fred, foi outra coisa.

— Foi outra coisa — concordou Dellray. Com Jeep, ele tinha representado um papel. Era como um filme melodramático, feito para a TV. Mas ali, com William Brent, passava a ser um ator que encarnava o personagem de maneira sutil e real. As falas tinham sido escritas ao longo dos anos, mas o desempenho vinha do coração. — Eu realmente preciso saber o que aconteceu — completou.

— Gostei de trabalhar com você, Fred. Você às vezes era... difícil, mas sempre foi honesto.

Muito bem, ele já havia progredido no caminho de iluminação do *dharma*. Dellray prosseguiu:

— Vamos continuar trabalhando juntos?

— Eu já me aposentei. Ser informante pode fazer mal à saúde.

— Muita gente volta a trabalhar depois de se aposentar. A economia anda mal. O dinheiro da previdência não é o suficiente para levar a vida. — Dellray repetiu: — Vamos continuar trabalhando juntos?

Brent ficou encarando a árvore durante longos quinze segundos. Por fim, disse:

— Vamos continuar, sim. Diga alguns detalhes e vou pensar se vale a pena perder tempo e me arriscar. Aliás, isso serve para nós dois.

Para nós dois?, pensou Dellray. Depois, continuou:

— Não temos muitos detalhes, mas existe um grupo terrorista chamado Justice For, não sei para quê. O chefe pode ser um homem chamado Rahman.

— Eles são responsáveis pelo que aconteceu no ponto de ônibus?

— É possível. E também alguém ligado à companhia de eletricidade. Não sabemos quem. Pode ser um homem ou uma mulher.

— O que o jornal não revelou? Foi uma bomba?

— Não. O criminoso manipulou a rede de distribuição de energia.

Brent ergueu as sobrancelhas por trás dos óculos arcaicos.

— A rede... A eletricidade... Imagina só. É pior que uma engenhoca explosiva improvisada. Na rede, o explosivo já existe, nas residências e nos escritórios de todo mundo. Basta ligar algumas chaves. Eu morro e você também. E não é uma boa forma de se despedir do mundo.

— Por isso eu estou aqui.

— Justice For alguma coisa... Tem alguma ideia de quais possam ser os planos deles?

— Não. Pode ser uma organização islâmica, ariana, política, doméstica, estrangeira, ecológica. Não sabemos.

— De onde veio esse nome? Uma tradução?

— Não. O que foi interceptado era "Justice" e "For". Havia outras palavras, mas eles não conseguiram pegar.

— "Eles". — Brent esboçou um sorriso e Dellray ficou imaginando se ele sabia o que o agente secreto estava fazendo ali, ou se sabia que o admirável mundo da eletrônica o havia ultrapassado. SIGINT.

— Alguém reivindicou a autoria? — perguntou Brent, em sua voz suave.

— Ainda não.

Brent refletiu com interesse.

— É preciso muito planejamento para fazer uma coisa dessas. Muitos fios para juntar.

— Sem dúvida.

Um pequeno movimento dos músculos do rosto de Brent mostrou a Dellray que algumas peças do quebra-cabeça estavam se encaixando. Ele ficou entusiasmado ao perceber isso, mas, naturalmente, não expressou nada.

Brent confirmou, com um sussurro.

— Eu ouvi alguma coisa, sim, sobre alguém fazendo uma grande travessura.

— Me conta. — Dellray procurou não parecer muito ansioso.

— Não há muito o que contar. Só fumaça. — Em seguida acrescentou: — E sabe as pessoas que poderiam *me* contar? Não posso deixar que você entre em contato com elas.

— Pode ter a ver com terrorismo?

— Eu não sei.

— Isso significa que você também não pode afirmar que não.

— É verdade.

Dellray estava inquieto. Ele trabalhava com informantes havia muitos anos e sabia quando estava perto de alguma coisa importante.

— Se esse grupo, ou o que quer que seja, continuar a agir... muita gente pode sair ferida. Ou muito mais que isso.

Brent assobiou. Isso significava que ele não se importava, que os apelos ao patriotismo e à virtude não adiantariam.

Wall Street devia aprender a lição...

Dellray acenou com a cabeça, indicando que a negociação estava em curso.

Brent continuou:

— Eu posso fornecer nomes e locais. Tudo o que eu descobrir, você vai saber, mas só *eu* vou fazer o trabalho.

Ao contrário de Jeep, o próprio Brent havia demonstrado várias qualidades de iluminação do *dharma*, quando Dellray utilizara seus serviços. Autocontrole, pureza de alma... bem, pelo menos do corpo.

Além da importantíssima honestidade.

Dellray achava que podia confiar nele. Olhou-o nos olhos, intensamente.

— Nós vamos nos entender. Posso concordar com que você faça o trabalho. Posso concordar em não interferir. Mas não posso concordar com lentidão.

— Essa é uma das coisas que você precisa pagar para ter. Respostas rápidas — declarou Brent.

— Isso nos leva a...

Dellray não tinha problemas para pagar seus informantes. Ele preferia barganhar favores — redução de sentenças, tratos com agentes do serviço de livramento condicional, arquivamento de processos —, mas dinheiro também funcionava.

Pagar por informações valiosas, receber informações valiosas.

— O mundo está mudando, Fred — comentou William Brent.

Ah, vamos voltar a esse tema?, perguntou Dellray a si mesmo.

— E eu tenho alguns projetos que preciso realizar. Mas qual é o problema? Qual é o problema de sempre?

Dinheiro, naturalmente.

— Quanto? — perguntou Dellray.

— Cem mil, adiantados. E dou a você a garantia de que eu *vou* conseguir algo.

Dellray tossiu para disfarçar o riso. Nunca tinha pago mais de cinco mil a um informante. Mesmo assim, essa soma extravagante tinha sido objeto de questionamento judicial em um caso importante de corrupção.

Cem *mil* dólares?

— Não temos tanto dinheiro, William — disse ele, sem se preocupar com o nome, que Brent provavelmente já não usava havia muitos anos. — Isso é mais do que toda a nossa verba para informantes. Mais do que a verba de *todas* as agências policiais juntas.

— Hmm — fez Brent, sem acrescentar nada. Era exatamente como Dellray teria agido se estivesse na outra ponta da negociação.

O agente se curvou para a frente, juntando as mãos ossudas.

— Preciso de um minuto.

Assim como havia feito com Jeep no restaurante fedorento, Dellray se levantou e passou por um patinador, duas jovens asiáticas risonhas e um homem que entregava panfletos, com uma atitude surpreendentemente racional e otimista para quem se via diante de um problema insolúvel. Perto da árvore do *dharma* ele pegou do bolso o celular e fez uma ligação.

— Tucker McDaniel — disse a voz áspera que atendeu.

— Aqui é Fred.

— Descobriu alguma coisa? — respondeu o agente especial assistente, em tom de surpresa.

— Talvez. Um dos meus informantes antigos. Nada concreto. Mas no passado ele costumava dar boas dicas. Só que ele quer dinheiro.

— Quanto?

— Quanto temos?

McDaniel fez uma pausa.

— Não muito. O que ele tem vale ouro?

— Eu não sei nada ainda.

— Nomes, lugares, atos, números? Migalhas? Alguma coisa?

Era como um computador imprimindo uma lista de dados.

— Não, Tucker. Eu não tenho nada ainda. É uma espécie de investimento.

Finalmente, o agente disse:

— Talvez eu possa arranjar seis ou oito mil.

— Só isso?

— Quanto é que o diabo do homem quer?

— A gente está negociando.

— A verdade é que tivemos que remanejar os recursos para esse caso, Fred. A gente foi pego de surpresa, você sabe.

A relutância de McDaniel em gastar ficou evidente. Ele havia passado todo o dinheiro das verbas de operação do FBI para as equipes de SIGINT e de T e C. Naturalmente, um dos primeiros lugares para onde olhou foi a verba para pagar informantes.

— Comece com seis. Veja o que ele tem a oferecer em troca. Se valer a pena, talvez eu possa chegar a nove ou dez. Mesmo assim, já é um exagero.

— Eu acho que ele pode ter algo importante, Tucker.

— Bem, vamos ver alguma prova... Espera... OK, Fred, estou com T e C na outra linha. É melhor desligar.

Clique.

Dellray fechou o celular e ficou parado por um momento, encarando a árvore. Ele ouviu alguém dizer: "Ela era gostosa, mas alguma coisa não estava certa... Não, é o calendário maia, quer dizer, talvez Nostradamus... isso é uma merda... onde você tem andado?"

Mas o que realmente escutava eram as palavras do seu companheiro do FBI, anos antes: *Não tem problema, Fred. Deixa comigo.* O colega seguiu em uma missão que inicialmente havia sido destinada a Dellray.

Dois dias depois, o agente especial encarregado do escritório de Nova York lhe contou que o companheiro tinha sido um dos mortos em uma operação terrorista que detonou uma bomba no edifício das repartições federais em Oklahoma City. Ele estava na sala que Dellray deveria estar ocupando.

Naquele momento, Fred Dellray se encontrava em um confortável escritório com ar-condicionado a muitos quilômetros de distância da cratera fumegante. Tomou a decisão de que dali em diante a prioridade em sua carreira de policial seria perseguir terroristas e qualquer outra pessoa que matasse inocentes em nome de seus ideais, fossem eles políticos, religiosos ou sociais.

Claro, o agente especial o havia ignorado. Nem sequer o levava a sério. Mas o que Dellray estava prestes a fazer tinha pouquíssimo a ver com uma vingança pessoal ou com seu prestígio do passado.

Estava prestes a impedir o que lhe parecia ser o pior dos males: a matança de inocentes.

Voltou para perto de William Brent e se sentou.

— Está bem — disse. — Cem mil.

Eles trocaram números de telefones descartáveis — celulares pré-pagos que seriam inutilizados em um ou dois dias. Dellray olhou para o relógio de pulso.

— Hoje à noite. Washington Square. Perto da faculdade de direito, junto aos tabuleiros de xadrez.

— Nove horas? — perguntou Brent.

— Nove e meia.

Dellray se levantou e saiu sozinho da praça, conforme o ritual do mundo dos informantes confidenciais, deixando que Brent fingisse ler o jornal ou que parecesse contemplar a árvore de Krishna.

Ou então que pensasse em como iria gastar o dinheiro.

Mas logo o informante mergulhou em seus próprios pensamentos, enquanto Fred Dellray imaginava como poderia levar seus planos adiante. Que papel o camaleão deveria desempenhar, para onde mirar, como convencer, persuadir, conseguir favores? Tinha quase certeza de que conseguiria; afinal, durante anos havia aperfeiçoado suas habilidades.

Nunca havia pensado, no entanto, em empregar o talento para roubar cem mil dólares de seu patrão — o governo e o povo dos Estados Unidos.

CAPÍTULO 19

Enquanto seguia Charlie Sommers até seu escritório do outro lado do prédio do Forno, na sede da Algonquin Consolidated, Amelia Sachs sentia o calor aumentar conforme avançavam pelo caminho complicado que ele tomava. O ruído surdo que enchia os corredores também crescia a cada passo.

A detetive estava completamente perdida, subindo e descendo escadas. Durante o trajeto, mandou e recebeu diversas mensagens no BlackBerry, porém, à medida que descia mais e mais, precisou se concentrar no caminho; os corredores se mostravam cada vez mais hostis aos visitantes. Quando o celular perdeu completamente o sinal, ela guardou o aparelho.

A temperatura aumentou.

Sommers parou diante de uma porta grossa, ao lado da qual havia um cabide com capacetes de operário.

— Está preocupada com o cabelo? — perguntou ele, levantando a voz, porque o ronco do outro lado da porta estava muito forte.

— Eu não quero que caiam — respondeu ela —, mas, fora isso, tudo bem.

— Só vão ficar um pouco bagunçados. Esse é o caminho mais curto para o meu escritório.

— Quanto mais curto, melhor — disse ela, pegando um capacete e colocando-o na cabeça.

— Está pronta?

— Acho que sim. O que tem do outro lado, exatamente?

Sommers pensou por um instante e respondeu:

— O inferno. — E fez um gesto para que ela seguisse em frente.

Sachs se lembrou dos ferimentos cauterizados que cobriam o corpo de Luís Martin. Ela começou a respirar mais rápido e percebeu que a mão se estendia lentamente para a maçaneta. Agarrando-a, abriu a porta de aço pesada.

Era mesmo o inferno. Fogo, enxofre e tudo mais.

A temperatura na sala era avassaladora, bem acima de quarenta graus. Sachs sentiu não apenas uma penosa coceira na pele, mas também uma redução curiosa da sensação nas juntas doloridas, quando o calor atenuou a artrite.

Já era tarde, quase oito da noite, mas uma equipe completa ainda trabalhava no Forno. A fome de eletricidade podia aumentar e diminuir durante o dia, mas nunca se extinguia completamente.

O amplo espaço, com cerca de sessenta metros de altura, era cheio de andaimes e centenas de peças de equipamento. No centro ficava uma série de máquinas verde-claras. A maior delas era comprida, com o dorso arredondado, como uma enorme cabana pré-fabricada, da qual saíam muitos tubos, dutos e cabos elétricos.

— Essa é a MOM — explicou Sommers, apontando para a máquina. — Foi produzida pela Midwest Operating Machinery, em Gary, Indiana, na década de sessenta.

Tudo isso foi dito em voz alta, num tom respeitoso. Sommers acrescentou que era o maior dos cinco geradores de eletricidade existentes no complexo do Queens. Prosseguiu explicando que, quando tinha sido instalada, a MOM era o maior gerador elétrico do país. Além dos demais geradores, que não tinham nomes, apenas números, havia quatro unidades que forneciam vapor superaquecido à cidade de Nova York.

Amelia Sachs ficou fascinada pelas grandes máquinas. Passou a caminhar mais devagar enquanto olhava para os enormes componentes e procurava entender para que serviriam. Era extraordinário o que a mente humana era capaz de conceber e o que as mãos humanas eram capazes de construir.

— Aqui estão as caldeiras — disse ele, apontando para o que parecia ser um outro prédio dentro do prédio. Deviam ter a altura de dez ou doze andares. — Elas produzem vapor, mais de duzentos quilos por centímetro quadrado. — Sommers respirou fundo e continuou: — O vapor passa para as turbinas, uma de alta pressão e outra de baixa pressão. — Apontou para uma parte da MOM. — Depois, entra no gerador, que produz continuamente trinta e quatro amperes, dezoito mil volts, mas aumenta ao sair para as linhas de transmissão até mais de trezentos mil.

Apesar do calor esmagador, ela sentiu um arrepio, ouvindo aqueles números e lembrando-se de Luís Martin, com a pele perfurada por gotas de metal derretido.

Sommers acrescentou com certo orgulho, pelo que Sachs detectou, que a energia produzida pelas instalações do Queens — pela MOM e por diversas outras turbinas — era de cerca de dois mil e quinhentos megawatts, aproximadamente um quarto do consumo da cidade inteira.

Ele mostrou uma série de outras máquinas.

— Ali o vapor é condensado, se transforma em água e é bombeado de volta às caldeiras. O ciclo começa outra vez. — Quase gritando, informou, orgulhosamente: — Tem quinhentos e oitenta quilômetros de tubos e encanamento, trezentos e quatro mil e oitocentos metros de cabos.

Nesse momento, apesar de seu fascínio pela escala enorme do maquinário, Sachs começou a se sentir esmagada pela claustrofobia. O ruído e o calor eram implacáveis.

Sommers demonstrou compreensão.

— Vamos em frente.

Ele fez um gesto para que ela o seguisse e em cinco minutos ambos saíram por outra porta, deixando os capacetes. A respiração de Sachs estava ofegante. O corredor, embora ainda morno, era misericordiosamente fresco após os minutos passados no inferno.

— A gente se impressiona, né?

— Realmente.

— Você está se sentindo bem?

Ela enxugou um fio de suor e assentiu com a cabeça. Sommers ofereceu uma toalha de papel de um rolo aparentemente preparado para enxugar rostos e pescoços, que ela utilizou.

— Venha por aqui.

Ele a levou por mais corredores até outro prédio. Mais escadas e finalmente chegaram ao escritório de Sommers, que estava cheio de computadores e instrumentos que ela não conseguiu reconhecer, centenas de aparelhos, ferramentas, fios, componentes eletrônicos, teclados, objetos de plástico e madeira de diversas formas e cores.

Também havia várias toneladas de batata frita, pretzel e refrigerante, além de bolinhos cobertos de açúcar, o que explicava o pó nas roupas dele.

— Desculpa. É assim que a gente trabalha na Projetos Especiais — disse ele, empurrando pilhas de papel impresso para que ela pudesse se sentar numa cadeira. — Bem, pelo menos é assim que eu trabalho.

— Qual é o seu trabalho, exatamente?

Um tanto envergonhado, ele explicou que era inventor.

— Eu sei que isso parece coisa do século XIX, mas é o que eu faço. Sou o homem mais sortudo do mundo. Minha profissão é justamente a que eu queria ter quando era menino, fazendo dínamos, motores e lâmpadas...

— Você fazia as próprias lâmpadas?

— Eu só coloquei fogo no meu quarto duas vezes... bem, três, mas só em duas foi preciso chamar os bombeiros.

Sachs olhou para um quadro na parede com a figura de Edison.

— É o meu herói. Um homem fascinante — comentou Sommers.

— Jessen também tinha alguma coisa dele na parede. Uma foto da primeira rede de transmissão.

— É a assinatura original de Thomas Alva. Mas acho que Jessen é mais como Samuel Insull.

— Quem?

— Edison era o cientista e Insull, o homem de negócios. Foi presidente da Consolidated Edison e criou a primeira grande empresa monopolista de serviço público. Eletrificou o sistema de bondes de Chicago e praticamente forneceu de graça os primeiros aparelhos elétricos, como os ferros de passar, para que as pessoas se acostumassem com a eletricidade. Era um gênio, mas acabou em desgraça. Isso parece comum? Contraiu dívidas elevadas; quando veio a Grande

Depressão, a companhia faliu e centenas de milhares de acionistas perderam tudo. Um pouco como a Enron. Quer saber algumas informações triviais? A empresa de contabilidade Arthur Andersen trabalhou tanto com Insull quanto com a Enron. Eu, porém, deixo que outros tratem de negócios. O que faço são coisas. Noventa e nove por cento acabam não servindo para nada, mas tenho vinte e oito patentes no meu nome e criei quase noventa processos ou produtos na Algonquin. Muita gente se senta diante da TV ou joga videogame para se divertir. Eu... bem, eu invento coisas. — Ele apontou para uma caixa de papelão grande, cheia de retângulos e quadrados de papel. — Ali é o Arquivo de Guardanapos.

— O quê?

— Quando estou num café ou num restaurante e tenho uma ideia, rabisco num guardanapo e depois venho para cá para fazer um desenho adequado. Mas guardo o original naquela caixa.

— Então, quando fizerem um museu sobre você, vai haver uma Sala dos Guardanapos.

— Eu já pensei nisso.

Sommers enrubescia, da testa ao queixo.

— O que você inventa, exatamente?

— Acho que minha especialidade é o contrário da de Edison. Ele queria que as pessoas usassem a eletricidade, e eu quero que não usem.

— Sua chefe sabe desse objetivo?

Ele riu.

— Acho que eu deveria ter dito que quero que a usem com mais eficiência. Eu sou o perito em negawatts da Algonquin. É "nega", com *n*.

— Nunca ouvi falar disso.

— Muita gente nunca ouviu, o que é uma pena. Foi ideia de um cientista e ambientalista brilhante, Amory Lovins. A teoria é criar incentivos para reduzir a demanda e usar a eletricidade de forma mais eficiente, em vez de tentar construir novas usinas para aumentar a oferta. Uma usina geradora típica desperdiça quase metade da energia produzida, inclusive na chaminé. Metade! Imagina isso. Mas nós temos uma série de coletores térmicos nas chaminés e nas torres de resfriamento. Na Algonquin, só perdemos vinte e sete por cento.

"Tenho trabalhado com propostas de geradores nucleares portáteis, montados em barcaças, para que possam ser transportados de uma região para outra — Sommers se curvou para a frente, com os olhos brilhando novamente. — E também com o grande desafio do armazenamento de energia. A energia não é como os alimentos. Não é possível produzi-la e deixá-la na prateleira durante um mês. Ou é usada ou se perde, imediatamente. Estou criando novas formas de armazená-la, com volantes, sistemas de pressão de ar, novas tecnologias para baterias.

"Além disso, ultimamente, passo metade do meu tempo viajando pelo país, fazendo conexões entre pequenas companhias que usam fontes de energia alternativas e renováveis para que possam ser ligadas às grandes redes, como a Interconexão Nordeste, a nossa, e *nos* vendam a energia, em vez de nós a vendermos para pequenas comunidades."

— Eu pensava que Andi Jessen não fosse entusiasta das fontes renováveis e alternativas.

— É verdade, mas ela também não é louca. É a onda do futuro. Creio que apenas discordamos quanto ao momento em que o futuro chegará. Acho que será mais cedo — disse, com um sorriso enigmático. — Claro, você deve ter notado que o escritório dela é do tamanho de todo o meu departamento, e que fica no nono andar, com uma bela vista de Manhattan. Eu fico no porão — completou, com ar solene. — Bem, diga o que posso fazer para ajudar você.

— Eu tenho uma lista de pessoas da Algonquin que poderiam ser responsáveis pelo ataque desta manhã — respondeu Sachs.

— Alguém daqui? — Sommers assumiu uma expressão incrédula.

— É o que parece. Ou pelo menos gente que ajudou o criminoso. Bem, provavelmente é um homem, embora possa estar agindo com uma mulher. Ele, ou ela, teve acesso às senhas do computador que permitem a entrada no software de controle da rede de distribuição. Fechou várias subestações para que a eletricidade fosse reorientada para a da rua 57. Além disso, alterou os disjuntores em um grau mais elevado do que deveria ser.

— Então foi assim que aconteceu — disse ele, com ar apreensivo. — Imaginei que tivesse a ver com os computadores, mas não sabia os detalhes.

— Algumas dessas pessoas devem ter álibis, *nós* mesmos vamos verificar. Mas eu quero que você me dê uma ideia sobre quem teria o conhecimento necessário para redirecionar a eletricidade e criar o arco elétrico.

Sommers parecia animado.

— Estou lisonjeado. Eu não sabia que Andi tinha ideia do que fazemos aqui embaixo. — Em seguida, a expressão inocente desapareceu, substituída por um sorriso oblíquo. — Eu estou entre os suspeitos?

Sachs tinha visto o nome de Sommers na lista quando Jessen o havia mencionado. Olhou firmemente para ele e respondeu:

— Seu nome está na lista.

— Hmm. Tem certeza de que pode confiar em mim?

— Você estava em uma teleconferência entre as dez e meia e o meio-dia de hoje, quando ocorreu o ataque, e estava fora da cidade no intervalo de tempo em que o criminoso poderia ter obtido as senhas. Os dados de frequência mostram que você não entrou na sala do cofre em nenhuma outra ocasião.

Sommers ergueu uma sobrancelha.

Ela mostrou o BlackBerry.

— Era sobre isso que eu estava trocando mensagens no caminho para cá. Mandei alguém do Departamento de Polícia de Nova York verificar seus movimentos. Portanto, você está fora de suspeita.

Ela achou que falava em tom de desculpas, por não ter confiado nele. Sommers, porém, retrucou, com os olhos brilhando:

— Thomas Edison teria aprovado.

— O que você quer dizer?

— Ele disse que um gênio é apenas uma pessoa talentosa que faz o dever de casa.

CAPÍTULO 20

Amelia Sachs não queria mostrar a Sommers a lista propriamente dita, pois ele poderia conhecer algum dos funcionários e talvez descartar a possibilidade de que fossem suspeitos; por outro lado, poderia chamar a atenção dela para alguém simplesmente por imaginar que haveria motivos para suspeita.

Ela não explicou a relutância. Simplesmente disse que desejava saber o perfil de alguém que pudesse ter planejado o ataque e usado o computador.

Sommers abriu um pacote de Doritos e ofereceu a Sachs. Ela recusou, enquanto ele comia um punhado. Não tinha jeito de inventor. Parecia mais um redator publicitário de meia-idade, com seus cabelos revoltos e sua camisa de listras azuis e brancas ligeiramente puxada para fora das calças. Era um pouco barrigudo. Os óculos eram estilosos, embora Sachs suspeitasse que do lado de dentro estivessem as palavras *made in* seguidas do nome de algum país asiático. Somente de perto era possível perceber as rugas nos olhos e na boca.

Depois de comer, tomou um gole de refrigerante e disse:

— Primeiro, como fazer para reorientar a energia para a subestação da rua 57? Isso vai reduzir a lista de suspeitos. Nem todos os que trabalham aqui saberiam fazer isso. Na verdade, pouquíssimos seriam capazes. A pessoa teria que conhecer bem o SCADA, nosso programa de Controle de Supervisão e Aquisição de Dados. Funciona por meio de computadores Unix. Provavelmente também precisaria conhecer os EMPs, os programas de gerenciamento da energia. O nosso se chama Enertrol. Também é baseado em Unix. É um sistema operacional bem complexo, usado nos grandes roteadores da internet. Não é como o Windows e a Apple. Não é possível aprender a mexer simplesmente pesquisando on-line. Seria preciso estudar o SCADA e os EMPs, fazer cursos sobre o funcionamento. No mínimo, uma aprendizagem de seis meses ou um ano em uma sala de controle.

Sachs anotou várias coisas e perguntou:

— E o arco elétrico? Quem saberia provocá-lo?

— Preciso saber exatamente o que ele fez.

Sachs falou do cabo e da placa de latão.

— Estava apontado para a janela, como uma arma de fogo? — perguntou ele.

Ela assentiu.

Sommers ficou em silêncio por um momento. Estava pensando em outra coisa.

— Isso podia ter matado dezenas de pessoas... e as queimaduras... terríveis.

— Quem poderia ter feito isso? — insistiu Sachs.

Sommers parecia outra vez distraído, o que acontecia com frequência, conforme ela reparou. Depois de algum tempo, respondeu:

— Eu sei que você está perguntando por funcionários da Algonquin, mas precisa saber que a primeira coisa que todo eletricista aprende são os arcos elétricos. Eles aprendem as normas, seja trabalhando como particulares, em construções, em fábricas, no Exército ou na Marinha, em qualquer campo de atividade, desde que tenham contato com linhas de transmissão com energia suficiente para que os arcos sejam um problema.

— Então você está dizendo que qualquer pessoa que saiba como *evitar* ou prevenir os arcos também sabe como criar um?

— Exatamente.

Ela tomou nota rapidamente e, em seguida, ergueu o rosto.

— Mas vamos falar um pouco sobre os funcionários.

— Tudo bem. Quem daqui poderia preparar uma coisa como essa? A pessoa saberia que os cabos estavam carregados de corrente e, portanto, teria que ser alguém com diploma de eletricista que trabalhasse por conta própria, ou um operário de linha ou um operador de emergência de alguma companhia de serviços públicos.

— Um operador de emergência?

Sommers riu.

— É um nome interessante para uma profissão, né? São os supervisores que organizam os reparos quando uma linha deixa de funcionar, quando há um curto-circuito ou quando surgem outros problemas. Lembre-se de que há muitos funcionários antigos aqui que subiram na hierarquia da profissão. Eles podem estar agora trabalhando como corretores de energia ou fazendo serviços de escritório, mas isso não significa que não saibam refazer de olhos fechados a fiação de um painel trifásico.

— E produzir um arco elétrico.

— Exatamente. Por isso, você deve procurar alguém experiente com Unix e com programas de gerenciamento de energia. Além disso, um profissional de eletricidade como operário de linha, operador de emergência ou contratista. Pode também ser um militar. O Exército, a Marinha e a Aeronáutica formam muitos eletricistas.

— Obrigada pela ajuda.

A conversa foi interrompida por uma batida na porta. Surgiu uma jovem trazendo um envelope volumoso.

— A Srta. Jessen disse que a senhora queria esse material do RH.

Sachs pegou os currículos e os demais dados e agradeceu.

Sommers comeu a sobremesa, um pequeno bolo com caramelo, e depois outro. Tomou mais refrigerante.

— Quero dizer uma coisa.

Sachs ergueu as sobrancelhas.

— Posso dar uma aula?

— Uma aula?

— Sobre segurança.

— Eu não tenho muito tempo.

— Vou ver rápido. É importante. Eu só estava pensando que você está em desvantagem procurando esse... Como é que vocês dizem?

— Usamos "perp". Para "perpetrador".

— "Perp" soa mais sexy. Vamos dizer que vocês estejam procurando um perp comum. Um ladrão de banco, um assassino. Sabem que ele pode ter uma faca, ou uma arma de fogo. Vocês estão acostumados com isso. Sabem como se proteger. Há procedimentos estabelecidos sobre como lidar com esse tipo. Mas usar eletricidade como arma, ou como armadilha, é outra coisa. As características da energia são ser invisível e estar por toda parte. Realmente, por toda parte.

Sachs recordou as gotas de metal derretido, os horríveis ferimentos redondos na pele morena de Luís Martin. Tinha a lembrança do odor das áreas queimadas na cena do crime. Ela estremeceu de horror.

Sommers indicou com um gesto a tabuleta afixada à parede.

LEMBRE-SE DA ORIENTAÇÃO Nº 70 DA
ASSOCIAÇÃO NACIONAL DE PROTEÇÃO CONTRA INCÊNDIOS
LEIA E MEMORIZE
A ORIENTAÇÃO 70 PODE SALVAR SUA VIDA!

Ela sabia que precisava tratar do caso com urgência mas também queria saber o que ele tinha a dizer.

— Eu não tenho muito tempo, mas, por favor, continue.

— Primeiro, você precisa saber que a eletricidade é muito perigosa. Tem que entender a amperagem, ou corrente. Você sabe o que é isso?

— Eu... — Sachs achava que sabia, mas percebeu que era incapaz de defini-la. — Não.

— Vamos comparar a eletricidade com um sistema hidráulico no qual a água é bombeada por meio de canos. A pressão da água é criada pela bomba, que empurra certa quantidade de água pelos canos a certa velocidade. Ela se move com maior ou menor facilidade segundo o diâmetro e o estado dos canos.

"Um sistema *elétrico* é semelhante. A diferença é que há elétrons em vez de água, cabos ou outro material condutor em vez de canos e um gerador ou bateria em vez de bomba. A pressão que impele os elétrons é a voltagem. A quantidade de elétrons que se move ao longo do cabo é a amperagem, ou corrente. A resistência, chamada de ohm, é determinada pela natureza e pelas condições dos cabos ou qualquer material percorrido pelos elétrons."

— Até agora, tudo bem. Nunca tinha ouvido essa explicação antes.

— Agora vamos falar dos amperes. Lembre-se, é a quantidade de elétrons em movimento.

— Muito bem.

— Qual amperagem é necessária para matar uma pessoa? Com cem miliamperes de corrente alternada, ocorre a fibrilação do coração e a pessoa morre. Isso corresponde a um décimo de ampere. Um secador de cabelo comum exige dez amperes.

— Dez? — murmurou Sachs.

— Sim, senhora. Um secador de cabelo. Dez amperes, quantidade que também é a necessária para uma cadeira elétrica.

Ela já se sentia muito inquieta.

Sommers continuou:

— A eletricidade é como o monstro criado pelo Dr. Frankenstein; aliás, ele ganhou vida por meio de um relâmpago. A eletricidade é uma coisa ao mesmo tempo tola e inteligente. É tola porque, uma vez gerada, ela só deseja encontrar um caminho para a terra. É inteligente porque, instintivamente, sabe a melhor maneira de consegui-lo. Sempre toma o caminho onde há menos resistência. É possível segurar com a mão um cabo com cem mil volts, mas, se for mais fácil para a eletricidade seguir pelo fio, você vai estar perfeitamente a salvo. Mas, quando você é o melhor condutor para a terra...

O eloquente gesto dele explicou as consequências.

— Bem, agora vem a lição. Três regras para lidar com a energia elétrica. Primeiro, evitá-la sempre que possível. Esse sujeito sabe que está sendo perseguido e pode estar preparando armadilhas com linhas carregadas. Evite metais: corrimãos, portas e maçanetas, pisos sem carpete, aparelhos elétricos, maquinário, assim como porões molhados, água parada. Você já viu transformadores e chaves de comutação na rua?

— Não.

— Já viu, sim, mas não reparou porque os nossos governantes os escondem e disfarçam. As peças que fazem os transformadores funcionar são feias e assustam. Na cidade, elas ficam no subsolo, em prédios de aparência inócua, ou são disfarçadas com pintura neutra. É possível estar ao lado de um transformador que recebe treze mil volts sem se dar conta. Por isso, preste atenção em tudo o que tiver a palavra Algonquin, e, se puder, fique longe. Agora, ainda que você acredite estar evitando a eletricidade, mesmo assim pode estar em perigo. Existe uma coisa chamada "ilha".

— Ilha?

— Digamos que a eletricidade tenha sido desligada em alguma parte da cidade. Você pensaria que todos os circuitos estão fora do ar, não é verdade? Claro que estaria em segurança. Bem, talvez sim, talvez não. Andi Jessen gostaria que a Algonquin monopolizasse a distribuição de energia na cidade, mas isso não acontece. Hoje em dia, a energia é fornecida por meio do que se chama de geração distribuída, na qual pequenos produtores de energia a mandam para nossa rede. Uma "ilha" acontece quando o suprimento da Algonquin está desligado, mas alguma fonte menos importante continua mandando energia para a rede: é uma ilha de eletricidade em meio ao vazio. Existe também a alimentação secundária. Você pode cortar os disjuntores em uma linha, para poder trabalhar, mas as linhas de baixa voltagem podem começar a mandar energia para o transformador, e...

Sachs compreendeu.

— E o transformador aumenta a voltagem.

— Exatamente; a linha que você pensou estar morta volta à vida, e com muita potência.

— Suficiente para causar um estrago.

— Claro que sim. E também existe a indução. Mesmo quando todos os circuitos estão desligados, tudo está completamente morto, não é possível que haja ilhas nem alimentação secundária, o fio em que se está trabalhando ainda pode ficar carregado com uma voltagem letal, caso haja outro cabo com energia viva nas proximidades. Isso é por causa da indução. A corrente de um cabo pode passar para outro, mesmo que ele esteja desligado, se a distância for suficientemente pequena.

"Portanto, a primeira norma é evitar a corrente elétrica. Qual é a segunda? Se não puder evitá-la, proteja-se dela. Use equipamento de proteção pessoal: botas de borracha e luvas, não aquela bobagem que usam no *CSI*. Luvas industriais grossas, de trabalho. Use ferramentas isoladas ou, melhor ainda, um bastão de fibra de vidro, como um taco de hóquei, com a ferramenta na extremidade. Nós usamos para trabalhar nas linhas carregadas.

"Proteja-se. Lembre-se da regra do caminho de menor resistência. A pele humana é má condutora, quando está seca. Se estiver molhada, especialmente suada, por causa do sal, a resistência diminui drasticamente. Caso haja um ferimento ou queimadura, a pele se torna excelente condutora. As solas de couro dos sapatos, quando secas, são bons isolantes. O couro molhado é como a pele, sobretudo se você estiver de pé em uma superfície condutora, como o piso ou o pavimento de um porão molhados. As poças de água também.

"Por isso, se você tiver que tocar em alguma coisa que possa estar carregada, por exemplo, se precisar abrir uma porta de metal, se certifique de que seus sapatos ou botas são isolantes. Use um bastão de fibra de vidro ou uma ferramenta isolada e somente uma das mãos, a direita, que é mais distante do coração, conservando a outra mão no bolso para não tocar em nada por acidente, o que fecharia o circuito. Preste atenção no lugar onde colocou os pés.

"Você já viu pássaros pousados em fios de alta-tensão? Eles não usam equipamento de proteção. Como podem pousar em um cabo de metal que transporta cem mil volts? Porque não caem pombos assados do céu?"

— Eles não tocam o outro cabo.

— Exato. Enquanto não tocarem outro cabo ou a torre, estarão a salvo. Eles vão estar tão carregados quanto o cabo, mas não há corrente, não há amperagem passando por seus corpos. Você tem que fazer como os pássaros pousados no cabo.

Sachs se sentiu extraordinariamente frágil.

— Tire tudo que é de metal quando tiver que trabalhar com eletricidade, especialmente joias. A prata pura é o melhor condutor que existe. O cobre e o alumínio também são excelentes. O ouro não fica muito atrás. Na outra extremidade estão os dielétricos, os isolantes. Vidro e Teflon, e em seguida cerâmica, plástico, borracha, madeira. Todos são maus condutores. Estar de pé em alguma coisa feita de um desses materiais, ainda que seja um pedaço pequeno, pode fazer a diferença entre a vida e a morte.

"Essa é a norma número dois: proteção. Finalmente, a terceira norma. Se não puder evitar a eletricidade nem se proteger dela, corte a cabeça. Todos os circuitos, pequenos ou grandes, podem ser desligados. Todos têm chaves, todos têm disjuntores ou fusíveis. É possível deter a corrente instantaneamente desligando a chave ou o disjuntor, ou retirando o fusível. E não é preciso saber onde está o disjuntor para desligá-lo. O que acontece quando você encosta dois pedaços de arame numa tomada doméstica e toca as pontas?"

— O disjuntor desliga.

— Exato. Você pode fazer o mesmo com qualquer circuito. Mas não se esqueça da segunda norma. Proteja-se quando fizer isso, porque em uma voltagem mais elevada os dois arames produzirão uma centelha muito grande, que pode ser um arco elétrico.

Sommers começou a comer novamente, dessa vez pretzels. Depois de mastigar fazendo bastante barulho, ele engoliu com a ajuda de mais refrigerante.

— Eu poderia falar durante uma hora, mas o que eu disse é o básico. Você entendeu bem?

— Entendi, sim. Isso é muito útil, Charlie. Obrigada.

Os conselhos dele pareciam bastante simples, mas, embora Sachs tivesse prestado atenção ao que ele tinha dito, não podia deixar de considerar que essa ainda era uma arma muito estranha.

Como Luís Martin podia tê-la evitado, ter se protegido dela ou ter cortado a cabeça do monstro? A resposta, naturalmente, era que não podia.

— Se precisar de mim para algum outro assunto técnico, é só ligar — disse ele, dando a ela dois números de telefone. — Ah, espera... Outra coisa. — Sommers entregou uma caixa de plástico com um botão lateral e uma tela de LCD no alto. Parecia um telefone celular alongado. — Essa é uma das minhas invenções. É um detector de corrente sem contato. A maioria registra apenas um máximo de mil volts e é preciso estar bem perto do cabo ou do terminal para que o aparelho indique. Esse aqui vai até dez mil e é muito sensível. Detecta a voltagem a um metro ou um metro e meio de distância e informa o nível.

— Obrigada. Isso vai ajudar — disse Sachs, rindo um pouco ao examinar o instrumento. — É uma pena que não existam aparelhos assim para indicar se uma pessoa na rua está portando uma arma.

Sachs estava brincando, mas Charlie Sommers fez que sim com a cabeça, e sua expressão denotava concentração. Ele parecia estar pensando seriamente nas últimas palavras dela. Enquanto se despedia, Sommers colocou na boca algumas tortilhas de milho e começou freneticamente a desenhar um diagrama num pedaço de papel. Ela notou que a primeira coisa que ele pegou foi um guardanapo.

CAPÍTULO 21

— Lincoln, esse é o Dr. Kopeski.

Thom estava na entrada da casa com um visitante.

Lincoln Rhyme ergueu o olhar, indiferente. Eram mais ou menos oito e meia da noite e, embora a urgência do caso Algonquin reverberasse na sala, havia pouco a fazer enquanto Sachs não voltasse do interrogatório com a diretora da companhia de energia. Por isso, tinha concordado com relutância em receber o representante do grupo dos direitos de pessoas com deficiência que pretendia homenagear Rhyme.

Kopeski não vai vir até aqui e ficar sentado como um cortesão esperando a audiência com o rei.

— Pode me chamar de Arlen, por favor.

Com voz macia e vestindo um terno sóbrio, camisa branca e gravata listrada alaranjada e branca, ele se aproximou do perito criminal, cumprimentando-o com a cabeça. Não fez menção de estender a mão nem olhou para as pernas ou para a cadeira de rodas. Como trabalhava para uma organização voltada para os direitos de pessoas com deficiência, a condição de Rhyme não abalava Kopeski. O perito aprovava essa atitude. Ele achava que todos tinham alguma forma de deficiência, de cicatrizes emocionais a artrite ou doença de Lou Gehrig. A vida era em si mesma uma grande deficiência. A questão era simples: o que fazer diante disso? Rhyme raramente pensava no assunto. Nunca havia sido defensor dos direitos de pessoas com deficiência. Isso lhe parecia um desvio do trabalho. Era um perito criminal com mais dificuldade de se mover que a maioria e compensava esse fato da melhor forma possível, a fim de prosseguir em sua ocupação.

Ele olhou para Mel Cooper e indicou com um aceno de cabeça a sala de estar, que ficava do outro lado do vestíbulo. Thom levou

Kopeski para lá e Rhyme os seguiu na cadeira de rodas. O ajudante fechou a porta parcialmente e desapareceu.

— Sente-se, se preferir — disse o perito criminal. A segunda oração qualificava a primeira, transmitindo a esperança de que o homem continuasse de pé, tratasse do assunto e saísse. Ele carregava uma pasta, onde talvez estivesse o peso de papel. Poderia entregá-lo, tirar uma foto e ir embora. Tudo terminaria ali.

O médico se sentou.

— Venho acompanhando sua carreira há um tempo.

— É mesmo?

— Você conhece o Conselho de Recursos para Deficiências?

Thom havia falado do assunto. Rhyme pouco se lembrava do monólogo.

— Vocês fazem um excelente trabalho.

— Excelente, sim.

Houve um momento de silêncio.

Se pudermos apressar isso..., pensou Rhyme, olhando intensamente para a janela, como se uma nova missão estivesse voando para casa, assim como tinha feito o falcão. *Desculpe, tenho de deixá-lo, o dever me chama...*

— Eu trabalhei com muitas pessoas com deficiências ao longo dos anos. Lesões da medula, espinha bífida, esclerose amiotrófica e muitos outros problemas. Câncer, também.

Era uma ideia curiosa. Rhyme nunca havia considerado essa doença como uma deficiência, mas imaginava que algumas formas poderiam se ajustar à sua definição. Olhou para o relógio na parede, que avançava lentamente. Nesse momento, Thom entrou com uma bandeja de café e — pelo amor de Deus — biscoitos. O olhar que lançou ao ajudante, que queria dizer que aquela entrevista não era como um chá entre amigos, passou por ele como uma nuvem de vapor.

— Obrigado — disse Kopeski, erguendo uma xícara. Rhyme ficou desapontado porque ele não se serviu de leite, o que teria esfriado a bebida, permitindo a ele que a tomasse e partisse mais rapidamente.

— E você, Lincoln?

— Obrigado, agora não — respondeu, com frieza, ao que Thom deu tão pouca atenção quanto tinha dado ao olhar de Rhyme pouco antes. O ajudante pegou a bandeja e voltou à cozinha.

O médico se acomodou na poltrona de couro.

— Ótimo café.

Fico muito contente. Uma inclinação de cabeça.

— Você é um homem ocupado, e por isso vou direto ao assunto.

— Obrigado.

— Detetive Rhyme... Lincoln. Você é religioso?

O grupo de apoio às pessoas com deficiência deveria ter alguma filiação religiosa. Não desejaria homenagear um pagão.

— Não, eu não sou.

— Acredita na vida após a morte?

— Não vi prova objetiva de que isso exista.

— Muitas pessoas pensam assim. Então, para você, a morte seria equivalente, digamos, à paz.

— Depende de como eu morrer.

Um sorriso iluminou o rosto bondoso.

— Eu não me apresentei corretamente ao seu ajudante nem a você. Mas existe um bom motivo para isso.

Rhyme não ficou preocupado. Se ele estivesse fingindo ser outra pessoa para me matar, eu já estaria morto. Ergueu as sobrancelhas, o que significava: "Muito bem. Faça sua confissão e vamos em frente."

— Eu não sou membro do conselho.

— Não?

— Não. Mas às vezes digo que pertenço a um grupo ou outro, porque de vez em quando eu sou expulso da casa das pessoas por causa da minha verdadeira organização.

— Testemunhas de Jeová?

Ele deu um risinho.

— Pertenço à entidade Morte com Dignidade. É uma organização que promove a eutanásia, baseada na Flórida.

Rhyme já tinha ouvido falar.

— Você já pensou em auxílio para o suicídio? — prosseguiu Kopeski.

— Já, há alguns anos. Resolvi não me matar.

— Mas manteve como opção.

— Não é o caso de todos, tenham alguma deficiência ou não?

— É verdade — concordou Kopeski, com um aceno de cabeça.

— É claro que eu não vou ganhar um prêmio por escolher a forma mais eficiente de acabar com a minha vida — comentou Rhyme. — Portanto, em que posso ser útil?

— Nós precisamos de advogados. Pessoas como você, que possuem reconhecimento público. Pessoas que possam pensar na transição.

Transição. Era um bom eufemismo.

— Você podia gravar um vídeo para o YouTube. Dar algumas entrevistas. Achamos que talvez algum dia você pudesse aproveitar nossos serviços...

Kopeski tirou um folheto da pasta. Era sóbrio, impresso em papel de boa qualidade e tinha flores na capa. Rhyme notou que não eram lírios nem margaridas. Eram rosas. O título, acima das flores, era: "Escolhas."

Colocou-o na mesa, perto de Rhyme.

— Se estiver interessado em permitir que nós façamos de você uma celebridade-patrono, poderemos não apenas fornecer os nossos serviços gratuitamente como também certa remuneração. Acredite ou não, temos recursos, embora sejamos um grupo pequeno.

Deviam pagar antecipadamente, pensou Rhyme.

— Eu realmente não acho que eu seja a pessoa adequada para vocês.

— Tudo o que você teria que fazer é falar um pouco sobre a maneira como sempre pensou na possibilidade de um suicídio assistido. Faríamos alguns vídeos. E também...

Uma voz vinda da porta fez Rhyme se sobressaltar.

— Vai embora daqui!

Ele notou que Kopeski tinha dado um salto na cadeira ao ouvir o som.

Thom irrompeu na sala, enquanto o médico voltava a se sentar, derramando café ao deixar cair a xícara, que se espatifou no chão.

— Espera, eu...

O ajudante, geralmente calmo e controlado, tinha o rosto em chamas. Suas mãos tremiam.

— Eu já disse, fora daqui!

Kopeski se levantou, mantendo-se calmo.

— Escuta, eu estou conversando com o detetive Rhyme — disse ele, sem se alterar. — Não há motivo para se exaltar.

— Fora! Agora!

— Eu não vou demorar.

— Você vai sair agora.

— Thom... — começou Rhyme.

— Silêncio — murmurou o ajudante.

A expressão no rosto do médico dizia: "Como você permite que seu ajudante fale assim com você?"

— Eu não vou repetir o que já disse.

— Eu vou sair quando tiver terminado — declarou Kopeski aproximando-se do ajudante. Como muitos profissionais da saúde, o médico estava em boa forma física.

Thom, porém, era ajudante de enfermos, o que significava colocar e tirar Rhyme de camas, cadeiras e equipamentos de exercício o dia inteiro. Era também fisioterapeuta. Ele avançou para Kopeski.

O confronto, porém, durou apenas alguns segundos. O médico recuou.

— Está bem, está bem — concedeu ele, erguendo as mãos. — Meu Deus, não precisa...

Thom pegou a pasta e a empurrou no peito dele, levando-o para a saída. Pouco depois, o perito criminal ouviu a porta da rua bater. Alguns quadros balançaram na parede.

O ajudante surgiu logo em seguida, evidentemente mortificado. Ele recolheu os cacos da xícara e limpou o café no chão.

— Desculpa, Lincoln. Eu verifiquei. Era uma organização real. Ou assim eu imaginava.

A voz dele estava embargada. Thom balançou a cabeça, seu belo rosto fechado, as mãos tremendo.

Voltando ao laboratório na cadeira de rodas, Rhyme disse:

— Tudo bem, Thom. Não se preocupe. E há uma vantagem.

Thom voltou para Rhyme os olhos cheios de preocupação e viu o chefe sorrindo.

— Eu não vou ter que perder tempo preparando um discurso de aceitação do diabo do prêmio. Posso voltar ao trabalho.

CAPÍTULO 22

A eletricidade nos mantém vivos: o impulso do cérebro ao coração e aos pulmões é uma corrente elétrica como qualquer outra.

A eletricidade também mata.

Às nove da noite, apenas nove horas e meia depois do ataque à subestação MH-10 da Algonquin, o homem vestido com o macacão azul-escuro da Algonquin Consolidated observou o cenário diante de si: a área onde cometeria um homicídio.

Eletricidade e morte...

Estava de pé em uma construção, ao ar livre, mas ninguém lhe dava atenção porque era mais um operário entre os colegas. Uniformes diferentes, capacetes diferentes, empresas diferentes. Uma coisa, porém, os unia: aqueles que ganhavam a vida com o trabalho manual eram desprezados pelas "pessoas de verdade", os que dependiam dos serviços prestados, os ricos, os que viviam confortavelmente, os ingratos.

Em segurança por causa de sua invisibilidade, ele estava instalando uma versão muito mais poderosa do dispositivo que havia experimentado anteriormente na academia. Na nomenclatura dos serviços de eletricidade, a "alta voltagem" começava a partir de setenta mil volts. Para fazer o que tinha planejado, precisava ter certeza de que todos os sistemas suportariam pelo menos duas ou três vezes a mesma quantidade de energia.

Olhou novamente para o local do ataque do dia seguinte. Ao fazer isso, não pôde deixar de pensar em voltagem, amperagem... e morte.

Tinha havido muita publicidade equivocada sobre Benjamin Franklin e aquela história da chave no meio da tempestade. Na verdade, Franklin permaneceu em terreno seco, dentro de um celeiro, segurando uma fita de seda amarrada ao fio da pipa. E ela nunca foi atingida por um relâmpago; simplesmente recolheu a descarga de eletricidade estática de uma tempestade que se aproximava. O resultado não foi um verdadeiro raio, e sim centelhas azuis elegantes que dançavam nas costas da mão de Franklin como peixes que se alimentam na superfície de um lago.

Um cientista europeu repetiu a experiência pouco tempo depois. Ele não sobreviveu.

Desde os primeiros dias da geração de energia, muitos operários morreram queimados ou vítimas de ataques cardíacos. As primeiras redes de transmissão liquidaram diversos cavalos por causa das ferraduras de metal em paralelepípedos molhados.

Thomas Alva Edison e seu famoso assistente Nikola Tesla tiveram constantes embates sobre a superioridade da corrente contínua (Edison) em relação à corrente alternada (Tesla), procurando impressionar o público com histórias horrendas. O conflito ficou conhecido como a Batalha das Correntes, e frequentou as primeiras páginas dos jornais. Edison usava o argumento da eletrocussão, advertindo que quem usasse a corrente alternada corria o perigo de morrer de forma muito desagradável. É verdade que é preciso uma quantidade menor de corrente alternada para matar alguém, embora qualquer tipo de corrente suficientemente poderosa para ser útil também fosse capaz de matar.

A primeira cadeira elétrica foi construída por um empregado de Edison, usando de forma um tanto tática a corrente alternada de Tesla. A primeira execução com esse aparelho ocorreu em 1890, sob a direção não de um carrasco, e sim de um "eletricista do Estado". O condenado efetivamente morreu, ainda que o procedimento tivesse durado oito minutos. Pelo menos ele já devia estar desmaiado quando pegou fogo.

E também havia as armas de eletrochoque. Dependendo de quem fosse o alvo e de qual parte do corpo fosse atingida, elas podiam ser letais. E o maior temor de todos na indústria: o arco elétrico, como o do ataque que ele tinha preparado naquela manhã.

Eletricidade e morte...

Ele caminhou pelo local da construção, fingindo o cansaço do fim do dia. Havia uma equipe reduzida de trabalhadores noturnos. Aproximou-se, mas ainda assim ninguém o notou. Usava óculos de segurança de aros muito grossos e o capacete amarelo da Algonquin. Estava tão invisível quanto a eletricidade passando por um fio.

O primeiro ataque tinha sido notícia de primeira página, embora as reportagens se limitassem a mencionar um "incidente" numa subestação no centro da cidade. Os jornalistas falavam de curtos--circuitos, centelhas e apagões temporários. Havia muita especulação sobre terroristas, mas ninguém havia encontrado uma conexão.

Ainda.

Em algum momento, alguém pensaria na possibilidade de que um operário da Algonquin Power estivesse por aí preparando armadilhas que resultavam em mortes muito dolorosas e desagradáveis, mas isso ainda não havia acontecido.

O homem saiu do local da construção e foi para o subsolo, ainda sem ter sido notado. O uniforme e a identificação eram como chaves milagrosas. Ele entrou em outro túnel de acesso quente e sujo e, após vestir o equipamento de proteção, continuou a preparar os cabos.

Eletricidade e morte.

Era muito mais elegante ceifar uma vida dessa maneira, em comparação, por exemplo, com um tiro na vítima a quinhentos metros de distância.

Era tão puro, tão simples e natural.

É possível deter a eletricidade e também direcioná-la, mas não se pode enganá-la. Uma vez criada, a eletricidade iria seguir seu instinto e fazer o possível para retornar à terra, e, se a maneira mais direta exigisse acabar com uma vida humana, ela o faria num segundo.

A eletricidade não tem consciência nem sentimento de culpa.

Essa era uma das coisas que ele havia passado a admirar em sua arma. Ao contrário dos seres humanos, a eletricidade permanecia sempre fiel a sua natureza.

CAPÍTULO 23

A cidade ganhava vida àquela hora da noite.

Nove horas: era como a largada de uma corrida de carros.

Nova York não dormia durante a noite, e sim nos momentos em que ficava anestesiada, que ironicamente eram os de maior movimento: nas horas do rush. Somente depois disso as pessoas esqueciam as inutilidades do dia de trabalho, recuperavam o foco, passavam a viver.

Tomavam decisões da maior importância: a que bar ir, com que amigos, com que camisa? Usar sutiã ou não?

Levar camisinha?

Em seguida, sair para a rua.

Fred Dellray caminhava ao ar fresco da primavera, sentindo sua energia crescer como a que corria com um sussurro nos cabos elétricos sob seus pés. Não costumava dirigir um carro, nem sequer tinha um, mas o que sentia agora era semelhante a pisar num acelerador e queimar a gasolina freneticamente, com a potência da máquina levando-o a caminho de seu destino.

Estava a duas quadras do metrô, três, quatro...

Outra coisa também queimava: os cem mil dólares no bolso.

Enquanto caminhava pela calçada, Fred Dellray não podia deixar de pensar no que havia feito. Será que estraguei tudo? Não, estou fazendo o que é moralmente certo. Vou arriscar minha carreira, vou arriscar ir para a cadeia se essa tênue pista acabar revelando a identidade do criminoso, quem quer que seja o responsável; o Justice For ou alguma pessoa ou associação. Tudo para salvar a vida dos cidadãos. Claro que os cem mil dólares pouco ou nada significavam para a entidade da qual ele os havia furtado. Graças à miopia burocrática, talvez a falta não fosse notada. No entanto, mesmo que isso não acontecesse e ainda que a pista de William

Brent desse resultados e eles tivessem êxito em evitar novos ataques, a contravenção praticada por Dellray poderia provocar remorso, fazer com que o sentimento de culpa aumentasse cada vez mais, como um tumor maligno?

Ele iria se sentir tão culpado a ponto de sua vida se alterar para sempre, tornando-se cinzenta, sem valor?

Mudança...

Viu-se prestes a dar meia-volta e regressar ao prédio de repartições federais para devolver o dinheiro.

Mas não, estava fazendo o que devia e teria de arcar com as consequências, fossem quais fossem.

Que diabo, William, é melhor você ser honesto comigo.

Dellray cruzou a rua no Village e caminhou diretamente para William Brent, que piscou os olhos um tanto surpreso, como se achasse que ele não viria. Os dois ficaram de pé, juntos. Não era uma operação clandestina nem um recrutamento. Apenas dois homens se encontrando na rua para fazer algum negócio.

Atrás deles, um adolescente pouco asseado, dedilhando um violão e com o lábio sangrando por causa do piercing recente, entoava uma música melancólica. Dellray fez um gesto para que Brent caminhasse com ele pela calçada. O cheiro e o som foram desaparecendo.

— Descobriu mais alguma coisa? — perguntou o agente.

— Descobri, sim.

— O que foi? — Mais uma vez, procurava não demonstrar desespero.

— Não vale a pena dizer nada a essa altura. É uma pista que leva a outra. Garanto que até amanhã vou ter novidades.

Garantia não era uma palavra muito usada no mundo dos delatores confidenciais.

William Brent, no entanto, era o Giorgio Armani dos informantes. Além disso, Dellray não tinha opção.

— Você já terminou de ler esse jornal? — perguntou Brent, em tom tranquilo.

— Claro. Fica com ele.

Dellray entregou o *New York Post* dobrado.

Eles já tinham feito isso antes, é claro, centenas de vezes. O informante enfiou o jornal na pasta sem sequer apalpá-lo para ver se o envelope estava dentro e muito menos abri-lo para contar as notas.

Dellray viu o dinheiro desaparecer como se estivesse vendo um caixão submergir em uma sepultura.

Brent não perguntou de onde viera o pagamento. Por que faria isso? Para ele, não tinha importância.

O informante resumiu o que tinha a dizer, como se estivesse meditando.

— Homem branco, bastante competente. Funcionário ou conexão interna. Justice For alguma coisa. Rahman. Terrorismo, possivelmente. Mas pode ser outra coisa. Conhece eletricidade. Muito planejamento.

— Isso é tudo o que temos, por enquanto.

— Eu acho que não preciso de mais nada — disse Brent, sem nenhuma demonstração de orgulho. Dellray interpretou as palavras e a atitude como encorajamento. Normalmente, mesmo ao se despedir com uma gratificação típica ao informante, uns quinhentos dólares, mais ou menos, a sensação era de que estava sendo roubado. Agora, tinha a sensação de que Brent cumpriria o trato.

— Me encontra amanhã. Carmella. No Village. Conhece? — disse Dellray.

— Conheço. Que horas?

— Meio-dia.

Brent franziu o rosto já cheio de rugas.

— Cinco.

— Três?

— Está bem.

Dellray já ia murmurar "por favor", coisa que jamais tinha dito a um informante. Controlou o desespero, mas teve dificuldade em tirar os olhos da pasta, cujo conteúdo poderia muito bem serem as cinzas de sua carreira, e, na verdade, de toda a sua vida. Surgiu a imagem do rosto risonho do filho, que ele se esforçou para apagar.

— É um prazer trabalhar com você, Fred — disse Brent, sorrindo e se despedindo com um aceno de cabeça. A luz do poste brilhou, refletida nos óculos grandes demais, e, em seguida, ele desapareceu.

CAPÍTULO 24

— Deve ser Sachs.

O ronco de um motor de carro soou do lado de fora e logo cessou.

Rhyme falava com Tucker McDaniel e Lon Sellitto, que chegaram pouco antes, separadamente, mais ou menos no momento em que o Médico da Morte se retirava abruptamente.

Sachs devia estar colocando o cartão de "Missão oficial do Departamento de Polícia de Nova York" no painel e caminhando para casa. Dito e feito; um momento depois, a porta se abriu e seus passos, espaçados por causa das pernas longas e da urgência que ela carregava como uma arma, ressoaram no assoalho.

Cumprimentou com a cabeça os presentes e passou um segundo a mais observando Rhyme, notando a expressão dele: ternura mesclada ao olho clínico típico das pessoas com graves deficiências físicas. Ela havia estudado a quadriplegia mais que ele e era capaz de executar todas as tarefas de sua rotina diária íntima, coisa que de vez em quando fazia. No início, Rhyme se sentia embaraçado com isso, mas, quando ela observou, com bom humor e talvez um pouco de flerte, que "Não é diferente de nenhum casal idoso, Rhyme", ele se calou. "Tem razão", foi a única resposta dele.

Isso não significava que os cuidados dela, como os de qualquer outra pessoa, às vezes não irritassem. Ele a fitou rapidamente e se voltou para os quadros.

Sachs olhou em volta.

— Onde está o prêmio?

— Houve um certo elemento de falsidade ideológica.

— O que isso quer dizer?

Rhyme explicou a isca usada pelo Dr. Kopeski e o verdadeiro objetivo dele.

— Eu não acredito!

Rhyme assentiu.

— Eu não ganhei nenhum peso de papel.

— Você o expulsou?

— Foi Thom. Aliás, ele se comportou muito bem. Mas não quero falar disso agora. Temos trabalho a fazer. — Olhou para a bolsa a tiracolo dela e perguntou: — O que temos aí?

Tirando vários arquivos de dentro dela, Sachs respondeu:

— Eu tenho a lista das pessoas que têm acesso às senhas do computador da Algonquin, além dos seus currículos e arquivos pessoais.

— Há funcionários insatisfeitos ou com problemas mentais?

— Nenhum que seja importante.

Ela forneceu mais detalhes da conversa com Andi Jessen. Não havia registro de funcionários designados para trabalhar no túnel das tubulações de vapor perto da subestação da rua 57. Não ocorreram ameaças terroristas explícitas, mas um dos colegas estava investigando essa possibilidade.

— Bem, eu conversei com uma pessoa que trabalha na Divisão de Projetos Especiais, basicamente energias alternativas, chamado Charlie Sommers. É gente boa. Ele me forneceu o perfil do tipo de pessoa capaz de preparar um arco elétrico. Um eletricista competente, um eletricista militar, um operário de linha ou um operador de emergência...

— Essa última é uma descrição que serve para você — observou Sellitto.

— Na verdade, é uma pessoa que lida com imprevistos. É preciso ter experiência prática para provocar uma centelha como aquela. Não dá para aprender na internet.

Rhyme indicou o quadro e Sachs escreveu um resumo do que tinha dito, acrescentando:

— Quanto ao computador, seria preciso ter feito um curso ou pelo menos ter aprendido na prática. Também não é fácil.

Ela explicou os programas SCADA e EMP que o INDES teria que conhecer bem e depois incluiu esses detalhes no quadro.

— Quantos nomes tem na lista? — perguntou Sellitto.

— Mais de quarenta.

— Cacete — murmurou McDaniel.

Rhyme supôs que um dos nomes da lista pudesse ser o do criminoso e que talvez Sachs ou Sellitto pudessem reduzi-la a um número mais razoável. No entanto, naquele momento, ele queria pistas. Eles não tinham muitas, ou pelo menos poucas pareciam levar a algum lugar.

Quase doze horas tinham se passado desde o ataque e eles não progrediram na busca do homem que tinha estado no café, nem de nenhum outro suspeito.

A falta de pistas era frustrante, porém mais perturbadora era uma simples anotação no quadro que continha o perfil do INDES: "Possivelmente a mesma pessoa roubou 23 metros de cabo Bennington semelhante ao do ataque e 12 parafusos fendidos. Mais ataques em mente?"

Estaria ele preparando alguma coisa naquele exato momento? Não houvera aviso do ataque ao ônibus. Talvez aquele fosse o *modus operandi* dos crimes. A qualquer momento, os canais de TV poderiam anunciar que dezenas de pessoas teriam morrido em uma nova explosão com um arco elétrico.

Mel Cooper fez uma cópia da lista e todos dividiram os nomes entre si. Sachs, Pulaski e Sellitto ficaram com a metade e McDaniel com o restante, para que seus agentes federais cuidassem disso. Sachs percorreu então os arquivos pessoais que havia recolhido na Algonquin, conservando aqueles cujos nomes correspondiam aos funcionários selecionados e entregando os demais a McDaniel.

— Você confia nesse Sommers? — perguntou Rhyme.

— Confio. Verifiquei os passos dele. E ele me deu isso — completou ela, tirando do bolso um pequeno aparelho eletrônico. Apontou-o para um fio próximo a Rhyme, apertou um botão e leu a tela.

— Hmm. Duzentos e quarenta volts.

— E eu, Sachs? Eu também estou carregado de energia?

Ela riu, apontou o aparelho para ele, com ar brincalhão, e depois fez o que ele pensou ser uma expressão sedutora. O celular tocou, ela olhou para a tela e atendeu. Após uma breve conversa, desligou.

Era Bob Cavanaugh, vice-presidente de Operações. Tinha verificado conexões terroristas em todas as filiais da empresa no país.

Não encontrou ameaças de grupos ecoterroristas à Algonquin nem ataques às usinas geradoras. Houve, porém, um relato de invasão em uma das principais subestações na Filadélfia. Um homem branco, de cerca de 40 anos, tinha penetrado nas instalações. Ninguém sabe quem era ou o que estava fazendo lá. Não havia gravação das câmeras de segurança e ele escapou antes que a polícia chegasse. Isso ocorreu na semana passada.

Raça, sexo, idade...

— É o nosso sujeito. Mas o que ele queria?

— Ninguém invadiu as outras instalações da companhia.

Será que o criminoso queria obter informações sobre a rede ou a segurança nas subestações? Rhyme só podia especular e, portanto, deixou o incidente de lado por enquanto.

McDaniel recebeu uma ligação. Ficou olhando para os quadros com ar ausente e desligou.

— O pessoal de T e C interceptou mais conversas sobre o grupo terrorista Justice For.

— O que foi? — perguntou Rhyme, ansioso.

— Nada importante, mas uma coisa é interessante. Eles estão usando palavras em código que no passado foram empregadas em relação a armas de grande porte. "Papel e suprimentos" foram as que os nossos logaritmos isolaram.

Ele explicou que as células clandestinas muitas vezes agiam dessa forma. Recentemente um ataque na França havia sido desmantelado quando se reparou que o palavreado, em meio a frases inócuas, continha as palavras *gâteau*, *farine* e *beurre*, que em francês significam "bolo", "farinha" e "manteiga". Na verdade, referiam-se a uma bomba e seus ingredientes: explosivos e detonador.

— A Mossad informou que as células do Hezbollah às vezes usam "material de escritório" ou "artigos para festas" para significar mísseis ou explosivos. Além disso, também achamos que outras duas pessoas podem estar envolvidas, além de Rahman. Um homem e uma mulher, conforme nos diz o computador.

— Você informou Fred? — perguntou Rhyme.

— Boa ideia — disse McDaniel, pegando o celular e fazendo uma chamada no viva-voz.

— Fred, aqui é Tucker. Você está sendo ouvido pelo viva-voz do laboratório de Rhyme. Conseguiu alguma coisa?

— Um informante meu está trabalhando. Ele está seguindo algumas pistas.

— Só seguindo? Nada mais concreto que isso?

Houve uma pausa. Dellray disse:

— Não tenho mais nada, por enquanto.

— Bem, T e C encontrou algumas coisas. — Tucker informou ao agente sobre as palavras em código e sobre o fato de que provavelmente havia um homem e uma mulher envolvidos.

Dellray respondeu que passaria a informação ao seu contato.

— Então ele concordou em trabalhar dentro do nosso orçamento? — perguntou McDaniel.

— Isso mesmo.

— Eu sabia que ele ia concordar. Essa gente sempre tira vantagem quando nos deixamos levar, Fred. É assim que os informantes agem.

— Isso acontece — disse Dellray, em tom sombrio.

— Mantenha contato — completou McDaniel, desligando e se espreguiçando. — Esse diabo dessa nuvem. Não estamos conseguindo aspirar tanto quanto queríamos

Aspirar?

Sellitto bateu com o punho na pilha de arquivos pessoais da Algonquin.

— Eu vou até a cidade. Mande alguém começar esse trabalho. Vai ser uma noite longa.

Já eram onze e dez.

Rhyme refletiu que para ele a noite também seria longa, especialmente porque, naquele momento, ele não tinha muito o que fazer, exceto esperar.

Ele detestava esperar.

Com os olhos fitando as esparsas pistas no quadro branco, pensou: Estamos caminhando muito devagar. E queremos encontrar um criminoso que ataca na velocidade da luz.

Perfil do indivíduo desconhecido

- Sexo masculino
- Cerca de 40 anos
- Provavelmente branco
- Possivelmente usava óculos e boné
- Possivelmente tem cabelos loiros e curtos
- Macacão azul-escuro, semelhante ao usado por operários da Algonquin
- Conhece bem os sistemas elétricos
- Pegada de bota sugere ausência de característica física que modifique a postura ou o caminhar
- Possivelmente a mesma pessoa roubou 23 metros de cabo Bennington semelhante ao do ataque e 12 parafusos fendidos. Mais ataques em mente? Acesso com chave ao armazém da Algonquin onde ocorreu o roubo
- É provável que seja empregado da Algonquin ou tenha contato com algum empregado
- Conexão terrorista? Relação com o grupo Justice For [desconhecido]? Grupo terrorista? Envolvimento do indivíduo chamado Rahman? Referências codificadas a desembolsos financeiros, movimentos de pessoal e alguma coisa "grande"
  - Possível relação com intruso na Algonquin da Filadélfia
  - Indícios de SIGINT: referência em código a armas, "papel e material de escritório" (armas, explosivos?)
  - Pode haver um homem e uma mulher
- Teria estudado o SCADA (sistema de supervisão e aquisição de dados). Também EMP (programas de gerenciamento de emergia) e Enertrol, da Algonquin. Ambos baseados em Unix
- Para criar um arco elétrico poderia ser antigo ou atual operário de linha, operador de emergência, técnico licenciado, construtor de geradores, eletricista competente, militar

Parte II
O CAMINHO DE MENOR RESISTÊNCIA

DEZESSEIS HORAS PARA O DIA DA TERRA

Um dia, o homem dominará o subir e baixar das marés, aprisionará a energia do sol e liberará o poder do átomo.

Thomas Alva Edison, sobre o futuro
da produção de eletricidade

CAPÍTULO 25

Oito da manhã.

A luz oblíqua matinal invadiu a casa. Lincoln Rhyme piscou e manobrou a cadeira de rodas motorizada, afastando-se do facho que o cegava e saindo do pequeno elevador que ligava o quarto ao laboratório no térreo.

Sachs, Mel Cooper e Lon Sellitto haviam chegado uma hora antes.

Sellitto estava ao telefone, dizendo:

— Tudo bem, entendi.

Ele cortou outro nome da lista e desligou. Rhyme não sabia se ele havia trocado de roupa. Talvez tivesse dormido no gabinete ou no quarto do primeiro andar. Cooper tinha ido para casa, ao menos por algum tempo. Sachs tinha dormido ao lado de Rhyme durante uma parte da noite. Havia se levantado às cinco e meia para continuar a ler o arquivo dos funcionários e reduzir a lista de suspeitos.

— Em que pé estamos agora? — perguntou Rhyme.

— Acabei de falar com McDaniel. Eles conseguiram seis e nós, outros seis — murmurou Sellitto.

— Quer dizer que chegamos a doze suspeitos? Vamos...

— Não, não, Linc. Nós *eliminamos* doze.

— O problema é que muitos funcionários da lista são de alto nível na empresa — disse Sachs. — Não incluíram o início da carreira deles no currículo nem os cursos de computação que fizeram depois de concluir o nível superior. Vamos ter que investigar muito para descobrir se são competentes o suficiente para manipular a rede e preparar a armadilha.

— Onde diabo está o DNA? — perguntou Rhyme, abruptamente.

— Não deve demorar muito — respondeu Cooper. — Eles estão correndo.

— Ah, como lesmas — foi o comentário sarcástico de Rhyme, num murmúrio. Os novos testes em geral podiam ser feitos em um ou dois dias, ao contrário dos antigos, que levavam uma semana. Ele não compreendia por que os resultados já não estavam disponíveis.

— Nada mais sobre o Justice For?

— Nosso pessoal examinou todos os arquivos — respondeu Sellitto. — McDaniel também, assim como a Segurança Nacional e a Interpol. Não tem nada sobre essa organização nem sobre Rahman. Muito estranha essa porra de nuvem. Parece ter saído de um livro do Stephen King.

Rhyme ia ligar para o laboratório que estava fazendo a análise do DNA, mas o telefone tocou no momento em que esticou um dedo para fazer a chamada. Ele ergueu as sobrancelhas e apertou o botão de atender.

— Aqui é Kathryn. Bom dia. Você acordou cedo.

Na Califórnia, eram cinco da manhã.

— Um pouco cedo.

— Algo mais?

— Logan foi visto de novo, perto do lugar onde tinha aparecido antes. Acabei de falar com Arturo Diaz.

Ela também havia acordado cedo. Era um bom sinal.

— O chefe dele também está cuidando do caso agora. É a pessoa que mencionei, Rodolfo Luna.

Luna ocupava um cargo muito elevado: era o segundo mais importante na Polícia Federal mexicana, o equivalente ao FBI. Embora extremamente ocupado com a hercúlea tarefa de comandar as operações de combate às drogas — e vencer a corrupção nas agências do próprio governo —, Luna tinha aceitado de bom grado a oportunidade de enfrentar o Relojoeiro, explicou Dance. A ameaça de mais um homicídio no México não era grande novidade e não exigiria alguém com o grau hierárquico de Luna, mas ele era ambicioso e achava que a cooperação com a polícia de Nova York renderia dividendos com os escorregadios aliados ao norte do México.

— Ele é uma figura. Dirige seu próprio SUV Lexus, carrega duas armas... É um verdadeiro caubói.

— Mas é honesto?

— Arturo me disse que ele joga com as regras do sistema, mas é honesto o suficiente. É um veterano, com vinte anos de serviço, e às vezes vai pessoalmente às ruas para trabalhar em um caso. Até mesmo coleta pistas por conta própria.

Rhyme ficou impressionado. Ele fazia o mesmo quando era capitão na polícia e diretor de Recursos Investigativos. Lembrava-se de que muitas vezes algum técnico jovem se sobressaltava ao ouvir uma voz e se virar para ver o chefe dos seus chefes com uma pinça na mão enluvada, examinando uma fibra ou um fio de cabelo.

— Ele ficou famoso resolvendo crimes econômicos, tráfico de pessoas e terrorismo. Colocou alguns figurões atrás das grades.

— E ainda está vivo — acrescentou Rhyme. Não era um comentário sarcástico. O chefe de polícia da Cidade do México tinha sido assassinado não muito tempo antes.

— Ele organizou um grande esquadrão de segurança — explicou Dance. Depois acrescentou: — E quer falar com você.

— Me diga o número.

Dance obedeceu, falando devagar. Já conhecia Rhyme pessoalmente e sabia de sua deficiência. Com o dedo indicador direito na placa especial, digitou os números, que surgiram na tela do computador diante dele.

Ela informou então que o DEA ainda estava interrogando o homem que havia entregado um pacote a Logan.

— Ele está mentindo quando diz não saber o que havia dentro. Eu assisti ao vídeo e dei alguns conselhos aos agentes que estão fazendo o interrogatório. O homem deve ter achado que eram drogas ou dinheiro, e sem dúvida deu uma olhada. Como ele não roubou o conteúdo, significa que não era nenhuma dessas duas coisas. Vão começar a interrogá-lo novamente em breve.

Rhyme agradeceu.

— Mais uma coisa.

— O quê?

Dance deu a ele o endereço de um site, que Rhyme digitou com igual lentidão em seu computador.

— Acesse esse site. Acho que você vai gostar de ver Rodolfo. Eu acho mais fácil entender uma pessoa quando a gente a vê.

Rhyme não sabia se deveria fazer isso ou não. Em seu tipo de trabalho, não costumava ver muita gente. As vítimas, em geral, estavam mortas e os assassinos já haviam desaparecido muito antes de ele entrar em cena. Na verdade, preferia não ver ninguém.

No entanto, acessou o site após desligar o telefone. Era uma notícia de um jornal mexicano, em espanhol, sobre uma grande operação de confisco de drogas, pelo que Rhyme deduziu. O agente responsável era Rodolfo Luna. A foto que acompanhava a reportagem mostrava um homem corpulento rodeado por outros policiais federais. Alguns usavam máscaras de esquiador pretas a fim de ocultar suas identidades e outros tinham a expressão dura e vigilante das pessoas cuja ocupação os havia transformado em homens marcados para morrer.

Luna tinha rosto largo e pele negra. Usava quepe militar, mas parecia ter raspado a cabeça sob o boné. O uniforme verde-oliva era mais militar que policial e ostentava muitas medalhas no peito. O bigode preto era farto, circundado por rugas. Com expressão intimidadora, empunhava um cigarro e apontava para alguma coisa à esquerda da cena.

Rhyme fez a ligação para a Cidade do México, usando novamente a placa. Poderia ter empregado o sistema de reconhecimento de voz, mas, como tinha recuperado alguns movimentos da mão direita, preferia se valer dos meios mecânicos.

A ligação exigiu apenas um esforço suplementar para digitar o código do país e, em pouco tempo, ele conversava com Luna, que tinha uma voz surpreendentemente delicada, com um leve sotaque que Rhyme não conseguia identificar. Era mexicano, naturalmente, mas as palavras pareciam ter uma coloração francesa.

— Ah, Lincoln Rhyme. É um grande prazer. Já li muito a seu respeito e, claro, tenho seus livros. Fiz questão de colocá-los na bibliografia do curso para investigadores. — Ele fez uma pausa breve e perguntou: — Desculpa, mas você vai atualizar a parte que trata do DNA?

Rhyme não conseguiu evitar uma risada. Havia pensado nisso justamente alguns dias antes.

— Pretendo fazer isso assim que terminar esse caso, inspetor... Você é um inspetor?

— Inspetor? Lamento — disse ele, com bom humor. — Por que todo mundo pensa que os policiais de outros países que não os Estados Unidos são inspetores?

— É assim na fonte definitiva de treinamento e procedimentos da polícia — respondeu Rhyme. — Filmes e televisão.

Uma risadinha.

— O que faríamos nós, pobres policiais, sem a TV a cabo? Mas não, eu sou comandante. Aqui no México, a polícia e o Exército muitas vezes são intercambiáveis. E, pelo que li no seu livro, você é um capitão AP. Fiquei me perguntando que cargo é esse.

Rhyme deu uma gargalhada.

— Não é um cargo. Significa apenas que eu estou aposentado.

— É isso? E mesmo assim aqui está você, trabalhando.

— É verdade. Agradeço sua ajuda nesse caso. Ele é um homem muito perigoso.

— Fico feliz em ser útil. Sua colega, a Sra. Dance, tem ajudado muito em conseguir a extradição de alguns criminosos para o México diante de uma enorme pressão contrária.

— Sim, ela é ótima. — Rhyme chegou ao tema principal da conversa. — Pelo que entendo, Logan foi visto aí.

— Meu assistente, Arturo Diaz, e sua equipe o localizaram duas vezes. Uma delas ontem, em um hotel, e depois, não muito tempo atrás, nas proximidades. Estava entre os prédios da avenida Bosque de la Reforma, na área comercial, tirando fotos dos edifícios. Isso despertou suspeitas, pois não são maravilhas arquitetônicas, e um guarda de trânsito o reconheceu pela foto. Os homens de Arturo chegaram rapidamente, mas o nosso Relojoeiro desapareceu antes. Ele é muito ardiloso.

— Isso o descreve perfeitamente. Quem são os ocupantes dos prédios que ele estava tirando foto?

— Dezenas de empresas e algumas repartições secundárias do governo, companhias comerciais e de transporte. Tem um banco no térreo de um dos prédios. Isso seria importante?

— Ele não foi ao México para fazer um assalto. Nossa inteligência acha que ele planeja um assassinato.

— Estamos investigando as pessoas e o que funciona em cada um dos escritórios dos prédios para ver se existe alguma vítima provável.

Rhyme conhecia o delicado jogo da política, mas não tinha tempo para sutilezas, e achava que esse também era o caso de Luna.

— Você precisa manter suas equipes escondidas, comandante. Precisa ser muito mais cauteloso do que de costume.

— Claro, naturalmente. Esse homem tem um olho bom, não é?

— Olho bom?

— Sim, como um sexto sentido. Kathryn Dance diz que ele é como um gato. Sabe reconhecer o perigo.

Não é isso, pensou Rhyme; ele é apenas muito esperto e capaz de antecipar os movimentos dos adversários, como um campeão de xadrez. No entanto, respondeu:

— É isso mesmo, comandante.

Rhyme olhou para a foto de Luna no computador. Dance tinha razão: as conversas pareciam ter mais significado quando era possível visualizar o interlocutor.

— Nós também temos gente assim aqui — disse ele, rindo outra vez. — Na verdade, eu mesmo sou um deles. Por isso é que ainda estou vivo e muitos colegas, não. Vamos continuar a vigilância de forma sutil. Quando a gente o capturar, capitão, talvez você queira vir para tratar da extradição.

— Eu não costumo sair muito de casa.

Outra pausa. Em seguida, com seriedade, ele disse:

— Ah, perdão. Eu me esqueci da sua condição física.

Rhyme refletiu, com igual sobriedade, que essa era a única coisa que ele jamais poderia esquecer.

— Não precisa se desculpar.

Luna acrescentou:

— Bem, como posso dizer? Nós somos muito acessíveis aqui na Cidade do México. Você seria bem-vindo e teria muito conforto. Posso hospedá-lo na minha casa e minha mulher cuidaria da cozinha. Não tem escadas para atrapalhar.

— Pode ser.

— Temos comida boa e eu coleciono mescal e tequila.

— Nesse caso, talvez possamos fazer um jantar de comemoração — disse Rhyme, para animá-lo.

— Eu vou tentar ser merecedor da sua presença capturando esse homem... e talvez você possa fazer uma palestra para os meus agentes.

Rhyme riu, dessa vez para si mesmo. Não havia percebido que aquilo era uma negociação. A presença dele no México seria um troféu para aquele homem. Era um dos motivos para que ele se mostrasse tão cooperativo. Provavelmente era assim que todos os negócios, tanto da polícia quanto do comércio, funcionavam na América Latina.

— Seria um prazer — disse Rhyme, erguendo os olhos e vendo Thom, que gesticulava indicando o vestíbulo.

— Comandante, preciso desligar agora.

— Agradeço o contato, capitão. Ligo assim que souber de alguma coisa. Ainda que seja insignificante, eu aviso.

CAPÍTULO 26

Thom acompanhou novamente ao laboratório o atlético e ativo agente especial assistente Tucker McDaniel. Com ele vinha um colega, bem vestido e jovem, cujo nome Rhyme imediatamente esqueceu. Era mais fácil pensar nele como o Garoto, com inicial maiúscula. Ele olhou uma vez para o tetraplégico, piscou e desviou a atenção.

O agente especial assistente anunciou:

— Eliminamos mais alguns nomes da lista. Porém, tem mais uma coisa. Recebemos uma carta de exigências.

— De quem? — perguntou Lon Sellitto, sentado à mesa de análise, onde parecia uma bola murcha. — Terroristas?

— Anônima e não especificada — disse McDaniel, pronunciando claramente cada sílaba. Rhyme imaginou que ele não gostasse de Sellitto, tanto quanto ele próprio não apreciava o agente. Em parte era por causa da forma como ele havia tratado Fred Dellray. Em parte, por causa de seu estilo. Às vezes, é claro, não era preciso ter motivo.

Nuvem...

O agente prosseguiu:

— Parece que se trata de um desequilibrado, fala em temas ecológicos, mas também pode ser alguém que sabe o que diz.

— A gente tem certeza de que é ele? — perguntou Sellitto.

Após um ataque aparentemente sem motivo, não era incomum que várias pessoas reivindicassem a autoria, ameaçando repetir o incidente caso certas exigências não fossem cumpridas, ainda que essas pessoas nada tivessem a ver com o incidente.

McDaniel disse, com formalidade:

— Ele confirmou detalhes do ataque ao ônibus. Nós, *naturalmente*, verificamos isso.

O tom condescendente explicava a má vontade de Rhyme.

— Quem a recebeu? E como? — perguntou Rhyme.

— Andi Jessen. Ela vai fornecer os detalhes. Eu só queria trazer a notícia a você o mais rápido possível.

Pelo menos o agente não estava empenhado em uma disputa territorial. A má vontade diminuiu um pouco.

— Eu avisei o prefeito, Washington e a Segurança Nacional. Discutimos o assunto enquanto eu vinha para cá.

Sem a nossa presença, notou Rhyme.

McDaniel abriu a pasta e tirou uma folha de um envelope de plástico transparente. Rhyme acenou com a cabeça para Mel Cooper, que, com a mão enluvada, retirou a folha e a colocou na mesa de exame. Primeiro ele a fotografou e, pouco depois, o texto escrito à mão surgiu nos monitores da sala.

Para Andi Jessen, CEO, e para a Algonquin Consolidated Power:

Por volta de onze e meia da manhã de ontem, houve um incidente com um arco elétrico na subestação MH-10 da rua 57 em Manhattan, isso aconteceu mediante a ligação de um cabo Bennington e uma placa a uma linha munida de disjuntores, por meio de parafusos fendidos. A causa da centelha foi o desligamento de quatro estações e a elevação do limite dos disjuntores da MH-10 para uma sobrecarga de quase duzentos mil volts.

Os culpados desse incidente são unicamente vocês, por causa de sua cobiça e seu egoísmo. Isso é típico da indústria elétrica, além de altamente reprensível. A Enron destruiu a vida financeira de muitas pessoas e sua empresa destrói nossas vidas e a vida da Terra. Explorando a eletricidade sem considerar as consequências, vocês estão destruindo nosso planeta, penetrando insidiosamente em nossas vidas como um vírus até que nos tornemos dependentes daquilo que está nos matando.

As pessoas têm que aprender que não precisam de tanta eletricidade quanto vocês dizem. Vocês têm que mostrar o caminho a elas. Vocês devem executar um semiapagão progressivo na rede de serviço de Nova York no dia de hoje, reduzindo os níveis a cinquenta por cento da carga normal fora das horas de pico durante meia hora, a partir do meio-dia. Se não fizerem isso, à uma hora mais gente morrerá.

Rhyme acenou com a cabeça para o telefone e disse a Sachs:

— Ligue para Andi Jessen.

Sachs obedeceu e pouco depois a voz dela soou no viva-voz.

— Detetive Sachs? Você já soube?

— Já. Eu estou aqui com Lincoln Rhyme e alguns agentes do FBI e da polícia de Nova York. Eles trouxeram a carta.

Rhyme percebeu a raiva e a exasperação na voz da mulher.

— Quem está por trás disso?

— Não sabemos — respondeu Sachs.

— Vocês devem ter alguma ideia.

McDaniel se identificou e disse:

— A investigação está em curso, mas ainda não temos um suspeito com clareza.

— E o homem de uniforme no café, ontem de manhã, perto do ponto de ônibus?

— Não temos a identidade dele. Estamos percorrendo a lista que a senhorita nos forneceu. Ainda não temos um suspeito.

— Srta. Jessen, aqui é o detetive Sellitto, do Departamento de Polícia de Nova York. A senhorita pode fazer isso?

— Fazer o quê?

— O que ele está exigindo. Reduzir a carga.

Rhyme não via problemas em negociar com criminosos, caso uma pequena negociação desse mais tempo para analisar as pistas ou preparar uma operação de vigilância. Mas a decisão não cabia a ele.

— Aqui é Tucker novamente, Srta. Jessen. Somos firmemente contra negociações. Em longo prazo, isso simplesmente os estimula a elevar as exigências.

Ele fitava o detetive corpulento, que sustentou o olhar.

Sellitto insistiu:

— Isso poderia nos dar algum espaço de manobra.

O agente especial assistente hesitava, talvez pensando no quanto era contraproducente não apresentar uma única opinião. Mesmo assim, repetiu:

— Aconselho fortemente a não negociar.

Então Jessen disse:

— Isso nem é uma questão. Uma redução de cinquenta por cento da carga em toda a cidade, fora das horas de pico? Isso não é coisa que se possa fazer apertando um botão. Isso provocaria uma baixa dos padrões de carga em toda a Interconexão Nordeste. Haveria falhas e apagões em dezenas de localidades. E existem milhões de clientes que têm sistemas automáticos que simplesmente desligariam com essa queda de energia. Dados seriam perdidos e sistemas retornariam à configuração inicial. E não é possível simplesmente religar; seriam necessários vários dias de reprogramação e muitos dados se perderiam por completo.

"Mas o pior é que parte da infraestrutura crítica tem baterias ou geradores de emergência, mas nem toda. Os hospitais têm recursos limitados e alguns desses sistemas de emergência não funcionam bem. Muita gente morreria por causa disso."

Bem, pensou Rhyme, em uma coisa o autor da carta tinha razão. A eletricidade, a Algonquin e as empresas elétricas haviam realmente passado a fazer parte das nossas vidas. Todos dependiam de energia elétrica.

— Então é isso — disse McDaniel. — É impossível fazer o que ele quer.

Sellitto pareceu não gostar disso. Rhyme olhou para Sachs.

— Parker?

Ela assentiu e procurou no BlackBerry o telefone e o e-mail de Parker Kincaid em Washington, D.C. Ele era um ex-agente do FBI, agora consultor particular e, na opinião de Rhyme, o melhor perito em análise de documentos do país.

— Vou mandar agora. — Sachs se sentou diante de uma das estações de trabalho, escreveu um e-mail, escaneou a carta e enviou ambos.

Sellitto abriu o celular e entrou em contato com a Unidade Antiterror da polícia de Nova York e com a Unidade de Emergência — a versão da SWAT na cidade —, informando que outro ataque estava planejado para uma da tarde.

Rhyme voltou ao telefone.

— Srta. Jessen, aqui é Lincoln novamente. A senhorita se lembra da lista que deu à detetive Sachs ontem? A de funcionários?

— Sim?

— A senhorita pode nos fornecer amostras de letra de próprio punho deles?

— De todos?

— Do maior número possível. O mais rápido possível.

— Acho que posso. Temos declarações de confidencialidade assinadas por praticamente todo mundo. E provavelmente formulários de saúde, solicitações, registros de despesas.

Rhyme desconfiava do uso de assinaturas como amostras da letra das pessoas. Embora não fosse perito em análise de documentos, não é possível chefiar uma unidade de Criminalística Forense sem adquirir algum conhecimento do assunto. Ele sabia que as pessoas tendem a rabiscar seus nomes sem cuidado (uma prática perigosa, pelo que também ficou sabendo, porque uma assinatura descuidada é mais fácil de falsificar do que uma que seja precisa). Mas as pessoas também fazem anotações e redigem memorandos de maneira mais legível, e isso dava uma ideia melhor da forma com que escrevem. Ele avisou isso a Jessen, que respondeu ter instruído diversos assistentes a procurar tantos exemplos de escrita que não fossem assinaturas quanto possível. Ela não parecia satisfeita, mas estava aceitando melhor a ideia de que algum funcionário da Algonquin pudesse estar envolvido.

Rhyme deixou o telefone e chamou:

— Sachs! Encontrou Parker? O que está acontecendo?

Ela sacudiu afirmativamente a cabeça.

— Ele está em algum tipo de evento. Vão me colocar em contato com ele.

Kincaid era pai solteiro de dois filhos, Robby e Stephanie, e equilibrava cuidadosamente a vida pessoal e a profissional. Por causa dos filhos tinha abandonado o FBI e havia se tornado consultor, como Rhyme. Este, porém, sabia que, para um caso como aquele, Kincaid se juntaria a eles imediatamente e faria o possível para ajudar.

O perito criminal voltou ao telefone.

— Srta. Jessen, poderia escanear as amostras e mandá-las para...

Uma sobrancelha erguida para Sachs a fez dizer o endereço de e-mail de Kincaid.

— Já anotei — avisou Jessen.

— Imagino que estes termos sejam usados na atividade de geração de eletricidade: "semiapagão progressivo", "rede de serviço", "carga fora do pico" — disse Rhyme.

— É verdade.

— Isso nos revela algum detalhe sobre ele?

— Na verdade, não. São aspectos técnicos da nossa atividade, mas se ele é capaz de programar o computador e preparar um dispositivo para produzir um arco elétrico também conhece esses termos. Qualquer pessoa que trabalhe no ramo os conheceria.

— Como a senhorita recebeu a carta?

— Entregaram no meu prédio.

— Seu endereço é público?

— Eu não estou na lista telefônica, mas acho que não seria impossível me localizar.

Rhyme insistiu.

— Como a senhorita recebeu a carta, exatamente?

— Meu prédio tem porteiro. Fica no Upper East. Alguém tocou a campainha da entrada dos fundos. O porteiro foi ver. Quando voltou, a carta estava em cima do balcão dele. Estava endereçada assim: "Emergência. Entregar imediatamente a Andi Jessen."

— Tem câmera de segurança? — perguntou Rhyme.

— Não.

— Quem tocou na carta?

— O porteiro. Mas só no envelope. Mandei um mensageiro do escritório para buscá-la. Ele também deve ter tocado, assim como eu, naturalmente.

McDaniel ia dizer alguma coisa, mas Rhyme se adiantou.

— A carta continha uma mensagem urgente, e, portanto, quem a deixou sabia que o prédio tinha porteiro. Era preciso que ela chegasse imediatamente à senhora.

McDaniel assentia com a cabeça. Aparentemente, esse seria seu comentário. O Garoto, de olhos brilhantes, também assentiu, como um cachorro de plástico na janela traseira de um carro.

Pouco depois, Jessen falou:

— Acho que isso faz sentido. — Sua voz expressava preocupação. — Significa que ele tem informações a meu respeito. Talvez ele saiba *muito* sobre mim.

— A senhorita tem segurança pessoal? — perguntou Sellitto.

— Nosso chefe de segurança, no escritório, é Bernie Wahl. Você o conheceu, detetive Sachs. Ele tem quatro guardas armados em cada turno. Mas não em casa. Nunca pensei...

— Vamos mandar um patrulheiro para vigiar seu apartamento, do lado de fora — avisou Sellitto.

Enquanto ele fazia a ligação, McDaniel perguntou:

— A senhorita tem família nessa região? Podemos mandar alguém para proteger seus familiares.

Houve um silêncio momentâneo no alto-falante. Em seguida:

— Por quê?

— Ele pode tentar usá-los para chantagear a senhorita.

— Meu Deus. — A voz de Jessen, normalmente rude, soou diminuta ao pensar na possibilidade de que alguma pessoa próxima a ela pudesse ser machucada. No entanto, explicou: — Meus pais moram na Flórida.

— A senhorita tem um irmão, não é? — perguntou Sachs. — Foi a foto dele que vi na sua escrivaninha?

— Meu irmão? A gente não tem muito contato. E ele não mora aqui...

Outra voz a interrompeu. Jessen voltou ao telefone.

— Desculpem, o governador está chamando. Ele acabou de saber da notícia.

Com um clique, Jessen desligou.

— E então — disse Sellitto, erguendo as mãos espalmadas. Seus olhos passaram por McDaniel mas se fixaram em Rhyme. — Isso torna tudo muito mais fácil.

— Fácil? — indagou o Garoto.

— Claro — respondeu Sellitto, indicando o relógio digital na tela plana de um dos monitores. — Se não podemos negociar, basta encontrá-lo em menos de três horas. Moleza.

CAPÍTULO 27

Mel Cooper e Rhyme se dedicaram à análise da carta. Ron Pulaski havia chegado alguns minutos antes. Lon Sellitto se dirigia às pressas para o centro da cidade para coordenar a ação com a Unidade de Emergência caso identificassem um suspeito ou descobrissem o possível alvo do ataque.

Tucker McDaniel examinou a carta como se fosse algum tipo de comida que ele nunca tinha visto antes. Rhyme supôs que era porque uma folha de papel escrita à mão não se ajustava ao trabalho policial na nuvem. Era a antítese das comunicações de alta tecnologia. Os computadores e os sistemas de monitoramento sofisticados eram inúteis diante de papel e tinta.

Rhyme observou a letra. Sabia, por causa do próprio treinamento e por ter colaborado com Parker Kincaid, que a maneira de escrever nada revela sobre a personalidade da pessoa que escreve, qualquer que seja a opinião daqueles livros na fila do supermercado e dos jornalistas analíticos. Naturalmente, a análise podia ser esclarecedora desde que houvesse outro espécime identificado para comparar com o inicial a fim de determinar se os autores eram, na verdade, a mesma pessoa. Parker Kincaid deveria estar executando essa tarefa nesse momento, realizando uma comparação preliminar entre a caligrafia de suspeitos de terrorismo e as oriundas dos funcionários da Algonquin que estavam na lista feita pela empresa.

A letra e o conteúdo também podiam sugerir se o suspeito era canhoto ou não, o grau de instrução, a origem nacional ou regional, afecções mentais e físicas e estado de intoxicação com álcool ou drogas.

O interesse de Rhyme pela carta, porém, era mais básico: a origem do papel, da tinta, impressões digitais ou traços que pudessem estar mesclados às fibras.

Tudo isso, depois da diligente análise de Cooper, resultou em um grande nada.

As fontes do papel e da tinta eram genéricas; podiam ser provenientes de milhares de lojas. As impressões de Jessen eram as únicas da carta. As do envelope eram do porteiro e do mensageiro. Os agentes de McDaniel recolheram amostras de ambos e enviaram a Rhyme.

Inútil, refletiu Rhyme amargamente. Tudo o que se podia deduzir era que o criminoso era esperto e tinha um grande senso de preservação.

Dez minutos depois, porém, houve certo progresso.

Parker Kincaid ligou do gabinete de análise de documentos de sua casa, em Fairfax, Virginia.

— Lincoln.

— Parker, o que temos?

— Primeiro a comparação das letras — respondeu Kincaid. — Não vieram muitas amostras de controle da Algonquin, e por isso não pude completar a análise como gostaria.

— Compreendo.

— No entanto, reduzi a lista a doze funcionários.

— Doze. Ótimo.

— Eis os nomes. Está preparado?

Rhyme olhou para Cooper, que assentiu com a cabeça. O técnico anotou os nomes enquanto Kincaid ditava.

— Agora, posso dizer algumas coisas sobre o criminoso. Primeiro, ele é destro. Em seguida, isolei algumas características da linguagem e da escolha dc palavras.

— Continue.

Rhyme fez um sinal com a cabeça para que Cooper se dirigisse ao quadro que continha o perfil do criminoso.

— Ele tem grau de instrução secundária e talvez tenha cursado faculdade. Ele frequentou escolas nos Estados Unidos. Há alguns erros de ortografia, gramática e pontuação, mas, em geral, em relação a palavras ou construções mais complexas. Atribuí isso à tensão que deve estar sentindo. Provavelmente nasceu nos Estados Unidos. Não posso dizer com certeza se a origem familiar é estrangeira, mas o inglês é a sua primeira língua, e quase posso afirmar que é a única.

Cooper tomou nota.

— Ele também é bastante inteligente — prosseguiu Kincaid. — Não escreve na primeira pessoa e evita a voz ativa.

Rhyme compreendeu.

— Ele não fala de si mesmo.

— Exatamente.

— Isso sugere que pode haver outras pessoas agindo com ele.

— É uma possibilidade. Além disso, existe certa variação de traços ascendentes e descendentes. Isso ocorre quando o sujeito está inquieto, emotivo. Quando se escreve sentindo ira ou preocupação, os traços amplos são acentuados.

— Muito bem — disse Rhyme, com um sinal para Cooper, que fez a anotação no quadro do perfil.

— Obrigado, Parker. Vamos trabalhar.

Ambos desligaram.

— Doze... — suspirou Rhyme. Olhou para os quadros das evidências e do perfil e depois para a lista com o nome dos suspeitos. Não seria possível reduzi-la mais rápido?, pensou, com acidez, vendo o relógio avançar mais um minuto em direção ao fim do prazo fatal.

Cena do crime: subestação Manhattan-10 da Algonquin, rua 57, oeste

- Vítima (falecida): Luís Martin, subgerente de loja de artigos musicais
- Não há impressões digitais em nenhuma superfície
- Estilhaços de metal derretido, resultantes de arco elétrico
- Cabo de alumínio trançado, 8 milímetros, com isolamento
  - Bennington Electrical Manufacturing, AM-MV-60, capacidade de até 60 mil volts
  - Cortado com serra manual, lâmina nova, dente quebrado

- Dois parafusos fendidos, buracos de 2 centímetros
  - Não rastreável
- Marcas de ferramentas nos parafusos
- Placa de latão presa ao cabo com dois parafusos de 6 milímetros
  - Não rastreável
- Pegadas de botas
  - Albertson-Fenwick, modelo E-20 para eletricistas, tamanho 43
- Grade de metal cortada para entrada na subestação, marcas do instrumento de corte
- Porta de acesso e moldura no porão
  - DNA coletado. Enviado para teste
  - Comida grega, taramasalata
- Fio de cabelo louro, 2,5cm, natural, de pessoa abaixo de 50 anos, descoberto no café em frente à subestação
  - Enviado para teste toxicológico
- Resíduos minerais, cinza vulcânica
  - Não encontrada em estado natural na região de Nova York
  - Exibições, museus, escolas de geologia?
- Acesso feito ao Centro de Controle da Algonquin por meio de códigos internos, sem invasão por hackers

Carta de exigências

- Entregue no prédio de Andi Jessen
  - Sem testemunhas
- Escrita à mão
  - Enviada a Parker Kincaid para análise
- Papel e tinta genéricos
  - Não rastreáveis
- Não há impressões além das de Jessen, do porteiro e do mensageiro
- Nenhum outro elemento descoberto no papel

Perfil do indivíduo desconhecido

- Sexo masculino
- Cerca de 40 anos
- Provavelmente branco
- Possivelmente usava óculos e boné
- Possivelmente tem cabelos loiros e curtos
- Macacão azul-escuro, semelhante ao usado por operários da Algonquin
- Conhece bem os sistemas elétricos
- Pegada de bota sugere ausência de característica física que modifique a postura ou o caminhar
- Possivelmente a mesma pessoa roubou 23 metros de cabo da Bennington semelhante ao do ataque e 12 parafusos fendidos. Mais ataques em mente? Acesso com chave ao armazém da Algonquin onde ocorreu o roubo
- É provável que seja empregado da Algonquin ou tenha contato com algum empregado.
- Conexão terrorista? Relação com o grupo Justice For [desconhecido]? Grupo terrorista? Envolvimento do indivíduo chamado Rahman? Referências codificadas a desembolsos financeiros, movimentos de pessoal e alguma coisa "grande"
  - Possível relação com intruso na Algonquin da Filadélfia
  - Indícios de SIGINT: referência em código a armas, "papel e material de escritório" (armas, explosivos?)
  - Pode haver um homem e uma mulher
- Teria estudado o SCADA (sistema de supervisão e aquisição de dados). Também EMP (programas de gerenciamento de energia) e Enertrol, da Algonquin. Ambos baseados no Unix
- Para criar um arco elétrico poderia ser antigo ou atual operário de linha, operador de emergência, técnico licenciado, construtor de geradores, eletricista competente, militar
- Perfil traçado por Parker Kincaid a partir da caligrafia:
  - Destro

- Completou o ensino médio; talvez tenha cursado o ensino superior
- Educado nos Estados Unidos
- Tem o inglês como primeira e talvez única língua
- Escreve na voz passiva para evitar expor cúmplices?
- Perfil pode ser compatível com o de 12 empregados da Algonquin
- Emotivo, irritado, nervoso enquanto escrevia a carta

CAPÍTULO 28

Diante do computador, Mel Cooper levantou a cabeça de repente.

— Acho que temos um meio.

— Um meio de quê? — perguntou Rhyme, ainda com azedume.

— Um meio de reduzir a lista — continuou Cooper, erguendo-se ainda mais e ajustando os óculos no nariz enquanto lia um e-mail. — O fio de cabelo. O que recolhemos no café em frente à subestação.

— Não havia bulbo, portanto, não temos DNA — observou Rhyme, abruptamente. Ele continuava irritado porque a análise ainda não estava pronta.

— Não é disso que eu estou falando, Lincoln. Eu acabei de receber o resultado do teste toxicológico do fio de cabelo. Há vimblastina e prednisona em quantidades significativas, além de traços de etoposídio.

— É um paciente com câncer — concluiu Rhyme, curvando a cabeça para a frente. — Ele está fazendo quimioterapia.

— Tem que ser isso.

O jovem agente do FBI, protegido de McDaniel, riu.

— Como vocês sabem isso? — Em seguida, voltou-se para o chefe. — É uma bela descoberta.

— Você nem imagina — comentou Ron Pulaski.

Rhyme não deu atenção a nenhum dos dois.

— Ligue para a Algonquin e verifique se alguma das doze pessoas da lista pediu reembolso no plano de saúde por tratamento de câncer nos últimos cinco ou seis meses.

Sachs ligou para a empresa. O telefone de Jessen estava ocupado — ela provavelmente falava com o governador ou com o prefeito —, e a ligação foi transferida para o chefe de segurança, Bernard Wahl. Pelo viva-voz, a voz profunda de barítono, com inflexão afro-americana, assegurou que iria tratar do assunto imediatamente.

Na verdade, não foi imediatamente, mas foi o suficiente para Rhyme. Três minutos depois, Wahl estava de volta ao telefone.

— Tem seis pacientes com câncer na lista original de quarenta e dois, mas só dois na lista de doze, aqueles com a letra que poderia ser a da carta. Um deles é gerente do departamento de vendas. Aparentemente, ele estava em um avião voltando para a cidade na hora do ataque.

Wahl forneceu as informações relevantes. Mel Cooper as anotou e, após um pedido de Rhyme, ligou para a companhia aérea, a fim de verificar. A Segurança de Transportes havia se tornado parceira involuntária do sistema geral de aplicação da lei porque as exigências de identificação eram tão estritas agora que era possível verificar facilmente os passageiros.

— Está confirmado.

— E o outro?

— Bem, é possível. Raymond Galt, de 40 anos. Durante o ano passado pediu reembolsos por tratamento de leucemia várias vezes.

Rhyme olhou para Sachs, que instintivamente compreendeu o que ele queria. Muitas vezes ambos se comunicavam assim. Ela se sentou em uma cadeira e começou a digitar.

— Qual é o histórico dele? — perguntou Rhyme a Wahl.

— Começou numa empresa concorrente no Centro-Oeste e mais tarde veio para a Algonquin — respondeu o chefe de segurança.

— Concorrente?

Ele fez uma pausa.

— Bem, não é realmente uma concorrente, como acontece com as fábricas de automóveis. Mas é assim que nos referimos às outras empresas de eletricidade.

— Qual é a função de Galt na Algonquin?

— Ele é operador de emergência — respondeu Wahl.

Rhyme olhava para o perfil na tela do computador. Segundo Charlie Sommers, um operador de emergência teria experiência suficiente para preparar uma arma usando um arco elétrico como o que foi empregado na subestação. Ele pediu a Mel que olhasse o arquivo pessoal de Galt para verificar se ele conhecia o SCADA e o programa de gerenciamento de energia.

Cooper abriu os documentos do funcionário.

— Não aparece nada sobre isso especificamente. Vejo apenas que ele fez muitos cursos de especialização.

— Sr. Wahl, Galt é casado ou solteiro?

— Solteiro. Mora em Manhattan. Quer saber o endereço dele?

— Quero.

Wahl deu a informação.

— Aqui é Tucker McDaniel. O senhor sabe onde ele está agora, Sr. Wahl? — perguntou McDaniel, a ansiedade aparente na voz.

— Isso é um problema. Ele pediu licença por motivo de saúde há dois dias. Ninguém sabe onde ele está.

— Alguma chance de que tenha viajado ultimamente? Talvez para o Havaí ou para o Oregon? Algum lugar onde haja um vulcão?

— Vulcão? Por quê?

— Me diga apenas se ele viajou — disse Rhyme, esforçando-se para manter a calma.

— Segundo os registros de frequência, não. Ele tirou alguns dias de licença médica, imagino que para o tratamento do câncer. Mas desde o ano passado ele não tira férias.

— Poderia verificar com os colegas dele os lugares que ele frequenta, amigos que tenha fora da empresa, grupos de que participa?

— Sim, senhor.

— E alguém com quem ele costume almoçar — sugeriu Rhyme, pensando na conexão com a comida grega.

— Sr. Wahl, ele tem parentes próximos?

Wahl informou que o pai de Galt já tinha falecido, mas a mãe e uma irmã moravam em Missouri. Forneceu nomes, endereços e números de telefone.

Rhyme, assim como McDaniel, não tinha mais nada a perguntar ao chefe de segurança. O perito criminal agradeceu e ambos desligaram.

McDaniel instruiu o subordinado a contatar o agente residente do FBI em Cape Girardeau, Missouri, e pedir a eles que iniciassem uma operação de vigilância.

— Temos justificativa suficiente para grampear o telefone? — perguntou o Garoto.

— Duvido. Mesmo assim, solicite. Mande registrar pelo menos os números de telefone de onde vieram ou para onde foram feitas ligações.

— Deixa comigo.

— Rhyme — chamou Sachs.

Ele olhou para a tela, onde surgiam os frutos da frenética digitação dela. A foto do departamento de trânsito mostrou um homem pálido, olhando para a câmera sem sorrir. Tinha cabelos loiros e curtos, com cerca de dois centímetros e meio.

— Então — disse McDaniel — temos um suspeito. Bom trabalho, Lincoln.

— Vamos deixar os parabéns para quando o pegarmos.

Em seguida, ele olhou para os dados da carteira de motorista, que confirmavam o endereço.

— Mora no Lower East? Não há muitas faculdades nem museus nessa área. Imagino que a cinza vulcânica tenha vindo do lugar que ele pretende atacar. Talvez o próximo alvo. Ele deve preferir um local público, com muita gente.

Muitas vítimas...

Olhou rapidamente para o relógio. Eram dez e meia.

— Mel, verifique novamente com o perito em geologia na Central. Precisamos nos apressar!

— Já estou fazendo isso.

— Vou entrar em contato com um juiz para obter um mandado de busca e depois vou preparar uma equipe tática para entrar na residência de Galt — avisou McDaniel.

Rhyme fez que sim com a cabeça e chamou Sellitto, ainda a caminho da prefeitura.

A voz do detetive soou no viva-voz.

— Eu já avancei uns quinhentos sinais vermelhos, Linc. Se esse babaca desligar a eletricidade e os sinais deixarem de funcionar, estaremos fodidos. Não vamos conseguir...

— Lon, escute, temos um nome — interrompeu Rhyme. — Raymond Galt. É operador de emergência da Algonquin. Não é uma certeza, mas parece provável. Mel vai mandar os detalhes para você por e-mail.

Cooper, ainda em meio ao telefonema sobre a lava, começou a digitar uma mensagem de texto com as informações relevantes sobre o suspeito.

— Vou mandar a Unidade de Emergência para lá agora — disse Sellitto.

— Estamos mandando nossa equipe tática — interveio apressadamente McDaniel.

Parecem crianças, pensou Rhyme.

— Qualquer um, não importa. O importante é que seja agora.

Numa conferência pelo viva-voz, o detetive e o agente do FBI concordaram em agir conjuntamente. Cada um organizaria a própria equipe.

— Estamos nos aproximando do prazo, ou seja, ele não deve estar no apartamento. Nesse caso, quero que somente o meu pessoal vasculhe a cena — pediu Rhyme.

— Sem problema — concedeu McDaniel.

— E eu? — perguntou Sachs, erguendo uma sobrancelha.

— Não. Se tivermos alguma pista sobre o próximo ataque, quero que você vá ao local.

Rhyme olhou para Pulaski.

— E eu? — A mesma pergunta, em tom de voz diferente.

— Vá em frente, novato. E lembre-se...

— Já sei — disse Pulaski. — Esses arcos elétricos têm uns três mil graus Celsius.

Rhyme riu.

— O que eu ia dizer é: não faça merda. Agora, ande logo!

CAPÍTULO 29

Muito metal. Metal por toda parte.

Ron Pulaski olhou para o relógio de pulso. Onze horas. Faltavam duas horas para mais um ataque.

Metal... um excelente condutor, e possivelmente estava ligado a cabos que corriam para uma das fontes de energia invisíveis nas entranhas do prédio residencial caindo aos pedaços em que ele estava.

Munidas de um mandado de busca, as equipes do FBI e da Unidade de Emergência haviam verificado — para decepção geral, porém sem surpresa — que Galt não estava no local. Pulaski fez com que os agentes se retirassem e agora examinava o apartamento à meia-luz, no subsolo de um prédio antigo e decrépito no Lower East, junto com outros três policiais da equipe tática — totalizando apenas quatro, como Rhyme tinha ordenado — a fim de minimizar a contaminação.

O restante da equipe se encontrava agora do lado de fora e Pulaski examinava sozinho o pequeno apartamento. Via muitas coisas de metal que poderiam ser transformadas em armadilhas, como havia acontecido com a bateria na subestação — a armadilha que quase tinha matado Amelia.

Pensava nos discos de metal na calçada, vendo as cicatrizes no concreto e no corpo do pobre Luís Martin. Lembrou-se também de outra coisa, algo ainda mais perturbador: os olhos de Amelia Sachs, como se ela tivesse visto uma assombração. Isso nunca acontecia. Se essa eletricidade era capaz de assustá-la...

Na noite anterior, depois que sua mulher, Jenny, já tinha ido dormir, Pulaski entrou na internet para descobrir o que pudesse sobre a eletricidade. Lincoln Rhyme tinha dito a ele que se teme menos aquilo que se compreende. Conhecimento é controle. No entanto, com a eletricidade, a energia, esse não era exatamente o caso. Quanto mais Pulaski aprendia, mais inquieto ficava. Ele era capaz de compreender o conceito básico, mas não podia esquecer que se tratava de um fenômeno invisível. Nunca se sabia exatamente onde estava. Era como uma cobra venenosa em um quarto escuro.

Ele fez um esforço para se libertar daqueles pensamentos soturnos. Lincoln Rhyme havia confiado a ele a responsabilidade sobre aquela cena. Portanto, trate de trabalhar. No caminho, telefonara para saber se Rhyme queria que ele ligasse o áudio e o vídeo enquanto fazia a investigação, como às vezes o perito criminal fazia com Amelia.

Rhyme havia respondido:

— Estou ocupado, novato. Se até agora você não aprendeu a examinar uma cena, não vai aprender mais nada.

Clique.

A maioria das pessoas tomaria aquelas palavras como um insulto, mas elas provocaram um amplo sorriso no rosto de Pulaski. Ele pensou em ligar para o irmão gêmeo, patrulheiro do 6º Distrito policial, para contar o que tinha acontecido. Não o fez, naturalmente. Guardaria para quando os dois fossem tomar umas cervejas no fim de semana.

E assim, sozinho, começou a busca, colocando as luvas de látex.

O apartamento de Galt era barato e deprimente, sem dúvida a residência de um homem solteiro que não se importava com o ambiente onde vivia. Era escuro, apertado, com cheiro de mofo. Havia comida em vários estados de conservação: fresca, velha e *bem* velha. Roupas emboladas. A busca inicial, como Rhyme havia ensinado, não se destinava a procurar provas para o tribunal — embora ele devesse ter cuidado para não comprometer a documentação da cadeia de custódia —, e sim a descobrir em que lugar Galt iria atacar novamente e verificar se havia alguma conexão com Rahman e o Justice For...

Logo começou a vasculhar a escrivaninha bamba e imunda, as gavetas e as caixas de arquivos, procurando por alguma referência a motéis ou hotéis, outros apartamentos, amigos, casas de férias.

Procurava um mapa marcado com um grande X e os dizeres: *Atacar aqui!*

Porém, naturalmente, nada havia de tão óbvio. Na verdade, pouquíssima coisa tinha utilidade. Nada de livros de endereços, anotações ou cartas. O registro de ligações feitas e recebidas tinha sido apagado. Apertando a tecla de rediscagem, ouviu a voz eletrônica que perguntava para qual cidade e estado desejava ligar. Galt tinha levado o laptop e não havia outro computador no apartamento.

Pulaski encontrou folhas e envelopes semelhantes aos que foram usados para a carta de exigências, além de uma dúzia de canetas. Recolheu tudo e guardou num saco plástico.

Vendo que não havia mais nada de útil, começou a fazer uma varredura na área, enumerando os trechos e fotografando-os. Coletou também algumas amostras.

Pulaski se movia o mais rápido que podia, embora, como sempre, precisasse combater o medo que sempre o assaltava. Medo de se ferir outra vez, o que o tornava tímido e o fazia querer fugir dali. Isso, por sua vez, levava a outro temor: o de não fazer um serviço perfeito, de não corresponder à expectativa. Decepcionaria a esposa, o irmão e Amelia Sachs.

Decepcionaria Lincoln Rhyme.

Mas era difícil se libertar do medo.

Suas mãos começaram a tremer, sua respiração se acelerou e ele se sobressaltou quando uma tábua rangeu.

Acalmou-se, lembrando-se da voz reconfortante da mulher, que sussurrava: "Você está bem, você está bem..."

Recomeçou a tarefa. Localizou um armário embutido nos fundos e já ia tocá-lo quando notou a maçaneta de metal. O piso era forrado de linóleo, mas ele não sabia se seria suficientemente seguro. Tinha receio de encostar na porta, mesmo com luvas de látex. Pegou um objeto de borracha e o usou para agarrar a maçaneta e abrir a porta.

Dentro havia a prova cabal de que Ray Galt era o criminoso: uma serra manual e uma lâmina quebrada. Ali estava também o cortador de arame. Pulaski sabia que precisava apenas varrer a área e coletar pistas, mas não resistiu e tirou do bolso uma pequena lupa para examinar a ferramenta, notando uma saliência na lâmina que poderia ter deixado a marca na grade encontrada na cena da subestação, perto do ponto de ônibus. Guardou-as, marcando-as com uma etiqueta. Em outro pequeno armário descobriu um par de botas Albertson-Fenwick, tamanho 43.

O telefone tocou, assustando-o. Era Lincoln Rhyme. Pulaski atendeu imediatamente.

— Lincoln, eu...

— Encontrou alguma pista para um esconderijo, novato? Veículos que ele possa ter alugado? Amigos com quem possa ter se hospedado? Alguma coisa sobre outros alvos?

— Não, aparentemente ele limpou o apartamento. Mas encontrei as ferramentas e as botas. Sem dúvida é o criminoso.

— Eu preciso de *locais, endereços.*

— Sim senhor, eu...

Clique.

Pulaski fechou o celular e cuidadosamente guardou as provas em sacos plásticos. Em seguida, revistou o apartamento duas vezes, inclusive a geladeira, o congelador e todos os armários. Até mesmo caixas de alimentos onde alguma coisa pudesse estar escondida.

Nada...

A frustração substituiu o medo. Tinha encontrado provas de que Galt era o criminoso, porém nada mais sobre o homem. Não sabia onde ele estava nem qual era o alvo. Nesse momento, olhou novamente para a escrivaninha. Havia uma impressora barata com uma luz piscando. Pulaski se aproximou. A mensagem era: "Papel atolado na bandeja."

O que ele teria imprimido?

O policial abriu cuidadosamente a tampa e verificou o interior da máquina, notando um emaranhado de papel.

Viu também um sinal que dizia: "Perigo! Risco de choque elétrico! Desligue a tomada antes de retirar o papel ou fazer a manutenção!"

Devia ter outras páginas na fila, algo que poderia ser útil. Talvez até mesmo uma pista definitiva. Mas, se ele desligasse a tomada da parede, as páginas que não foram impressas seriam apagadas da memória.

Estendeu a mão, cuidadosamente. Em seguida pensou nas gotas de metal derretido.

Três mil graus...

Olhou o relógio de pulso.

Merda. Amelia o havia aconselhado a não se aproximar de nada que fosse elétrico se estivesse usando algo de metal. Ele tinha se esquecido. Maldito ferimento na cabeça! Por que não conseguia raciocinar direito? Tirou o relógio e o guardou no bolso. Meu Deus, de que serviria isso? Colocou o Seiko na escrivaninha, longe da impressora.

Outra tentativa, mas o medo o dominou novamente. Estava furioso consigo mesmo por hesitar.

— Merda — murmurou, voltando à cozinha.

Encontrou luvas de borracha cor-de-rosa. Colocou-as, olhando em volta para se certificar de que nenhum agente do FBI ou da Unidade de Emergência estava vendo aquela figura ridícula e se encaminhou novamente para a impressora.

Abriu o kit de coleta de evidências e escolheu o melhor instrumento para retirar o papel atolado e permitir que a impressora voltasse a funcionar: uma pinça. Naturalmente, a pinça era de metal, justamente o necessário para se conectar a fios expostos que Galt porventura tivesse deixado preparados dentro da impressora.

Olhou para o relógio, a quase dois metros de distância. Faltava menos de uma hora e meia para o próximo ataque.

Ron Pulaski se curvou para a frente e deslizou a pinça entre dois fios muito grossos.

CAPÍTULO 30

As emissoras de televisão já estavam divulgando a foto de Galt, suas antigas namoradas estavam sendo interrogadas, assim como a equipe de boliche em que ele jogava e o oncologista que o atendia. No entanto, não havia pistas. Ele tinha desaparecido.

O perito em geologia da Unidade de Criminalística do Queens, um conhecido de Mel Cooper, havia identificado vinte e uma exposições na região de Nova York onde poderia haver cinza vulcânica, inclusive no ateliê de um artista que usava pedras de lava para fazer esculturas.

— Vinte mil dólares por um troço do tamanho de uma melancia — murmurou Cooper. — Se parece com uma, inclusive.

Rhyme assentiu distraidamente e continuou ouvindo McDaniel, já de volta ao seu escritório, explicar que a mãe de Galt não tinha notícias dele havia vários dias. Isso, contudo, não era incomum. Ultimamente ele andava inquieto por causa da doença.

— Conseguiu uma ordem judicial para grampear o telefone? — perguntou Rhyme

Com voz grave, o agente explicou que o juiz não tinha se convencido da necessidade de vigiar os membros da família de Galt.

— Mas temos o registro — disse ele.

Isso não permitiria aos agentes ouvir as conversas, mas revelaria o número de telefone de qualquer pessoa que ligasse para ele ou recebesse uma ligação dele. A polícia poderia então descobrir quem seriam os interlocutores.

Impaciente, Rhyme de novo entrou em contato com Pulaski, que o atendeu no mesmo segundo, titubeante, dizendo que o barulho do telefone o tinha assustado.

O jovem policial disse a Rhyme que estava extraindo informações da impressora de Galt.

— Meu Deus, novato, não faça isso sozinho.

— Não tem problema. Eu estou em cima de um capacho de borracha.

— Não foi isso que eu quis dizer. Os computadores devem ser examinados apenas por peritos. Eles podem ter programas que deletam os dados...

— Não, não é no computador, é só na impressora. O papel está atolado e eu...

— Descobriu algo sobre endereços ou locais de próximos ataques?

— Não.

— Ligue no minuto, no *segundo* em que encontrar alguma coisa.

— Eu...

Clique.

A força-tarefa não teve muito êxito na busca de testemunhas na rua 57 e na vizinhança de Galt. O criminoso, que já não era mais um indivíduo desconhecido, tinha sumido. O celular dele estava silencioso. A empresa provedora do serviço disse que a bateria tinha sido retirada para evitar a localização.

Sachs, de cabeça baixa, ouvia alguém ao telefone. Ela agradeceu e desligou.

— Era Bernie Wahl de novo. Ele disse que falou com funcionários do departamento de Galt, o de Manutenção de Emergência em Nova York. Todos disseram que ele era bastante solitário. Não tinha muitos contatos sociais. Não almoçava com colegas. Ele gostava de trabalhar sozinho nas linhas.

Rhyme concordou ao ouvir a informação e falou com o agente do FBI sobre os locais onde havia lava.

— Encontramos vinte e um lugares. Estamos...

— Vinte e dois — acrescentou Mel Cooper, que falava ao telefone com uma mulher da Criminalística do Queens. — Uma galeria de arte no Brooklyn, na Henry Street.

McDaniel suspirou.

— Tantos assim?

— Infelizmente.

— Precisamos avisar Fred — disse Rhyme.

McDaniel não reagiu.

— Fred Dellray. — *Seu funcionário,* acrescentou Rhyme, mentalmente. — Ele precisa falar ao informante sobre Galt.

— Certo. Espera. Eu vou falar com ele no viva-voz.

Houve alguns cliques e algumas batidas silenciosas dos corações. Em seguida ouviram:

— Alô? Aqui é Dellray.

— Fred, é Tucker. Estou com Lincoln, no viva-voz. Temos um suspeito.

— Quem é?

McDaniel olhou para Rhyme, que explicou a descoberta de Galt.

— Não sabemos o motivo do crime, mas tudo aponta para ele.

— Já o encontraram?

— Não. Ele está desaparecido. Tem uma equipe no apartamento dele.

— O prazo ainda está valendo?

— Não temos motivo para acreditar que não — respondeu McDaniel. — Encontrou alguma coisa, Fred?

— Meu informante tem algumas pistas boas. Estou esperando para ouvir.

— Alguma coisa que possa nos contar? — perguntou o agente especial assistente, com voz firme.

— Por enquanto, não. Vou encontrá-lo às três. Ele me disse que tem algo a revelar. Vou ligar para ele e dar o nome de Galt. Talvez isso apresse as coisas.

Ambos desligaram. No instante seguinte, o telefone de Rhyme tocou mais uma vez.

— É o detetive Rhyme? — perguntou uma voz feminina.

— Eu mesmo.

— Aqui é Andi Jessen, da Algonquin Consolidated.

McDaniel se identificou e perguntou:

— Tem mais alguma informação sobre Galt?

— Não, mas aconteceu uma coisa que preciso contar a vocês.

O tom de urgência na voz rouca de Jessen fez Rhyme prestar toda a atenção.

— Continue.

— Como eu disse, mudamos as senhas dos computadores para que ele não pudesse repetir o que aconteceu ontem.

— Eu me lembro disso.

— Mandei colocar seguranças em todas as subestações, vinte e quatro horas por dia. Uns quinze minutos atrás começou um incêndio em uma das nossas instalações no norte da cidade. Uma subestação no Harlem.

— Incêndio criminoso? — perguntou Rhyme.

— Sim. Os guardas estavam na frente do prédio. Parece que alguém jogou uma bomba incendiária por uma janela dos fundos, ou algo assim. Apagaram o fogo, mas isso causou um problema: destruiu as chaves de comutação, o que significa que não podemos desligar a subestação manualmente. É como uma enchente. Não tem como impedir que a eletricidade continue correndo pelas linhas de transmissão sem que fechemos toda a rede.

Rhyme percebeu a preocupação dela, mas não compreendia as ramificações da situação. Pediu a Jessen que explicasse.

Jessen disse:

— Eu acho que ele fez uma coisa insana: uma ligação direta em uma linha de transmissão que sai da subestação incendiada. São quase cento e cinquenta mil volts.

— Como ele pode ter feito isso? — perguntou Rhyme. — Achei que ontem ele tinha usado uma subestação por ser perigoso demais interceptar uma linha principal.

— É verdade, mas eu não sei... Talvez ele tenha preparado algum tipo de comutador remoto que permitisse a ele interceptar a linha, para reativá-la mais tarde.

— A senhorita sabe a localização?

— A linha em que estou pensando tem cerca de mil e duzentos metros de comprimento. Passa por baixo da parte central e do oeste do Harlem, em direção ao rio.

— E não tem como desligá-la?

— Não até que os comutadores da subestação sejam consertados. Isso levará algumas horas.

— E ele pode produzir um arco elétrico tão mortífero quanto o de ontem? — perguntou Rhyme.

— No mínimo. Sim.

— Tudo bem, vamos verificar.

— Detetive Rhyme, Tucker?

A voz dela parecia menos áspera agora.

Foi o agente do FBI quem respondeu:

— Sim?

— Peço desculpa. Ontem eu fui um pouco teimosa. Mas sinceramente não achei que algum dos meus funcionários pudesse fazer isso.

— Eu entendo — disse McDaniel. — Pelo menos agora sabemos quem foi. Se tivermos sorte, vamos detê-lo antes que machuque mais gente

Depois do fim da ligação, Rhyme exclamou:

— Mel! Ouviu isso? Norte da cidade. Morningside Heights, no Harlem. Um museu, ou escultor, o que seja. Agora, encontre um alvo possível!

Em seguida, Rhyme ligou para o chefe interino da Criminalística do Queens, seu antigo cargo, e pediu que mandasse uma equipe à subestação que tinha sido fechada por causa do incêndio.

— E peça que tragam qualquer coisa que encontrarem, rápido!

— Tenho um possível lugar! — exclamou Cooper, afastando a cabeça do telefone. — Universidade Columbia. Uma das maiores coleções de lava e rocha ígnea do país.

Rhyme se voltou para Sachs, que balançou afirmativamente a cabeça.

— Posso chegar lá em dez minutos.

Ambos fitavam o relógio digital na tela do computador de Rhyme. Eram onze e vinte e nove.

CAPÍTULO 31

Amelia Sachs estava no campus da Universidade Columbia, em Morningside Heights, no norte de Manhattan.

Ela havia acabado de sair do Departamento de Ciências Ambientais e da Terra, onde uma recepcionista amável tinha dito:

— Não temos uma exposição sobre vulcões propriamente dita, e sim centenas de amostras de cinza vulcânica, lava e outras rochas ígneas. Sempre que os estudantes voltam de algum projeto de campo, isso aqui fica cheio de pó.

— Eu já estou aqui, Rhyme — disse ela ao microfone, contando o que tinha ficado sabendo a respeito da cinza vulcânica.

— Falei outra vez com Andi Jessen — disse ele. — A linha de transmissão passa pelo subsolo, basicamente desde a Quinta Avenida até o rio Hudson, seguindo a rua 116. Mas o pó de lava significa que ele preparou o arco elétrico em algum lugar perto do campus. O que existe por aí, Sachs?

— Salas de aula, basicamente, e a administração.

— O alvo pode estar em qualquer lugar.

Sachs olhava para a direita e para a esquerda. Era um dia claro e fresco de primavera e os estudantes caminhavam ou corriam pelo campus. Alguns estavam sentados na grama ou nos degraus do prédio da biblioteca.

— Mas não vejo muitos alvos prováveis, Rhyme. Os prédios são antigos, principalmente de pedra e madeira, pelo que vejo. Não tem aço nem cabos, nem nada parecido. Não sei como ele poderia montar uma grande armadilha aqui, capaz de atingir uma grande quantidade de pessoas.

— Em que direção o vento está soprando? — perguntou Rhyme.

Sachs prestou atenção.

— Parece que no sentido leste e nordeste.

— Pensando logicamente, o que lhe parece? O pó não iria muito longe. Talvez apenas alguns quarteirões.

— Acho que sim. Isso quer dizer que ele pode estar no parque Morningside.

— Vou ligar para Andi Jessen ou para alguém na Algonquin para saber em que ponto do subsolo do parque passa a linha. Além disso, Sachs...

— O quê?

Ele hesitou. Ela adivinhou — ou teve certeza — de que ele ia dizer para que tivesse cuidado, mas a observação era desnecessária.

— Não é nada — disse ele, desligando bruscamente.

Amelia Sachs saiu por um dos portões principais no sentido em que soprava o vento. Atravessou a Amsterdam e seguiu por uma rua em Morningside Heights, a leste do campus, em direção a prédios de apartamentos e fileiras de casas idênticas, de construção sólida, feitas de granito e tijolos.

O telefone dela tocou. Sachs viu que era ele.

— Rhyme. O que você descobriu?

— Eu acabei de falar com Andi. Ela disse que a linha de transmissão segue para o norte, rodeando a rua 117, e depois vira para o oeste, por baixo do parque.

— Já estou chegando lá, Rhyme. Não estou vendo... Ah, não.

— O que foi, Sachs?

Diante dela estendia-se o parque Morningside, enchendo-se de gente conforme a hora do almoço se aproximava. Crianças, babás, funcionários de escritórios, estudantes da Columbia, músicos... Centenas de pessoas, simplesmente passeando, aproveitando a beleza do dia. Também havia gente nas calçadas. Mas a quantidade de alvos era apenas uma parte do que havia desanimado Sachs.

— Rhyme, em todo o lado oeste do parque...

— O que tem?

— Estão fazendo obras. Substituindo as tubulações de água. São grandes tubos de ferro. Meu Deus, se ele tiver ligado a eletricidade neles...

— Nesse caso, o arco elétrico pode estourar em qualquer lugar da rua. Que diabo, pode até entrar em algum edifício, alojamento de estudantes, alguma loja próxima... inclusive a quilômetros de distância.

— Preciso encontrar o lugar onde ele fez a ligação, Rhyme.

Ela guardou o telefone e correu para o canteiro de obras.

CAPÍTULO 32

Sam Vetter não sabia bem se apreciava ou não estar em Nova York.

Com 68 anos, nunca tinha ido à cidade antes. Sempre havia pensado em vir de Scottsdale, onde havia morado durante todos aqueles anos. Ruth dizia o tempo todo que queria conhecer a metrópole, mas ambos acabavam passando as férias na Califórnia ou no Havaí ou em cruzeiros no Alasca.

Agora, ironicamente, sua primeira viagem de negócios após a morte dela o havia levado a Nova York, com todas as despesas pagas.

Feliz por ter vindo.

Triste porque Ruth não estava com ele.

Enquanto almoçava, tomando uma cerveja, no elegante e sóbrio restaurante do Hotel Battery Park, conversava com alguns dos outros participantes do encontro de empresários financiadores de obras de engenharia.

Era conversa de homens de negócios. Wall Street, esportes de equipe. Também falavam de esportes individuais, mas só de golfe. Ninguém mencionava tênis, que era o preferido de Vetter. Claro, Federer, Nadal... mas o tênis não era um esporte muito emocionante. Não falavam muito de mulheres; eram todos já idosos.

Vetter olhou ao redor, através das janelas panorâmicas, procurando formar uma opinião sobre Nova York, porque a secretária e os funcionários iriam querer saber suas impressões na volta. Até aquele momento, achava a cidade muito movimentada, muito rica, muito barulhenta, muito cinzenta, embora não houvesse nenhuma nuvem no céu. Era como se o sol soubesse que os habitantes de Nova York não precisavam muito de claridade.

Ele não sabia bem o que pensar...

Em parte, era um certo sentimento de culpa por estar se divertindo. Ia assistir a *Wicked* para compará-la com a versão apresentada em Phoenix, e, provavelmente, a *Billy Elliot*, para compará-la aos trailers do filme. Ia jantar no bairro chinês com dois banqueiros que tinha conhecido naquela manhã; um morava em Nova York e o outro, em Santa Fé.

A diversão fazia com que ele se sentisse um pouco infiel.

Claro, Ruth não teria se importado.

Mesmo assim...

Vetter também tinha que reconhecer que se sentia um pouco fora de seu terreno. Sua empresa era dedicada a construções em geral, especializada nos pontos básicos: alicerces, rampas de tráfego, plataformas, passarelas. Nada disso era glamoroso, porém necessário e muito lucrativo. A empresa era competente, rápida, ética, num ramo de atividade em que essas qualidades nem sempre apareciam claramente. Mas era uma companhia de pequeno porte; as demais associadas àqueles empreendimentos eram grandes. Conheciam melhor os negócios, os regulamentos e a legislação do que ele.

A conversa na mesa de almoço ia do Arizona Diamondbacks e do New York Mets para garantias bancárias, taxas de juros e sistemas de alta tecnologia, deixando Vetter confuso. Divagou novamente, olhando pelas janelas para um grande canteiro de obras perto do hotel, onde algum grande prédio de escritórios ou de apartamentos era construído.

Enquanto observava, um operário atraiu sua atenção. Não estava com a mesma roupa que os outros: macacão azul-escuro e capacete amarelo. Carregava ao ombro um rolo de cabos ou fios elétricos. Ele saiu de um bueiro próximo aos fundos da obra e ficou parado, olhando em volta e piscando. Tirou do bolso um celular e fez uma ligação. Em seguida, fechou o aparelho e caminhou em torno da obra. Em vez de se retirar do local, dirigiu-se ao edifício vizinho à construção. Ele parecia tranquilo, caminhando com leveza. Obviamente gostava do que estava fazendo.

Era tudo tão normal. O homem de macacão podia ter sido Vetter, trinta anos antes. Podia ser qualquer um dos operários dele agora.

O empresário começou a relaxar. O cenário fazia com que se sentisse mais à vontade, olhando o homem de uniforme azul e os demais operários de jaqueta e macacão, carregando ferramentas e materiais, gracejando uns com os outros. Os homens brancos mais velhos, todos magros e queimados de sol, pareciam já ter nascido misturando concreto; os mais jovens, latino-americanos, conversavam animadamente e trabalhavam com maior precisão e orgulho.

Isso mostrava a Vetter que Nova York e as pessoas com quem ele fazia negócios *eram*, em grande parte, semelhantes ao seu mundo e àqueles que o habitavam.

Fique à vontade.

Então seus olhos acompanharam o homem de macacão azul e capacete amarelo que desaparecia entrando em um prédio do outro lado da rua, em frente à obra. Era uma escola. Sam Vetter notou alguns cartazes nas janelas.

MARATONA DE PULA-PULA PARA ANGARIAR RECURSOS.
DIA 1º DE MAIO. VAMOS TODOS SALTAR EM BUSCA DA CURA!

JANTAR DE CONFRATERNIZAÇÃO. DIA 3 DE MAIO.
REGISTRE-SE AGORA!

O DEPARTAMENTO DE CIÊNCIAS DA TERRA APRESENTA
"VULCÕES VISTOS DE PERTO"

20 DE ABRIL A 15 DE MAIO. GRÁTIS E EMPOLGANTE!
ABERTA AO PÚBLICO

Na verdade, reconheceu ele com um sorriso, talvez Nova York fosse um pouco diferente de Scottsdale.

CAPÍTULO 33

Rhyme continuava examinando as pistas, procurando encontrar desesperadamente, nos pedaços de metal, plástico e na poeira trazida das cenas, alguma conexão que despertasse uma centelha de imaginação e ajudasse Sachs a descobrir o local exato onde Galt havia ligado o cabo mortífero à tubulação de água que corria por Morningside Heights e Harlem.

Se é que ele havia feito isso.

Centelha de imaginação. Não era uma boa escolha de palavras.

Sachs continuou explorando o parque Morningside, buscando o cabo que ligaria a linha de transmissão à tubulação. Ele sabia que ela devia estar aflita, pois não havia como encontrar o cabo a não ser aproximando-se dele para verificar em que ponto tinha sido ligado aos canos. Lembrou-se do tom da voz de Sachs, dos olhos vazios quando havia descrito os estilhaços gerados pelo arco elétrico perfurando o corpo de Luís Martin, no dia anterior.

Havia dezenas de policiais uniformizados, vindos do distrito mais próximo, retirando as pessoas do parque e dos prédios próximos às obras nos tubos de água. Mas a eletricidade não poderia correr pela tubulação de ferro fundido para onde quer que se dirigisse? Não poderia produzir um arco elétrico numa cozinha a um quilômetro de distância?

Em sua própria cozinha, onde Thom agora trabalhava na pia?

Rhyme olhou o relógio na tela do computador. Se não encontrassem a linha em sessenta minutos, ele teria a resposta dessas perguntas.

Sachs chamou novamente.

— Nada, Rhyme. Talvez eu esteja enganada. Estou pensando que em algum ponto a linha deve cruzar o túnel do metrô. E se ele tiver ligado de forma a atingir algum vagão? Preciso verificar lá também.

— Ainda estamos em contato com a Algonquin, tentando saber mais, Sachs. Depois ligo de volta para você. — Em seguida, gritou para Mel Cooper: — Encontrou alguma coisa?

O técnico estava falando com um supervisor do centro de controle da companhia. Por ordem de Andi Jessen, ele e os colegas estavam verificando se tinha havido flutuações de voltagem em alguma parte da rede. Seria possível detectar isso, pois havia sensores colocados a algumas centenas de metros uns dos outros, a fim de alertá-los caso houvesse problemas no isolamento ou de degradação da própria linha de transmissão. Existia uma possibilidade de que pudessem determinar com exatidão o ponto em que Galt havia interceptado a linha com seu cabo mortífero em direção à superfície.

— Nada. Lamento muito — disse Cooper.

Rhyme fechou os olhos por um instante. A dor de cabeça que havia negado antes estava aumentando. Ficou pensando se haveria dor em outro lugar do corpo. Os tetraplégicos sempre tinham essa preocupação. Sem a dor, nunca se sabe o que o corpo indisciplinado deseja. Mesmo se não houver ninguém por perto, uma árvore que cai na floresta produz um som. Mas a dor pode existir quando não é sentida?

Rhyme percebeu que esses pensamentos tinham um sabor mórbido. Compreendeu também que ultimamente vinha pensando em coisas assim. Não tinha certeza do motivo, mas não conseguia se livrar delas.

Ainda mais estranho era que, diferentemente da batalha com Thom mais ou menos na mesma hora no dia anterior, não tinha vontade de tomar uísque. A ideia era quase repulsiva.

Isso o preocupava mais que a dor de cabeça.

Seus olhos passaram pelos quadros de evidências, mas saltaram as palavras como se estivessem escritas em uma língua estrangeira que ele tivesse estudado na escola e já não usasse há anos. Logo, fitou novamente os quadros, seguindo o curso da energia desde a geração até as residências, em voltagens decrescentes.

Cento e trinta e oito mil volts...

Rhyme pediu a Mel Cooper que chamasse Sommers, na Algonquin.

— Projetos Especiais.

— Charlie Sommers?

— Ele mesmo.

— Aqui é Lincoln Rhyme. Eu trabalho com Amelia Sachs.

— Ah, claro. Ela falou de você. — Com voz suave, disse: — Ouvi dizer que Ray Galt é um dos nossos. É verdade?

— Assim parece, Sr. Sommers.

— Pode me chamar de Charlie. Eu me sinto como se fosse um policial honorário.

— Tudo bem, Charlie. Está acompanhando o que está acontecendo nesse momento?

— Estou com a rede na tela do meu laptop nesse momento. Jessen, nossa presidente, me pediu para monitorar os acontecimentos.

— Falta muito para que acabem de consertar os... como se chamam? Comutadores? Na subestação onde houve o incêndio.

— Duas ou três horas. A linha ainda está descontrolada. Não podemos fazer nada para fechá-la, a não ser desligando a maior parte da cidade de Nova York. Posso fazer alguma coisa para ajudar?

— Pode. Eu preciso entender melhor os arcos elétricos. Parece que Galt interceptou uma linha principal, uma linha de transmissão, ligou o cabo em uma tubulação de água e...

— Não, não. Ele não faria isso.

— Por que não?

— É aterrada. Desligaria no instante em que a corrente tocasse o tubo.

Rhyme pensou por um momento. Em seguida, outra ideia lhe ocorreu.

— E se ele estivesse blefando em relação à linha de transmissão? Talvez tenha preparado apenas uma armadilha menor, em outro lugar. Que voltagem é necessária para produzir um arco elétrico?

— Com cento e trinta mil seria um arco de destruição em massa, mas é claro que pode ser produzido com muito menos corrente. O que é necessário é que a voltagem exceda a capacidade da linha, ou do terminal, para conduzi-la. A centelha salta dali para outro cabo, de uma fase para a outra, ou para a terra. Com a corrente doméstica ocorre uma fagulha, mas não um arco elétrico. Em geral há no máximo cerca de duzentos volts. Perto de quatrocentos, bem, pode acontecer um arco pequeno. Acima de seiscentos, a possibilidade é grande. Mas não será nada muito sério, a não ser que envolva voltagens médias ou altas.

— Então com mil volts seria possível?

— Se as condições forem adequadas, claro que sim.

Rhyme olhava o mapa de Manhattan, focalizando o local onde Sachs se encontrava no momento. Essa informação aumentava exponencialmente o número de locais onde Galt poderia ter planejado o ataque.

— Mas por que você está me fazendo essas perguntas sobre arcos? — indagou Sommers.

— Porque Galt vai matar alguém com um desses arcos em menos de uma hora — respondeu Rhyme com ar distraído.

— A carta de Galt falava em arcos?

Rhyme se deu conta de que esse não era o caso.

— Não.

— Então você está apenas presumindo que ele vai agir assim.

Rhyme detestava a palavra "presumir" e todos os seus derivados. Estava furioso consigo mesmo, imaginando que poderia ter deixado de perceber alguma coisa importante.

— Continue, Charlie.

— Um arco elétrico é um fenômeno espetacular, mas é também uma das formas menos eficientes de utilizar a eletricidade como arma. Não é possível controlá-lo bem, nunca se sabe para onde ele vai seguir. Pensa no que aconteceu ontem de manhã. Galt tinha um ônibus inteiro para atingir e errou o alvo. Quer saber como eu faria para matar alguém com eletricidade?

Lincoln Rhyme respondeu, rapidamente:

— Quero, quero muito.

E encostou o fone com firmeza ao ouvido para escutar com absoluta concentração.

CAPÍTULO 34

Thomas Edison foi a primeira pessoa a utilizar a transmissão aérea, por meio daquelas torres feias em Nova Jersey, em 1883, mas a primeira rede sob as ruas de Manhattan partiu de sua usina geradora na Pearl Street. Tinha ao todo cinquenta e nove clientes.

Alguns operários detestavam a rede subterrânea, que chamavam de "rede escura", mas Joey Barzan adorava os subterrâneos. Estava na Algonquin Power há apenas dois anos, embora já trabalhasse com eletricidade havia dez, desde o começo de sua vida profissional, aos 18 anos. Antes de entrar para a companhia, tinha trabalhado em empresas de construção e subiu de aprendiz a operário qualificado. Estava pensando em progredir e se tornar mestre eletricista algum dia, mas por enquanto gostava de trabalhar para uma grande empresa.

E que empresa maior poderia encontrar senão a Algonquin Consolidated, uma das principais do país?

Meia hora antes, havia recebido a ligação de um operador de emergência informando que tinha ocorrido uma curiosa flutuação no fornecimento a um sistema de metrô perto de Wall Street. Algumas linhas de metrô tinham suas próprias usinas geradoras, como versões em miniatura da MOM da Algonquin. Essa, porém, cujo ronco ele conseguia ouvir agora, era inteiramente dependente da energia da Algonquin. A empresa transmitia vinte e sete mil e quinhentos volts do Queens para subestações ao longo da linha, que reduziam a potência para seiscentos e vinte e cinco volts em corrente alternada para o terceiro trilho do metrô.

Um medidor em uma subestação perto dali havia registrado uma queda durante uma fração de segundo. Não era suficiente para causar uma interrupção do serviço de trens subterrâneos, mas o bastante para suscitar preocupação, principalmente em vista do incidente da véspera no ponto de ônibus.

Além disso, que merda, o criminoso era um funcionário da Algonquin, Ray Galt, um operador de emergência do Queens.

Barzan já tinha visto arcos elétricos — quem trabalhava com eletricidade sempre os via uma vez ou outra —, e o espetáculo daquele relâmpago incandescente, a explosão e o ruído assustador eram o suficiente para que ele prometesse a si mesmo jamais se arriscar com a corrente elétrica. Usar sempre luvas e botas de segurança, ferramentas isoladas e nunca levar objetos de metal quando em serviço. Muita gente se achava mais esperta que a eletricidade.

Bem, isso é impossível, além de não dar para ser mais rápido que ela.

Agora, enquanto o companheiro estava na superfície, Barzan procurava alguma coisa que pudesse ter feito a corrente baixar. Fazia frio e o túnel estava deserto, porém não em silêncio. Ouvia-se o murmúrio de motores, e os trens subterrâneos faziam o chão tremer, como terremotos. Mas ele gostava dali, entre os cabos e o cheiro dos isolantes aquecidos, borracha e óleo. A cidade de Nova York é como um navio, com tantas instalações sob a superfície quanto acima dela. Ele conhecia todos os conveses, assim como conhecia sua vizinhança no Bronx.

Ele não conseguia descobrir o que havia causado a flutuação. Todas as linhas da Algonquin pareciam estar em ordem. Talvez...

Parou ao ver alguma coisa que despertou sua curiosidade.

O que é *aquilo*?, pensou. Como todos os operários de linha, tanto de superfície quanto de subsolo, ele conhecia bem seu território. No fim do túnel, na penumbra, havia algo estranho. Um cabo tinha sido ligado a um dos painéis de disjuntores que alimentavam o sistema de trens subterrâneos, sem nenhum motivo lógico. E, em vez de seguir para baixo, para chegar ao metrô, aquele cabo seguia para o alto, passando pelo teto do túnel. O serviço tinha sido bem-feito; era possível julgar a habilidade de um eletricista pela forma com que ele unia os fios, portanto havia sido executado por um profissional. Mas quem? E por quê?

Ele se levantou e começou a seguir o cabo.

Sobressaltou-se, receoso. Havia outro funcionário da Algonquin de pé no túnel. Parecia ainda mais surpreso por encontrar alguém. Na penumbra, Barzan não o reconheceu.

— Olá — disse ele, cumprimentando com a cabeça. Não trocaram um aperto de mãos. Estavam usando luvas de segurança grossas, suficientemente maciças para trabalhar com cabos carregados, desde que as demais precauções tivessem sido tomadas.

O outro homem piscou e limpou o suor do rosto.

— Não esperava ver ninguém aqui embaixo.

— Eu também não. Soube da flutuação?

— Soube.

O homem acrescentou alguma coisa, mas Barzan não estava realmente prestando atenção. Imaginava o que o outro poderia estar fazendo, olhando para seu laptop. Todos os operários usavam um, naturalmente, pois tudo na rede era computadorizado. No entanto, ele não estava verificando a voltagem ou a aparelhagem de comutação. Na tela aparecia uma imagem de vídeo. Parecia o canteiro da construção, acima deles. Era como se viesse de uma câmera de segurança com excelente resolução.

Nesse momento, Barzan olhou para o crachá do homem.

Merda.

Raymond Galt, operador de emergência sênior.

Barzan sentiu o ar se esvaindo de seus pulmões, lembrando-se de quando o supervisor havia chamado todos os operários de linha naquela manhã, explicando o que Galt tinha feito.

Agora compreendia que o cabo bifurcado havia sido preparado para criar outro arco elétrico!

Disse a si mesmo para ficar calmo. Estava bastante escuro lá embaixo e Galt não podia ver bem o rosto dele; poderia não ter percebido a reação de surpresa de Barzan. Pouco antes, a companhia e a polícia tinham divulgado um aviso. Talvez Galt já estivesse ali há uma ou duas horas e não soubesse que a polícia o procurava.

— Bem, é hora do almoço. Estou com fome — disse Barzan, batendo na barriga. Logo depois achou que estava exagerando. — É melhor eu voltar para cima. Meu companheiro deve estar imaginando o que vim fazer aqui embaixo.

— Tenha cuidado — disse Galt, voltando-se para o computador.

Barzan se dirigiu à saída mais próxima, contendo a vontade de sair correndo.

Era o que deveria ter feito, foi o que compreendeu imediatamente.

No momento em que se virou, percebeu que Galt tinha se abaixado rapidamente, pegando alguma coisa no chão ao seu lado.

Barzan fez menção de correr, mas Galt foi mais rápido. Olhando para trás, viu apenas uma breve imagem do bastão de fibra de vidro descrevendo uma curva em direção ao seu capacete. O golpe o deixou desnorteado e o fez cair no chão sujo.

A vinte centímetros de seu rosto viu um cabo que transportava cento e trinta e oito mil volts e sentiu um novo golpe na cabeça.

CAPÍTULO 35

Amelia Sachs estava fazendo o que sabia fazer de melhor.

Talvez não *melhor.*

Mas o que ela mais gostava. O que fazia com que se sentisse viva.

Dirigindo.

Levando metal e músculos ao limite, correndo a toda velocidade pelas ruas da cidade, por trajetos aparentemente impossíveis, tendo em vista a aglomeração de pessoas e veículos. Costurava, derrapava. Quando se dirige com pressa, não se reduz a velocidade ao longo da rota, não se faz passos de dança: deve-se atirar o carro, avançar, desviar, partir como uma bala.

Por isso aquele tipo de carro era conhecido como possante.

O Ford Torino Cobra 428, modelo 1970, herdeiro do Fairlane, desenvolvia 405 cavalos com um torque de apenas 610 Newton--metro. Sachs tinha um câmbio manual de quatro marchas, claro, necessário para o seu pé pesado. A marcha era dura e não entrava com facilidade. Se não fosse usada corretamente, seriam necessários muitos ajustes e se arriscaria a quebrar alguns dentes da embreagem. Não era como o câmbio automático com seis marchas de hoje, feito para empresários em crise de meia-idade, com o fone bluetooth no ouvido e o pensamento fixo na reserva do restaurante.

O Cobra assobiava, rosnava, relinchava. Tinha muitas vozes.

Sachs contraiu os músculos. Deu um toque na buzina, mas, antes que as ondas sonoras alcançassem o motorista preguiçoso que ia mudar de pista sem dar aviso, ela já o havia ultrapassado.

Ela confessava sentir falta do carro que tinha antes, um Chevy Camaro SS, o veículo em que ela e o pai trabalharam juntos. O veículo tinha sido vítima de um criminoso em um caso recente. Mas o pai a havia advertido de que não era inteligente se afeiçoar demais a um carro. O carro fazia parte de você, mas não era você. Também não era seu filho nem seu melhor amigo. Os eixos, as rodas, os cilindros, os freios, os mecanismos complexos; todos podiam se tornar indiferentes e deixar você na mão. Também eram capazes de trair e matar, e seria um erro pensar que aquele aglomerado de metal, plástico, alumínio e cobre se importava com você.

Amie, a única alma de um carro é a que você dá a ele. Nada mais, nada menos. Nunca se esqueça disso.

É claro que ela lamentava a perda do Camaro. Sempre lamentaria. Agora, porém, tinha um bom veículo, que a servia adequadamente. De forma um pouco estranha, ostentava no centro do volante o emblema do Camaro, presente de Pammy, que o havia retirado respeitosamente do cadáver do outro veículo para que Sachs o colocasse no Ford.

Uma freada brusca no cruzamento, uma mudança com a ponta do pé e o calcanhar para dar uma freada, olhar para a esquerda, olhar para a direita, acelerar e passar novamente a marcha. O velocímetro atingiu oitenta, noventa, cento e dez. A luz azul do painel, que ela quase nunca via, piscava com a velocidade da batida de um coração.

Sachs estava agora na West Side Highway, a venerável rota 9A, tendo deixado a Henry Hudson vários quilômetros para trás. Correndo para o sul, passou por vários pontos conhecidos — o heliporto, o parque do rio Hudson, o cais de iates e a entrada sempre atravancada do túnel Holland. Depois, com os prédios do centro financeiro à direita, passou rapidamente pelo amplo canteiro de obras onde antes ficavam as Torres Gêmeas, sem deixar de perceber, mesmo naquele momento frenético, que um vazio era capaz de projetar sua sombra.

Uma derrapagem proposital fez o Cobra entrar na Battery Place e Sachs voou para o leste, entrando na toca de coelho, o túnel da extremidade sul de Manhattan.

O som de estática que saiu do fone enfiado no ouvido interrompeu sua concentração enquanto desviava de dois táxis, percebendo a expressão de espanto do motorista com turbante sikh.

— Sachs!

— O que foi, Rhyme?

— Onde você está?

— Estou chegando.

Deixou no asfalto a borracha dos quatro pneus ao fazer uma curva de noventa graus, e fez o Ford passar entre a calçada e outro carro, com um dos ponteiros nunca abaixo dos cem e o outro nunca abaixo de cinco mil.

Ela seguiu em direção à Whitehall Street, perto da Stone. A conversa de Rhyme com Charlie Sommers tinha trazido resultados inesperados. O diretor de Projetos Especiais havia especulado que Galt poderia tentar outra coisa que não um arco. Sommers apostava que ele simplesmente trataria de eletrificar um espaço público com uma voltagem suficiente para matar os transeuntes. Iria transformá-los em parte do circuito, atravessando-os com a corrente. Era mais fácil e mais eficiente, tinha explicado o técnico, e não seria necessária uma voltagem muito elevada.

Rhyme havia chegado à conclusão de que o incêndio na subestação na parte norte da cidade era na verdade uma distração para afastar a polícia do verdadeiro local do ataque de Galt, provavelmente na zona sul da ilha. Examinou a lista de exposições sobre lava e vulcões e encontrou a mais distante do Harlem, onde todos procuravam o criminoso: o Colégio Amsterdam. Era uma instituição comunitária especializada em ensino comercial, que conferia diplomas de vários graus em profissões relacionadas ao mundo dos negócios. Tinha também um Departamento de Humanidades e Ciências, que havia preparado uma exposição sobre formações geológicas, inclusive com uma seção dedicada aos vulcões.

— Cheguei, Rhyme.

Sachs freou o Torino diante da escola, deixando dois traços negros gêmeos no asfalto cinzento. Antes que a fumaça dos pneus desaparecesse, ela já havia saltado do carro. O odor fazia com que se recordasse da subestação MH-10 da Algonquin... e, embora tentasse evitar, também a lembrava das marcas vermelhas e pretas no corpo de Luís Martin. Enquanto corria para a entrada da escola, sentiu-se grata, pelo menos daquela vez, pela dor da artrite que explodiu em seus joelhos, afastando parcialmente a atenção daquelas lembranças penosas.

— Estou observando o local, Rhyme. É maior do que eu esperava.

Como Sachs não estava examinando a cena de um crime, tinha desligado o vídeo.

— Você tem dezoito minutos para o fim do prazo.

Ela olhou de alto a baixo o prédio do colégio comunitário, do qual os alunos, os professores e os funcionários saíam rapidamente, parecendo inquietos. Tucker McDaniel e Lon Sellitto resolveram evacuar o edifício. Todos corriam para fora, agarrando bolsas, computadores e livros, afastando-se do prédio. Quase todos olhavam para cima em algum momento do êxodo.

É preciso olhar para cima sempre num mundo pós-atentado às Torres Gêmeas.

Outro carro chegou e uma mulher de terno escuro saltou. Era Nancy Simpson, outra detetive, que se apressou para acompanhar Sachs.

— O que temos aqui, Amelia?

— Nós acreditamos que Galt tenha preparado alguma armadilha na escola. Ainda não sabemos o quê. Vou entrar para dar uma olhada. Você poderia interrogar algumas dessas pessoas — disse ela, indicando as que iam saindo — para saber se alguém viu Galt. Tem a foto dele?

— No meu celular.

Sachs acenou e se voltou novamente para a fachada do edifício, sem saber por onde começar e lembrando-se das palavras de Sommers. Ela sabia onde era possível colocar uma bomba, ou onde se posicionaria um franco-atirador. A ameaça da eletricidade, no entanto, podia vir de qualquer lugar.

— O que exatamente Charlie disse sobre o que Galt poderia preparar?

— A forma mais eficiente seria usar a vítima como se ela fosse um interruptor. Eletrificar maçanetas de portas ou corrimãos de escada com cabos de energia, e o chão serviria para completar o circuito. O chão também serviria como terra natural, se estivesse molhado. O circuito fica aberto até que a vítima toque a maçaneta ou o corrimão, e então a corrente passa por ela. Seria necessária uma voltagem muito elevada para matar alguém. A outra maneira é fazer alguém tocar um fio carregado com as duas mãos. Isso faria passar pelo peito uma voltagem suficiente para matar. Mas não é tão eficiente quanto a primeira.

Eficiente... Uma palavra estranha naquelas circunstâncias.

Sirenes soavam altas atrás dela. Bombeiros, a Unidade de Emergência do Departamento de Polícia de Nova York e os médicos começavam a chegar.

Sachs acenou para Bo Haumann, chefe do Serviço de Emergência, um ex-sargento do Exército de corpo atlético. Ele correspondeu e começou a instruir seus agentes para que orientassem as pessoas que evacuavam o prédio e organizassem equipes táticas de reação, em busca de Raymond Galt e possíveis cúmplices.

Hesitando, e, em seguida, empurrando a porta pelo vidro, em vez da maçaneta de metal, ela entrou no saguão da escola, no sentido contrário ao da multidão. Pensou em gritar para que ninguém tocasse em nada que fosse de metal, mas receou que se o fizesse poderia deflagrar uma onda de pânico, fazendo com que algumas pessoas fossem esmagadas em uma debandada. Além disso, ainda faltavam quinze minutos para o prazo.

Do lado de dentro havia muitas grades de metal, maçanetas, escadas e placas no chão. Não havia, porém, indícios visuais de que estivessem ou não ligadas a algum fio elétrico.

— Não sei, Rhyme — disse ela, desconcertada. — Tem muito metal por aqui, mas a maior parte do assoalho está coberta de carpete ou de linóleo. Deve ser um mau condutor.

Será que ele só iria provocar um incêndio para destruir o prédio?

Treze minutos.

— Continue procurando, Sachs.

Ela experimentou o detector de corrente de Charlie Sommers. O aparelho deu indicações ocasionais de existência de voltagem, porém nada mais potente que a corrente doméstica. Além disso, a origem não estava nos lugares mais prováveis para matar ou ferir alguém.

A policial viu pela janela uma luz amarela piscando, que atraiu sua atenção. Era uma van da Algonquin Consolidated, com uma placa lateral que dizia "Manutenção de Emergência". Reconheceu dois dos quatro ocupantes: Bernie Wahl, o chefe de segurança, e Bob Cavanaugh, o vice-presidente de Operações. Eles correram para um grupo de policiais, onde estava Nancy Simpson

Ao olhar pela janela para o grupo, Sachs notou pela primeira vez o que havia ao lado da escola: um canteiro de obras onde era construído um arranha-céu. Os operários estavam preparando a estrutura, soldando e aparafusando as vigas de aço.

Ela se voltou para o saguão, sentindo um baque no estômago, e novamente fitou a obra.

Metal. Toda a estrutura era feita de puro metal.

— Rhyme — disse ela —, eu acho que o ataque não é na escola.

— O que você quer dizer com isso?

Sachs explicou.

— Aço... Claro, Sachs, isso faz sentido. Tente fazer os operários descerem. Eu vou ligar para Lon e pedir a ele que se coordene com a Unidade de Emergência.

Ela atravessou a porta e correu para o barracão onde ficava o escritório da empresa construtora do arranha-céu.

Olhou para os vinte ou vinte e cinco andares de metal que estavam prestes a se converter em fio condutor de corrente elétrica e nos quais trabalhavam pelo menos duzentos operários. Viu também que havia somente dois pequenos elevadores para trazê-los para um lugar seguro.

Faltavam dez minutos para uma da tarde.

CAPÍTULO 36

— O que está acontecendo lá embaixo? — perguntou Sam Vetter ao garçom, no restaurante do hotel.

Ele olhava pela janela, junto com os companheiros de almoço, para o que parecia ser a evacuação tanto da escola quanto do prédio em construção, entre o colégio e o hotel. Havia viaturas e carros de bombeiros por toda parte.

— Aqui é seguro, não é? — perguntou um dos fregueses.

— Claro, senhor, muito seguro — afirmou o garçom.

Vetter sabia que o homem não tinha ideia do que podia ser um lugar seguro. Como trabalhava no ramo de construções, ele imediatamente verificou as saídas de emergência em relação ao número de clientes.

Um dos homens de negócios que estavam à mesa, o que vinha de Santa Fé, indagou:

— Você ouviu falar do que aconteceu ontem? A explosão na subestação? Talvez isso tenha a ver com o caso. Estão falando em terrorismo.

Vetter tinha ouvido o jornal, sem prestar muita atenção.

— O que aconteceu? — quis saber.

— Um sujeito atacou a rede de distribuição. Sabe, a empresa elétrica — respondeu ele. — Talvez tenha feito a mesma coisa na escola ou na obra.

— Mas não aqui – disse outro freguês. — Não aqui no hotel.

— Não, não, aqui não. — O garçom sorriu e desapareceu.

Vetter ficou pensando por onde ele estaria fugindo rapidamente. Os fregueses se levantavam e chegavam às janelas. Do restaurante podia-se ver perfeitamente a agitação na rua.

Vetter ouviu alguém dizer:

— Não, não são terroristas. É um funcionário insatisfeito. Um dos operários de manutenção das linhas. Mostraram a foto dele na TV.

Sam Vetter teve uma ideia e perguntou a um dos colegas:

— Você sabe como ele é?

— Eu sei que tem mais ou menos 40 anos. Talvez esteja usando o macacão da companhia e capacete amarelo. O macacão é azul.

— Ah, meu Deus. Acho que eu o vi. Poucos minutos atrás.

— O quê?

— Eu vi um operário de macacão azul e capacete amarelo. Estava carregando um rolo de cabos elétricos no ombro.

— É melhor avisar a polícia.

Vetter se levantou e começou a se afastar. Depois, parou, colocando a mão no bolso. Estava com medo de que os companheiros pensassem que ele não queria pagar sua parte da conta. Tinha ouvido dizer que os habitantes de Nova York eram muito desconfiados e não queria que sua estreia no mundo dos negócios da cidade grande fosse estragada por uma coisa como aquela. Tirou uma nota de dez dólares para o sanduíche e a cerveja, mas logo se lembrou de onde estava e deixou uma de vinte.

— Sam, não se preocupa com isso. Vai rápido.

Tentou se lembrar exatamente do bueiro de onde o homem tinha saído e onde havia parado para telefonar, antes de entrar na escola. Se pudesse se lembrar da hora aproximada da ligação, talvez a polícia pudesse localizá-lo. A empresa telefônica saberia com quem ele havia falado.

Vetter desceu às pressas pela escada rolante, de dois em dois degraus, e correu pelo saguão. Viu um policial parado perto do balcão do hotel.

— Por favor, agente, desculpa, mas eu acabei de saber... Vocês estão procurando alguém que trabalha para a companhia de eletricidade? O homem responsável pela explosão de ontem?

— Isso mesmo. O senhor sabe de alguma coisa?

— Acho que eu o vi. Não tenho certeza. Talvez não seja ele, mas achei que devia informar.

— Um momento. — O policial pegou o rádio e falou — Aqui é o patrulheiro sete oito sete três para o posto de comando. Acho que encontrei uma testemunha. Ela pode ter visto o suspeito. Câmbio.

— Copiado. — Do rádio saía o som de estática. — Espera... Está bem, sete oito, mande que ele saia para a Stone Street. A detetive Simpson quer falar com ele, câmbio.

— Copiado. Sete oito, desligo. — Voltando-se para Vetter, o patrulheiro disse: — Saia pela porta da frente e vire à esquerda. Tem uma detetive aí fora, uma mulher. O nome dela é Nancy Simpson. Vai falar com ela.

Apressando-se ao atravessar o saguão, Vetter pensava: se o homem estiver por aí, talvez possam capturá-lo antes que ele machuque mais alguém.

Minha primeira viagem a Nova York e posso até sair no jornal como um herói.

O que Ruth diria?

CAPÍTULO 37

— Amelia! — gritou Nancy Simpson, da calçada. — Eu tenho uma testemunha. Alguém que estava no hotel aqui do lado. — Sachs correu para junto de Simpson, que disse: — Ele está vindo aqui para falar com a gente.

Pelo microfone, Sachs passou a informação a Rhyme.

— Onde foi que ele viu Galt? — perguntou o perito criminal, ansioso.

— Ainda não sei. Vamos falar com a testemunha daqui a um segundo.

Ela e Simpson foram rapidamente para a entrada do hotel, ao encontro da testemunha. Sachs levantou os olhos para a estrutura de aço do prédio em construção. Os operários saíam apressadamente. Faltavam poucos minutos para que o prazo se esgotasse.

Nesse momento ela ouviu alguém chamá-la.

— Detetive! — Era uma voz masculina atrás dela. — Detetive!

Sachs se virou e viu o vice-presidente da Algonquin, Bob Cavanaugh, correndo em sua direção. O corpulento diretor de Operações estava com a respiração ofegante e suava. A expressão em seu rosto mostrava que tinha esquecido o nome dela.

— Amelia Sachs.

— Bob Cavanaugh.

Ela o cumprimentou com a cabeça.

— Pelo que entendi, vocês estão evacuando o pessoal da obra.

— Isso mesmo. Não encontramos um lugar que ele pudesse atacar na escola. Tem muito carpete e...

— Mas a obra não faz sentido — interrompeu Cavanaugh, fazendo gestos frenéticos na direção da construção.

— Bem, eu pensei... As vigas, o metal.

— Quem está aí, Sachs? — interveio Rhyme.

— O diretor de Operações da Algonquin. Ele acha que o ataque não vai ser na obra. — Voltando-se para Cavanaugh, perguntou: — Por que não?

— Olha! — exclamou ele, desesperadamente, apontando para um grupo de operários que estava perto dali.

— Do que você está falando?

— Olha as botas deles!

— Equipamento pessoal de proteção — murmurou ela. — Eles estão isolados.

Se não puder evitá-la, proteja-se dela.

Alguns usavam luvâs também, além de jaquetas grossas.

— Galt saberia que eles estão protegidos — comentou o diretor de Operações. — Para conseguir matar alguém, ele teria que mandar tanta energia para a estrutura de metal que provocaria um apagão nessa parte da cidade.

— Bem, se o alvo não é a escola nem a obra, qual pode ser? — questionou Rhyme. — Ou será que nos enganamos? Talvez não seja nessa área. Outro lugar onde tenha havido exposição sobre vulcões?

Nesse momento, Cavanaugh agarrou o braço de Sachs e gesticulou.

— O hotel!

— Meu Deus — murmurou Sachs, olhando para o prédio. Era um desses hotéis minimalistas, muito chique, com pedra, mármore, fontes... e metal. Grande quantidade de metal. Portas de cobre, escadas e piso de aço.

Nancy Simpson também olhava para o edifício.

— O que foi? — perguntou Rhyme no ouvido de Sachs.

— É o *hotel*, Rhyme. É ali que ele vai atacar! — exclamou ela, pegando o rádio para chamar o chefe do Serviço de Emergência. Levou-o à boca, ao correr para a frente, junto com Simpson. – Bo, é Amelia. Eu tenho certeza de que ele vai atacar o hotel! Não é a obra. Leva o seu pessoal para lá! Tira todo mundo!

— Entendi, Amelia. Eu vou...

Mas Sachs não ouviu o restante da transmissão, ou melhor, nem sequer percebeu o que ele disse, enquanto olhava para as grandes janelas do prédio.

Embora o prazo ainda não tivesse chegado ao fim, uma da tarde, algumas pessoas dentro do Hotel Battery Park ficaram imóveis. Os rostos animados de repente se tornaram inexpressivos. Viraram rostos de bonecos, caricaturas grotescas. Saliva surgiu nos cantos das bocas, tensas como cordas. Dedos, pés e queixos tremiam.

Os transeuntes se sobressaltaram e começaram a gritar, em pânico, diante daquela visão fantasmagórica: seres humanos transformados em criaturas de um filme de terror doentio, como zumbis. Duas ou três pessoas, apanhadas no momento em que empurravam as placas de metal das portas giratórias, debatiam-se no espaço apertado. A perna de um dos homens atravessou o vidro, seccionando a artéria femoral. O sangue esguichou, quente. Outro homem, ainda muito jovem, provavelmente um estudante, com a mão encostada na porta de metal de um dos salões, curvava-se para a frente, urinando e estremecendo. Outros dois, com as mãos na balaustrada do bar do saguão, pareciam congelados, tremendo, enquanto a vida se esvaía de seus corpos.

Mesmo do lado de fora, Sachs ouviu o gemido lancinante vindo do fundo da garganta de uma mulher que passava dentro do hotel.

Um homem corpulento tentou socorrer um hóspede empurrando-o para longe do painel do elevador, ao qual a mão da vítima tinha ficado grudada. O bom samaritano pensou que poderia se afastar do painel com o empurrão, mas não contava com a rapidez e a potência da corrente elétrica. Quando entrou em contato com a vítima, tornou-se também parte do circuito. Seu rosto se contorceu, transformando-se numa máscara de dor. Em seguida, sua expressão se transformou, como a de um boneco sem vida, e ele começou a tremer também.

Escorria sangue da boca de pessoas que morderam a língua ou o lábio. Olhos saltavam das órbitas.

Uma mulher cujos dedos estavam agarrados à maçaneta de uma porta deve ter feito um contato especialmente forte: suas costas estavam arqueadas em um ângulo impossível e seus olhos arregalados pareciam fitar o teto. Os cabelos grisalhos explodiram em chamas.

— Rhyme... é terrível, de verdade. Eu ligo mais tarde — murmurou Sachs.

Ela desligou abruptamente, sem esperar a resposta.

Sachs e Simpson começaram a fazer sinais para que as ambulâncias se aproximassem. Estavam horrorizadas com o espetáculo de braços e pernas tremendo convulsivamente, músculos paralisados, arrepios, veias saltadas, saliva e sangue evaporando em rostos nos quais a pele queimava.

Cavanaugh gritou:

— Temos que fazer com que eles evitem tocar em qualquer coisa!

Sachs e Simpson correram para as janelas, gesticulando para avisar as pessoas para que se afastassem das portas, mas todos estavam em pânico e continuavam se aglomerando em busca de saídas, parando somente ao se depararem com a cena terrível.

Corte a cabeça...

Sachs se voltou para Cavanaugh.

— Como podemos interromper a corrente?

O diretor de Operações olhou em volta.

— A gente não sabe onde ele fez a ligação. Por aqui tem linhas de metrô, cabos de transmissão, circuitos de alimentação... Eu vou ligar para a unidade do Queens e mandar desligar toda a área. A Bolsa de Valores também vai sair do ar, mas não temos alternativa. — Puxou o telefone do bolso e acrescentou: — Isso vai demorar alguns minutos. Faça com que o pessoal do hotel fique calmo. Eles não devem tocar em nada!

Sachs correu para uma vidraça, fazendo gestos frenéticos para que as pessoas se afastassem. Alguns compreenderam, acenando com as cabeças, mas outros estavam em pânico. Sachs viu uma jovem se desprender do grupo de amigas e correr para a porta de emergência, diante da qual jazia o corpo fumegante de um homem que havia tentado sair segundos antes.

— Não! — gritou Sachs, batendo com os punhos na janela. A mulher olhou, mas continuou correndo, os braços estendidos. — Não! Não toca na porta!

Soluçando, a moça seguiu em frente.

Estava a três metros da porta, dois metros...

A detetive tomou uma decisão extrema.

— Nancy, as janelas! Vamos destruí-las!

Sachs sacou a Glock, olhou para a cena e atirou para o alto, usando seis balas para destruir três das grandes janelas do saguão.

A jovem gritou ao ouvir os tiros e se deitou no chão, sem ter tocado na maçaneta mortífera.

Nancy Simpson pulverizou as janelas do outro lado da porta.

As duas policiais saltaram para o interior, avisando as pessoas para que não tocassem em nada de metal e organizando a saída através das aberturas ainda com lascas pontiagudas de vidro, enquanto uma fumaça, incrivelmente nauseante, enchia o saguão.

CAPÍTULO 38

— Desligaram tudo! — gritou Bob Cavanaugh.

Sachs assentiu com a cabeça e fez sinal ao pessoal do Serviço de Emergência para que ajudasse as vítimas. Em seguida, estudou a multidão do lado de fora em busca de Galt.

— Detetive!

Amelia se virou. Um homem vestindo uniforme da Algonquin corria na sua direção. Ao ver uma pessoa do sexo masculino de macacão azul-escuro, ela imediatamente achou que poderia ser Galt. A testemunha vinda do hotel aparentemente havia informado que o suspeito estava por perto e a polícia possuía apenas uma foto da carteira de motorista para identificá-lo.

Quando o homem se aproximou, no entanto, ficou claro que era muito mais jovem que Galt.

— Detetive — disse ele, sem fôlego —, aquele agente disse que eu devia falar com a senhora. Aconteceu uma coisa que precisa saber.

O rosto dele se contorceu numa careta ao aspirar o bafo que vinha do hotel.

— Diga.

— Eu trabalho na companhia de eletricidade, a Algonquin. Escuta, o meu companheiro está em um dos túneis, no subsolo — prosseguiu ele, indicando a direção do colégio. — Eu estou tentando ligar, mas ele não atende. Mas o rádio está funcionando normalmente.

O subsolo, onde ficavam as instalações do fornecimento de energia elétrica.

— Acho que esse sujeito, Raymond Galt, está lá embaixo e o Joey esbarrou com ele. Sabe, eu estou preocupado.

Sachs chamou dois patrulheiros e correu para a escola com eles e com o operário da Algonquin.

— Tem uma saída no porão. É o melhor caminho para entrar no túnel.

Então foi assim que a cinza vulcânica foi parar nos sapatos de Galt, quando ele atravessava a exposição na escola. Sachs ligou para Rhyme e explicou o que estava acontecendo. Depois acrescentou:

— Eu vou fazer uma operação tática, Rhyme. Ele pode estar no túnel. Eu ligo para você assim que souber de alguma coisa. Encontrou algo útil nas evidências?

— Nada, Sachs.

— Vou entrar agora.

Ela desligou antes que ele respondesse e seguiu o operário, junto com os patrulheiros, até a porta que levava ao porão. A eletricidade estava desligada no prédio e as luzes de emergência brilhavam, como olhos vermelhos e brancos. O operário se adiantou para a porta.

— Não! — disse Sachs. — Espera aqui.

— Tudo bem. Desçam dois lances de escada e vocês vão chegar a uma porta vermelha onde está escrito "Algonquin Consolidated". De lá vão ter acesso à escada que leva ao túnel de serviço. Aqui está a chave — disse ele, entregando a Sachs.

— Qual é o nome do seu parceiro?

— Joey. Joey Barzan.

— E onde ele deveria estar?

— Quando chegar à base da escada, vira para a esquerda. Ele estava trabalhando a uns trinta ou quarenta metros de lá. É mais ou menos debaixo do hotel.

— Como é a visibilidade lá embaixo?

— Mesmo com a corrente desligada, vai ter luzes de serviço acionadas pela bateria.

Bateria. Ótimo.

— Mas é escuro. A gente sempre usa lanterna.

— E tem linhas carregadas lá?

— Sim. É um túnel de transmissão. As linhas de alimentação estão desligadas, mas tem outras carregadas.

— Estão isoladas?

Ele hesitou, surpreso com a pergunta.

— Levam cento e trinta mil volts. Sim, estão isoladas.

A menos que Galt tivesse retirado o isolamento.

Sachs hesitou e em seguida aproximou o detector de voltagem da maçaneta da porta, despertando um olhar de curiosidade no operário da Algonquin. Ela não explicou a invenção, e simplesmente fez um gesto para que os demais se afastassem, abrindo a porta com um golpe, com a mão no cabo da arma. O corredor estava vazio.

Sachs e os dois patrulheiros começaram a descer as escadas. A claustrofobia dela se manifestou imediatamente, mas pelo menos naquela parte o odor nauseante de borracha, pele e cabelos queimados era menos desagradável.

Sachs ia na frente, com os dois patrulheiros logo atrás. Tinha nas mãos a chave, mas, ao chegarem à porta vermelha que dava acesso ao túnel, viram que já estava parcialmente aberta. Os três se entreolharam e ela sacou a arma. Os policiais fizeram o mesmo e Sachs fez um gesto para que caminhassem lentamente atrás dela. Depois, empurrou a porta com o ombro sem fazer barulho.

Dando um passo para dentro, parou, olhando para baixo.

Merda. A escada que levava ao túnel, e pelo visto, tinha dois lances, era de metal, sem pintura.

Seu coração começou a bater forte outra vez.

A primeira norma é evitar a corrente elétrica.

Se não puder evitá-la, proteja-se dela.

Se não puder evitar a eletricidade nem se proteger dela, corte a cabeça.

Mas nenhuma das regras mágicas de Charlie Sommers se aplicava ali.

Sachs transpirava profusamente. Lembrou-se de que a pele molhada era melhor condutora que a pele seca. E Sommers tinha dito algo sobre o suor salgado, que piorava a situação?

— Está vendo alguma coisa, detetive? — perguntou um dos patrulheiros, num sussurro.

— Quer que eu vá na frente? — perguntou o outro.

Ela não respondeu às perguntas, mas disse, também em voz baixa:

— Não toquem em nada de metal.

— Certo. Por que não?

— Cento e trinta mil volts. Por isso.

— Ah, claro.

Ela começou a descer, como se esperasse ouvir um estalo terrível e sentir a vista tomada por um clarão. Chegou ao fim do primeiro lance e também do segundo.

A estimativa estava errada. Havia três lances de degraus muito íngremes.

Chegando à base, ouviram roncos e murmúrios bem altos. Estava pelo menos dez graus mais quente que lá fora, e a temperatura subia a cada degrau.

Outro nível do inferno.

O túnel era mais amplo do que ela esperava, com quase dois metros de largura e mais de dois de altura, porém muito mal iluminado. Faltava grande parte das lâmpadas de emergência. Ela conseguia enxergar o fim do túnel à direita, a pouco menos de vinte metros dali. Não havia portas por onde Galt pudesse ter escapado nem onde se esconder. À esquerda, porém, onde Joey Barzan deveria estar, o corredor se estendia no que parecia ser uma série de curvas. Sachs fez um sinal para que os dois policiais ficassem atrás dela, enquanto avançavam pela primeira seção do túnel. Nesse ponto, parou. Não achava que Galt continuava ali, ele sem dúvida trataria de se afastar o mais rápido possível, mas se preocupava com a possibilidade de ter alguma armadilha.

Mesmo assim, ela só *achava* que ele não estava ali; não tinha como ter certeza de que ele havia escapado. Por isso se agachou, empunhando a Glock ao olhar além da curva do túnel, porém, sem colocar a arma à sua frente, onde Galt poderia vê-la e derrubá-la com um golpe, ou ainda tentar agarrá-la.

Nada.

Olhou para o chão de concreto, que estava coberto de água. Naturalmente, água, ótima condutora de eletricidade.

Depois olhou para a parede do túnel, por onde passavam grossos cabos pretos.

PERIGO!!! ALTA VOLTAGEM
LIGUE PARA A ALGONQUIN CONSOLIDATED POWER
ANTES DE COMEÇAR A TRABALHAR

Lembrou-se do comentário que o operário da Algonquin tinha feito pouco antes a respeito da voltagem.

— Podem vir — sussurrou ela.

Acenou para que os policiais a seguissem. Estava preocupada com Joey Barzan, contudo, era mais importante procurar pistas do paradeiro de Galt.

Seria possível? Aqueles túneis deviam ter vários quilômetros de extensão, pensou ela. Representariam uma rota de fuga perfeita. O chão estava cheio de sujeira e concreto, mas não havia pegadas visíveis. As paredes eram sujas de fuligem. Ela poderia passar dias coletando evidências e não conseguir nenhum indício que mostrasse para onde ele tinha ido. Talvez...

Ouviu o som de algo sendo raspado.

Ficou imóvel. De onde teria vindo? Haveria passagens laterais onde ele pudesse ter se escondido?

Um dos policiais levantou uma das mãos. Apontou para seus próprios olhos e depois para a frente. Ela assentiu, embora achasse que o sinal militar não fosse necessário ali.

No entanto, qualquer coisa que dê alguma tranquilidade nessas situações...

Mas Sachs não se sentia nada tranquila naquele momento. Novamente se lembrou das balas de metal derretido, como se estivessem zunindo ao seu lado.

Não podia recuar.

Respirou fundo outra vez.

Mais uma olhada além da esquina... A seção do túnel diante deles estava vazia e também mais escura que a anterior. Sachs compreendeu o motivo: a maioria das lâmpadas ali foi quebrada.

Uma armadilha, pensou ela.

Ao chegarem a um ângulo de noventa graus à esquerda, Sachs calculou que se encontravam diretamente abaixo do hotel.

Olhou de novo além da esquina, rapidamente, mas era difícil ver alguma coisa por causa da escuridão.

Novamente ouviu ruídos

Um dos policiais se aproximou dela.

— Uma voz?

Sachs assentiu.

— Fica abaixado — sussurrou ela.

Viraram a esquina e caminharam agachados pelo túnel.

Nesse momento, estremeceu. Não era uma voz, e sim um gemido. Um gemido desesperado, humano.

— Lanterna! — murmurou Sachs. Por ser uma detetive, não usava um cinto de utilidades, carregando apenas a arma e as algemas, e sentiu um golpe doloroso quando o policial empurrou a lanterna em seu flanco.

— Desculpa — murmurou ele.

— Se agacha — disse ela ao patrulheiro, em voz baixa. — Deita no chão. Fica pronto para atirar, mas só quando eu mandar... a menos que ele me acerte primeiro.

Os dois policiais se deitaram no chão sujo, com as armas apontadas para o túnel.

Ela também apontou a arma. Acendeu a luz, segurando a lanterna com um braço estendido para o lado, a fim de não proporcionar um alvo em nenhuma parte vital. O facho brilhante iluminou o corredor.

Não houve tiros nem arcos elétricos.

Galt, porém, tinha feito mais uma vítima.

A cerca de dez metros deles jazia o operário da Algonquin, deitado de lado, amordaçado com uma fita adesiva e com as mãos amarradas nas costas. A lateral da cabeça sangrava.

— Vamos!

Os dois patrulheiros se levantaram e o trio correu pelo túnel até o homem que supunham ser Joey Barzan. O operário estava ferido e sangrava muito. Enquanto um dos policiais tentava estancar a hemorragia, Barzan começou a balançar freneticamente a cabeça e a fazer ruídos sob a mordaça de fita.

Inicialmente, Sachs pensou que ele estivesse morrendo e que os tremores fossem causados pela agonia. Ao chegar perto dele, no entanto, viu os olhos arregalados do homem e olhou para o chão, seguindo o olhar dele. Barzan não estava deitado no chão nu, e sim em uma placa espessa de algo que parecia plástico ou teflon.

— Para! — gritou ela para o policial que estendia a mão para socorrê-lo.

O patrulheiro se deteve.

Sachs se lembrou do que Sommers tinha dito a ela sobre como ferimentos e perda de sangue tornavam o corpo muito menos resistente à eletricidade.

Sem tocar no operário, caminhou em volta dele.

As mãos de Barzan estavam mesmo amarradas, mas não com fita adesiva ou cordas, e sim com um fio desencapado de cobre que tinha sido ligado a um dos cabos da parede. Sachs pegou o detector de voltagem de Sommers e o apontou para o fio em torno dos pulsos de Barzan.

O ponteiro saltou para dez mil volts. Se o policial o tivesse tocado, a corrente passaria por ele e dali para a terra, matando-os imediatamente.

Sachs recuou um passo e aumentou o volume do rádio para chamar Nancy Simpson e lhe pedir que procurasse Bob Cavanaugh e dissesse ao diretor de Operações que precisava cortar a cabeça de mais uma serpente.

CAPÍTULO 39

Ron Pulaski conseguiu trazer de volta à vida a impressora danificada de Ray Galt. Agarrava as folhas ainda quentes à medida que caíam na bandeja.

O jovem policial as examinava desesperadamente, em busca de pistas sobre seu paradeiro, cúmplices, indicações do Justice For, qualquer coisa que os ajudasse a pôr fim aos ataques.

O detetive Cooper mandou uma mensagem de texto a ele, explicando que não tinham conseguido evitar a ação de Galt em um hotel da extremidade sul da cidade. Ainda estavam procurando o assassino na área de Wall Street. Teria Pulaski achado algo útil?

— Ainda não. Espero encontrar em breve.

Mandou a mensagem e voltou a se ocupar com a impressora.

Nas oito páginas restantes da fila de impressão não surgiu nada que imediatamente parecesse relevante para deter e prender o criminoso. Pulaski, no entanto, descobriu algo que poderia vir a ser útil: o motivo dos crimes.

Algumas das páginas reproduziam textos que Galt tinha escrito para blogs e *newsletters*. Outras eram páginas de pesquisas médicas, umas muito detalhadas e de autoria de profissionais de prestígio. E outras eram textos escritos por lunáticos, com uma linguagem e um tom conspiratório.

Uma delas tinha sido redigida pelo próprio Galt e postada em um blog sobre causas ambientais de doenças graves.

Minha história é semelhante à de muitas pessoas. Fui operário de linha e, depois, operador de emergência (uma espécie de supervisor) e trabalhei durante muitos anos em várias empresas de geração de energia elétrica, em contato direto com linhas que transportavam mais de cem mil volts. Eu tenho certeza de que os campos eletromag-

néticos das linhas de transmissão, que não têm isolamento, foram os causadores da minha leucemia. Além disso, está provado que os cabos elétricos atraem partículas de aerossol que causam câncer de pulmão em outras pessoas, mas a imprensa não fala disso.

Precisamos que as empresas elétricas e, mais importante, que o público tenham conhecimento desses perigos. Como as empresas nada farão voluntariamente — por que o fariam? —, seria possível, se as pessoas deixassem de utilizar ao menos metade da energia elétrica, obrigá-las (as empresas) a agir com mais responsabilidade. Elas então desenvolveriam maneiras mais seguras de fornecer eletricidade e também parariam de destruir o meio ambiente.

Gente, precisamos tomar as rédeas da situação!

Raymond Galt

Então era isso. Ele achava que tinha ficado doente por causa de empresas como a Algonquin e estava lutando contra elas no tempo que lhe restava. Pulaski sabia que ele era um assassino, mas não pôde deixar de sentir empatia. O policial tinha encontrado garrafas de bebida, a maior parte pela metade, em um dos armários, além de pílulas para dormir e antidepressivos. Não era justificativa para matar alguém, mas ele ia morrer sozinho, com uma doença, sem que a empresa causadora se importasse. Pulaski compreendia a origem da raiva.

Continuou examinando os impressos, mas só encontrou mais do mesmo: textos raivosos e pesquisas médicas. Não havia endereços de e-mails que eles pudessem investigar para identificar amigos de Galt e pistas do seu paradeiro.

Percorreu-os mais uma vez, pensando na estranha teoria do assistente especial Tucker McDaniel sobre comunicações na nuvem, buscando palavras em código e mensagens secretas que poderiam estar ocultas nos textos. Chegou à conclusão de que já havia perdido tempo demais com isso e juntou as páginas impressas. Passou alguns minutos guardando em sacos de plástico as outras pistas, coletando poeira e preenchendo os cartões da cadeia de custódia. Em seguida, numerou as partes da cena e as fotografou.

Ao terminar, Pulaski olhou para o vestíbulo mal iluminado que levava à porta da frente e se sentiu outra vez inquieto. Caminhou até lá, notando mais uma vez que a maçaneta e a própria porta eram de metal. "Qual é o problema?", perguntou a si mesmo, irritado. "Você mesmo a abriu para entrar, uma hora atrás." Mantendo a mão protegida com as luvas de látex, estendeu-a com hesitação e abriu. Em seguida, com um suspiro, deu um passo para fora.

Os policiais do Departamento de Polícia de Nova York e um agente do FBI estavam por perto. Pulaski os cumprimentou com a cabeça.

— Já soube? — perguntou o agente.

Pulaski parou na entrada do apartamento e se afastou um pouco mais da porta de metal.

— Do ataque? Já. Eu soube que ele fugiu. Não sei de outros detalhes.

— Ele matou cinco pessoas e teria matado mais, se não fosse a sua parceira, que salvou muita gente.

— Parceira?

— A detetive, Amelia Sachs. Muita gente ficou ferida, com queimaduras graves.

Pulaski balançou a cabeça.

— Foi do mesmo jeito, com um arco elétrico?

— Eu não sei, só sei que ele eletrocutou as pessoas.

— Meu Deus!

Pulaski observou a rua ao redor. Nunca havia reparado na quantidade de metal que existe em um quarteirão residencial típico. Uma sensação desagradável o envolvia como uma enchente, a paranoia. Parecia haver postes, barras e blocos de metal por toda parte. Escadas de incêndio, tubos de ventilação que desapareciam no chão, placas de metal que cobriam a entrada do subterrâneo das lojas. Qualquer uma dessas coisas poderia receber uma carga de energia suficiente para atravessar um corpo ou explodir, criando uma saraivada de estilhaços de metal.

Ele matou cinco pessoas...

Queimaduras de terceiro grau.

— Você está se sentindo bem?

Pulaski riu, num reflexo.

— Estou. — Queria explicar seus temores, mas naturalmente não o fez. — Alguma pista de Galt?

— Não. Ele fugiu.

— Bem, eu preciso levar esse material para Lincoln Rhyme.

— Encontrou alguma coisa?

— Encontrei. Sem dúvida, Galt é o culpado. Mas não achei nada sobre seu paradeiro nem sobre o que ele está planejando.

O agente do FBI apontou para o apartamento.

— Quem vai fazer a vigilância? Quer deixar algum dos seus homens aqui?

Nas entrelinhas, o que ele queria dizer era que os agentes federais ficariam perfeitamente felizes em participar da invasão do apartamento, mas, como Galt não estava ali e provavelmente não voltaria — devia ter ouvido o jornal e sabia ter sido identificado —, não tinham interesse em deixar seu pessoal em serviço de guarda.

— Não sou eu quem decido — disse o jovem policial.

Ligou para Lon Sellitto e contou o que havia encontrado. O tenente se encarregou de organizar a guarda com dois patrulheiros que permaneceriam no local, porém ocultos, até que uma equipe de vigilância pudesse ser enviada para o caso de Galt pretender voltar escondido.

Pulaski caminhou até a esquina e entrou no beco deserto que ficava atrás do prédio. Abriu a mala do carro e guardou as pistas. Batendo a porta da mala com um estrondo, olhou em volta, ainda inquieto. Metal por toda parte, rodeado de metal.

Que merda, por que não parava de pensar nisso? Entrou no carro e já ia colocar a chave na ignição, mas hesitou. O carro tinha ficado estacionado no beco, escondido de qualquer um que fosse para o apartamento, caso Galt efetivamente resolvesse voltar. Como o criminoso ainda estava à solta, haveria a possibilidade de que ele tivesse voltado e preparado uma armadilha no carro de Pulaski?

Não, isso seria um exagero.

Pulaski fez uma careta, deu a partida e engatou marcha a ré.

Seu celular tocou. Ele olhou a tela. Era Jenny, sua esposa. Hesitou e acabou resolvendo retornar a ligação mais tarde. Guardou o telefone.

Olhando pela janela, viu na parede de um prédio um painel elétrico do qual saíam dois longos fios. Estremecendo, Pulaski deu outra volta na chave de ignição, que fez aquele ruído arrastado de quando o motor já está rodando. Em pânico, pensando que estava sendo eletrocutado, o jovem policial agarrou a maçaneta da porta e a abriu de uma só vez. Seu pé escorregou do freio e foi para o acelerador. O Crown Victoria partiu em marcha a ré, com os pneus cantando. Pulaski pisou o freio.

Porém, não antes que ouvisse um baque e um grito. Viu um homem de meia-idade que atravessava o beco, com um carrinho de compras de mercado. O pedestre foi atirado na parede e caiu no chão, o sangue escorrendo da cabeça.

CAPÍTULO 40

Amelia Sachs olhava atentamente para Joey Barzan.

— Como você se sente?

— É... eu acho.

Ela não sabia o que Barzan queria dizer. Ele tampouco.

Olhou para o médico da ambulância, curvado sobre o operário. Ainda estavam no túnel debaixo do Hotel Battery Park.

— Concussão. Ele perdeu um pouco de sangue. — Voltou-se para o paciente, que estava sentado, encostado na parede. — Você vai ficar bem.

Bob Cavanaugh tinha conseguido encontrar a fonte da corrente e havia desligado a linha que Galt tinha usado para a armadilha. Sachs se certificara de que o fio estava inerte, usando o detector de corrente de Sommers, e rapidamente — de verdade — retirara o fio ligado ao cabo de alimentação.

— O que aconteceu? — perguntou ela a Barzan.

— Foi Ray Galt. Eu o encontrei aqui embaixo. Ele me atacou e eu perdi os sentidos. Quando acordei, ele tinha me ligado à linha. Meu Deus. Eram sessenta mil volts, uma linha de alimentação do metrô. Se você tivesse me tocado, ou se eu tivesse rolado alguns centímetros para o lado... Meu Deus — Ele piscou e disse: — Ouvi sirenes na rua. Senti o cheiro. O que aconteceu?

— Ele ligou alguns cabos no hotel.

— Não, meu Deus. Alguém se machucou?

— Houve mortes. Ainda não sei os detalhes. Para onde Galt foi?

— Não sei. Eu estava desacordado. Se ele não fugiu pelo colégio, teria que ter seguido para lá, pelo túnel — disse ele, indicando a direção. — Tem muitos acessos para as galerias do metrô e para as plataformas.

— Ele disse alguma coisa? — perguntou Sachs.

— Na verdade, não.

— Onde ele estava quando você o viu?

Barzan apontou para um lugar a cerca de três metros.

— Foi ali que ele interceptou a linha. Tem uma espécie de caixa. Eu nunca tinha visto aquilo antes. E ele estava observando a construção e o hotel pelo computador. Parece que estava conectado a uma câmera de segurança.

Sachs se levantou e examinou o cabo, que era da mesma marca Bennington usada na véspera, no ponto de ônibus. Não havia sinal do computador ou da barra de fibra de vidro que servia para trabalhar com fios carregados de corrente.

— O único motivo pelo qual eu ainda estou vivo é que ele queria me usar para matar mais gente, não é verdade? — observou Barzan em voz baixa. — Ele queria impedir que você o perseguisse.

— É verdade.

— Aquele filho da puta! E é colega nosso. Os operários de linha e os de emergência são companheiros. É como uma confraria, sabe? É necessário. É muito perigoso trabalhar com energia elétrica.

Barzan estava furioso com o que considerava uma traição.

Sachs passou o rolo adesivo nas mãos, nos braços e nas pernas dele, em busca de evidências, e depois fez um sinal ao grupo médico.

— Ele já pode sair agora.

Sachs disse a Barzan que ligasse para ela caso se lembrasse de alguma outra coisa e lhe entregou um cartão. Um dos médicos chamou um colega pelo telefone e disse que estava tudo seguro; a maca já poderia ser trazida para o túnel, a fim de levar o operário. Barzan se sentou, encostado na parede, e fechou os olhos.

Sachs entrou em contato com Nancy Simpson e contou o que havia acontecido.

— Manda a equipe de Emergência vasculhar os túneis da Algonquin num raio de um quilômetro. Os do metrô também.

— Claro, Amelia. Espera. — Um minuto depois ela voltou a falar. — Já estão a caminho.

— E a nossa testemunha do hotel?

— Ainda estou verificando.

Os olhos de Sachs estavam mais acostumados com a escuridão. Ela estreitou os olhos e disse:

— Ligo mais tarde, Nancy. Acabei de ver uma coisa.

A detetive caminhou pelo túnel na direção indicada por Barzan como a possível rota de fuga de Galt.

A cerca de dez metros, enfiado em um pequeno nicho atrás de um encanamento, viu um conjunto de macacão, capacete e bolsa de ferramentas. O que havia chamado sua atenção era a cor amarela do capacete. Naturalmente, Galt já devia saber que estava sendo procurado e, portanto, havia tirado a roupa e a deixado escondida com as ferramentas.

Sachs ligou novamente para Simpson e pediu a ela que entrasse em contato com Bo Haumann e a equipe do Serviço de Emergência para que soubessem que Galt não estava mais com as mesmas roupas. Em seguida, colocou luvas de látex e estendeu a mão para retirar a vestimenta do nicho da parede.

De repente, parou.

Agora, ainda que você acredite *estar evitando a eletricidade, mesmo assim pode estar em perigo.*

As palavras de Sommers ressoavam em sua cabeça. Ela pegou o detector de corrente e o aproximou das roupas.

O ponteiro subiu para seiscentos e três volts.

Sobressaltando-se, Sachs fechou os olhos e sentiu as pernas fraquejarem. Olhou com mais atenção e viu um fio que saía do subsolo para o cano atrás do qual as evidências estavam ocultas. Ela teria que tocar no cano para retirá-las. Tecnicamente, a corrente havia sido desligada no túnel, mas aquele era um caso de "ilha", ou backfeed, que ela se lembrou de ter sido mencionada por Sommers.

Qual amperagem é necessária para matar uma pessoa?

Um décimo de ampere.

Voltou para onde Barzan estava, que ergueu os olhos arregalados para ela, ainda com a cabeça enfaixada encostada à parede do túnel.

— Eu preciso de ajuda. Quero coletar algumas evidências, mas ainda tem corrente em uma das linhas.

— Qual delas?

— Lá na frente. Seiscentos volts. Ele ligou a um cano de metal.

— Seiscentos? É uma corrente contínua, do backfeed do terceiro trilho do metrô. Escuta, usa o meu bastão de vidro. Está vendo, ali? — disse ele, apontando. — E minhas luvas também. O melhor é ligar outro fio no cano e levá-lo à terra. Você sabe fazer isso?

— Não.

— Lamento, mas não estou em condições de ajudá-la.

— Não importa. Me ensina a usar o bastão

Sachs colocou as luvas de Barzan sobre as de látex e pegou o instrumento, que tinha uma espécie de garra na ponta, coberta de borracha. Isso lhe deu certa confiança, mas não muita.

— Fica em cima da placa de borracha e tira do nicho tudo o que você vir, uma coisa de cada vez. Vai dar certo. Para sua segurança, usa só uma das mãos. A mão direita.

Mais longe do coração...

... que batia furiosamente enquanto ela caminhava de volta ao nicho, colocando no chão as placas de Teflon e começando a retirar as evidências cuidadosamente.

Mais uma vez pensou no corpo de Luís Martin, nas pessoas que morreram tendo convulsões no saguão do hotel.

Ela odiava se desconcentrar.

Odiava ter que enfrentar um inimigo invisível.

Prendendo a respiração, embora sem saber por que motivo, tirou o macacão e o capacete. Em seguida, a bolsa de ferramentas. Na lona vermelha estava escrito "R. Galt".

Sachs deu um longo suspiro.

Por fim, juntou as evidências e as guardou num saco plástico.

Um técnico vindo do Queens havia chegado com equipamento para examinar o local. Ainda que a cena já estivesse em grande parte contaminada, Sachs vestiu o macacão azul Tyvek e varreu a área, como faria em qualquer outra. Colocou a numeração, tirou fotos e caminhou seguindo o padrão reforçado por Rhyme. Usando o detector de Sommers, verificou novamente as linhas e logo retirou o cabo Bennington e uma caixa quadrada de plástico preto que o ligava à linha de alimentação principal. O fio colocado por Galt ia até as vigas de aço das fundações do hotel, que transportariam a corrente até as maçanetas de metal, as portas giratórias e os corrimões das escadas. Guardou nas bolsas tudo o que encontrou e retirou amostras dos lugares onde Galt havia estado para montar o cabo e onde tinha atacado Joey Barzan.

Procurou novamente o bastão de fibra de vidro com que Galt havia agredido o colega, mas não encontrou nada. Tampouco encontrou sinais do ponto em que ele tinha interceptado a fiação de vídeo para utilizar as câmeras de segurança da escola ou da construção a fim de observar o lugar do ataque, como dissera Barzan.

Depois de guardar as evidências, Sachs ligou para Rhyme e o colocou a par do que havia acontecido.

— Volte para cá assim que puder, Sachs. Precisamos dessas evidências.

— O que Ron encontrou?

— Segundo Lon, nada espetacular. Não sei o que está acontecendo. Ele já devia ter chegado aqui.

A impaciência de Rhyme era evidente.

— Volto daqui a pouco. Eu quero falar com aquela testemunha. Alguém que estava almoçando aparentemente olhou com atenção para Galt. Talvez ele possa nos dizer alguma coisa mais específica.

Finalizaram a ligação. Sachs voltou à superfície para encontrar Nancy Simpson. A detetive estava no saguão do hotel, agora bastante deserto. Sachs se aproximou de uma das portas giratórias que não estava isolada com a fita da polícia, mas se deteve e entrou por uma das janelas cuja vidraça tinha sido quebrada.

A expressão no rosto de Simpson evidenciava que ela ainda estava abalada.

— Acabei de falar com Bo. Ele não sabe por onde Galt saiu do subterrâneo. Com a corrente desligada, ele pode simplesmente ter caminhado pelos trilhos do metrô até a Canal Street e se misturado aos transeuntes em Chinatown. Ninguém sabe.

Sachs olhou para as marcas de sangue e fuligem no piso de mármore, indicando onde as vítimas haviam caído.

— Qual a contagem final?

— Cinco mortos, aparentemente onze feridos. Quase todas as queimaduras são de terceiro grau.

— Buscou testemunhas?

— Sim, mas ninguém viu nada. A maioria dos hóspedes já desapareceu, sem nem mesmo pagar a conta.

Simpson acrescentou que eles fugiram com as esposas, os filhos e os colegas. O hotel não tentou evitar. Ao que tudo indica, metade dos funcionários também tinha escapado.

— E nossa testemunha?

— Estou tentando localizá-lo. Encontrei algumas das pessoas com quem ele almoçou. Disseram que ele viu Galt. É por isso que quero encontrá-lo.

— Quem é?

— Ele se chama Sam Vetter. Veio de Scottsdale para uma reunião de negócios. Foi a primeira visita a Nova York.

Um patrulheiro se aproximou.

— Desculpa, mas eu ouvi o nome Vetter?

— Isso mesmo. Sam Vetter.

— Ele veio falar comigo no saguão. Disse que tinha informações sobre Galt.

— Onde ele está?

— A senhora não sabe? — perguntou o policial. — Ele foi uma das vítimas da porta giratória. Está morto.

CAPÍTULO 41

Amelia Sachs voltou, levando as evidências.

Rhyme franziu a testa quando ela entrou na casa, deixando um odor repulsivo de cabelos, borracha e carne queimados. Algumas pessoas deficientes acreditam ter o olfato mais sensível por causa das outras limitações físicas. Rhyme não sabia se isso era verdade, mas de qualquer modo não teve dificuldade em detectar o mau cheiro.

Olhou para as evidências que Sachs e um perito criminal trouxeram. Sentia uma vontade intensa de penetrar nos mistérios que elas poderiam revelar. Enquanto Sachs e Cooper as retiravam dos sacos, Rhyme perguntou:

— A equipe do Serviço de Emergência encontrou o lugar por onde Galt saiu do túnel?

— Nenhum sinal dele. Absolutamente nada — respondeu ela, olhando em volta. — Onde está Ron?

Rhyme disse que o novato ainda não tinha voltado.

— Eu liguei e deixei um recado, mas não sei dele. Da última vez em que nos falamos, ele disse que tinha encontrado o motivo dos crimes de Galt, mas não explicou... O que foi, Sachs?

Rhyme tinha notado que ela olhava pela janela, pensativa.

— Eu errei, Rhyme. Perdi tempo evacuando o canteiro de obra e não reparei no verdadeiro alvo.

Ela explicou que tinha sido Bob Cavanaugh quem havia percebido que o alvo era o hotel. Suspirou.

— Se eu tivesse raciocinado melhor, talvez pudesse ter salvado as vítimas.

Sachs foi até um dos quadros brancos e escreveu, com mão firme, "Hotel Battery Park", no alto, acima do nome das vítimas falecidas; aparentemente, um casal, um homem de negócios de Scottsdale, no Arizona, um garçom e um executivo alemão que trabalhava com publicidade.

— O número poderia ter sido bem maior. Ouvi dizer que você arrombou as janelas e fez as pessoas saírem por elas.

Sachs simplesmente deu de ombros.

Rhyme achava que arrependimento não fazia parte do trabalho policial. Só se podia fazer o melhor e correr o risco.

No entanto, também sentia o mesmo que Sachs, furioso porque, apesar da corrida contra o tempo e das deduções corretas sobre o local aproximado onde o ataque ocorreria, eles não apenas fracassaram em salvar vítimas como também perderam a oportunidade de prender Galt.

Entretanto, não estava tão abalado quanto ela. Embora pudesse haver muitas pessoas a quem culpar e qualquer que fosse o grau de responsabilidade delas, Sachs sempre julgava a si mesma com mais rigor. Rhyme poderia lhe dizer que sem dúvida teria havido muitos outros mortos caso ela não estivesse lá e que Galt agora sabia que tinha sido identificado e que seus planos por muito pouco não foram descobertos. Era possível que ele não fizesse novos ataques e desistisse. Mas, se Rhyme o dissesse, poderia soar condescendente; e, se essas palavras fossem dirigidas ao próprio Rhyme, ele certamente não lhes daria a menor atenção.

Além disso, a dura verdade era que o criminoso havia escapado por causa de um erro deles.

O rosto de Sachs estava mais pálido que o normal. Ela era minimalista em matéria de maquiagem. Rhyme conseguia perceber que as cenas daqueles crimes a afetaram. O incidente com o ônibus a havia assustado, e isso ainda era visível em seus olhos, como uma pátina de inquietação. Agora o horror era diferente; o resíduo da imagem das pessoas no hotel, suas mortes terríveis. "Elas estavam... Era como se estivessem dançando enquanto morriam", conforme ela tinha contado a Rhyme.

Ela havia recolhido o macacão da Algonquin e o capacete usados por Galt e a bolsa de ferramentas, além dos cabos idênticos aos que foram usados para produzir o arco elétrico na manhã do dia anterior.

Também havia diversas bolsas com fragmentos recolhidos por ela, e outro objeto, trazido em uma bolsa mais grossa: para ligar o cabo à linha principal, Galt tinha preferido usar um sistema diferente do que empregara na subestação da Algonquin na rua 57, explicou ela. Tinha usado parafusos fendidos, mas entre os dois fios colocara uma caixa de plástico, do tamanho de um livro.

Cooper escaneou a caixa, procurando explosivos, e depois a abriu.

— Parece ser de fabricação caseira, mas não tenho ideia do que seja.

— Vamos falar com Charlie Sommers — sugeriu Sachs.

Em cinco minutos conferenciavam pelo telefone com o inventor da Algonquin. A detetive descreveu o ataque ao hotel.

— Eu não sabia que tinha sido tão grave — comentou ele, em voz baixa.

— Agradeço por seus conselhos... sobre como ele ligaria a corrente, em vez de tentar produzir um arco elétrico — disse Rhyme.

— Mas isso não ajudou muito — murmurou Sommers.

— Quer dar uma olhada na caixa que recuperamos? — perguntou Sachs. — Serviu para ligar a linha da Algonquin com o cabo conectado ao hotel.

— Claro.

Cooper forneceu um link para que ele pudesse acessar o vídeo e filmou o interior da caixa com a câmera de alta definição.

— Ótimo. Deixe-me ver... do outro lado... interessante. Não é comercial. Foi feita à mão.

— É o que achamos — disse Rhyme.

— Nunca vi nada igual, pelo menos não tão compacto. É uma chave de interrupção, como chamamos os interruptores das subestações e dos sistemas de transmissão.

— Serve para abrir e fechar um circuito?

— Isso mesmo. É como um interruptor de parede, porém feito para receber cem mil volts com facilidade. Um ventilador interno, um solenoide e um receptor. Controle remoto.

— Então ele ligou os dois fios sem transferir corrente, e, quando se afastou para um lugar seguro, apertou o botão. Jessen disse que ele poderia tentar algo assim.

— Disse? Interessante. — Em seguida, Sommers acrescentou: — Mas não acho que tenha sido por segurança. Qualquer operador de emergência sabe ligar fios de maneira adequada. Ele fez isso por outro motivo.

Rhyme compreendeu.

— Para coordenar o momento certo do ataque e ligar a corrente quando houvesse o maior número de vítimas possível.

— Eu acho que foi isso mesmo.

— Um operário que o viu disse que ele estava observando a cena pelo laptop — acrescentou Sachs. — Provavelmente estava ligado a alguma câmera de segurança próxima. Mas não consegui descobrir qual.

— Talvez por isso ele tenha iniciado o ataque alguns minutos mais cedo — disse Rhyme. — Ele poderia ter atingido um número maior de vítimas e sabia que a Algonquin não iria concordar com as exigências.

— O homem tem talento — comentou Sommers, parecendo impressionado. — Foi um trabalho inteligente. O interruptor parece simples, mas é muito mais difícil de fazer do que imaginamos. Tem muita potência eletromagnética numa voltagem tão elevada e ele teria que proteger a parte eletrônica. É esperto. Imagino que isso seja uma má notícia.

— Onde ele poderia conseguir as peças, o solenoide, o receptor e o ventilador?

— Em qualquer uma das centenas de lojas de equipamento elétrico de Nova York. Tem algum número de série?

Cooper examinou cuidadosamente as peças.

— Não. Apenas os números do modelo.

— Então estamos sem sorte.

Rhyme e Sachs agradeceram e desligaram.

Sachs e Cooper examinaram as ferramentas de Galt, o macacão e o capacete. Não havia anotações nem mapas, nada que indicasse onde ele poderia estar escondido ou qual seria o próximo alvo. Isso não os surpreendeu, pois Galt havia se desfeito daquele material intencionalmente e sabia que o encontrariam.

A detetive Gretchen Sahloff, da Central de Criminalística, havia coletado amostras das impressões digitais de Galt no escritório e a impressão do polegar arquivada no Departamento de Recursos Humanos da Algonquin. Cooper examinou todas as peças encontradas, comparando-as com essas impressões. Havia apenas as de Galt. Rhyme se sentiu frustrado com isso. Se houvesse outras, as evidências poderiam levá-los a algum amigo de Galt, um cúmplice ou alguém na célula do Justice For, se o grupo estivesse envolvido nos ataques.

Rhyme notou também que a serra e o cortador de arame não estavam na bolsa, mas isso não o surpreendeu. As ferramentas da bolsa eram de pequeno porte.

Mas a chave inglesa que estava na bolsa, no entanto, apresentava marcas *idênticas* às encontradas nos parafusos da subestação da rua 57.

A equipe de criminalística que foi analisar o incêndio no Harlem chegou ao laboratório. Não tinha conseguido muita coisa. Galt havia usado apenas um coquetel molotov: uma garrafa de vidro cheia de gasolina com um trapo no gargalo. Tinha sido lançada através da janela gradeada, porém aberta, derramando a gasolina em chamas dentro da subestação e incendiando os isolamentos de borracha e plástico. Era uma garrafa de vinho sem rosca para atarraxar uma tampa e tinha sido fabricada em uma fábrica que fornecia garrafas para dezenas de vinhas, que por sua vez era fornecedora de dezenas de varejistas.

A gasolina era da BP, de octanagem normal, e o pano era de uma camiseta. A origem específica desses materiais não era verificável, embora na bolsa de Galt houvesse uma lixa fina com pó de vidro semelhante ao da garrafa. Teria servido para raspá-la a fim de ter certeza de que explodiria.

Não havia câmera de segurança do lado de fora nem dentro da subestação.

Alguém bateu à porta.

Thom foi abrir e pouco depois Ron Pulaski entrou, trazendo as evidências que havia coletado no apartamento de Galt: diversas caixas com material, o cortador de arame e a serra, além de um par de botas.

— Bem, finalmente — comentou Rhyme, irritado com a demora, mas contente com a chegada das pistas.

Sem sorrir, Pulaski ficou parado, de costas para os demais, de cabeça baixa, apoiando as mãos na mesa à sua frente. Em seguida, virou-se, respirou fundo e disse:

— Houve um acidente do lado de fora do apartamento. Eu atropelei um inocente, que passava por ali acaso. O homem está em coma. Os médicos dizem que pode morrer.

CAPÍTULO 42

O jovem policial contou o que tinha acontecido.

— Acho que eu não estava pensando, ou então estava pensando demais. Fiquei assustado. Estava com medo de que Galt tivesse entrado no meu carro e preparado alguma armadilha.

— Como ele poderia ter feito isso? — perguntou Rhyme.

— Eu não sei — respondeu Pulaski, emocionalmente abalado. — Eu não me lembrei de que já tinha dado a partida no motor. Virei a chave outra vez, e o barulho... bem, o barulho me assustou. Acho que meu pé escorregou do freio.

— Quem é a pessoa?

— Uma pessoa qualquer. O nome dele é Palmer. Trabalha à noite, numa companhia de transportes rodoviários. Estava voltando do supermercado para casa por um atalho. Bati nele com força.

Rhyme pensou no ferimento na cabeça que o próprio Pulaski havia sofrido. Ele ficaria abalado por ter ferido gravemente outra pessoa por causa de sua falta de cuidado.

— O pessoal de Assuntos Internos vem falar comigo. Disseram que provavelmente vai ter uma demanda judicial. Mandaram que eu entrasse em contato com algum advogado nosso. Eu... — Pulaski não conseguiu completar a frase. Repetiu, um tanto obstinadamente: — Meu pé escorregou do freio. Eu nem me lembrei de que já tinha engatado a marcha e ligado o motor.

— Bem, novato, mesmo se sentindo culpado, eu quero saber se esse Palmer está envolvido no caso Galt ou não.

— Não.

— Então, trate do assunto fora do horário de trabalho — disse Rhyme, com firmeza.

— Sim senhor, claro. Lamento muito.

— Muito bem, o que encontrou lá?

Pulaski explicou como tinha conseguido extrair as folhas da impressora de Galt. Rhyme o elogiou por isso, tinha sido uma boa descoberta, mas o policial não pareceu tê-lo ouvido. Pulaski continuou, explicando o câncer de Galt e os fios de alta-tensão.

— Vingança — murmurou Rhyme. — O velho tema. Um motivo comum. Não é dos meus favoritos. É dos seus? — perguntou, olhando para Sachs.

— Não — respondeu ela, com seriedade. — Eu prefiro ambição e cobiça. A vingança, em geral, é coisa de gente com distúrbio antissocial de personalidade. Mas isso poderia ser mais que uma vingança, Rhyme. A julgar pela carta de exigências, ele está em uma cruzada. Quer salvar as pessoas ameaçadas pela companhia de energia. É um fanático, e ainda acho que pode haver uma conexão terrorista.

Além do motivo e das provas que ligavam Galt às cenas dos crimes, Pulaski não havia encontrado nada que pudesse revelar seu paradeiro ou onde pretendia atacar em seguida. Isso era decepcionante, mas não surpreendeu Rhyme: os ataques foram cuidadosamente planejados e Galt era esperto. Ele devia saber desde o começo que sua identidade seria descoberta e que precisava preparar um esconderijo.

Rhyme procurou um número e fez uma ligação.

— Gabinete de Andi Jessen — respondeu uma voz fatigada no viva-voz.

Rhyme se identificou e pouco depois já falava com a CEO da companhia de eletricidade.

— Acabei de falar com Gary Noble e com o agente McDaniel. Fiquei sabendo que há cinco mortos e outras pessoas no hospital — disse Andi Jessen.

— É verdade.

— Lamento muito. Que horror. Estive olhando os documentos de Ray Galt. A foto dele está na minha frente nesse momento. Não parece o tipo de pessoa capaz de fazer uma coisa dessas.

É sempre assim.

— Ele está convencido de que contraiu câncer trabalhando nas linhas de eletricidade — explicou Rhyme.

— É por isso que ele está agindo assim?

— Parece que sim. É uma cruzada. Ele acha que trabalhar com cabos de alta-tensão é muito arriscado.

Ela suspirou.

— Temos algumas ações judiciais contra nós ainda em andamento. Os cabos de alta voltagem emitem campos eletromagnéticos. O isolamento e as paredes detêm o campo elétrico, mas não o eletromagnético. Alguns afirmam que isso pode causar leucemia.

Ao ler as páginas vindas da impressora de Galt, agora escaneadas e apresentadas na tela diante dele, Rhyme disse:

— Ele também diz que as linhas atraem partículas suspensas no ar, capazes de causar câncer de pulmão.

— Nada disso foi provado. Eu discordo. Também não estou de acordo com o que se diz sobre leucemia.

— Bem, Galt pensa diferente.

— O que ele quer que a gente faça?

— Acho que não vamos saber enquanto não recebermos outra carta de exigências, ou enquanto ele não entrar em contato de outra maneira.

— Eu vou fazer um apelo para que ele se entregue.

— Não custa nada — disse Rhyme, embora achasse que Galt já tinha ido longe demais para simplesmente declarar suas ideias e depois se entregar. Era preciso presumir que ele ainda tinha outras coisas em mente.

Vinte e três metros de cabo e doze parafusos fendidos. Até agora ele havia usado cerca de dez metros do cabo roubado.

Depois de desligar, Rhyme notou que Pulaski estava ao telefone, de cabeça baixa. O policial levantou os olhos e encontrou os do chefe. Terminou rapidamente a ligação, com ar de culpa, e se aproximou da mesa de análise de evidências. Estendeu a mão para uma das ferramentas que tinha trazido e logo ficou imóvel, percebendo que não tinha colocado as luvas. Pegou um par, limpou os dedos e a palma com o rolo adesivo e segurou o cortador de arame.

A comparação das marcas nas ferramentas revelou que o cortador e a serra eram as ferramentas que foram usadas para criar a armadilha no ponto de ônibus. As botas também eram da mesma marca e tamanho.

Mas isso apenas confirmava o que eles já sabiam: o criminoso era Raymond Galt.

Analisaram o papel e as canetas que o jovem policial tinha trazido do apartamento de Galt. Não foi possível determinar a origem, mas o papel, a tinta e as esferográficas eram virtualmente as mesmas usadas no bilhete de exigências.

A descoberta seguinte foi muito mais perturbadora.

Cooper estudava os resultados do espectrômetro/cromatógrafo e disse:

— Tem alguns traços aqui, em dois locais separados: nos cordões das botas e no cabo do cortador de arame do apartamento de Galt. Também na manga do operário que foi atacado por Galt no túnel, Joey Barzan.

— E daí? — perguntou Rhyme.

— É um derivado do querosene, com mínimas quantidades de fenol e ácido dinonil-naftilsulfônico.

— É um combustível padrão para aviões a jato. O fenol é uma substância anticoagulante e o ácido é um agente antieletrostático — disse Rhyme.

— Tem mais alguma coisa, porém — continuou Cooper. — Uma coisa estranha, um tipo de gás natural. Liquefeito, mas estável em várias temperaturas. E vejam isso... Traços de biodiesel.

— Verifique a base de dados de combustíveis, Mel.

Um momento depois o técnico disse:

— Já entendi. É um combustível alternativo de aviação que está sendo experimentado agora, principalmente em aviões militares de caça. É mais limpo e reduz o uso de combustíveis fósseis. Dizem que é a onda do futuro.

— Energia alternativa — especulou Rhyme, imaginando onde se encaixaria aquela peça do quebra-cabeça. Uma coisa, porém, ele sabia. — Sachs, ligue para a Segurança Nacional e para o Departamento de Defesa. Para a Agência Federal de Aviação também. Diga que nosso homem pode ter verificado os tanques de combustível nas nossas bases aéreas.

Um arco elétrico já era problema suficiente. Combinado com combustível de aviões a jato, Rhyme sequer podia imaginar a destruição.

Cena do crime: Hotel Battery Park e arredores

- Vítimas (falecidas)
  - Linda Kepler, de Oklahoma City, turista
  - Morris Kepler, de Oklahoma City, turista
  - Samuel Vetter, de Scottsdale, empresário
  - Ali Mamoud, de Nova York, garçom
  - Gerhart Schiller, da Alemanha, publicitário
- Interruptor de controle remoto para ligar a corrente
  - Origem dos componentes não rastreável
- Cabo Bennington e parafusos fendidos, idênticos aos do primeiro ataque
- Uniforme da Algonquin de Galt, capacete e bolsa de ferramentas somente com marcas de fricção
  - Chave inglesa com marcas que podem ser ligadas às encontradas nos parafusos da primeira cena
  - Lixa fina com pó de vidro que pode ser ligada ao vidro da garrafa encontrada na cena da subestação no Harlem
  - Provavelmente agiu sozinho
- Fragmentos recolhidos no operário da Algonquin, Joey Barzan, atacado por Galt
  - Combustível alternativo de aviões a jato
    - Ataque a uma base militar?

Cena do crime: Apartamento de Galt, Suffolk Street, 227, Lower East

- Esferográficas SoftFeel Bic de ponta fina, tinta azul, ligada à tinta usada na carta de exigências
- Papel genérico tamanho A4 para impressora, ligado ao bilhete de exigências
- Envelope genérico tamanho 10, ligado ao envelope que continha o bilhete de exigências
- Cortador de arame, serra com marcas semelhantes às da cena inicial
- Impressos em computador
  - Artigos sobre pesquisas médicas de câncer provocado por linhas elétricas de alta-tensão
  - Postagens de Galt em blogs: idem
- Botas Albertson-Fenwick modelo E-20 para trabalhos com eletricidade, tamanho 43
- Vestígios adicionais de combustível alternativo para aviões a jato
  - Ataque a uma base militar?
- Nenhum indício óbvio de onde possa estar escondido nem local de futuros ataques

Cena do crime: subestação MH-7 da Algonquin, rua 119, leste, Harlem

- Coquetel molotov: garrafa de vinho, 750ml, sem origem determinada
- Gasolina BP usada como combustível
- Trapos de algodão, provavelmente de camiseta branca, usados como estopim, sem origem determinada

Perfil

- Identificado como Raymond Galt, 40 anos, solteiro, morador de Manhattan, Suffolk Street, 227
- Conexão terrorista? Relação com o grupo Justice For [desconhecido]? Grupo terrorista? Envolvimento do indivíduo chamado Rahman? Referências codificadas a desembolsos financeiros, movimentos de pessoal e alguma coisa "grande"
  - Possível relação com intruso na Algonquin da Filadélfia
  - Indícios de SIGINT: referência em código a armas, "papel e material de escritório" (armas, explosivos?)
  - Pode haver um homem e uma mulher
  - Envolvimento de Galt desconhecido
- Paciente com câncer: presença de vimblastina e prednisona em quantidades significativas, traços de etoposídio. Leucemia

CAPÍTULO 43

O telefone principal de Lincoln Rhyme tocou.

O registro de chamada indicou um número que ele esperava ver, embora não naquele momento específico. Mesmo assim, atendeu imediatamente.

— Kathryn, você tem alguma coisa?

Não era o momento para troca de gentilezas. Dance compreenderia. Ela também agia assim, quando se tratava de um caso.

— O DEA na Cidade do México conseguiu que o rapaz falasse, o que entregou o pacote a Logan logo depois que ele entrou no país. O rapaz tinha dado uma olhada no conteúdo, como tínhamos imaginado. Eu não sei se isso ajuda em alguma coisa, mas dentro havia um livrinho azul-escuro, com algumas letras. Ele não se lembra das palavras, mas acha que havia duas letras C. Talvez o logotipo de alguma empresa. Havia também uma folha de papel com uma letra I maiúscula, seguida por seis ou sete linhas. Eram como espaços a serem preenchidos.

— Tem alguma ideia do que isso significa?

— Não... Além disso, um pedaço de papel com números. Ele se lembra apenas de quinhentos e setenta e trezentos e setenta e nove.

— Parece *O código da Vinci* — disse Rhyme, desanimado.

— Exatamente. Eu gosto de quebra-cabeças, mas não quando estou trabalhando.

— Isso.

I _ _ _ _ _ _ _

Preencha os espaços em branco.

E também: quinhentos e setenta e trezentos e setenta e nove.

— Ele encontrou outra coisa — acrescentou Dance. — Uma placa de circuito, pequena.

— Para computador?

— Ele não sabia. Ficou desapontado. Disse que a teria roubado se fosse alguma coisa que pudesse vender com facilidade.

— E, se tivesse feito isso, estaria morto agora.

— Eu acho que ele está aliviado por ter ido para a cadeia. Justamente por esse motivo... Eu conversei com Rodolfo. Ele gostaria que você ligasse.

— Claro que sim.

Rhyme agradeceu a Dance e desligou. Prontamente, ligou para o comandante Rodolfo Luna, na Cidade do México.

— Ah, capitão Rhyme, acabei de falar com a agente Dance. Um mistério... os números.

— Será que é um endereço?

— Talvez seja. Mas... — A voz morria, o que certamente significava que em uma cidade de oito milhões de habitantes seria necessário mais que alguns números para encontrar um lugar específico.

— Eles podem estar relacionados ou não.

— Dois significados independentes.

— Isso — confirmou Rhyme. — Os números têm alguma relação com os lugares onde ele foi visto?

— Não.

— E os inquilinos desses prédios?

— Arturo Diaz e seus agentes estão falando com eles nesse momento, explicando a situação. Os homens de negócios legítimos estão incrédulos, sem acreditar que possam estar em perigo. Os criminosos também, porque estão mais bem armados que os meus soldados e acham que ninguém vai ousar atacá-los.

Quinhentos e setenta e trezentos e setenta e nove.

Números de telefone? Coordenadas? Fragmentos de um endereço?

— Reconstruímos o trajeto do caminhão, do aeroporto à capital — prosseguiu Luna. — Eles foram detidos uma vez. Mas já ouviu histórias sobre nossa polícia de trânsito? Pagaram imediatamente uma "multa" e não houve perguntas. Arturo me disse que esses policiais, que, aliás, agora estão procurando outro emprego, identificaram o seu amigo Sr. Relojoeiro. No caminhão havia apenas o motorista e eles naturalmente não se preocuparam em pedir a carteira. Na caçamba não havia equipamento nem contrabando que pudesse nos dar alguma dica. Por isso, temos que nos concentrar nos prédios que ele parece estar vigiando. E eu espero...

— ... que ele não esteja se aproximando da verdadeira vítima, a dez quilômetros de distância.

— Era mais ou menos o que eu ia dizer.

— Tem alguma ideia do que possa representar a placa de circuito que Logan recebeu?

— Eu sou um soldado, detetive Rhyme, e não perito em eletrônica. Por isso não achei que fosse uma peça de computador, e sim um detonador remoto para explosivos. O livrinho talvez fosse um manual de instruções.

— Eu também estava pensando nisso.

— Ele iria preferir não viajar levando um instrumento como esse. E, pelo que vi no jornal, acho que o senhor tem muito o que fazer por aí. Será que é um grupo terrorista?

— Não sabemos.

— Eu gostaria de poder ajudar.

— Obrigado, mas continue prestando atenção no Relojoeiro, comandante.

— Excelente conselho — disse Luna, emitindo um som entre um ronco e um riso. — É muito mais fácil lidar com um caso quando há um cadáver ou dois. Não gosto dos corpos ainda vivos e ariscos.

Essas palavras fizeram Rhyme sorrir. Ele não podia discordar.

CAPÍTULO 44

Às duas e quarenta da tarde, o chefe de segurança da Algonquin, Bernard Wahl, voltava de sua investigação caminhando pela calçada, no Queens. Gostava de classificá-la assim: sua investigação sobre sua empresa, a principal fornecedora de energia do leste do país e talvez de toda a rede norte-americana.

Queria ser útil, especialmente agora, depois do ataque terrível daquela tarde no Battery Park.

Desde que tinha ouvido aquela mulher, a detetive Sachs, falar a Jessen de comida grega, ele vinha preparando uma estratégia.

Ele definia sua atividade como microinvestigação. Wahl tinha lido alguma coisa a respeito, ou talvez tivesse visto no Discovery. Tudo se resumia a examinar as pequenas pistas, as pequenas conexões. Esquecer geopolítica e terroristas. Encontrar uma única impressão digital ou um fio de cabelo e segui-lo até achar o criminoso ou até perceber que a pista não dava em nada e partir em outra direção.

Por isso, ele havia iniciado a própria missão: verificar os restaurantes gregos próximos, em Astoria, no Queens. Tinha ficado sabendo que Galt gostava desse tipo de cozinha.

Meia hora antes havia encontrado alguns resultados.

Uma garçonete chamada Sonja, muito bonita, tinha ganhado uma gorjeta de vinte dólares ao informar que duas vezes na semana anterior um homem de calça escura e camisa de malha com o logotipo da Algonquin Consolidated, do tipo usado por muitos gerentes, tinha ido almoçar no restaurante. O nome do estabelecimento era Leni's, conhecido pela mussaca e pelo polvo grelhado... e mais ainda pela taramasalata caseira, que era servida a todos os fregueses, no almoço e no jantar, junto com pedaços de pão pita e limão.

Sonja "não podia jurar", mas, ao examinar uma foto de Raymond Galt, disse que sim, o homem que viu no restaurante era parecido com aquele.

O homem tinha passado o tempo inteiro on-line no laptop, um Sony Vaio. Ela notou que ele havia apenas beliscado a refeição, mas tinha comido toda a taramasalata.

O tempo todo on-line...

Para Wahl, isso significava que poderia haver alguma forma de rastrear o que Galt havia acessado ou o endereço de e-mail para o qual tinha mandado mensagens. Wahl assistia a todas as séries policiais na TV e continuava fazendo cursos sobre segurança nas horas vagas. Talvez a polícia pudesse descobrir o número de identificação do computador de Galt e encontrar seu esconderijo.

Sonja tinha informado que o assassino havia feito muitas ligações do celular.

Isso era interessante. Galt era um homem solitário. Estava desgostoso por estar com um câncer causado pela exposição aos cabos de alta-tensão e por isso atacava as pessoas. Nesse caso, para quem poderia estar ligando? Um parceiro? Por quê? A polícia também poderia descobrir.

Apressando-se para regressar ao escritório, Wahl pensava na melhor maneira de tratar do assunto. Naturalmente, precisava avisar a polícia, o mais rápido possível. O coração dele batia forte com a ideia de que poderia ser útil para prender o assassino. Talvez a detetive Sachs ficasse bastante impressionada, a ponto de lhe conseguir uma entrevista de emprego no Departamento de Polícia de Nova York.

Mas, espera, nada de pensar nisso agora, disse ele a si mesmo. Basta fazer o que for melhor e deixar o futuro para o futuro. Ligaria para todos: detetive Sachs, Lincoln Rhyme e os demais — o agente McDaniel, do FBI, e aquele tenente da polícia, Lon Sellitto.

E naturalmente contaria tudo à Srta. Jessen.

Caminhava rapidamente, tenso e alegre, vendo diante de si as chaminés vermelhas e cinza da Algonquin Consolidated. Diante do edifício, aqueles manifestantes de merda. Divertiu-se brevemente com a ideia de atingi-los com um canhão de água. Ou ainda melhor, com um *taser*. A firma que os fabricava também tinha um *taser* tipo pistola, que atirava projéteis de borracha para controle de multidões.

Sorriu, pensando nos manifestantes se contorcendo, caídos no chão. Nesse momento, o homem o alcançou por trás.

Wahl se sobressaltou e gritou.

O cano de uma arma surgiu, encostado à face direita dele.

— Não se vira — murmurou o homem. A arma agora pressionava suas costas. A voz o mandou caminhar até um beco entre uma oficina mecânica fechada e um armazém às escuras.

Outro murmúrio:

— Faz o que eu disser, Bernie, e você não vai sair machucado.

— Você me conhece?

— É o Ray — murmurou novamente.

— Ray Galt? — O coração de Wahl batia forte. Ele achou que fosse vomitar. — Escuta, homem, o que você está fazendo?

— Silêncio. Anda.

Eles entraram num beco, quinze metros mais adiante, e viraram uma esquina, num nicho à meia-luz.

— Deita no chão, de bruços, com os braços ao lado do corpo.

Wahl hesitou, por algum motivo ridículo, pensando no terno caro que tinha vestido naquela manhã. Sempre andava mais bem vestido que o título de seu cargo, seguindo o conselho que o pai tinha lhe dado.

O .45 cutucou suas costas.

— Eu não vou mais ao Leni's, Bernie. Você acha que eu sou idiota?

Isso significava que Galt o vinha seguindo há algum tempo. E ele nem sequer havia notado. Que porcaria de policial seria, pensou.

— Também não uso a banda larga deles. Eu tenho um celular pré-pago para usar a internet.

— Você matou aquelas pessoas, Ray. Você...

— Elas não morreram por minha causa. Morreram porque a Algonquin e Andi Jessen as mataram! Por que ela não me escutou? Por que não fez o que eu pedi?

— Eles queriam fazer isso, meu caro. Mas não tiveram tempo de reduzir a carga na rede.

— Mentiroso.

— Ray, escuta. Se entrega. O que você está fazendo é uma loucura.

O criminoso deu uma risada amarga.

— Loucura? Você acha que *eu* estou louco?

— Não foi isso o que eu quis dizer.

— Eu vou dizer qual é a loucura, Bernie: as empresas que queimam gás e óleo para arrasar com o planeta. E as que mandam energia pelos cabos para envenenar os nossos filhos. E isso só porque vocês gostam dessas merdas de liquidificadores, secadores de cabelo, TV e micro-ondas... Você não acha que *isso* é que é loucura?

— É verdade, você tem razão, Ray. Você está certo. Desculpa. Eu não sabia o que você tem passado. Lamento por você.

— Você está sendo sincero, Bernie? Está dizendo a verdade ou só quer salvar a sua pele?

Uma pausa.

— Um pouco das duas coisas, Ray.

Para surpresa de Bernard Wahl, o assassino deu uma gargalhada.

— Essa foi uma resposta honesta. Talvez uma das poucas respostas honestas saídas da boca de alguém que trabalha na Algonquin.

— Escuta, Ray, só estou fazendo o meu trabalho.

Era uma afirmação covarde e ele odiou a si mesmo por tê-la feito. Mas estava pensando na mulher, nos três filhos e na mãe, que morava com eles em Long Island.

— Eu não tenho nada contra você pessoalmente, Bernie.

Ao ouvir isso, Wahl achou que ia ser morto. Esforçou-se para não chorar. Com voz trêmula, perguntou:

— O que você quer?

— Eu preciso que você me diga uma coisa.

O código de segurança da casa de Andi Jessen? A garagem onde ela estacionava o carro? Wahl não sabia nenhuma das duas coisas.

O pedido do assassino era algo bem diferente.

— Eu preciso saber quem está me procurando.

— Quem...? Ora, a polícia, o FBI, a Segurança Nacional... Quero dizer, *todo mundo*. Tem centenas deles — gaguejou Wahl.

— Diz alguma coisa que eu não saiba, Bernie. Eu quero saber nomes. E da Algonquin também. Eu sei que alguns funcionários estão ajudando.

Wahl estava quase chorando.

— Eu não sei, Ray.

— É claro que sabe. Eu quero nomes. Me diz os nomes.

— Não posso fazer isso, Ray.

— Eles quase descobriram que o ataque ia ser no hotel. Como conseguiram? Quase me pegaram lá. Quem está por trás disso?

— Eu não sei. Eles não falam comigo, Bernie. Eu sou só um segurança.

— Você é o chefe da segurança, Bernie. É claro que eles falam com você.

— Não, na verdade...

Ele sentiu a carteira ser retirada do bolso.

Ah, isso não...

Pouco depois, Galt leu o endereço de Wahl em voz alta e colocou a carteira de volta no bolso dele.

— Qual é a corrente na sua casa, Bernie? Duzentos amperes?

— Não, por favor, Ray. Minha família nunca fez mal a você.

— Eu nunca fiz mal a ninguém e fiquei doente. Você faz parte de um sistema que me fez ficar doente, e sua família se beneficiou desse sistema... Duzentos amperes? Não é o suficiente para um arco elétrico. Mas o chuveiro, a banheira, a cozinha... Bastaria que eu mexesse na aterragem da corrente e a casa inteira se transformaria numa imensa cadeira elétrica, Bernie. Vamos, me conta tudo.

CAPÍTULO 45

Fred Dellray caminhava por uma rua do East Village, passando por um canteiro de gardênias, um café elegante e uma loja de roupas.

Imagine, trezentos e vinte e cinco dólares por uma *camisa*... Sem direito a um terno, uma gravata e um par de sapatos de graça?

Continuou caminhando, vendo lojas com máquinas complicadas de café espresso, peças de arte a preços exorbitantes e pares de sapatos reluzentes que uma mulher poderia perder às quatro da manhã entre uma boate e outra.

Ele pensava em como o Village tinha mudado durante os anos em que trabalhava como agente do FBI.

Mudança...

Antigamente, era como um parque de diversões, um tanto louco, espalhafatoso e alegre, com risos e loucuras, namorados agarrados ou caminhando com ar sério pelas calçadas cheias de gente... sempre, sempre. Vinte e quatro horas. Agora aquela parte do East Village tinha a fórmula e a trilha de uma sitcom bem-comportada.

Tudo tinha mudado. E não era apenas por causa do dinheiro, não apenas os olhos preocupados dos profissionais liberais que agora moravam no bairro, com copos de café de papelão substituindo as xícaras de porcelana...

Não, não era isso o que Dellray via.

O que via era que todos tinham a merda dos celulares. Falando, falando... e, meu Deus do céu, havia dois turistas diante dele procurando um restaurante no *GPS*!

Na merda do East Village.

Nuvem...

Por toda parte surgiam novos indícios de que o mundo, até mesmo aquele, o de Dellray, era agora o mundo de Tucker McDaniel. Antigamente, ele se disfarçaria para aquela missão, tomando a figura de um sem-teto, cafetão ou traficante de drogas. O disfarce de cafetão era um de seus preferidos. Gostava das camisas coloridas, roxas e verdes. Não era por trabalhar com algo imoral, que não constituía crime federal, mas sim porque sabia desempenhar bem o papel.

Camaleão.

Sentia-se à vontade em lugares como aquele, por isso as pessoas conversavam com ele.

Mas agora, que merda, a maioria falava nos celulares. Cada um desses telefones, dependendo da vontade de um juiz federal, podia ser grampeado a fim de obter informações que Dellray levaria vários dias para conseguir. Mesmo que não fossem grampeados, aparentemente havia maneiras de obter as informações ocultas nos aparelhos.

Vindas do espaço, vindas das nuvens.

Mas talvez eu esteja sendo sensível demais, disse ele a si mesmo, usando uma palavra que raramente figurava na sua psique. À sua frente via o café Carmella, antigo estabelecimento que bem poderia ter sido um bordel há muitos anos, mas que agora era uma ilha de tradição no bairro. Entrou e se sentou a uma mesa bamba. Pediu café preto, notando que naturalmente o cardápio oferecia também espresso, cappuccino e latte, como era o caso desde muito tempo. Muito antes do Starbucks.

Deus abençoe o Carmella. Das dez pessoas que ele contou ao seu redor, só duas falavam em celulares.

Esse era o mundo em que Mama cuidava da caixa registradora e os filhos serviam às mesas e, mesmo àquela hora, no meio da tarde, os fregueses enrolavam nos garfos o espaguete rosado, e não vermelho, como o dos supermercados. Também sorviam vinho em pequenas taças arredondadas. A sala estava cheia de uma conversação animada, acentuada por gestos.

Isso o reconfortou. Tinha certeza de estar agindo da maneira correta. Acreditava na promessa de William Brent. Estava prestes a receber algo de valor, *alguma coisa* em troca dos duvidosos cem mil dólares. Apenas uma pista tênue, mas já seria suficiente. Essa era outra das características de Dellray, o homem das ruas. Já tinha conseguido tecer tramas a partir dos pequenos fios de informação de seus pupilos, que em geral não davam valor ao que lhe diziam.

Bastava um único fato concreto para levar a Galt, ao lugar do próximo ataque, ou ao fugidio Justice For.

E Dellray tinha plena consciência de que esse fato, esse achado, essa descoberta... isso significaria o seu reconhecimento como agente de rua das antigas, muito distante da nuvem.

Tomou um gole do café e olhou rapidamente para o relógio de pulso. Exatamente uma da tarde. William Brent nunca havia se atrasado, nem mesmo sessenta segundos. (O informante dizia que se adiantar ou se atrasar não era "eficiente".)

Quarenta e cinco minutos depois, sem uma ligação de Brent, Dellray verificou mais uma vez as mensagens no telefone, de cara fechada. Nada. Pela sexta vez tentou ligar para o informante. Novamente a voz robótica pediu que deixasse um recado.

Dellray esperou mais dez minutos, tentou mais uma vez e depois ligou para um amigo na empresa provedora do serviço telefônico pedindo um grande favor. Isso lhe rendeu apenas a informação de que a bateria do telefone de Brent tinha sido retirada. O único motivo para isso, naturalmente, era impedir o rastreamento.

Um jovem casal se aproximou e perguntou a Dellray se ele precisava da outra cadeira à sua mesa. O olhar com que ele reagiu deve tê-los intimidado, porque ambos recuaram imediatamente e o rapaz não tentou fazer nenhum ato de bravura cavalheiresca.

Brent desapareceu.

Eu fui roubado e ele sumiu.

Pensou na autoconfiança do informante, em sua segurança.

Garantia, porra nenhuma...

Cem mil dólares... Ele devia ter percebido que alguma coisa estava acontecendo quando Brent tinha insistido nessa quantia enorme, considerando o terno surrado e as meias coloridas quadriculadas já gastas.

Dellray ficou imaginando se Brent teria resolvido se estabelecer no Caribe ou na América do Sul com a fortuna caída do céu.

CAPÍTULO 46

— Recebemos novas exigências.

Com expressão séria, o rosto de Andi Jessen surgiu no monitor de tela plana para a videoconferência. Tinha os cabelos loiros rígidos, com excesso de spray, ou talvez tivesse passado a noite no escritório e ainda não havia tomado banho naquela manhã.

— *Mais uma carta*? — perguntou Rhyme, olhando para Lon Sellitto, Cooper e Sachs, todos paralisados em diferentes poses no laboratório.

O corpulento detetive devolveu o muffin que havia tirado de um prato trazido minutos antes por Thom.

— Nós *acabamos* de sofrer um ataque e ele já voltou?

— Imagino que não tenha ficado satisfeito por não termos cedido — argumentou Jessen, secamente.

— O que ele quer? — indagou Sachs, ao mesmo tempo que Rhyme dizia querer ver a carta o mais rápido possível.

Jessen respondeu primeiro a Rhyme.

— Eu a entreguei ao agente McDaniel. Ele está a caminho do seu laboratório.

— Qual o prazo?

— Seis da tarde.

— *Hoje*?

— É.

— Meu Deus — murmurou Sellitto. — A gente tem duas horas.

— E a exigência? — repetiu Sachs.

— Ele quer que a gente interrompa a transmissão de corrente às demais redes na América do Norte durante uma hora, a partir das seis. Se não o fizermos, ele vai matar mais pessoas.

— O que isso significa? — quis saber Rhyme.

— Nossa rede é a Interconexão Nordeste, e a Algonquin é a maior produtora de energia entre as empresas participantes. Quando outra empresa precisa de energia, a gente fornece. Caso esteja a mais de mil quilômetros, usamos a corrente contínua e não a alternada. É menos dispendioso. Em geral, são companhias pequenas, em zonas rurais.

— Mas qual seria o efeito de concordar com a exigência? — indagou Sellitto.

— Eu não sei por que ele está pedindo isso. Para mim, não faz sentido. Talvez ele queira reduzir o risco de câncer para as pessoas que moram perto das linhas de transmissão, embora eu imagine que esse seja o caso de menos de mil pessoas na América do Norte.

— Galt não está necessariamente agindo de forma racional — observou Rhyme.

— É verdade.

— Você pode fazer isso? Concordar com a exigência?

— Não, não posso. É impossível. É como no caso anterior, no caso da rede de Nova York, mas ainda pior. Cortaria o fornecimento de milhares de pequenas cidades em todo o país. Além disso, existem ligações diretas com bases militares e instalações de pesquisa. A Segurança Nacional diz que fazer isso constituiria um risco à segurança do país. O Departamento de Defesa concorda.

— E suponho que vocês perderiam alguns milhões de dólares — acrescentou Rhyme.

Depois de uma pausa, ela respondeu:

— Sim, perderíamos. Estaríamos descumprindo centenas de contratos. Seria um desastre para a empresa. De qualquer maneira, a questão de cumprimento é irrelevante. Seria fisicamente impossível fazer o que ele quer no prazo que nos deu. Não se trata de simplesmente desligar um interruptor de setecentos mil volts.

— Muito bem — disse Rhyme. — Como você recebeu a carta?

— Galt a entregou a um dos nossos funcionários.

Rhyme e Sachs se entreolharam.

Jessen continuou, explicando que Galt havia abordado o chefe da segurança quando ele voltava do almoço.

— Wahl está aí com você? — perguntou Sachs.

— Espera um minuto — respondeu Jessen. — Ele estava sendo interrogado pelo FBI... Vou ver.

— Os federais nem sequer tiveram a consideração de dizer que estavam falando com ele — murmurou Sellitto. — A gente teve que ficar sabendo por ela?

Pouco depois, Bernard Wahl apareceu na tela, sentando-se ao lado de Andi Jessen com seus ombros largos. O couro cabeludo negro brilhava na cabeça redonda.

— Olá — disse Sachs.

O rosto bonito a cumprimentou.

— Você está bem?

— Estou, detetive.

Sachs percebia que isso não era verdade. O olhar dele estava vago, evitando a câmera.

— Conta o que aconteceu.

— Eu estava voltando do almoço. Galt chegou por trás de mim com uma arma e me levou a um beco. Depois meteu a carta no meu bolso me mandando levá-la imediatamente para a Srta. Jessen. Logo depois, desapareceu.

— Só isso?

Uma hesitação.

— Nada mais, detetive.

— Ele disse alguma coisa que possa nos revelar onde está se escondendo ou qual pode ser o próximo alvo?

— Não. Ele ficou repetindo que a eletricidade causa câncer, que é perigosa e que ninguém se importa.

Uma coisa despertou a curiosidade de Rhyme.

— Sr. Wahl, o senhor viu a arma? Ou ele estava blefando?

Outra hesitação. O chefe da segurança respondeu:

— Eu vi de relance. Era um .45, de 1911. O modelo antigo usado pelo Exército.

— Ele o agarrou? Talvez tenha deixado algum vestígio nas suas roupas.

— Não. Ele só encostou a arma.

— Onde foi que isso aconteceu?

— Em algum lugar no beco perto da oficina de automóveis B & R. Na verdade, não me lembro bem. Eu estava muito nervoso.

— Foi só isso? — voltou a perguntar Sachs. — Ele não perguntou nada sobre a investigação?

— Não, senhora, não perguntou. Acho que ele só se importava com que a carta chegasse à Srta. Jessen imediatamente. Não encontrou outra maneira senão interceptando um funcionário.

Rhyme não tinha mais perguntas a fazer. Olhou para Sellitto, que balançou negativamente a cabeça.

Ambos agradeceram e Wahl saiu da frente da câmera. Jessen ergueu os olhos, fazendo um sinal para alguém que tinha chegado à porta. Depois voltou à câmera para prosseguir a videoconferência.

— Eu e Gary Noble temos um encontro marcado com o prefeito. Em seguida tenho uma coletiva de imprensa. Vou fazer um apelo pessoal a Galt. Você acha que isso vai adiantar?

Rhyme achava que não, mas respondeu:

— Faça o que puder, ainda que seja só para ganharmos algum tempo.

Depois de desligarem, Sellitto indagou:

— O que Wahl não quis nos dizer?

— Ele ficou com medo. Galt o ameaçou. Ele provavelmente deu alguma informação. Isso não me preocupa. Ele não está muito por dentro. Francamente, o que quer que tenha dito não deve nos preocupar agora.

Nesse momento, soou a campainha da porta. Eram Tucker McDaniel e o Garoto.

Rhyme ficou surpreso. O agente do FBI devia saber que estava prestes a começar uma coletiva de imprensa e, no entanto, ali estava, sem tentar forçar sua presença no palanque. Tinha cedido o lugar à Segurança Nacional para poder trazer as evidências pessoalmente a Rhyme.

O prestígio do agente especial assistente aumentou um pouco mais.

Após ser informado sobre a motivação de Galt, McDaniel perguntou a Pulaski:

— Você não encontrou no apartamento dele nenhuma referência ao Justice For ou a Rahman? Alguma célula terrorista?

— Não, nada.

O agente parecia desapontado, mas disse:

— Mesmo assim, isso não contradiz a hipótese de uma união simbiótica.

— Que hipótese é essa? — perguntou Rhyme.

— Uma organização terrorista tradicional utilizando um homem de ponta, com objetivos mutuamente compartilhados. Pode ser que não se deem bem, mas desejam o mesmo resultado. Um aspecto importante é que a célula terrorista profissional se mantenha completamente alheia ao ator negativo primário. E toda a comunicação é...

— Na nuvem? — perguntou Rhyme.

— Exatamente. É preciso minimizar os contatos. São duas agendas diferentes. Uns desejam destruir a sociedade e o outro quer vingança. — McDaniel fez um gesto indicando o perfil no quadro. — É como disse Parker Kincaid. Galt não usa pronomes, não quer deixar nenhuma indicação de que está trabalhando com outras pessoas.

— Uma organização ecológica ou político-religiosa?

— Pode seu qualquer uma das duas coisas.

Era difícil imaginar a al Qaeda ou o Talibã associados a um funcionário psicologicamente instável sedento de vingança porque a empresa em que trabalhava havia provocado câncer. Um grupo ecoterrorista, no entanto, fazia certo sentido. Precisariam de alguém que os ajudasse a penetrar no sistema. Mesmo assim, Rhyme daria mais crédito a essa suposição se houvesse *evidências* que a sustentassem.

McDaniel acrescentou que a divisão encarregada de mandados judiciais havia conseguido permissão para que as equipes de T e C examinassem as contas de e-mail e das redes sociais de Galt. O criminoso havia mandado e-mails e feito comentários em vários lugares, falando de câncer e sua ligação com as linhas de alta-tensão. Nada, porém, nas centenas de páginas que havia escrito, fornecia uma pista sobre seu paradeiro ou sobre o que poderia estar preparando.

Rhyme estava ficando impaciente com a especulação.

— Eu gostaria de ver o bilhete, Tucker.

— Claro — disse o agente especial assistente, fazendo um gesto para o Garoto.

— Por favor, que tenha muitas pistas. Alguma coisa que nos ajude.

Em um minuto, todos olhavam para a segunda carta de exigências.

Para a CEO Andi Jessen e a Algonquin Consolidated Power and Light:

Vocês tomaram a decisão de descartar meu pedido anterior e isso não é aceitável. Poderiam ter concordado com aquela solicitação razoável de uma redução da potência da corrente, mas não o fizeram. VOCÊS, e ninguém mais, tornaram as coisas mais difíceis. Sua indiferença e cobiça resultaram nas mortes de hoje à tarde. Vocês TÊM que mostrar às pessoas que elas não precisam da droga em que as viciaram, que podem voltar a ter uma vida MAIS PURA. Elas acham que não é possível, mas é possível lhes ensinar o caminho. Vocês devem cessar a transmissão de toda a corrente contínua de alta voltagem a outras interconexões norte-americanas durante uma hora, a partir das seis horas desta tarde. Isso não é negociável.

Cooper iniciou a análise da carta. Dez minutos depois, disse:

— Não tem nada de novo, Lincoln. O mesmo papel, a mesma caneta. Impossível rastrear a origem. Quanto a vestígios, mais combustível de avião. Nada mais.

— Merda.

Era como abrir um pacote elegantemente embrulhado na manhã do dia de Natal e descobrir que estava vazio.

Rhyme olhou para Pulaski, que estava num canto. A cabeça do jovem, coberta de cabelos loiros, estava erguida enquanto ele falava ao telefone. A conversa parecia furtiva e Rhyme percebeu que não tinha nada a ver com o caso Galt. Ele devia estar ligando para o hospital para saber o estado do homem que havia atropelado. Ou talvez tivesse conseguido o nome do parente mais próximo e estivesse dando os pêsames.

— Está prestando atenção em nós, Pulaski? — perguntou Rhyme, com voz severa.

O jovem policial fechou o telefone.

— Claro, eu...

— Porque eu realmente preciso da sua atenção.

— Eu estou atento, Lincoln.

— Ótimo. Ligue para a Agência Federal de Aviação e para a Segurança de Transportes e diga que recebemos mais uma exigência e que encontramos mais combustível de avião no papel. Eles têm que aumentar a segurança em todos os aeroportos. Ligue também para o Departamento de Defesa. Pode ser um ataque contra uma base aérea militar, especialmente se a conexão terrorista de Tucker se revelar verdadeira. Está preparado para isso? Para falar com o Pentágono e acentuar o risco?

— É claro, vou fazer isso.

Voltando-se para os quadros de evidências, Rhyme suspirou. Células terroristas simbióticas, comunicações em cúmulo-nimbo e um suspeito invisível com uma arma invisível.

E o que dizer do outro caso, da tentativa de agarrar o Relojoeiro na Cidade do México? Nada, a não ser a misteriosa placa de circuito, o manual de instruções e dois números sem sentido.

Quinhentos e setenta e trezentos e setenta e nove...

Isso o fez pensar em outros números: os do mostrador do relógio de mesa, que contavam os segundos em direção ao fim do prazo fatal.

Segunda carta de exigências

- Entregue a Bernard Wahl, chefe da segurança da Algonquin
  - Abordado por Galt
  - Sem contato físico; sem vestígios
  - Sem indicação do paradeiro ou local do próximo ataque
- Papel e tinta semelhantes aos encontrados no apartamento de Galt
- Traços adicionais de combustível de aviação no papel
  - Ataque a uma base militar?

Perfil

- Identificado como Raymond Galt, 40 anos, solteiro, morador de Manhattan, Suffolk Street, 227
- Conexão terrorista? Relação com o grupo Justice For [desconhecido]? Grupo terrorista? Envolvimento do indivíduo chamado Rahman? Referências codificadas a desembolsos financeiros, movimentos de pessoal e alguma coisa "grande"
  - Possível relação com intruso na Algonquin da Filadélfia
  - Indícios de SIGINT: referência em código a armas, "papel e material de escritório" (armas, explosivos?)
  - Pode haver um homem e uma mulher
  - Envolvimento de Galt desconhecido
- Paciente com câncer: presença de vimblastina e prednisona em quantidades significativas, traços de etoposídio. Leucemia
- Galt está armado com um Colt 45 militar, de 1911

CAPÍTULO 47

O televisor estava no laboratório de Rhyme. Estava passando uma matéria sobre a Algonquin Consolidated e sobre a própria Jessen, como prelúdio à coletiva de imprensa. Rhyme estava curioso em relação a ela e prestou atenção ao locutor que relembrava a carreira de Jessen no mundo dos negócios. Contou que o pai tinha sido presidente e CEO da companhia antes dela. No entanto, não tinha havido nepotismo; Jessen tinha diplomas de engenharia e administração de empresas e subiu na hierarquia, começando como operadora de linha no norte do estado de Nova York.

Funcionária da Algonquin a vida inteira, tinha afirmado a devoção à carreira e ao objetivo de transformar a empresa na principal geradora e distribuidora de eletricidade do país. Rhyme não sabia que, por causa da abolição da regulamentação, alguns anos antes, as empresas elétricas se dedicaram cada vez mais à venda de energia, comprando-a de outras geradoras e revendendo-a. Algumas haviam até mesmo deixado a geração e a transmissão por completo e passado a ser, de fato, vendedoras de um produto, sem outras instalações exceto escritórios, computadores e telefones.

Apoiavam-se também em grandes bancos.

Jessen, porém, jamais tinha se deixado levar pela extravagância, arrogância e cobiça. Era uma mulher contida e intensa, que dirigia a Algonquin com austeridade à moda antiga, evitando o brilho social. Sua vida parecia se resumir à Algonquin. O único outro membro da família era o irmão, Randall Jessen, que morava na Filadélfia. Era militar, condecorado no Afeganistão e depois liberado por ter sido ferido por uma bomba.

Andi era uma das vozes mais ativas do país em favor da super-rede: uma rede unificada de transmissão de energia que unisse toda a América do Norte. Considerava essa a forma mais eficiente de produzir e fornecer eletricidade aos consumidores. A Algonquin seria a principal operadora, foi o que supôs Rhyme.

Seu apelido, que ninguém usava para chamá-la nem em sua presença, era "O Ser Onipotente". Aparentemente se referia ao seu impiedoso estilo de gerência e a suas ambições para a Algonquin.

Sua polêmica desconfiança em relação à energia limpa foi claramente mostrada em uma entrevista.

— Antes de mais nada, quero afirmar que na Algonquin estamos comprometidos com fontes renováveis de energia. Ao mesmo tempo, contudo, penso que todos devemos ser realistas. A Terra já existia havia milhões de anos antes que perdêssemos as guelras e as caudas e começássemos a queimar carvão e a dirigir carros de combustão interna. Ela vai continuar existindo, funcionando perfeitamente bem, muito depois de a raça humana passar a ser história.

"Quando as pessoas dizem que querem salvar o planeta, o que na verdade desejam é preservar seu estilo de vida. Temos que reconhecer que queremos energia, muita energia. Além disso, precisamos dela, para o progresso da civilização, para nos alimentarmos e nos instruirmos, para utilizarmos equipamentos sofisticados a fim de vigiar os ditadores do mundo e para ajudar os países do Terceiro Mundo a fazer parte do Primeiro. O petróleo, o carvão, o gás e o átomo constituem a melhor forma de criar essa energia."

A entrevista terminou e os sábios comentaristas trataram de criticar ou aplaudir. Ainda assim, atacá-la com severidade era mais politicamente correto e gerava melhores estatísticas de audiência.

Finalmente a câmera passou a transmitir ao vivo da Prefeitura, com quatro pessoas no palanque: Jessen, o prefeito, o chefe de polícia e Gary Noble, da Segurança Nacional.

O prefeito fez uma breve introdução e deu a palavra a Jessen. Num tom ao mesmo tempo áspero e reconfortante, ela afirmou que a Algonquin estava fazendo todo o possível para controlar a situação. Tinha sido adotada uma série de providências, embora ela não especificasse quais.

Para surpresa de Rhyme e de todos os demais ocupantes do laboratório, o grupo havia decidido informar o público sobre a segunda carta de exigências. Ele supôs que o raciocínio poderia ser que, caso não tivessem êxito em deter Galt e outras pessoas morressem em um novo ataque, as consequências para a Algonquin seriam menos desastrosas em termos de relações públicas e talvez de repercussões judiciais.

Os jornalistas aproveitaram imediatamente a oportunidade e a encheram de perguntas. Calmamente, Jessen os calou e explicou que era impossível atender às exigências do chantagista. A redução da quantidade de energia que ele exigia resultaria em prejuízos de milhões de dólares e, provavelmente, *muitas* mortes.

Disse ainda que isso representaria um risco para a segurança nacional, porque as exigências perturbariam operações militares e outras atividades governamentais.

— A Algonquin é uma parceira essencial na defesa da nação e nada faremos que possa colocá-la em risco — acrescentou.

Ela é astuta, pensou Rhyme. Está virando a argumentação pelo avesso.

Por fim, Jessen encerrou as declarações com um apelo pessoal a Galt para que se entregasse. Afirmou que ele seria tratado com justiça.

— Não faça sua família ou qualquer outra pessoa sofrer por causa da tragédia que aconteceu com você. Faremos tudo o que for possível para diminuir seu sofrimento. Mas, por favor, faça o que é correto e se entregue.

Não respondeu a perguntas e saiu do palanque segundos depois de ter feito sua declaração, com seus saltos altos ressoando no chão.

Rhyme notou que, embora a comiseração fosse genuína, ela nem sequer uma vez reconheceu que sua empresa tivesse causado algum mal ou que a alta voltagem das linhas poderia efetivamente ter provocado o câncer de Galt ou de outras pessoas.

O chefe de polícia tomou a palavra e fez o possível para oferecer expressões de segurança. Muitos policiais e agentes federais estavam ativamente à procura de Galt e soldados da Guarda Nacional se encontravam prontos para dar assistência caso houvesse mais ataques ou a rede de distribuição fosse comprometida.

Ele finalizou com um apelo para que os cidadãos denunciassem qualquer movimento fora do normal.

Isso é útil, pensou Rhyme, com sarcasmo. Se há uma coisa que caracteriza a cidade de Nova York, é ser fora do normal.

Por isso, voltou-se para as parcas pistas de que dispunha.

CAPÍTULO 48

Às cinco e quarenta e cinco da tarde, Susan Stringer saiu do escritório onde trabalhava, no oitavo andar de um edifício antigo na parte central da ilha de Manhattan.

Cumprimentou os dois homens que também iam para o elevador. Conhecia ligeiramente um deles, porque já o tinha visto no prédio. Larry saía mais ou menos na mesma hora que ela, todos os dias. A diferença era que depois ele voltava e trabalhava durante a noite.

Susan, por sua vez, seguiria para casa.

Era uma mulher atraente, de 35 anos, editora de uma revista sobre um tema especializado: objetos de arte e restauração de antiguidades, principalmente dos séculos XVIII e XIX. Às vezes escrevia e publicava poemas. Esses interesses lhe garantiam apenas uma renda modesta, mas, caso tivesse dúvidas sobre sua carreira, bastaria ouvir a conversa entre Larry e o amigo naquele momento. Assim teria certeza de que nunca poderia se dedicar a advocacia, finanças, assuntos bancários e contabilidade.

Os dois homens vestiam ternos caros, tinham relógios de qualidade e sapatos elegantes. Havia, no entanto, certa inquietação nas fisionomias. Certa estranheza. Não pareciam gostar muito de suas profissões. O amigo se queixava da interferência do chefe e Larry falava de uma auditoria que estava dando maus resultados.

Estresse, infelicidade.

A linguagem que usavam também denotava isso.

Susan se sentiu contente por não ter que tratar desses aspectos. Sua vida tinha o estilo rococó e neoclássico de artesãos como Chippendale, George Heppelwhite e Sheraton.

Suas criações tinham uma beleza prática.

— Você parece exausto — disse o amigo a Larry.

Era verdade. Susan concordava.

— Estou mesmo. Eu tive uma viagem desgastante.

— Quando voltou?

— Terça.

— Você era o auditor-chefe?

Larry assentiu com a cabeça.

— As contas eram um pesadelo. Trabalhei doze horas por dia. A única vez em que consegui ir ao campo de golfe foi no domingo e a temperatura chegou a quarenta e seis graus.

— Puxa!

— Eu preciso voltar lá na segunda. Quero dizer, eu não sei para onde o dinheiro está indo. Tem alguma coisa errada.

— Com essa temperatura, talvez a grana esteja evaporando.

— Muito engraçado — murmurou Larry, sem ter achado graça nenhuma.

Os dois homens continuaram tagarelando sobre contas e dinheiro que desaparecia, mas Susan parou de prestar atenção. Viu outro homem que se aproximava, vestido de macacão marrom de operário, chapéu e óculos. De cabeça baixa, levava uma caixa de ferramentas e um regador, embora devesse estar trabalhando em outro escritório, porque não havia plantas decorativas naquele corredor nem na firma dela. O chefe não queria pagar para ter plantas e certamente não pagaria para que fossem regadas.

O elevador chegou e os dois profissionais a deixaram entrar primeiro; Susan refletiu que, mesmo no século XX, ainda restava um pouco de cavalheirismo. O operário entrou também e apertou o botão do segundo andar, mais abaixo. Ao contrário dos outros dois, porém, empurrou-a rudemente para chegar ao fundo da cabine.

Começaram a descer. Pouco depois, Larry olhou para baixo e disse:

— Presta atenção, você está derramando água.

Susan olhou. O homem havia acidentalmente inclinado o regador e a água escorria para o chão de aço inoxidável do elevador.

— Desculpa — murmurou o trabalhador, sem muita convicção. Susan notou que o chão tinha ficado encharcado.

A porta do elevador se abriu e o trabalhador saiu. Outro homem entrou.

O amigo de Larry disse, em voz alta:

— Cuidado, aquele sujeito acaba de derramar um bocado de água. Nem se preocupou em enxugar.

Susan não saberia dizer se o culpado havia escutado ou não, mas, ainda que tivesse, ela duvidava que ele se importasse.

A porta se fechou e a descida continuou.

CAPÍTULO 49

Rhyme olhava para o relógio. Faltavam dez minutos para o fim do novo prazo.

Durante a última hora, foram feitas buscas coordenadas entre a polícia e o FBI em toda a cidade. No laboratório de Rhyme, as provas foram outra vez freneticamente analisadas. Frenética... e inutilmente. Não estavam mais perto de encontrar Galt ou a localização do novo alvo do que estiveram depois do primeiro ataque. Os olhos de Rhyme focalizaram os quadros de pistas, que continuavam a não ser mais que um conjunto disforme de peças de um quebra-cabeça.

Percebeu que McDaniel recebia uma ligação. O agente ouviu, concordando com a cabeça. Olhou para seu protegido, agradeceu ao interlocutor e desligou.

— Uma das minhas equipes de T e C achou mais alguma coisa sobre o grupo terrorista. Coisa pequena, mas valiosa. A outra palavra do nome é "Terra".

— "Justice For The Earth" — disse Sachs.

— Pode haver mais, porém essas palavras estão claras. "Justice", "For" e "Earth".

— Pelo menos sabemos que se trata de ecoterrorismo — observou Sellitto.

— Encontraram algo em alguma base de dados? — perguntou Rhyme, especulando em voz alta.

— Não, mas lembre-se de que tudo isso acontece na nuvem. E houve outro achado. O vice de Rahman parece ser alguém chamado Johnston.

— É um nome de origem anglófona.

Mas em que isso poderia ajudar?, pensou Rhyme, irritado consigo mesmo. Como isso nos ajuda a encontrar o lugar do ataque, que vai acontecer em poucos minutos?

E que arma ele preparou dessa vez? Outro arco elétrico? Outro circuito mortal em um lugar público?

Os olhos de Rhyme estavam fixos nos quadros de evidências.

McDaniel se voltou para o Garoto.

— Ligue para Dellray para mim.

Não muito depois, a voz do agente se fez ouvir.

— Sim? Quem é? Quem está falando?

— Fred, aqui é Tucker. Estou com Lincoln Rhyme e o pessoal do Departamento de Polícia de Nova York.

— No laboratório de Rhyme?

— Sim.

— Como você está, Lincoln?

— Já estive melhor.

— Sei. Isso serve para todos nós.

— Fred, você soube da nova exigência e do prazo? — perguntou McDaniel.

— Sua secretária me ligou. Também falou do motivo. O câncer de Galt.

— Temos confirmação de que provavelmente se trata de um grupo terrorista. Ecoterrorismo.

— Como é que Galt entra nesse quadro?

— Simbiose.

— O quê?

— Uma união simbiótica. Estava no meu memorando... Eles estão trabalhando juntos. O grupo se chama Justice For The Earth. O vice de Rahman se chama Johnston.

— Eles parecem ter agendas diferentes — disse Dellray. — Como Galt e Rahman se juntaram?

— Não sei, Fred. Mas isso não é importante. Talvez eles tenham entrado em contato com Galt, leram os artigos dele sobre câncer na internet. Havia muitos.

— Ah.

— Bem, o prazo vai se esgotar em poucos minutos. Seu informante encontrou *alguma coisa*?

Uma pausa.

— Não, Tucker. Nada.

— Você disse que o encontro era às três.

Outra hesitação.

— É verdade, mas ele não tem nada concreto ainda. Vai cavar um pouco mais fundo.

— Toda merda do mundo está no subsolo — comentou o agente do FBI, surpreendendo Rhyme. Ele não conseguia imaginar um palavrão saindo dos lábios daquele homem. — Então, ligue para ele e pegue informações sobre o Justice For The Earth e esse novo homem, Johnston.

— Pode deixar.

— Fred?

— Sim?

— Esse seu informante é o único que tem alguma pista?

— Isso mesmo.

— E ele não ouviu nada, nenhum nome, nada?

— Lamento, não.

— Bem, obrigado, Fred. Você fez o que pôde — disse McDaniel, distraidamente. E o tom de sua voz indicava que, na verdade, não esperava nada de útil.

Uma pausa.

— Claro.

Desligaram. Rhyme e Sellitto perceberam a expressão amarga de McDaniel.

— Fred é boa gente — disse o detetive.

— É boa gente — repetiu o agente especial assistente, rapidamente. Um pouco rápido demais.

Mas o tema de Fred Dellray e da opinião de McDaniel sobre ele se esvaiu logo quando todos os que estavam ali, com exceção de Thom, receberam uma ligação no celular, com poucos segundos de intervalo.

As fontes eram diferentes, mas a notícia era a mesma.

Embora ainda faltassem sete minutos para o fim do prazo, Galt havia atacado novamente, mais uma vez matando inocentes em Manhattan.

Foi o parceiro de Sellitto quem forneceu os detalhes. Por meio do viva-voz, o patrulheiro da polícia de Nova York, de voz jovem e nervosa, começou a relatar o que tinha acontecido: um elevador, na parte central da cidade, onde havia quatro passageiros.

— Foi... Foi horrível.

Em seguida, a voz dele sumiu, transformando-se em uma tosse convulsiva, talvez por causa da fumaça resultante do ataque. Ou talvez fosse apenas para ocultar sua emoção.

O policial se desculpou e disse que voltaria a ligar em poucos minutos.

Mas não ligou.

CAPÍTULO 50

Outra vez aquele cheiro.

Amelia Sachs poderia escapar dele algum dia?

E, mesmo que esfregasse muitas vezes e jogasse fora as roupas, seria capaz de *esquecê-lo*? Aparentemente, a manga e os cabelos de uma das vítimas pegaram fogo no elevador. Não foram muitas labaredas, mas a fumaça era espessa e o odor, repulsivo.

Sachs e Ron Pulaski vestiram os macacões.

— MCNC? — perguntou ela a um dos agentes do Serviço de Emergência.

Morte confirmada na cena.

— Correto.

— Onde estão os corpos?

— No corredor. Sei que estragamos a cena no elevador, detetive, mas havia tanta fumaça que não sabíamos o que estava acontecendo. Tivemos que retirá-los.

Ela respondeu que não tinha problema. A maior prioridade é verificar a condição das vítimas. Além disso, nada contamina uma cena de crime tanto quanto fogo. Algumas pegadas dos agentes de emergência não fariam diferença.

— Como foi que aconteceu? — perguntou ela ao agente.

— Não temos certeza. O zelador do prédio disse que o elevador parou logo acima do térreo. Foi quando a fumaça começou. Os gritos também. Quando conseguiram fazer o elevador descer e abriram a porta, tudo já tinha terminado.

Sachs estremeceu. Os discos de metal derretido já eram horríveis, mas, como ela era claustrofóbica, sentiu-se ainda mais abalada ao pensar naquelas quatro pessoas confinadas em um pequeno espaço invadido pela eletricidade... e uma delas sendo queimada.

O agente do Serviço de Emergência repassou as anotações que havia tomado.

— As vítimas são a editora de uma revista de arte, um advogado e um contador, do oitavo andar, e um comerciante de peças de computador, do sexto, caso a senhora esteja interessada.

Sachs sempre se interessava por qualquer coisa que tornasse as vítimas pessoas reais. Em parte, era para se sentir emocionalmente presente, certificar-se de que não tinha se tornado indiferente ao que encontrava no exercício da profissão. Em parte, porém, era devido ao que Rhyme havia lhe ensinado. Embora fosse um puro cientista, um racionalista, o talento de Rhyme como perito criminal também era resultado de sua capacidade extraordinária de penetrar na mente do criminoso.

Muitos anos antes, na primeira cena em que trabalharam juntos, um crime horrível com morte também decorrente do uso de um sistema de serviço público — vapor, no caso —, Rhyme sussurrou algo para ela que tinha ficado gravado em sua mente e que Sachs recordava cada vez que examinava uma cena de crime.

— Quero que você seja ele — tinha dito Rhyme, referindo-se ao criminoso. — Ponha isso na cabeça. Você está pensando como nós pensamos. Quero que pense como ele.

Rhyme tinha dito que, ainda que achasse ser possível ensinar a ciência forense, aquela capacidade era um talento inato. Sachs acreditava que, para conservar aquela conexão — aquela ligação, pensou ela agora, entre o coração e a habilidade —, era preciso jamais esquecer as vítimas.

— Está pronto? — perguntou ela a Pulaski.

— Acho que sim.

— Vamos varrer a área — disse ela a Rhyme, ao microfone.

— Está bem, mas sem mim, Sachs.

Ela ficou alarmada. Apesar de afirmar o contrário, Rhyme não vinha se sentindo bem. Sachs percebia com facilidade. Porém, ele tinha outro motivo para se esquivar.

— Quero que você faça isso com aquele sujeito da Algonquin.

— Sommers?

— Isso mesmo.

— Por quê?

— Para começar, porque gosto da mente dele. Ele tem um pensamento amplo. Talvez seja por ser inventor. Não sei, mas, além disso, tem alguma coisa errada, Sachs. Eu não sei explicar. Acho que estamos deixando de perceber alguma coisa. Galt teria que ter planejado isso durante um mês, pelo menos. Mas agora parece que ele está acelerando os ataques: dois, no mesmo dia. Não consigo entender por quê.

— Talvez — sugeriu ela — porque o identificamos mais rápido do que ele esperava.

— Pode ser. Não sei. Mas, se esse for o caso, significa que ele também gostaria de nos liquidar.

— É verdade.

— Por isso eu quero uma nova perspectiva. Já liguei para Charlie e ele está disposto a ajudar... Ele sempre come quando fala ao telefone?

— Ele gosta de comer porcaria.

— Bem, quando estiverem examinando a cena, certifique-se de que ele não estará mastigando. Quando estiver pronta, entraremos em comunicação. Depois volte depressa para cá trazendo o que encontrar. Não sabemos se Galt já estará preparando outro ataque.

Desligaram. Ela olhou para Ron Pulaski, que ainda estava visivelmente abalado.

Preciso da sua atenção, novato...

Ela o chamou.

— Ron, a cena principal é no andar de baixo, onde ele provavelmente preparou a fiação e o aparelho que usou. — Ela tocou no rádio com os dedos. — Vou ficar em contato com Charlie Sommers. Eu quero que você examine o elevador. — Ela fez outra pausa e prosseguiu: — E os cadáveres. Provavelmente não vai ter muitos resíduos. Segundo o *modus operandi,* ele não tem contato direto com as vítimas. Mas a análise precisa ser feita. Está de acordo?

O jovem policial fez um sinal positivo com a cabeça.

— Tudo o que você precisar, Amelia.

O tom de voz era dolorosamente sincero. Ela achou que Pulaski queria se desculpar pelo acidente do lado de fora do apartamento de Galt.

— Vamos começar. Pega o Vick.

— O quê?

— Na bolsa tem Vick Vaporub. Esfrega um pouco no nariz. Vai aliviar o mau cheiro.

Em cinco minutos ela estava conectada com Charlie Sommers, agradecida pela ajuda dele na análise da cena, dando "suporte técnico", que ele definiu, a seu modo irreverente, como "salvando sua pele".

Ela ligou a lanterna do capacete e começou a descer as escadas para o porão do prédio, descrevendo a Charlie Sommers exatamente o que via na parte suja e úmida da base do poço do elevador. Estava ligada a ele somente por áudio, e não por vídeo, como habitualmente fazia com Rhyme.

O pessoal do Serviço de Emergência já havia percorrido o edifício, mas ela tinha em mente o que Rhyme dissera antes: que Galt poderia ter resolvido atacar seus perseguidores. Olhou em volta por um momento, virando-se para iluminar algumas sombras que se assemelhavam vagamente a uma forma humana.

Eram apenas sombras vagamente semelhantes a uma forma humana.

Sommers perguntou:

— Está vendo alguma coisa afixada aos trilhos verticais do elevador?

Ela focou na busca.

— Não, nada nos trilhos. Mas tem um pedaço daquele cabo Bennington na parede.

— Verifique a voltagem antes de mais nada!

— Eu ia dizer justamente isso.

— Ah, uma eletricista nata.

— Nada disso. Depois desse caso, eu não vou nem tocar na bateria do meu carro — disse ela, passando o detector. — Zero.

— Ótimo. Para onde o cabo vai?

— Numa extremidade, para uma barra de metal pendurada no poço do elevador. Está chamuscada no ponto em que fez contato. A outra ponta vai até um cabo grosso que entra em um painel bege na parede, como se fosse um armário embutido. O cabo Bennington está ligado a uma das linhas principais com um daqueles interruptores remotos, como o da última cena.

— Esse é o cabo de serviço que traz a corrente.

Sommers acrescentou que um prédio de escritórios como aquele não recebia a eletricidade da mesma forma que uma residência. Era preciso uma potência muito mais elevada, como a de um transformador de rua: treze mil e oitocentos volts, que eram, em seguida, reduzidos para a distribuição aos escritórios. Uma rede local.

— Assim, ao descer, o elevador se chocaria com a barra de metal... mas tem que ter outro interruptor em algum lugar para controlar a eletricidade do elevador. Ele precisava fazer a cabine parar antes de chegar ao saguão, para que as vítimas, do lado de dentro, apertassem o botão. Nesse ponto, a mão do passageiro no painel de botões e os pés no chão completariam o circuito, eletrocutando-o e a qualquer pessoa que tocasse nele ou na qual ele se encostasse.

Olhando em volta, Sachs encontrou o outro interruptor e avisou a Sommers.

Ele explicou exatamente como desligar os cabos e o que procurar. Antes de retirar qualquer evidência, no entanto, ela numerou os diversos pontos e fotografou a cena. Agradeceu a Sommers, dizendo que, por enquanto, isso era tudo de que precisava. Desligaram e ela fez a varredura, examinando inclusive as rotas de entrada e saída, que acabou se revelando como uma porta próxima que dava num beco. A fechadura era precária e tinha sido arrombada recentemente. Sachs também tirou fotos.

Já ia subir para se reunir com Pulaski, mas parou.

Quatro vítimas no elevador.

Sam Vetter e outros quatro mortos no hotel, diversos hospitalizados. Luís Martin.

Medo por toda a cidade, medo daquele assassino invisível. Em sua imaginação, ouviu Rhyme dizer: "Eu quero que você seja ele."

Sachs colocou a bolsa de evidências num degrau da escada e voltou à base do poço do elevador.

Eu sou ele. Eu sou Raymond Galt.

Foi difícil para ela evocar o fanático, o vingador, porque em sua mente a emoção não vibrava no mesmo diapasão do cálculo extremo que o criminoso havia demonstrado até então. Qualquer outra pessoa teria praticado um atentado contra Andi Jessen ou jogado uma bomba nas instalações no Queens. Galt, porém, tomava medidas precisas, elaboradas, para usar uma arma muito complicada com o objetivo de matar.

O que isso significa?

Eu sou ele...

Eu sou Galt.

A mente de Sachs se acalmou e a resposta surgiu; eu não me importo com o motivo. Não me importa a razão pela qual estou fazendo isso. Nada disso tem importância: o importante é a técnica, o engenho de fazer a ligação, a conexão, o circuito mais perfeito para causar o máximo de destruição.

Esse é o centro do meu universo.

Eu me tornei um viciado no processo, viciado na energia...

Essa ideia suscitou outra: era uma questão de *ângulo*. Ele precisava... *Eu* preciso colocar a barra na posição exata para que atinja o chão do elevador quando este chegar perto do saguão, sem chegar lá.

Isso significa que tenho que observar o funcionamento do elevador em diversas perspectivas junto à base do poço, para ter certeza de que o contrapeso, as engrenagens, o motor e os cabos de tração não desloquem a barra e não interfiram com os fios da eletricidade.

Preciso estudar todos os ângulos do percurso do elevador no poço. *Eu tenho que fazer isso.*

Engatinhando no chão sujo do porão, Sachs deu a volta em torno da base do poço, por toda parte onde Galt pudesse ter observado o cabo de tração, a barra e os contatos elétricos. Não encontrou pegadas nem impressões digitais. No entanto, em certos pontos, havia marcas recentes no chão, e seria plausível pensar que ele tivesse se agachado nesses lugares para examinar a armadilha mortal que tinha preparado.

Colheu amostras em dez pontos e as depositou em sacolas separadas, marcando-as segundo as posições da rosa dos ventos: dez graus a noroeste, sete graus ao sul. Em seguida recolheu todas as demais evidências e subiu penosamente a escada com as pernas artríticas, até chegar ao saguão.

Reunindo-se com Pulaski, olhou o interior do elevador. Não tinha havido grandes danos. Algumas marcas de queimado, acompanhadas pelo odor terrível. Ela simplesmente não podia imaginar o que teria sido estar dentro do elevador e de repente sentir treze mil volts correndo pelo corpo. Pelo menos, pensou ela, as vítimas não teriam sentido mais nada após os primeiros segundos.

Ela viu que Pulaski tinha feito a numeração e tirado fotos.

— Encontrou alguma coisa?

— Não. Eu verifiquei o interior do elevador, mas o painel de botões não foi aberto recentemente.

— Ele preparou tudo no porão. E os corpos?

O rosto dele assumiu uma expressão solene, preocupada. Sachs compreendeu que tinha sido uma tarefa penosa. Mesmo assim, Pulaski disse, calmamente:

— Não achei resíduos. Mas havia algo interessante. A sola dos sapatos dos três estava molhada. Todos os sapatos.

— Teria sido por causa dos bombeiros?

— Não. Quando eles chegaram, já não havia mais fogo.

Água. Isso era interessante. Melhorava o contato. Mas como as solas tinham ficado molhadas?

— Você disse *três* corpos? — perguntou Sachs.

— Isso mesmo.

— Mas o pessoal do Serviço de Emergência informou que havia quatro vítimas.

— Eram quatro, mas só três morreram. Olha — completou ele, entregando a Sachs um pedaço de papel.

— O que é isso?

No papel havia um nome e um número de telefone.

— É a sobrevivente. Achei que você iria querer conversar com ela. O nome é Susan Stringer. Está no Hospital St. Vincent. Inalação de fumaça, algumas queimaduras, mas vai ficar bem. Vai ter alta dentro de uma ou duas horas.

Sachs sacudia a cabeça.

— Não sei como alguém poderia ter sobrevivido. Eram treze mil volts.

— Ela é deficiente física — respondeu Pulaski. — Estava na cadeira de rodas. Rodas de borracha, você sabe. Acho que isso produziu isolamento.

CAPÍTULO 51

— Como ele está? — perguntou Rhyme a Sachs, que tinha acabado de voltar ao laboratório.

— Ron? Está um pouco abalado, mas trabalhou bem. Ele examinou os corpos. Foi difícil. Mas achou uma coisa interessante. A sola dos sapatos de todas as vítimas estava molhada.

— Como Galt conseguiu fazer isso?

— Não sei.

— Você acha que Ron está muito nervoso?

— Não *muito*. Um *pouco*. Mas ele é jovem. Isso acontece.

— Isso não é desculpa.

— Não, não é. Mas é uma explicação.

— Para mim é a mesma coisa — murmurou Rhyme. — Onde ele está?

Já passava das oito da noite.

— Ele voltou ao apartamento de Galt, achando que talvez tivesse deixado de reparar em alguma coisa.

Rhyme achou que não era má ideia, embora tivesse certeza de que o jovem policial havia feito uma busca competente da primeira vez. Acrescentou:

— Tome conta dele. Não quero arriscar a vida de ninguém porque ele está nervoso.

— Farei isso.

Só eles dois e Cooper estavam no laboratório. McDaniel e o Garoto tinham voltado ao edifício das repartições federais para uma reunião com a Segurança Nacional, e Sellitto tinha ido à sede do Departamento de Polícia de Nova York. Rhyme não sabia com quem ele ia se encontrar, mas certamente haveria muita gente querendo saber por que motivo ninguém tinha sido preso ainda.

Cooper e Sachs retiraram das bolsas as evidências que ela havia coletado no prédio de escritórios. O técnico examinou o cabo e as outras peças que tinham sido montadas na base do poço do elevador.

— Tem mais uma coisa — disse Sachs, talvez pensando que seu tom de voz fosse normal; na verdade, estava transbordando de significado para Rhyme. É assim quando se ama alguém: percebe-se imediatamente quando o parceiro tem algo em mente.

— O quê? — perguntou Rhyme, olhando-a inquisitivamente.

— Uma testemunha. Estava no elevador quando os outros morreram.

— Está muito ferida?

— Aparentemente, não. Um pouco de inalação de fumaça, principalmente.

— Isso deve ter sido desagradável. Cabelos queimados — comentou ele, com as narinas se agitando.

Sachs aspirou seus próprios cabelos ruivos, torcendo igualmente o nariz.

— Hoje vou tomar um banho muito longo.

— O que ela relatou?

— Ainda não pude interrogá-la... Ela vem para cá assim que tiver alta.

— Para cá? — perguntou Rhyme, surpreso. Não apenas ele, em princípio, tinha certo ceticismo em relação a testemunhas, mas também havia um problema de segurança em permitir que uma pessoa estranha entrasse no laboratório. Se uma célula terrorista fosse responsável pelos ataques, poderia tentar infiltrar alguém no centro das investigações.

Sachs riu, adivinhando os pensamentos dele.

— Eu verifiquei, Rhyme. Ela não é suspeita. Não tem passagens pela polícia nem registros. Há muitos anos é editora de uma revista sobre antiguidades. Além disso, achei que não seria má ideia, pois eu não perderia tempo indo buscá-la no hospital. Posso ficar aqui e trabalhar nas pistas.

— E o que mais?

Ela hesitou. Outro sorriso.

— Expliquei demais?

— Sim.

— Tudo bem. Ela é deficiente física.

— Ah, mesmo? Mas você não respondeu a minha pergunta.

— Ela quer conhecer você, Rhyme. Você é famoso.

Rhyme suspirou.

— Está bem.

Ela o fitou, estreitando os olhos.

— Você não está protestando.

Foi a vez *dele* de rir.

— Não estou com vontade. Deixe que ela venha. Eu mesmo vou interrogá-la. Vou mostrar a você como se faz. Curto e doce.

Sachs o olhou, desconfiada.

— O que encontrou, Mel? — perguntou Rhyme então.

— Nada de útil para desentocá-lo — respondeu o técnico, espreitando com um olho um microscópio.

— Desentocar — repetiu Rhyme. — Eu não estudei esse verbo no meu tempo de escola.

— Mas eu achei uma coisa — disse Cooper, ignorando a observação de Rhyme e lendo os resultados do cromatógrafo. — Traços de substâncias que a base de dados identifica como ginseng e uma fruta chinesa chamada goji.

— Ervas chinesas, talvez chá — disse Rhyme.

Um caso antigo tinha a ver com um traficante de pessoas, que introduzia imigrantes ilegais no país, e grande parte da investigação havia se concentrado em Chinatown. Um policial da China, que tinha colaborado no caso, havia ensinado a Rhyme alguma coisa sobre ervas, achando que isso poderia melhorar sua condição física. As substâncias não produziram efeito, naturalmente, mas Rhyme achou que o tema podia ser útil em futuras investigações. Naquele momento, ele anotou a descoberta, mas concordou com Cooper que não era uma pista importante. Houve uma época em que essas substâncias eram encontradas apenas em lojas especializadas em produtos asiáticos. Hoje em dia, essas coisas estavam em todas as farmácias e supermercados da cidade.

— Escreva no quadro, por favor, Sachs.

Enquanto ela escrevia, Rhyme olhou para os pequenos sacos de evidências enfileirados, cada qual com seu cartão da cadeia de custódia escrito com a letra dela. As etiquetas mostravam os pontos cardeais da bússola.

— Dez indiozinhos — disse Rhyme, curioso. — O que temos aí?

— Eu fiquei irritada, Rhyme. Na verdade, eu fiquei furiosa.

— Ótimo. A raiva é libertadora. Por quê?

— Porque não conseguimos encontrar Galt. Por isso recolhi amostras de pontos onde ele pode ter estado. Engatinhei em lugares muito desagradáveis, Rhyme.

— Por isso você está suja — comentou ele, olhando para a testa de Sachs.

Ela seguiu o olhar dele.

— Mais tarde eu limpo — disse, sorrindo sedutoramente, na opinião dele.

Rhyme ergueu a sobrancelha.

— Bem, comece a procurar e me diga o que encontrar.

Ela calçou luvas e colocou as amostras em dez lâminas de exame. Com óculos de aumento, começou a remexê-las com um bastão esterilizado, pesquisando o conteúdo de cada saco. Terra, guimbas de cigarro, pedaços de papel, parafusos e porcas, vestígios do que parecia ser excremento de ratos, tiras de pano, embalagens de comida, grãos de concreto, metal e pedra. A epiderme do subsolo de Nova York.

Rhyme já tinha descoberto há muito tempo que a chave da busca de evidências em cenas de crime era encontrar padrões semelhantes. Que elemento surgia com frequência? Presumivelmente, os objetos dessa categoria podiam ser eliminados. As coisas não repetidas, as que pareciam estar fora do lugar, eram as relevantes. Estatísticos e sociólogos davam importância a elas.

Quase tudo o que Sachs tinha encontrado estava em cada uma das lâminas de amostras. No entanto, havia um único objeto pertencente a uma categoria própria: uma pequena tira curva de metal, quase um círculo, de largura cerca de duas vezes a do grafite de um lápis.

Embora houvesse muitos outros pedaços de metal — pedaços de parafusos, porcas e limalha —, nada se parecia com aquilo.

Também estava limpo, dando a impressão de que tinha sido deixado recentemente.

— Onde estava isso, Sachs?

Erguendo-se da posição curvada e empertigando-se, ela olhou para a etiqueta diante da lâmina.

— A seis metros do poço, a sudoeste. É o lugar de onde ele podia ver todas as conexões que preparou. Estava sob uma das vigas.

Galt, portanto, deveria estar agachado. O pedacinho de metal poderia ter caído do punho da camisa ou da roupa. Rhyme pediu a Sachs que o erguesse para que ele pudesse examiná-lo de perto. Ela colocou nele os óculos de aumento e os ajustou. Em seguida, com uma pinça, ergueu o objeto, trazendo-o para perto.

— Anil — disse ele. — É usado em ferro, em armas. Tratado com hidróxido e nitrato. Serve para evitar corrosão. Também tem propriedades elásticas. É um tipo de mola. Mel, como vai sua base de dados sobre mecânica?

— Não está tão atualizada quanto no tempo em que você foi chefe, mas serve para alguma coisa.

Rhyme entrou na internet, digitando laboriosamente a senha. Poderia ter usado o reconhecimento de voz, mas caracteres como @, %, $ e *, que o departamento de polícia tinha passado a usar para aperfeiçoar a segurança, eram dificilmente reconhecíveis oralmente.

A página principal da base de dados forenses da polícia de Nova York surgiu na tela e Rhyme procurou a categoria "metais diversos — molas".

Depois de dez minutos percorrendo centenas de amostras, ele anunciou:

— Acho que é uma mola em espiral de Breguet.

— O que é isso? — perguntou Cooper.

Rhyme fazia uma careta.

— Eu acho que a notícia não é boa. Se for dele, significa que pode estar mudando a maneira de preparar os ataques.

— Como? — perguntou Sachs.

— Essas molas são usadas em relógios... Acho que ele está preocupado porque estamos chegando perto demais. Ele vai começar a usar um temporizador em vez de um controle remoto. Quando o próximo ataque ocorrer, ele pode estar muito longe do local.

Rhyme fez Sachs colocar a mola na sacola de evidências e preencher outro cartão da cadeia de custódia.

— Ele é esperto — observou Cooper. — Mas vai cometer algum erro. Eles sempre erram.

Muitas vezes erram, corrigiu Rhyme, silenciosamente.

— Tenho uma boa impressão digital num dos interruptores remotos — avisou o técnico.

Rhyme teve a esperança de que fosse de outra pessoa, mas não; era de Galt. O criminoso já não precisava mais ter cuidado em ocultar sua identidade, agora que eles já sabiam seu nome.

O telefone tocou e Rhyme franziu a testa ao ver o código do país. Atendeu imediatamente.

— Comandante Luna.

— Capitão Rhyme, talvez a gente tenha uma notícia.

— Continue, por favor.

— Uma hora atrás houve um falso alarme de incêndio numa das alas do prédio que o Relojoeiro estava observando. Naquele andar fica o escritório de uma empresa que agencia empréstimos imobiliários na América Latina. O proprietário é um indivíduo interessante. Ele já esteve sob investigação diversas vezes. Fiquei curioso. Verifiquei sua vida pregressa e vi que ele já recebeu ameaças de morte no passado.

— De quem?

— Clientes cujos negócios se revelaram menos lucrativos do que desejavam. Ele também tem outras atividades, que não são muito fáceis de verificar. E, se não conseguir verificá-las, a resposta é simples: trata-se de um bandido. Isso significa que ele possui um numeroso e eficiente grupo de seguranças.

— Então é o tipo de alvo que exigiria um assassino como o Relojoeiro.

— Exatamente.

— Porém — continuou Rhyme —, eu também observaria que o alvo poderia estar justamente no ponto mais afastado daquele escritório, dentro do edifício.

— O senhor acha que o alarme de incêndio era propositalmente falso.

— É possível.

— Vou dizer ao pessoal de Arturo para levar isso em conta. Ele colocou os melhores agentes, e os mais invisíveis, para lidar com esse caso.

— Encontrou alguma outra coisa sobre o conteúdo do pacote que Logan recebeu? A letra I com os espaços em branco? A placa de circuito, o livrinho, os números?

— Só especulação. E acho, como acredito que o senhor também ache, capitão, que a especulação é uma perda de tempo.

— É verdade, comandante.

Rhyme agradeceu mais uma vez e desligou. Olhou o relógio. Eram dez da noite. Trinta e cinco horas se passaram desde o ataque à subestação. Rhyme se sentia inquieto. Por um lado, estava ciente da pressão terrível para avançar naquele caso, cujo progresso era decepcionantemente lento. Por outro lado, estava exausto. Era mais cansaço do que se lembrava de ter sentido em muito tempo. Precisava dormir, mas não queria confessar a ninguém, nem mesmo a Sachs. Olhava para o telefone silencioso, pensando no que o chefe de polícia do México havia acabado de dizer, quando percebeu que tinha gotas de suor na testa. Isso o fez ficar furioso. Queria enxugar a testa antes que alguém notasse, mas obviamente não podia se dar a esse luxo. Balançou a cabeça de um lado para o outro e finalmente a gota se deslocou.

Mas o movimento também atraiu a atenção de Sachs. Rhyme percebeu que ela ia perguntar se ele estava se sentindo bem. Não queria falar sobre como se sentia, porque ou teria que confessar a verdade ou mentir para ela. Virou abruptamente a cadeira de rodas em direção ao quadro de pistas, observando atentamente o que estava escrito sem sequer ler as palavras.

Sachs estava prestes a caminhar para perto dele quando soou a campainha. Um momento depois, houve movimento no vestíbulo e Thom entrou na sala com uma visitante. Rhyme deduziu facilmente a identidade da pessoa: a mulher estava em uma cadeira de rodas feita pela mesma companhia que tinha fabricado a dele.

CAPÍTULO 52

O rosto em forma de coração de Susan Stringer era bonito e a voz soava como uma canção. Dois adjetivos a definiam: agradável e doce.

Seus olhos eram vivos e os lábios apertados, mesmo quando sorria, como devem ser os de alguém que precisa circular pelas ruas de Nova York usando apenas a força dos braços.

— Uma casa acessível, no Upper West. Isso é muito raro.

Rhyme respondeu com um sorriso, mantendo a reserva. Tinha trabalho a fazer e pouquíssimo interesse em testemunhas; evidentemente, seus comentários anteriores para Sachs sobre o interrogatório com Susan Stringer não foram sinceros.

Mesmo assim, ela quase tinha sido morta por Raymond Galt, de maneira especialmente horrível, e poderia ter alguma informação útil. Se, além disso, desejava conhecê-lo, como Sachs havia informado, ele estava disposto a concordar.

Susan cumprimentou Thom Reston com o olhar de quem sabe a importância e a difícil atividade dos enfermeiros de pessoas com deficiência. Ele perguntou se ela desejava alguma coisa, e a moça respondeu negativamente.

— Não posso demorar. Já é tarde e não estou me sentindo muito bem.

Sua expressão demonstrava que ela sem dúvida estava pensando nos terríveis momentos que havia passado no elevador. Aproximou a cadeira de rodas de Rhyme. Os braços dela funcionavam bem; era paraplégica e provavelmente teria sofrido uma lesão no tórax ou na parte mediana da coluna vertebral.

— Não teve queimaduras? — perguntou Rhyme.

— Não. Não cheguei a levar um choque elétrico. O único problema foi a fumaça, vinda dos homens que estavam no elevador comigo. Um deles pegou fogo.

Essa última frase foi dita em um sussurro.

Olhando para Rhyme com ar estoico, ela prosseguiu:

— O elevador parou bruscamente quando estávamos perto do térreo. As luzes se apagaram, exceto a de emergência. Um dos homens que estavam atrás de mim estendeu a mão para o botão de socorro. No momento em que o tocou, começou a gemer e a se agitar.

Ela tossiu, pigarreando.

— Foi horrível — continuou. — Ele não conseguiu tirar o dedo do painel. O colega dele o agarrou ou encostou nele. Foi como uma reação em cadeia. Os dois ficaram saltitando juntos. Um deles pegou fogo. Os cabelos... a fumaça, o cheiro. — A voz de Susan havia se transformado em um murmúrio. — Horrível, simplesmente horrível. Estavam morrendo ali do meu lado, morrendo ali mesmo. Eu comecei a gritar. Compreendi que se tratava de um problema elétrico e não queria tocar na parte metálica da minha cadeira nem na porta de metal. Eu simplesmente fiquei sentada.

Susan estremeceu e repetiu:

— Eu fiquei sentada, só isso. O elevador desceu a pouca distância que faltava e as portas se abriram. Tinha muita gente no saguão. Eles me puxaram para fora. Tentei avisá-los para que não tocassem em nada, mas, nessa altura, a eletricidade já tinha sido desligada. — Tossiu levemente e perguntou: — Quem é esse homem, Raymond Galt?

— Ele acha que as linhas de alta-tensão o fizeram ter câncer — respondeu Rhyme. — Está querendo se vingar, mas pode ter uma conexão com ecoterrorismo. Pode ter sido recrutado por um grupo que se opõe às companhias elétricas tradicionais. Ainda não sabemos. Pelo menos, não temos certeza.

— E ele quer matar gente inocente para se vingar? Que hipócrita! — exclamou Susan.

— Ele é um fanático — disse Sachs —, e por isso nem sequer pensa em hipocrisia. Tudo o que ele quiser fazer passa a ser bom. Tudo o que o impede de fazer o que quer é ruim. É um universo muito simples.

Rhyme olhou para Sachs, que entendeu a deixa e perguntou a Susan:

— Você falou em alguma coisa que poderia nos ajudar?

— Sim. Acho que o vi.

Apesar de não confiar em testemunhas, Rhyme a estimulou:

— Continue, por favor.

— Ele entrou no elevador no meu andar.

— Por que você acha que era ele?

— Porque ele derramou um pouco de água. Pareceu acidental, mas agora sei que fez de propósito para melhorar a condução de eletricidade.

— Foi a água que Ron encontrou na sola dos sapatos. Claro, ficamos pensando de onde poderia ter vindo.

— Ele estava vestido como um funcionário da manutenção e carregava um regador. Usava um macacão marrom um pouco sujo. Achei estranho. Não tem plantas no corredor do prédio nem no meu escritório.

— Ainda tem alguém lá? — perguntou Rhyme a Sachs.

Ela respondeu que certamente sim.

— Bombeiros, talvez, mas não gente da polícia de Nova York.

— Mande ligarem para o zelador do prédio, mesmo que seja preciso acordá-lo. Verifique se existe um serviço de manutenção de plantas. E veja também o vídeo das câmeras de segurança.

Poucos minutos depois, a resposta chegou. Não havia nenhum encarregado de molhar plantas no edifício nem nos escritórios do oitavo andar. Só havia câmeras de segurança no saguão, com as lentes grande-angulares mostrando, inutilmente, "muita gente entrando e muita gente saindo", conforme disse um dos chefes dos bombeiros. "Impossível ver bem os rostos."

Rhyme projetou na tela a foto da carteira de motorista de Galt.

— É ele? — perguntou a Susan.

— Pode ser. Ele não olhou para nós e eu, na verdade, não olhei bem para ele — disse ela, virando-se para Rhyme. — O rosto dele não estava no nível dos meus olhos.

— Você se lembra de mais alguma coisa a respeito dele?

— Quando ele se aproximou do elevador, e também ao sair, olhou várias vezes para o relógio de pulso.

— O prazo — observou Sachs. Depois acrescentou: — Mas ele se adiantou.

— Só alguns minutos — disse Rhyme. — Talvez estivesse preocupado que alguém o reconhecesse no prédio. Queria terminar o serviço e escapar. Provavelmente estava monitorando a distribuição de energia da Algonquin e sabia que a companhia não iria reduzir a corrente no prazo.

— Ele estava usando luvas de couro bege — prosseguiu Susan. — As mãos dele estavam no nível dos meus olhos. E me lembro disso porque pensei que ele devia estar com as mãos suadas. Estava quente no elevador.

— Havia alguma coisa escrita no macacão?

— Não.

— Algo mais?

Ela deu de ombros.

— Não acho que isso seja útil, mas ele foi grosseiro.

— Grosseiro?

— Ele esbarrou em mim quando entrou no elevador e não pediu desculpas.

— Ele a tocou?

— Não exatamente — respondeu ela, olhando para baixo. — Empurrou a cadeira. Estava um pouco apertado no elevador.

— Mel!

O técnico se virou para eles.

— Susan — disse Rhyme —, você se importa que a gente examine essa parte da sua cadeira?

— Não, claro que não.

Cooper observou cuidadosamente o lado da cadeira que ela mostrou, usando uma lente de aumento. Rhyme não saberia dizer o que ele encontrou, mas o técnico recolheu dois fragmentos presos na junção das peças da cadeira.

— O que são?

— Fibras. Uma verde-escura e outra marrom. — Cooper as examinou no microscópio e depois acessou no computador uma base de dados de fibras semelhantes. — Algodão, fios grossos — prosseguiu. — Poderiam ser resíduos de um uniforme militar.

— Suficiente para testar?

— Mais que suficiente.

Cooper e Sachs passaram uma parte das fibras no espectrômetro/cromatógrafo

Rhyme esperou, impaciente, e ela finalmente exclamou:

— Aqui estão os resultados.

Uma folha impressa saiu da máquina e Cooper a examinou.

— Outra vez combustível de aviação, na fibra verde. Na marrom há vestígios de óleo diesel e mais ervas chinesas.

— Diesel — disse Rhyme, refletindo. — Talvez não seja um aeroporto. Talvez o objetivo seja uma refinaria.

— Seria um alvo formidável, Lincoln — observou Cooper.

Sem dúvida.

— Sachs, ligue para Gary Noble. Diga para aumentar a segurança nos portos e especialmente nas refinarias e nos depósitos de combustível.

Ela pegou o telefone.

— Mel, acrescente no quadro o que temos até agora.

Cena do crime: edifício de escritórios rua 54, 235, oeste

- Vítimas (falecidas)
  - Larry Fishbein, Nova York, contador
  - Robert Bodine, Nova York, advogado
  - Franklin Tucker, Paramus, Nova Jersey, comerciante
- Uma marca de fricção de Raymond Galt
- Cabo Bennington e parafusos fendidos, como os das outras cenas
- Dois comutadores remotos, fabricação caseira:
  - Um para desligar a corrente do elevador
  - Um para completar o circuito e eletrificar o elevador
- Parafusos e fios menores ligando o painel ao elevador, não rastreáveis

- Água nos sapatos das vítimas
- Traços de:
  - Ervas chinesas, ginseng e goji
  - Mola em espiral de Breguet (planeja usar temporizador em vez de controle remoto em ataques futuros?)
  - Fibra verde-escura grossa de algodão
    - Contendo vestígios de combustível alternativo para aviões a jato
      - Ataque a uma base militar?
  - Fibra marrom-escura grossa de algodão
    - Contendo vestígios de diesel
    - Contendo mais ervas chinesas

Perfil

- Identificado como Raymond Galt, 40 anos, solteiro, morador de Manhattan, Suffolk Street, 227
- Conexão terrorista? Relação com o grupo Justice For The Earth? Grupo ecoterrorista? Não há perfil em nenhuma base de dados dos Estados Unidos. Novo? Submundo? Envolvimento do indivíduo chamado Rahman. Johnston também. Referências em código a desembolsos financeiros, movimentos de pessoal e alguma coisa "grande"
  - Possível relação com intruso na Algonquin da Filadélfia
  - Indícios de SIGINT: referência em código a armas, "papel e material de escritório" (armas, explosivos?)
  - Pode haver um homem e uma mulher
  - Envolvimento de Galt desconhecido
- Paciente com câncer: presença de vimblastina e prednisona em quantidades significativas, traços de etoposídio. Leucemia
- Galt está armado com um Colt 45 militar, de 1911
- Disfarçado de funcionário da manutenção com macacão marrom. Verde-escuro também?
- Usava luvas de couro bege.

Cooper organizou as pistas e marcou os cartões da cadeia de custódia, enquanto Sachs falava ao telefone com a Segurança Nacional sobre a ameaça aos portos de Nova York e Nova Jersey.

Rhyme e Susan Stringer se viram a sós. Olhando para o quadro, ele percebeu que ela o observava atentamente. Sentindo-se pouco à vontade, voltou-se para ela, procurando uma forma de fazê-la se retirar. Já tinha vindo, havia ajudado e conhecera o deficiente famoso. Era hora de continuar o trabalho.

Ela perguntou:

— Você é tetraplégico C4, não é?

Isso significava uma lesão na quarta vértebra cervical, o quarto osso da espinha abaixo da base do crânio.

— Sim, mas tenho alguns movimentos nas mãos, sem sensações.

Tecnicamente, era uma lesão "completa", isto é, ele tinha perdido toda a capacidade sensorial abaixo do ponto lesionado (os pacientes "incompletos" podem fazer alguns movimentos). Mas o corpo humano é imprevisível, e alguns impulsos elétricos passavam da barreira. A fiação estava danificada, porém não completamente cortada.

— Você está em boa forma — continuou ela — do ponto de vista muscular.

Olhando para o quadro, ele respondeu, sem convicção:

— Todos os dias faço exercícios de movimentos e estímulos elétricos funcionais, a fim de manter o tônus muscular.

Rhyme tinha que reconhecer que gostava dos exercícios. Explicou que usava uma esteira e uma bicicleta estacionária. O equipamento o fazia se movimentar, e não o contrário, mas mesmo assim ajudava a musculação e parecia ter sido o responsável pelos movimentos que ele havia recuperado recentemente na mão direita, pois, após o acidente, só seu dedo anelar esquerdo funcionava.

Estava em melhor forma agora do que antes da lesão.

Dizendo isso, Rhyme percebeu, pela expressão dela, que Susan tinha entendido, porque retrucou:

— Eu desafiaria você para uma queda de braço, mas...

Rhyme riu com vontade.

Em seguida, ela assumiu uma expressão solene, olhando em volta para ver se alguém poderia ouvir. Certificando-se, olhou-o nos olhos e disse:

— Lincoln, você acredita no destino?

CAPÍTULO 53

Há certa camaradagem no mundo das pessoas com deficiência.

Alguns pacientes assumem uma postura de irmandade: somos nós contra eles. Não se meta com a gente. Outros têm uma abordagem mais cordial. Se precisar de um ombro amigo, eu estou aqui. Estamos no mesmo barco, amigo.

Lincoln Rhyme, porém, não tinha tempo para nenhuma das duas. Ele era um perito criminal cujo corpo, por acaso, não funcionava da maneira que ele desejava, assim como Amelia Sachs era uma policial que sofria de artrite e gostava de carros velozes.

Rhyme não se definia em termos de sua deficiência. Ela vinha em segundo lugar. Havia deficientes agradáveis e espirituosos, assim como outros insuportáveis. Rhyme os julgava individualmente, como fazia com qualquer outra pessoa.

Achou Susan Stringer uma pessoa bastante agradável e respeitava a coragem dela em ir ao laboratório, quando poderia ter ficado em casa cuidando de seus ferimentos e explorando seu trauma. Mas ambos nada tinham em comum além de uma lesão da coluna vertebral, e a mente de Rhyme já estava ocupada novamente, pensando no caso Galt. Ele suspeitou que em breve Susan ficaria desapontada ao ver que o famoso perito criminal tetraplégico que havia ido visitar não tinha muito tempo a perder com ela.

E, além disso, ele não era uma pessoa que gostava de conversar sobre o destino.

— Não — respondeu ele —, provavelmente não no sentido que você dá à palavra.

— Eu estou falando do que parece ser uma coincidência ser, na verdade, uma série de acontecimentos previstos para ocorrer.

Rhyme confirmou:

— Nesse caso, não.

— Achei que não. — Ela sorriu. — Mas a boa notícia para pessoas como você é que existem pessoas como eu, que realmente acreditam no destino. Acho que havia um motivo para que eu estivesse naquele elevador e para que esteja aqui agora. — O sorriso se transformou numa risada. — Não se preocupe... Eu não quero aborrecer você — continuou ela, sussurrando. — Não estou tentando me aproximar de você... nem do seu corpo. Eu tenho um casamento feliz e percebi que você e a detetive Sachs estão juntos. Não se trata disso. Trata-se unicamente de você.

Ele estava prestes a... bem, Rhyme não sabia bem o que estava prestes a fazer. Simplesmente queria que ela se retirasse, mas não sabia como obter esse resultado. Por isso ergueu cautelosamente uma sobrancelha.

Ela perguntou:

— Você já ouviu falar do Centro de Medula Pembroke, em Lexington?

— Creio que sim. Não tenho certeza.

Rhyme sempre recebia informações sobre reabilitação da medula e sobre os mais recentes produtos e medicamentos. Tinha deixado de prestar muita atenção ao fluxo de informações; sua obsessão com os casos em que trabalhava para o FBI e para o Departamento de Polícia de Nova York reduziam bastante o tempo para outras leituras e para percorrer o país em busca de novos tratamentos.

— Já frequentei diversos programas lá e conheço membros do meu grupo de apoio para pessoas com lesão na espinha que também já foram — disse Susan.

Grupo de apoio para deficientes. Rhyme suspirou, adivinhando o que viria.

Mas ela novamente o surpreendeu.

— Não se preocupe, eu não estou sugerindo que você se junte a nós. Você provavelmente não seria um colega muito útil em nenhum grupo — completou, com os olhos brilhando com bom humor no rosto em formato de coração.

— Não.

— Tudo o que peço é que me escute.

— Está bem.

— Veja, Pembroke é o principal instituto para tratamento da coluna. Eles fazem de tudo.

Havia muitas técnicas promissoras para ajudar pessoas com deficiências graves. O problema era financeiro. Embora as lesões fossem graves e as consequências durassem a vida inteira, a verdade era que, em comparação com outras enfermidades, os problemas de medula eram relativamente raros. Por isso, os recursos oficiais e privados para pesquisas se orientavam em outros sentidos, em busca de procedimentos e medicamentos que fossem destinados a um número maior de pessoas. Assim, a maioria das técnicas que prometiam avanços significativos na situação dos pacientes continuava a ter caráter experimental, sem aprovação, nos Estados Unidos.

Alguns resultados eram realmente notáveis. Em laboratórios de pesquisa, ratos com lesões graves na espinha chegaram a aprender a caminhar novamente.

— Eles têm uma unidade de reação crítica, mas isso não serve para nós, naturalmente.

A chave para minimizar as lesões da espinha é tratar a região afetada imediatamente após o acidente com medicamentos que impeçam o inchaço e danos subsequentes aos nervos. O prazo para realizar isso é muito curto, em geral horas ou no máximo dias após a lesão.

Como pacientes veteranos, Susan e Rhyme só podiam aproveitar técnicas para *reparar* a lesão. Isso, porém, em geral esbarrava em um problema intratável: as células nervosas não se regeneram como acontece com a pele do dedo depois de um corte.

Essa era a batalha que os especialistas em lesões da espinha enfrentavam diariamente, e Pembroke estava na vanguarda. Susan descreveu um impressionante conjunto de técnicas de que os médicos da instituição dispunham. Trabalhavam com células-tronco, faziam reorientação de nervos usando nervos periféricos (quaisquer nervos fora da medula, que *são capazes* de se regenerar) e tratando as lesões com medicamentos e outras substâncias que auxiliavam a regeneração. Construíam até mesmo "pontes" não celulares em torno do local da lesão a fim de transportar impulsos nervosos entre o cérebro e os músculos.

O centro também tinha um amplo departamento de prótese.

— É extraordinário — comentou ela. — Eu vi um vídeo de uma paraplégica com um computador de controle e alguns fios implantados no corpo dela. Ela conseguia caminhar quase normalmente.

Rhyme olhava para o pedaço de cabo Bennington que Galt tinha usado no primeiro ataque.

Fios...

Ela descreveu uma técnica chamada "sistema *Freehand*" e outras semelhantes, que consistiam na implantação de baterias e eletrodos estimulantes nos braços. Encolhendo os ombros ou movendo o pescoço em certas direções, era possível deflagrar movimentos coordenados do braço e das mãos. Alguns quadriplégicos, segundo ela explicou, eram até mesmo capazes de se alimentar sozinhos.

— Nada dessas práticas fraudulentas de médicos que se aproveitam de pacientes desesperados.

Irritada, Susan falou de um médico na China que cobrava vinte mil dólares para fazer orifícios no crânio e na espinha de enfermos a fim de implantar tecido retirado de embriões. Isso, obviamente, não produzia efeito visível, além de, naturalmente, arriscar a vida do paciente, produzir novas lesões ou levá-los à falência.

A equipe de Pembroke, explicou ela, vinha das melhores faculdades de medicina do país.

O que prometiam era realista, isto é, modesto. Um quadriplégico como Rhyme não seria capaz de caminhar novamente, mas poderia melhorar o funcionamento dos pulmões, talvez conseguir trabalhar com outros dedos e, mais importante, recuperar o controle dos intestinos e da bexiga. Isso seria importante para reduzir o risco de ataques de disreflexia: o aumento vertiginoso da pressão sanguínea que poderia levar a um ataque cardíaco que o tornaria ainda mais dependente ou mesmo matá-lo.

— Isso me ajudou muito — continuou ela. — Creio que em poucos anos serei capaz de caminhar outra vez.

Rhyme balançava afirmativamente a cabeça. Não encontrava o que dizer.

— Eu não sou funcionária do instituto nem ativista dos direitos de pessoas com deficiência. Sou editora de uma revista e acontece que sou paraplégica. — Essas palavras fizeram Rhyme sorrir levemente. Ela continuou: — Mas, quando a detetive Sachs disse que trabalhava com você, eu pensei: é o destino. Eu estava predestinada a vir até aqui e falar a respeito de Pembroke. Eles podem ajudá-lo.

— Eu... fico grato.

— Naturalmente, já li ao seu respeito. Você fez muitas coisas boas para a cidade. Talvez seja hora de fazer algo por você mesmo.

— Bem, isso é complicado.

Rhyme não tinha ideia do que suas palavras significavam nem por que as tinha pronunciado.

— Eu sei, você se preocupa com o risco. É justo.

Sem dúvida, uma cirurgia seria mais arriscada para ele, por ser C4, do que para ela. Ele tinha tendência à pressão alta e às complicações respiratórias e infecções. Era uma questão de equilíbrio. Valeria a pena uma cirurgia? Ele quase tinha se submetido a uma operação, anos antes, mas um caso tinha impedido o procedimento. Rhyme havia adiado indefinidamente qualquer tratamento médico desse tipo.

Mas agora?, pensou ele. Tinha a vida que desejava? Claro que não. Mesmo assim, sentia-se satisfeito. Amava Sachs, e ela a ele. Rhyme vivia para seu trabalho. Não estava ansioso por largar tudo para correr atrás de um sonho irreal.

Ainda que normalmente fosse reticente em relação aos próprios sentimentos, ele disse isso a Susan Stringer, e ela compreendeu.

Em seguida, surpreendeu-se ainda mais ao acrescentar algo que não havia revelado a muitas pessoas.

— Eu sinto que sou principalmente meu cérebro. É nele que eu vivo. Às vezes acredito que esse é um dos motivos pelos quais sou o perito criminal que sou. Minha capacidade deriva da minha deficiência. Se eu voltasse a ser, entre aspas, normal, isso me transformaria como cientista forense? Não sei, mas não quero correr esse risco.

Susan refletiu sobre essas palavras.

— É um pensamento interessante, mas receio que seja uma muleta, uma desculpa para não se arriscar.

Rhyme gostou da observação. Apreciava a sinceridade. Indicando a cadeira de rodas com a cabeça, disse:

— No meu caso, uma muleta seria um avanço.

Ela riu.

— Obrigado por suas ideias — disse ele, porque achou que precisava dizer isso, e ela o olhou novamente com uma expressão compreensiva. Era uma atitude menos irritante agora, porém continuava sendo desconcertante.

Ela recuou a cadeira de rodas, dizendo:

— Missão cumprida.

Rhyme franziu a testa.

Susan sorriu e disse:

— Eu fiz você encontrar duas fibras que de outra forma não teria descoberto. Gostaria que houvesse mais. — Fitou Rhyme e continuou: — Mas às vezes as pequenas coisas são as que fazem a diferença. Agora, preciso ir.

Rhyme agradeceu e Thom a levou até a porta.

Depois que ela saiu, o perito criminal disse:

— Isso foi combinado, não foi?

— Foi *um pouco* combinado, Rhyme — respondeu Sachs. — De qualquer forma, precisávamos interrogá-la. Quando liguei para combinar, nós duas conversamos. Ao saber que eu trabalhava com você, ela desejou fazer a promoção do tratamento. Respondi que a deixaria falar com o chefe.

Rhyme sorriu ligeiramente.

O sorriso desapareceu quando Sachs se abaixou, dizendo num sussurro, para que Mel Cooper não ouvisse:

— Eu não quero que você seja diferente do que é, Rhyme, mas quero ter certeza de que está saudável. É tudo o que me importa. Fico feliz com qualquer coisa que você escolher.

Por um momento, Rhyme se lembrou do título do panfleto que o Dr. Kopeski tinha deixado, sobre a morte com dignidade.

Escolhas.

Ela se curvou para a frente e o beijou. Ele sentiu a mão de Sachs tocando a lateral de sua cabeça por um pouco mais de tempo que o necessário para um simples gesto de afeição.

— Está sentindo se eu estou quente? — perguntou Rhyme, sorrindo por tê-la surpreendido.

Sachs riu.

— Todos nós estamos quentes, Rhyme. Se você está com *febre* ou não, aí eu não sei. — Beijou-o novamente e disse: — Dorme um pouco. Mel e eu ainda vamos trabalhar por algum tempo. Depois eu vou para o quarto.

Sachs voltou a examinar as evidências que tinha trazido.

Rhyme hesitou, mas achou que estava cansado, fatigado demais para ser útil naquele momento. Virou a cadeira para o elevador, onde Thom se juntou a ele. Ambos iniciaram a viagem na pequena cabine. Ainda havia gotas de suor em sua testa e ele achou que seu rosto estava corado. Eram sintomas de disreflexia, mas não sentia dor de cabeça nem a sensação que normalmente precede um ataque cardíaco. Thom o preparou para a cama e fez o exame de todas as noites. O medidor de pressão e o termômetro estavam sempre prontos.

— Um pouquinho elevada — disse ele, a respeito da pressão. Quanto à temperatura, Rhyme não estava com febre.

Thom o transferiu da cadeira para a cama e o perito criminal pensou no comentário de Sachs, alguns minutos antes.

Todos nós estamos quentes, Rhyme.

Ele não pôde deixar de refletir que isso era verdade. Para quem estivesse vivo.

CAPÍTULO 54

Ele acordou de repente, em meio a um sonho.

Tentou se recordar, mas não lembrava o bastante para saber se tinha sido desagradável ou simplesmente estranho. Provavelmente tinha sido ruim, porque ele suava profusamente, como se estivesse atravessando a sala das turbinas da Algonquin Consolidated.

Era quase meia-noite, como mostrava a tênue luz do despertador. Fazia pouco tempo que havia adormecido e se sentia tonto. Precisou de um minuto para se reorientar.

Havia se livrado do macacão, do capacete e da bolsa de ferramentas após o ataque ao hotel, mas tinha conservado uma das peças, que agora estava pendurada em uma cadeira próxima: o distintivo de identificação. Contemplava agora, à luz mortiça refletida, a foto de expressão sombria, a inscrição em um tipo de letra impessoal que dizia "R. Galt", e, acima dela, em letras um pouco mais amistosas:

ALGONQUIN CONSOLIDATED POWER
ENERGIA PARA SUA VIDA™

Levando em conta o que vinha fazendo nos últimos dias, ele não pôde deixar de apreciar a ironia daquele slogan.

Recostou-se e olhou para o teto do apartamento barato que tinha alugado por uma semana um mês antes, usando um pseudônimo, pois sabia que mais cedo ou mais tarde a polícia descobriria sua residência.

De fato, tinham descoberto rápido.

Afastou os lençóis com um pontapé. Seu corpo estava úmido de suor.

Pensou na condutividade do corpo humano. A resistência de nossos órgãos internos escorregadios pode chegar a um mínimo de oitenta e cinco ohms, o que os torna extremamente suscetíveis à corrente elétrica. De pele molhada, mil ohms, ou menos. A pele seca, porém, tem uma resistência mínima de dez mil ohms. Tão elevada que é necessária uma voltagem significativa para fazer a corrente atravessar o corpo, normalmente dois mil volts.

O suor torna as coisas muito mais fáceis.

Sua pele esfriou enquanto secava e a resistência aumentou.

Sua mente saltava de um pensamento para o outro: os planos para o dia seguinte, que voltagens utilizar, como fazer as ligações. Pensou em seus perseguidores. Aquela mulher detetive, Sachs. O jovem Pulaski. Naturalmente, Lincoln Rhyme também.

Em seguida, viu-se recordando alguma coisa completamente diferente: na década de cinquenta, dois químicos, Stanley Miller e Harold Orly, da Universidade de Chicago, pensaram numa experiência muito interessante. Criaram em laboratório uma versão da sopa primordial e da atmosfera que cobria a Terra há bilhões de anos. Nessa mistura de hidrogênio, amônia e metano, os dois cientistas deflagraram uma centelha elétrica semelhante a um relâmpago como os daquela época.

O que aconteceu?

Poucos dias depois, encontraram algo emocionante: nos tubos de ensaio havia vestígios de aminoácidos, os chamados blocos componentes da vida.

Haviam descoberto indícios que sugeriam que a vida na Terra tinha começado por causa de uma centelha elétrica.

Enquanto o relógio se aproximava da meia-noite, ele redigiu a nova carta de exigências à Algonquin e à prefeitura de Nova York. Depois, já sonolento, pensou novamente na corrente elétrica e na ironia de que aquilo que, num relâmpago de um milissegundo, há muitos, muitos anos, havia criado a vida na Terra, iria destruí-la amanhã com a mesma rapidez.

Parte III
ENERGIA

DIA DA TERRA

Eu não fracassei. Apenas descobri dez mil maneiras que não vão dar certo.

Thomas Alva Edson

CAPÍTULO 55

"Por favor, deixe sua mensagem após o sinal."

Em sua casa no Brooklyn, às sete e meia da manhã, Fred Dellray olhou para o celular e o fechou. Ele não se preocupou em ditar outra mensagem, porque já havia deixado dezenas no telefone mudo de William Brent.

Estou ferrado, pensou ele.

Havia a possibilidade de que o informante estivesse morto. Ainda que a expressão usada por McDaniel fosse absurda (*união simbiótica?*), a teoria dele poderia não ser. Fazia sentido que Raymond Galt fosse o contato interno convencido a colaborar com Rahman, Johnston e o grupo Justice For The Earth nos atentados contra a Algonquin e a rede de distribuição de energia. Se por acaso Brent tivesse descoberto a célula, eles o teriam liquidado em um instante.

Dellray pensou novamente nas ideias políticas cegas e simplórias, as calorias gratuitas do terrorismo.

Mas ele já era veterano em sua atividade e seu instinto lhe dizia que William Brent estava bem vivo. A cidade de Nova York é menor do que se acredita, especialmente os subterrâneos da Big Apple. Dellray havia ligado para outros contatos: outros informantes e alguns dos agentes secretos ligados a ele. Nem uma palavra sobre William Brent. Nem mesmo Jimmy Jeep sabia de alguma coisa, e sem dúvida tinha motivo para procurá-lo novamente, para se certificar de que Dellray ainda o apoiaria na iminente decisão sobre o caminho para a Georgia. No entanto, ninguém sabia nada de útil nem nenhum lixeiro tinha descoberto entre os sacos de lixo um sarcófago fedorento contendo um cadáver.

Não, concluiu Dellray. Havia apenas uma resposta óbvia e ele não podia continuar ignorando-a: Brent tinha passado a perna nele.

Havia consultado a Segurança Nacional para saber se o informante, com a identidade de Brent ou qualquer das outras que ele usava no submundo, havia embarcado em algum voo para qualquer destino. Esse não era o caso, embora um informante profissional saiba perfeitamente onde conseguir documentos *legítimos* de identidade.

— Meu bem?

Dellray se sobressaltou ao som da voz e ergueu os olhos, vendo Serena à porta com Preston nos braços.

— Você está muito pensativo — comentou ela. Dellray sempre ficava impressionado com a semelhança entre Serena e a atriz Jada Pinkett Smith. — Você já estava pensativo quando foi dormir e continuou pensativo quando acordou. Provavelmente estava pensativo enquanto dormia.

Ele abriu a boca para inventar uma justificativa, mas disse:

— Acho que eu fui demitido ontem.

— O quê? — disse ela, com espanto. — McDaniel demitiu você?

— Não foi assim que ele falou; ele me agradeceu.

— Mas...

— Alguns agradecimentos significam obrigado, e outros querem dizer: trate de fazer as malas. Digamos que estou sendo afastado aos poucos. É a mesma coisa.

— Eu acho que você está interpretando mal.

— Ele continua se esquecendo de me atualizar sobre o andamento do caso.

— O caso da eletricidade?

— Isso mesmo. Lincoln me liga, Sellitto me liga, mas é o auxiliar de Tucker que liga para mim.

Dellray não mencionou o outro motivo de suas preocupações: a possível incriminação pelos cem mil dólares roubados e desaparecidos.

Mais preocupante ainda era o fato de que ele realmente acreditava que William Brent tinha uma pista importante, alguma coisa que permitiria deter aqueles ataques terríveis.

Uma pista que havia desaparecido com ele.

Serena se aproximou e se sentou ao lado do marido, entregando--lhe Preston, que agarrou o polegar de Dellray com dedos entusiasmados, desanuviando um pouco seus pensamentos.

— Eu lamento, meu bem — disse ela.

Ele olhou pela janela para a geometria complexa dos prédios e mais além deles, onde se via uma parte da estrutura da ponte do Brooklyn. Lembrou-se de alguns versos do poema "Crossing Brooklyn Ferry", de Walt Whitman:

> *O melhor de meus atos me pareceu estéril e suspeito;*
> *Minhas elevadas ideias, como eu as supunha, não seriam*
> *na verdade mesquinhas?*

Essas palavras também eram verdadeiras em relação a ele. A fachada de Fred Dellray: moderno, durão, um homem do mundo. De vez em quando pensava, *mais* que de vez em quando: e se eu estiver entendendo tudo errado?

No entanto, as palavras do início da estrofe seguinte de Whitman eram definitivas:

> *Não apenas você sabe o que é ser perverso;*
> *Eu sou aquele que sabia o que era ser perverso.*

"O que eu vou fazer?", pensou ele.

Justice For The Earth...

Lembrou com arrependimento ter recusado a oportunidade de comparecer a uma conferência sobre coleta e análise de dados e inteligência por satélite. O memorando era intitulado "Os contornos do futuro".

Caminhando pela rua, Dellray tinha dito em voz alta:

— Aqui estão os contornos do futuro. — E havia enrolado o memorando como uma bola, lançando-o ao lixo numa cesta de três pontos.

— Então você... vai ficar em casa? — perguntou Serena, enxugando a boca de Preston. O bebê riu, querendo mais. Ela fez a vontade dele, com uma ligeira cócega.

— Eu tinha um ponto de vista no caso, mas ele desapareceu. Bem, eu o perdi. Confiei em quem não devia ter confiado. Estou sem contato.

— Um informante? Deixou você sem contato?

Dellray estava quase mencionando os cem mil dólares, mas não chegou a fazê-lo.

— Desapareceu, sumiu — murmurou ele.

— Desapareceu *e* sumiu? As duas coisas? — repetiu ela. O rosto de Serena assumiu uma expressão teatral. — Não me diga que ele também se escondeu e se retirou?

O agente não resistiu e sorriu.

— Eu só uso os informantes mais talentosos. — Logo o sorriso se apagou. — Em dois anos ele nunca faltou a um encontro.

"Naturalmente, nesses dois anos eu sempre paguei depois que ele cumprisse sua parte no trato", pensou.

— O que você vai fazer? — perguntou Serena.

— Não sei — respondeu ele com sinceridade.

— Então pode me fazer um favor.

— Acho que sim. O quê?

— Sabe todas aquelas coisas que estão no porão e que você pensou em arrumar?

A primeira reação de Fred Dellray foi dizer: "Você só pode estar brincando", mas depois pensou nas pistas que tinha sobre o caso Galt, que eram zero. Tomando o bebê nos braços, levantou-se e a seguiu, descendo as escadas.

CAPÍTULO 56

Ron Pulaski ainda conseguia se lembrar do ruído. O baque e, depois, um estalo.

O estalo. Ele odiava o estalo.

Pensou na primeira vez em que havia trabalhado com Lincoln e Amelia. Tinha se descuidado e havia sido atingido na cabeça por um bastão ou um porrete. Sabia que esse incidente tinha ocorrido, mas não se lembrava de nada. Descuido. Virara uma esquina sem verificar onde estaria o suspeito e o homem o havia acertado em cheio.

O ferimento o fez ficar amedrontado, confuso, desorientado. Ele fez tudo o que era possível — com todo o empenho —, mas o trauma sempre voltava. Pior ainda: uma coisa era se descuidar e virar uma esquina sem tomar precauções, mas cometer um erro e ferir terceiros era outra.

Pulaski estacionou a viatura diante do hospital. Era outro veículo. O primeiro tinha sido recolhido para servir de prova. Se alguém perguntasse, ele diria que tinha ido ali para interrogar alguém próximo ao homem que havia cometido os ataques terroristas.

Estou verificando o paradeiro do criminoso...

Isso era o que ele e o irmão gêmeo, também policial, poderiam dizer um ao outro e gargalhar em seguida. Agora, porém, não tinha graça, porque ele sabia que o homem que havia atropelado, cujo corpo sofrera o impacto e de cujo crânio tinha vindo o estalo, era apenas um pobre transeunte.

Ao entrar no caótico hospital, uma onda de pânico se abateu sobre Pulaski.

E se tivesse *matado* o homem?

Homicídio com um veículo foi a acusação que lhe veio à mente. Homicídio culposo, por negligência.

Isso podia significar o fim da sua carreira.

Mesmo que não fosse acusado, mesmo que o promotor público não levasse o caso adiante, ele ainda podia ser objeto de uma demanda judicial por parte da família. E se o sujeito acabasse ficando paralítico, como Lincoln Rhyme? O Departamento de Polícia de Nova York teria um seguro para cobrir algo assim? Sem dúvida, o seguro pessoal de Pulaski não poderia pagar assistência médica vitalícia. Seria possível que ele perdesse tudo o que possuía numa ação judicial civil? Ele e Jenny teriam de trabalhar o resto de suas vidas para pagar a indenização. Os filhos nunca poderiam aspirar a uma educação superior; as pequenas economias que já tinham iniciado desapareceriam como fumaça.

— Eu vim visitar Stanley Palmer — disse ele à funcionária que estava na recepção. — Vítima de um acidente de tráfego, ontem.

— Claro, agente. Está no 402.

Uniformizado, atravessou diversas portas até encontrar o quarto. Parou do lado de fora, criando coragem. E se toda a família de Palmer estivesse ali? Mulher, filhos. Tentou pensar em algo para dizer.

Mas tudo o que ouviu foi um baque e um estalo.

Ron Pulaski respirou fundo e entrou no quarto. Palmer estava sozinho. Deitado, inconsciente, ligado a todo tipo de fios e tubos assustadores e a um equipamento eletrônico tão complicado quanto os aparelhos do laboratório de Lincoln Rhyme.

Rhyme...

Como ele havia decepcionado o chefe, o homem que o inspirara a permanecer na polícia, porque Rhyme tinha feito o mesmo depois de sua própria lesão. Aquele era o homem que cada vez mais lhe confiava responsabilidades. Lincoln Rhyme acreditava nele.

E olha o que eu fiz agora.

Pulaski ficou olhando para Palmer, que estava absolutamente imóvel, ainda mais imóvel que Rhyme, porque nenhuma parte do corpo do paciente se movia, com exceção dos pulmões, embora os traços do monitor não oscilassem muito. Uma enfermeira passou por ali e Pulaski perguntou:

— Como ele está?

— Não sei — respondeu ela com um sotaque forte que Pulaski não conseguiu identificar. — O senhor vai ter que falar com o médico.

Após contemplar a forma imóvel de Palmer por algum tempo, Pulaski ergueu os olhos e viu um homem de meia-idade, etnia indeterminada, de avental azul-claro e com um nome bordado, precedido pela abreviatura "Dr.". Outra vez, por causa do uniforme do policial, o médico deu a ele informações que de outra forma talvez não compartilhasse com um desconhecido. Palmer tinha sido operado por causa de graves lesões internas. Estava em coma e naquele momento não era possível fazer um prognóstico.

Aparentemente não havia membros da família na região de Nova York. Palmer era solteiro. Tinha um irmão e outros parentes no Oregon, os quais foram informados.

— Um irmão — disse Pulaski, pensando no próprio irmão gêmeo.

— Isso mesmo — disse o médico, tirando os olhos do monitor e encarando o policial. — Você não veio aqui para tomar o depoimento dele. Isso não tem nada a ver com a investigação, não é?

— O quê? — Alarmado, não havia nada que ele pudesse fazer.

Um sorriso bondoso surgiu no rosto do médico.

— Essas coisas acontecem. Não se preocupe.

— Acontecem?

— Eu sou médico da emergência há muitos anos. Os policiais veteranos nunca vêm visitar as vítimas; só os jovens.

— Na verdade, eu estou aqui para ver se posso tomar o depoimento dele.

— Claro... mas podia ter ligado para saber se ele estava consciente. Não banque o durão, agente. Você é um homem de bom coração.

O coração de Pulaski batia ainda mais forte.

Os olhos do médico se viraram para o corpo inerte de Palmer.

— O atropelador fugiu?

— Não. Nós sabemos quem era o motorista.

— Ótimo! Vocês pegaram o safado. Espero que o juiz dê a maior pena possível.

Em seguida, o médico se afastou.

Pulaski parou no posto de enfermagem e, protegido pela aura de seu uniforme, obteve o endereço e o número do seguro social de Palmer. Descobriria o que pudesse sobre ele, a família e os dependentes. Embora fosse solteiro, ele era um homem de meia-idade e podia ter filhos. Pulaski ligaria para eles, veria se podia ajudar em alguma coisa. Não tinha muito dinheiro, mas daria o apoio moral que fosse possível.

O jovem policial desejava principalmente desanuviar a alma pelo sofrimento que havia causado.

A enfermeira pediu licença e se afastou para atender a um chamado.

Pulaski se virou também, ainda mais rápido, e, ao se afastar do posto de enfermagem, colocou os óculos escuros para que ninguém visse as lágrimas.

CAPÍTULO 57

Pouco depois das nove da manhã, Rhyme pediu a Mel Cooper que ligasse a televisão do laboratório, mantendo o volume baixo.

Como os agentes federais pareciam lentos em compartilhar informações atualizadas com a polícia de Nova York, ou pelo menos com Rhyme, ele queria ter certeza de acompanhar os últimos acontecimentos.

Que melhor fonte senão a CNN?

Naturalmente, o caso era a principal notícia. A foto de Galt aparecia um milhão de vezes e havia outras tantas referências ao misterioso grupo ecoterrorista Justice For The Earth, além de pedaços de entrevistas com Andi Jessen, a antiverde.

No entanto, a maior parte da cobertura dos ataques de Galt era uma enxurrada de especulações. Muitos locutores, naturalmente, debatiam a possível ligação com o Dia da Terra.

Essa data era também objeto de muitas matérias. Diversas comemorações estavam programadas na cidade: um desfile, crianças plantando árvores, protestos, uma exposição sobre energias renováveis no centro de convenções e um grande comício no Central Park, no qual os oradores seriam dois senadores em ascensão vindos do oeste, que estavam entre os principais aliados do presidente em temas ambientais. Em seguida haveria um show com meia dúzia de bandas de rock famosas. Esperava-se uma plateia de meio milhão de pessoas. Diversas reportagens tratavam das providências especiais de segurança em todos os eventos por causa dos ataques recentes.

Gary Noble e Tucker McDaniel disseram a Rhyme que, além dos duzentos agentes e policiais adicionais do Departamento de Polícia de Nova York encarregados da segurança, o pessoal de apoio técnico do FBI havia colaborado com a Algonquin para se certificar de que todas as linhas elétricas no parque e em volta dele estivessem protegidas contra sabotagem.

Rhyme ergueu os olhos quando Ron Pulaski entrou na sala.

— Por onde tem andado, novato?

— Hmm... — fez ele, erguendo um envelope branco. — O DNA.

Ele tinha estado em outro lugar e Rhyme achava que sabia onde. O perito criminal não insistiu, mas disse:

— Isso não era prioridade. Sabemos a identidade do criminoso. Vamos precisar disso para o julgamento, mas primeiro temos que pegá-lo.

— Claro.

— Encontrou alguma coisa ontem no apartamento de Galt?

— Eu examinei tudo de novo, de cima a baixo, Lincoln. Mas infelizmente não achei nada.

Sellitto chegou também, mais amarrotado do que de costume. A roupa parecia a mesma: camisa azul-clara e terno azul-marinho. Rhyme imaginou que ele havia dormido no gabinete de polícia. O detetive fez um resumo do que estava acontecendo na cidade. O caso havia transbordado para o mundo das relações públicas. Carreiras políticas poderiam estar em risco e os funcionários municipais, estaduais e federais aumentavam o policiamento e utilizavam "todos os recursos disponíveis", cada qual dando a entender cuidadosamente que estava se esforçando mais que os outros.

Acomodando-se numa cadeira de vime barulhenta, Sellitto tomou um ruidoso gole de café e murmurou:

— Mas a verdade é que ninguém sabe o que fazer. Temos patrulheiros, agentes federais e soldados da Guarda Nacional nos aeroportos, no metrô e nas estações ferroviárias. Também nas refinarias e nos portos. Tem viaturas especiais na baía, em torno dos navios-tanque, embora eu não saiba como diabos ele poderia atacar um navio com um arco elétrico ou coisa assim. As subestações da Algonquin também estão sendo vigiadas.

— Ele já não está interessado nas subestações — queixou-se Rhyme.

— Eu sei disso. Todos também sabem, mas ninguém sabe exatamente onde ele pode aparecer. Está por toda parte.

— O que está por toda parte?

— A merda da energia — explicou Sellitto, com um gesto que aparentemente abarcava a cidade inteira. — Está em todas as casas — prosseguiu, olhando para as tomadas nas paredes. Depois disse: — Pelo menos não recebemos novas exigências. Meu Deus, ontem foram duas, com poucas horas de intervalo. Eu fico pensando que ele se aborreceu e resolveu matar aqueles caras do elevador de qualquer maneira. — Sellitto suspirou e concluiu: — Eu vou usar escadas por algum tempo, fiquem sabendo. Pelo menos posso perder um pouco de peso.

Escaneando os quadros de pistas com os olhos, Rhyme concordou que o caso parecia andar à deriva. Galt era esperto, mas não genial, e deixava muitos indícios em seu rastro. Porém, as pistas não os levavam a lugar algum, além de ideias gerais sobre os alvos.

Um aeroporto?

Um depósito de combustível?

Lincoln Rhyme, no entanto, pensava em outra coisa. Será que o caminho está evidente e eu simplesmente não o enxergo?

Sentiu novamente escorrer uma gota de suor e a leve dor de cabeça recorrente que o havia atormentado nos últimos dias. Ele a havia ignorado com sucesso por algum tempo, mas tinha voltado a latejar. Não havia dúvida: estava se sentindo pior. Isso estaria afetando sua capacidade mental? Ele não confessaria a ninguém, nem mesmo a Sachs, mas isso talvez fosse a coisa que mais o aterrorizava no mundo. Como tinha dito a Susan Stringer na noite anterior, a única coisa que possuía era sua mente.

Seus olhos encontraram a sala de visitas do outro lado do corredor. A mesa onde repousava o panfleto do Dr. Arlen Kopeski.

Escolhas...

Afastou a ideia com um peteleco mental.

Nesse momento, Sellitto recebeu uma ligação, empertigando-se enquanto ouvia e deixando rapidamente o café sobre a mesa.

— É mesmo? Onde? — perguntou, tomando nota.

Todos olhavam para ele com atenção. Rhyme pensou: nova exigência?

O telefone foi desligado. Sellitto levantou os olhos.

— Muito bem, talvez tenhamos alguma coisa. Um patrulheiro no sul de Manhattan, perto de Chinatown, informou que foi procurado por uma mulher que disse que achava ter visto o nosso homem.

— Galt? — perguntou Pulaski.

A resposta veio mal-humorada.

— Em que outro homem estamos interessados, agente?

— Desculpa.

— Ela acha que o reconheceu pela foto.

— Onde? — perguntou Rhyme.

— Em uma escola abandonada em Chinatown — disse Sellitto, dando o endereço.

Sachs anotou.

— O policial verificou o interior. Não tem ninguém lá agora.

— Mas, se ele tiver passado por lá, deixou alguma coisa para trás — comentou Rhyme.

A um aceno dele com a cabeça, Sachs se levantou.

— Muito bem, Ron, vamos.

— É melhor levar uma equipe — sugeriu Sellitto, em tom oblíquo. — Deve ter *alguns* policiais que não estão vigiando caixas de fusíveis e fiação pela cidade.

— Vamos mandar a equipe do Serviço de Emergência para o local — disse ela. — Vamos pedir a eles que se coloquem em posição, mas evitem ser vistos. Ron e eu vamos primeiro. Se ele estiver lá e precisarmos de ajuda, eu ligo. Mas, se não tiver ninguém, não queremos uma equipe inteira invadindo o lugar e arruinando as pistas.

Os dois foram para a porta.

Sellitto ligou para Bo Haumann, do Serviço de Emergência, dando-lhe as últimas informações. O chefe do Serviço deveria levar agentes para o local e se coordenar com Sachs. O detetive desligou e olhou em volta, presumivelmente procurando alguma coisa para acompanhar o café. Encontrou um prato de biscoitos, cortesia de Thom, e pegou um deles. Mergulhou-o na xícara e comeu. Em seguida, franziu a testa.

— O que foi? — perguntou Rhyme.

— Acabei de perceber que me esqueci de ligar para McDaniel e os agentes federais para avisá-los da operação em Chinatown, na escola. — Fez uma careta e ergueu o telefone, com um gesto teatral. — Que merda, eu não posso. Não comprei um chip da nuvem. Acho que vou ter que falar com ele mais tarde.

Rhyme riu, ignorando sua dor de cabeça que aumentou momentaneamente. Então, seu telefone tocou e a risada desapareceu junto com a dor de cabeça.

Era uma ligação de Kathryn Dance.

Ele fez um esforço para acionar o botão com o dedo.

— Sim, Kathryn. O que está acontecendo?

— Eu estou falando com Rodolfo pelo telefone. Encontraram o alvo do Relojoeiro — disse ela.

Excelente, pensou Rhyme, embora outra parte de si se questionasse: por que agora? Tomou uma decisão: o Relojoeiro era a prioridade, pelo menos no momento. Sachs, Pulaski e os agentes do Serviço de Emergência estão indo atrás de Galt. Da última vez que ele tinha tido uma chance de deter o Relojoeiro, havia deixado a investigação para se concentrar em outra coisa; ele matara a vítima e escapara.

Dessa vez, não. Richard Logan não vai escapar dessa vez.

— Continue — disse ele à agente do CBI, fazendo um esforço para desviar a atenção dos quadros de pistas.

Ouviu-se um clique.

— Rodolfo — disse Dance —, Lincoln está na linha. Vou deixar vocês dois conversarem. Eu preciso ver o chefe.

Ambos disseram até logo a ela.

— Alô, capitão.

— O que tem de novo, comandante?

— Arturo Diaz tem quatro agentes secretos no complexo de escritórios de que falei antes. Cerca de dez minutos atrás, o Sr. Relojoeiro, vestido como um homem de negócios, entrou no prédio. No saguão, ligou do celular para uma empresa no sexto andar, do lado oposto ao do alarme de incêndio de ontem. Justamente como o senhor pensou. Ele passou cerca de dez minutos no interior e depois saiu.

— Desapareceu? — perguntou Rhyme, preocupado.

— Não. Ele está do lado de fora, num parquinho entre os dois edifícios principais do complexo.

— Está simplesmente sentado lá?

— Parece que sim. Ele fez várias ligações do celular, mas ou é uma frequência desconhecida ou está codificada, pelo que Arturo me disse. Não podemos interceptá-las.

Rhyme supôs que as regras sobre grampeamento no México fossem um pouco menos severas que nos Estados Unidos.

— Tem certeza de que é o Relojoeiro?

— Temos. Os homens de Arturo disseram que o viram bem. Ele trouxe uma sacola e ainda está com ela.

— Uma sacola?

— Sim. Ainda não temos certeza do que seja. Talvez uma bomba, com o detonador da placa de circuito. Nossas equipes estão cercando o complexo. Todos estão à paisana, mas temos um complemento de soldados, colocados por perto, além de peritos em explosivos.

— Onde está o senhor, comandante?

Ele riu.

— Foi uma grande gentileza do seu Relojoeiro escolher esse lugar. O consulado da Jamaica fica em um dos prédios. Tem proteção antibombas e é aqui que estamos. Logan não pode nos ver.

Rhyme esperava que isso fosse verdade.

— Quando as suas forças vão atacar?

— Assim que Arturo disser que está tudo pronto. O parque está cheio de inocentes. Tem muitas crianças. Mas ele não vai escapar. Nós fechamos a maior parte das ruas.

Um fio de suor escorreu pela testa de Rhyme. Ele fez uma expressão de desagrado e virou a cabeça para o lado para enxugá-la no encosto da cadeira.

O Relojoeiro...

Tão perto.

Por favor, faça com que isso dê certo. Por favor.

Mais uma vez, ele tentou controlar a frustração de ter que lidar com um caso tão importante como aquele a distância.

— Em breve damos notícias, capitão.

Desligaram, e Rhyme se esforçou para se concentrar novamente em Raymond Galt. Aquela pista sobre seu paradeiro seria útil? A aparência dele era comum, perto da meia-idade, nem muito corpulento nem muito magro. Estatura mediana. No clima de paranoia que ele havia criado, as pessoas tendiam a ver coisas que não existiam. Armadilhas elétricas, ameaças de arcos elétricos e o próprio criminoso.

Rhyme se sobressaltou com a voz de Sachs, que vinha pelo rádio.

— Rhyme, você está aí? Câmbio.

Ela havia terminado a frase com um "câmbio", uma conclusão tradicional ao se falar num rádio policial para que o interlocutor soubesse que era sua vez. Em geral, ambos dispensavam essa formalidade, e, por algum motivo, Rhyme ficou preocupado com isso.

— Sachs, continue. O que você tem aí?

— A gente acabou de chegar. Vamos entrar agora. Daqui a pouco eu ligo para você.

CAPÍTULO 58

Um Torino Cobra marrom não era um veículo adequado para uma operação secreta, por isso Sachs estacionou a duas quadras da escola onde Galt tinha sido visto.

A escola havia sido fechada anos antes e uma placa informava que seria demolida para a construção de condomínios residenciais.

— Bom esconderijo — comentou com Pulaski enquanto ambos se aproximavam, notando um tapume de mais de dois metros de altura em volta do terreno, coberto de grafites, cartazes de teatro alternativo, espetáculos variados e anúncios de musicais que caíam na obscuridade. *O sétimo selo, The Right Hands, Bolo.*

Pulaski, que parecia estar se esforçando para se concentrar, fez que sim com a cabeça. Ela teria que prestar atenção nele. Pulaski tinha se saído bem na cena do crime do elevador, mas parecia que o acidente no apartamento de Galt, o atropelamento, o estava perturbando novamente.

Pararam diante do tapume. A demolição da escola ainda não tinha começado. O portão — duas placas de compensado com dobradiças, presas por uma corrente com cadeado — tinha um vão grande o suficiente para que ambos pudessem se esgueirar. Provavelmente Galt havia entrado por ali, se é que estava mesmo escondido na escola. Do lado de fora do vão, Sachs olhou para dentro. A escola estava em grande parte intacta, embora parecesse que um pedaço do telhado havia desabado. Quase todas as vidraças estavam quebradas, mas era praticamente impossível ver qualquer coisa do lado de dentro.

Sim, era um bom esconderijo. E um pesadelo para bolar um plano de ataque. Devia haver centenas de posições para se defender.

Devo chamar reforços?, pensou Sachs. Ainda não. Cada minuto de atraso seria um minuto a mais para que Galt desse os toques finais em sua nova arma. Além disso, cada passo dos agentes da Unidade de Serviço de Emergência poderia destruir pistas e indícios.

— Ele pode ter preparado uma armadilha — murmurou Pulaski com voz incerta, olhando para a corrente de metal. — Pode ser que esteja eletrificada.

— Não. Ele não iria correr o risco de que alguém tocasse nela por acaso e levasse um choque. A polícia seria alertada imediatamente.

Mas ela prosseguiu dizendo que Galt poderia ter preparado algo que o alertasse da presença de estranhos. Por isso, com um suspiro e uma careta, voltou os olhos para a extensão do tapume e disse:

— Você consegue escalar isso?

— O quê?

— A cerca.

— Acho que sim, se estivéssemos perseguindo ou sendo perseguidos.

— Bem, eu não consigo, a não ser que você me ajude. Então você vem logo depois.

— Está bem.

Caminharam até um ponto em que ela podia ver, através de um buraco na cerca, uma moita espessa do outro lado, que amorteceria a queda e serviria como esconderijo. Sachs se lembrou de que Galt tinha uma pistola .45, uma arma especialmente poderosa. Certificando-se de que sua Glock estava firmemente presa ao cinto, ela fez um sinal a Pulaski, que se agachou, entrelaçando os dedos.

Para tranquilizá-lo, ela murmurou, com ar sério:

— Lembre-se de uma coisa. É importante.

— O quê? — disse ele, olhando nos olhos dela, inquieto.

— Eu engordei alguns quilos — respondeu a detetive. — Cuidado com as suas costas.

Ele sorriu. Não por muito tempo, mas pelo menos era um sorriso.

Ela franziu a testa com a dor que sentiu na perna ao pisar nas mãos de Pulaski para pegar impulso, virando-se de frente para o tapume.

Se Galt não tinha eletrificado a corrente do portão, poderia ter preparado alguma coisa do outro lado da cerca. Ela se lembrou novamente dos buracos no corpo de Luís Martin, do chão sujo do elevador no dia anterior e dos corpos tremendo no saguão do hotel.

— Não quer reforços? — perguntou Pulaski. — Tem certeza?

— Tenho. No três. Um... Dois... Três.

Pulaski era mais forte do que ela imaginava e lançou seu corpo, de quase um metro e oitenta, para o alto. Sachs agarrou o topo da cerca e ficou sentada em cima dela por alguns instantes. Examinou a escola, mas não viu ninguém. Depois olhou para baixo, vendo apenas a moita aos seus pés e nada que pudesse queimar sua carne com um arco elétrico de cinco mil volts, tampouco fios ou painéis de metal.

Virando-se de costas para a escola, Sachs agarrou o alto da cerca e se deixou escorregar o máximo possível. Soltou-se quando achou que já era o momento.

Rolou no chão ao cair, sentindo dor nos joelhos e nas coxas. Conhecia sua artrite tão intimamente quanto Rhyme conhecia suas limitações físicas e sabia que era um protesto temporário. Ao se ocultar atrás da moita mais espessa, empunhando a arma e buscando qualquer alvo que aparecesse, a dor já tinha diminuído.

— Pode vir — murmurou, para o outro lado do tapume.

Ouviu um baque e um leve gemido, como o de um lutador de filmes de kung-fu. Pulaski aterrissou com destreza ao seu lado, também já com a arma na mão.

Não havia como se aproximar pela frente sem serem vistos, caso Galt olhasse para fora. Era preciso dar a volta pelos fundos, mas Sachs precisava fazer uma coisa primeiro. Olhou com atenção para todos os lados e fez um sinal para que Pulaski a seguisse, mantendo-se oculta por moitas e caixas de entulho que esperavam para ser enchidas, enquanto se dirigia para o lado direito da escola.

Com a cobertura de Pulaski, avançou rapidamente até um ponto onde havia duas caixas de metal embutidas na parede de tijolos. Ambas tinham decalques antigos com o nome da Algonquin Consolidated de um lado e um número de telefone para emergências do outro. Tirou do bolso o detector de corrente de Sommers, ligou-o e o passou diante das caixas. O ponteiro indicou zero.

Isso não a surpreendeu, porque, aparentemente, o prédio estava abandonado havia anos. No entanto, a confirmação a deixou feliz.

— Olha — disse Pulaski, tocando o braço dela.

Sachs olhou para onde ele apontava, através de uma janela engordurada. Estava escuro e era difícil distinguir com clareza qualquer coisa do lado de dentro, mas, depois de um tempo, ela conseguiu ver o que lhe pareceu o leve brilho de uma lanterna, passeando lentamente. A penumbra impedia uma boa visibilidade, mas ela teve a impressão de que era um homem analisando um documento. Seria um mapa? Um diagrama de algum sistema elétrico que ele iria transformar numa armadilha mortal?

— Ele *está* lá dentro — murmurou Pulaski, ansioso.

Ela colocou os fones no ouvido e ligou para Bo Haumann, o chefe da Unidade de Serviço de Emergência.

— O que foi, detetive? Câmbio.

— Tem alguém lá dentro. Não posso ver se é Galt ou não. Está na parte mediana do prédio principal. Ron e eu vamos flanqueá-lo. Dentro de quanto tempo você chega aqui? Câmbio.

— Oito, nove minutos. Chegaremos em silêncio. Câmbio.

— Ótimo. Vamos estar nos fundos. Liga quando estiver pronto para entrar. A gente entra pela retaguarda.

— Câmbio, desligo.

Em seguida, ela ligou para Rhyme, dizendo que talvez tivessem encontrado o criminoso. Entrariam logo que o pessoal do Serviço de Emergência chegasse.

— Cuidado com armadilhas — recomendou Rhyme.

— A corrente está desligada. Não tem perigo.

Ela cortou a comunicação e olhou para Pulaski.

— Está pronto?

O jovem policial assentiu.

Agachando-se, Sachs se dirigiu rapidamente para os fundos da escola, segurando a arma e pensando: Muito bem, Galt. Aqui você não pode se proteger com a eletricidade. Você só tem uma arma, e eu também. Agora estamos no *meu* terreno.

CAPÍTULO 59

Desligando, Rhyme sentiu novamente um fio de suor escorrendo. Precisou recorrer a Thom e pedir que enxugasse. Talvez isso tenha sido o mais difícil. Depender de outras pessoas para coisas grandes não era tão ruim: os exercícios físicos, as necessidades fisiológicas, as manobras de transferência do corpo para a cadeira de rodas ou para a cama e também a alimentação.

As pequenas necessidades eram as mais irritantes e embaraçosas. Espantar um inseto, retirar migalhas caídas na roupa.

Enxugar um fio de suor.

O ajudante apareceu e cuidou da tarefa com facilidade, sem maiores problemas.

— Obrigado — disse o perito criminal.

Thom hesitou diante da demonstração de gratidão inesperada.

Rhyme se virou novamente para os quadros de pistas, mas, na verdade, não estava pensando muito em Galt. Era possível que Sachs e a equipe do Serviço de Emergência estivessem prestes a prender o funcionário enlouquecido na escola em Chinatown.

Não, quem ocupava sua cabeça superaquecida era o Relojoeiro na Cidade do México. Que merda, por que Luna ou Kathryn Dance não ligavam para relatar a operação, minuto a minuto?

Talvez o Relojoeiro já tivesse colocado a bomba no prédio de escritórios e estivesse usando sua própria presença para distraí-los. A sacola que carregava poderia estar cheia de tijolos. Por que, exatamente, ele estaria passeando no parque como um turista qualquer procurando um lugar para tomar uma margarita? Seu alvo poderia ser outro prédio?

— Mel, eu quero ver o lugar onde a operação está se desenrolando. Acesse o Google Earth ou qualquer que seja o nome disso. Ponha na minha tela. Cidade do México — pediu Rhyme.

— Claro.

— Avenida Bosque de Reforma... De quanto em quanto tempo eles atualizam as imagens?

— Não sei. Provavelmente de poucos em poucos meses. Mas acho que não são em tempo real. Acho que não são.

— Não faz mal.

Poucos minutos depois, ambos olhavam para uma imagem de satélite daquela parte da cidade: uma rua que fazia uma curva, a avenida Bosque de Reforma, com os prédios de escritórios separados pelo parque onde o Relojoeiro se encontrava no momento. Do outro lado da avenida ficava o consulado da Jamaica, protegido por uma série de barreiras de concreto — defesas antibombas — e um portão. Rodolfo Luna e sua equipe deviam estar escondidos atrás delas, e atrás deles havia veículos oficiais estacionados diante do prédio da embaixada.

Rhyme se sobressaltou ao olhar para as barreiras. Uma delas, à esquerda, era uma mureta perpendicular à rua. À direita, havia seis outras, dispostas paralelamente a ela.

Ali estavam a letra *I* e os espaços em branco do pacote que tinha sido entregue ao Relojoeiro no aeroporto do México.

Letras douradas...

Livrinho azul...

Números misteriosos...

— Mel — disse ele, abruptamente. Percebendo a urgência, o técnico virou rapidamente a cabeça. — Existe algum passaporte que tenha as letras CC na capa? Um passaporte azul?

Pouco depois, Cooper entrava nos arquivos do Departamento de Estado.

— Sim, realmente existe. Azul-marinho, com duas letras C entrelaçadas no alto. É o passaporte da Comunidade Caribenha. Uns quinze países fazem parte...

— A Jamaica é um deles?

— É, sim.

Rhyme percebeu que eles entenderam os números como quinhentos e setenta e trezentos e setenta e nove. Na verdade, havia outra forma de entendê-los.

— Rápido, veja os SUVs da Lexus. Tem algum modelo com quinhentos e setenta ou trezentos e setenta e nove na especificação?

Foi preciso ainda menos tempo que no caso do passaporte.

— Vamos ver... Sim, o LX 570. É um modelo de luxo...

— Ligue para Luna. Agora!

Rhyme não quis se arriscar a discar sozinho, porque podia levar mais tempo e errar o número.

Sentiu o suor escorrer outra vez, mas não deu importância.

— Rodolfo! Aqui é Lincoln Rhyme.

— Ah, capitão...

— Escute. *Você* é o alvo. O prédio de apartamentos é uma distração! As figuras retangulares no desenho do pacote entregue a Logan são um diagrama do terreno da embaixada da Jamaica, onde você está agora. Os retângulos são as defesas antibomba. E você tem um Lexus 570?

— Sim... Quer dizer que *isso* era o quinhentos e setenta?

— Acho que sim. O Relojoeiro recebeu um passaporte jamaicano para poder entrar no recinto. Tem algum carro estacionado aí perto, com o número 379 na placa?

— Eu não estou... Meu Deus, sim. É uma Mercedes com placa diplomática.

— Evacue a área! Agora! A bomba está nela. Na Mercedes.

Rhyme ouviu gritos em espanhol, o som de passos correndo, respiração ofegante.

Logo depois, uma explosão ensurdecedora...

O perito criminal hesitou diante do som, ouvindo a estática que saía do telefone.

— Comandante! Você está aí? Rodolfo?

Mais gritos, estática, gritos.

— Rodolfo!

Depois de um longo tempo

— Capitão Rhyme? Alô?

O homem gritava, provavelmente por ter ficado parcialmente surdo com a explosão.

— Comandante, você está bem?

— Alô!

Houve um ruído como um silvo, gemidos, tosse. Gritos.

Cooper tentou perguntar:

— Devemos ligar...

E, logo depois:

- *Qué*? Você está aí, capitão?

— Estou. Você está ferido, Rodolfo?

— Não, não. Nenhum ferimento sério. Levei alguns cortes e fiquei meio desorientado. — A voz estava incerta, ofegante. — Passamos pelas barreiras e nos protegemos do outro lado. Estou vendo pessoas feridas, cobertas de sangue, mas acho que ninguém morreu. Eu teria morrido, assim como os policiais que estavam comigo. Como foi que você descobriu?

— Mais tarde eu explico. Onde está o Relojoeiro?

— Espera um momento... Espera... Bom, no momento da explosão ele escapou. Os homens de Arturo ficaram preocupados com o estrondo, naturalmente, como ele planejou. Arturo disse que um carro apareceu e ele entrou. Estão seguindo para o sul agora. Temos policiais no encalço dele... Obrigado, capitão Rhyme. Eu não tenho palavras para agradecer. Mas preciso desligar. Eu ligo assim que tiver alguma coisa a dizer.

Rhyme respirou fundo, ignorando a dor de cabeça e o suor. Muito bem, Logan, pensava ele. Nós impedimos você. Estragamos o seu plano. Mas não o pegamos. Ainda não.

— Por favor, Rodolfo. Continue a persegui-lo.

Enquanto pensava, seus olhos se desviaram para o quadro de pistas do caso Galt. Talvez aquilo representasse a conclusão de ambas as operações. O Relojoeiro seria capturado no México e Ray Galt, na escola abandonada em Chinatown.

Seu olhar se deteve numa pista específica: *Ervas chinesas, ginseng e goji.*

Outra anotação, uma substância encontrada perto das ervas: *diesel.*

Rhyme havia imaginado inicialmente que o combustível fosse proveniente de algum possível alvo de ataque, talvez uma refinaria. Naquele momento, ocorreu-lhe a ideia de que o óleo diesel também servia para motores.

Um gerador de eletricidade.

Outro pensamento lhe veio à mente.

— Mel, a ligação...

— Você está se sentindo bem?

— Estou ótimo — cortou Rhyme

— Você parece estar com febre.

— Descubra o número do telefone do policial que ligou para informar que Galt estava na escola — pediu Rhyme, sem dar atenção ao comentário.

O técnico se virou e fez a ligação. Poucos minutos depois, ergueu os olhos.

— Estranho. A Unidade de Patrulha forneceu o número, mas está fora de serviço.

— Me passe o número.

Cooper ditou, lentamente. Rhyme acessou uma base de dados de celulares do Departamento de Polícia de Nova York.

Estava relacionado como um telefone pré-pago.

Um policial com telefone pré-pago? E com um número fora de serviço? Impossível.

A escola ficava em Chinatown, onde Galt havia comprado as ervas. No entanto, não era seu esconderijo. Era uma armadilha! Galt havia feito uma ligação com um gerador elétrico movido a diesel para matar quem quer que o estivesse perseguindo, e, em seguida, fingindo-se policial, tinha ligado para informar que havia sido visto. Como a corrente da escola estava desligada, Sachs e os demais policiais não esperariam ser eletrocutados.

A corrente está desligada. Não tem perigo.

Era preciso preveni-los. Rhyme começou a apertar o botão "Sachs" no painel de ligação rápida do computador. Justamente naquele instante, a incômoda dor de cabeça aumentou bruscamente, como uma explosão repentina em sua cabeça. Clarões, como centelhas elétricas, milhares de centelhas elétricas, atravessaram seu campo de visão. Seu corpo ficou encharcado de suor com o súbito ataque de disreflexia.

Lincoln Rhyme murmurou:

— Mel, você precisa ligar...

E então desmaiou.

CAPÍTULO 60

Eles chegaram aos fundos da escola sem serem vistos. Sachs e Pulaski estavam agachados, procurando entradas e saídas, quando ouviram os primeiros gemidos.

Pulaski olhou para a detetive, alarmado. Ela ergueu um dedo, prestando atenção.

Parecia uma voz feminina. Estaria sentindo dores, talvez mantida como refém ou sendo torturada? Seria a mulher que tinha visto Galt? Ou outra pessoa?

O som diminuiu e depois voltou. Ambos ficaram ouvindo durante dez longos segundos. Amelia Sachs fez um gesto para que Pulaski chegasse mais perto dela. Estavam nos fundos da escola, sentindo cheiro de urina, placas de papelão apodrecidas, mofo.

Os gemidos aumentaram. O que diabo Galt estava fazendo? Talvez a vítima tivesse informações de que ele necessitava para o próximo ataque. Sachs estava certa de que a voz dizia: "Não, não, não."

Ou talvez Galt tivesse se afastado ainda mais da realidade. Talvez tivesse raptado alguma funcionária da Algonquin e a estivesse torturando, satisfazendo sua sede de vingança. Talvez fosse a pessoa encarregada das linhas de transmissão de longa distância. Ah, não, pensou Sachs. Poderia ser a própria Andi Jessen? Percebeu que Pulaski, ao seu lado, tinha voltado para ela os olhos arregalados.

— Não... por favor... — gemeu a mulher.

Sachs apertou o botão TRANSMITIR, ligando para o Serviço de Emergência.

— Bo... é Amelia. Câmbio.

— Continue. Câmbio.

— Ele tem uma refém lá dentro. Onde você está?

— Refém? Quem é?

— Uma mulher. Desconhecida.

— Entendi. Estarei aí em poucos minutos. Câmbio.

— Ele a está machucando. Não vou esperar. Vou entrar com Ron.

— Você tem outras informações?

— Só o que eu disse antes. Galt está no meio do prédio. No térreo. Está armado com um Colt automático .45. Não tem nada eletrificado aqui. A corrente está desligada.

— Bom, eu acho que essa é uma boa notícia. Câmbio e desligo.

Ela murmurou para Pulaski, apontando.

— Vamos, agora! Vamos até a porta dos fundos.

— Claro, tudo bem — respondeu o jovem policial, olhando com desconfiança para a penumbra do prédio, de onde veio outro gemido.

Sachs observou o caminho até a porta dos fundos e a plataforma de carregamento de mercadorias. O asfalto esburacado estava cheio de garrafas quebradas, papéis e latas. A travessia seria barulhenta, mas eles não tinham opção.

Ela fez um gesto para que Pulaski avançasse. Eles começaram a percorrer cuidadosamente o caminho, tentando manter o silêncio, mas sem poder evitar esmagar cacos de vidro sob os sapatos.

Porém, ao se aproximarem, tiveram sorte, coisa em que Sachs acreditava, ainda que Lincoln Rhyme discordasse. Em algum lugar próximo, um motor a diesel começou a roncar, fornecendo um ruído capaz de servir de cobertura.

Às vezes a gente tem sorte, pensou Sachs. Deus sabe que agora precisamos dela.

CAPÍTULO 61

Ele não iria perder Rhyme.

Thom Reston tirou o patrão da cadeira, fazendo-o ficar quase de pé, encostado na parede. Nos ataques de disreflexia autonômica, o paciente deve ser mantido em posição vertical — os manuais dizem que a pessoa deve ser sentada, mas Rhyme estava na cadeira de rodas quando os vasos sanguíneos se estreitaram em massa e o ajudante queria elevá-lo ainda mais para obrigar o sangue a correr de volta para baixo.

Thom estava preparado para acontecimentos como aquele, até mesmo ensaiando quando Rhyme não estava por perto, pois sabia que o patrão não teria paciência para exercícios simulados de emergência. Agora, sem nem mesmo olhar, ele pegou um pequeno frasco de medicamento vasodilatador, retirou a tampa com o dedo polegar e colocou a delicada pílula sob a língua de Rhyme.

— Mel, eu preciso de ajuda — pediu Thom.

As simulações não foram feitas com um paciente de verdade. O corpo inerte do patrão de Thom pesava agora oitenta quilos, um peso morto.

Não pensa nele dessa forma, pensou ele.

Curvado para a frente, Mel Cooper sustentou Rhyme enquanto Thom apertava o botão de comunicação rápida no telefone que sempre conservava carregado e que era o mais confiável dos que havia experimentado. Após dois breves toques, obteve a conexão, e, depois de cinco longos segundos, já estava conversando com um médico de um hospital particular. Uma equipe de primeiros socorros foi enviada imediatamente. O hospital que Rhyme costumava frequentar para fazer terapia especializada e exames periódicos tinha um grande departamento de lesões da coluna vertebral e duas equipes de emergência para as situações em que levar o paciente ao hospital tomaria tempo demais.

Rhyme havia sofrido cerca de doze ataques ao longo dos anos, mas aquele era o pior que Thom já tinha visto. Não podia sustentar Rhyme e ao mesmo tempo medir sua pressão, mas sabia que estava perigosamente elevada. Tinha o rosto vermelho e transpirava muito. Ele só podia imaginar a dor de cabeça excruciante à medida que o corpo, enganado pela quadriplegia e acreditando necessitar de mais sangue rapidamente, bombeava forte, aumentando a constrição dos vasos.

Essa situação podia levar à morte e a um ataque cardíaco, o que para Rhyme era mais preocupante porque poderia aumentar sua paralisia. Nesse caso, o perito criminal teria a oportunidade de voltar a considerar a ideia, que há muito tinha abandonado, de suicídio assistido, que aquele terrível Arlen Kopeski havia novamente suscitado.

— O que eu posso fazer? — sussurrou Cooper, com o rosto normalmente plácido tomado pela preocupação e pelo suor.

— Basta mantê-lo de pé.

Thom examinou os olhos de Rhyme. Sem expressão.

O ajudante pegou um segundo frasco e ministrou outra dose de clonidina.

Não houve reação.

Thom ficou sem saber o que fazer, em silêncio, assim como Cooper. Pensou nos anos que havia passado com Rhyme. Às vezes discutiam amargamente, mas Thom tinha sido enfermeiro a vida toda e sabia que não devia levar para o lado pessoal. Sabia que não podia dar importância à raiva. Sabia dar tudo o que tinha a oferecer.

Já tinha sido demitido por Rhyme e havia pedido as contas outras tantas vezes.

No entanto, nunca havia acreditado que a separação dos dois duraria mais de um dia. Isso jamais tinha acontecido.

Olhando para o perito criminal, imaginando onde poderia estar a equipe médica, pensava: a culpa foi minha? A causa da disreflexia muitas vezes é a irritação decorrente de bexiga ou intestinos cheios. Como Rhyme não sabia em que momento precisava se aliviar, Thom anotava a ingestão de alimentos e monitorava os intervalos. Teria se enganado? Achava que não, mas talvez a pressão de atender simultaneamente a dois casos tivesse exacerbado a irritação. Devia ter verificado com mais frequência.

Devia ter sido mais atento. Devia ter sido mais firme.

Perder Rhyme significaria perder o perito criminal mais competente da cidade, senão do mundo, e perder muitas vítimas, porque os assassinos não seriam descobertos.

Perder Rhyme significaria perder um dos seus amigos mais próximos.

Mesmo assim, ele permaneceu calmo. Os enfermeiros aprendem isso desde o início. As decisões importantes e rápidas não podem ser tomadas em meio ao pânico.

Mas a cor do rosto de Rhyme se estabilizou e ambos o colocaram novamente na cadeira. De qualquer forma, não teriam conseguido sustentá-lo por muito mais tempo.

— Lincoln! Você está me ouvindo?

Não houve resposta.

Pouco depois, a cabeça dele tombou para o lado e Rhyme murmurou alguma coisa.

— Lincoln, você vai ficar bem. O Dr. Metz está mandando uma equipe.

Outro sussurro.

— Tudo bem, Lincoln. Vai dar tudo certo.

Com voz débil, Rhyme disse:

— Você precisa avisar a ela...

— Lincoln, não se agite.

— Sachs.

— Ela está na escola para onde você a mandou — disse Cooper. — Ainda não voltou.

— Você precisa avisar a Sachs... — A voz morreu na garganta.

— Eu vou avisar, Lincoln. Eu vou dizer a ela, logo que ela ligar para cá — disse Thom.

— Não queremos perturbá-la agora. Ela está se aproximando de Galt — acrescentou Cooper.

— Diga a ela...

Os olhos de Rhyme se reviraram e ele desmaiou de novo. Thom olhou com raiva pela janela, como se isso fosse apressar a chegada da ambulância. Tudo o que viu, no entanto, foi gente que passava caminhando sobre pernas saudáveis, gente andando de bicicleta no parque, ninguém que parecesse ter alguma preocupação no mundo.

CAPÍTULO 62

Ron Pulaski olhou de relance para Sachs, que espreitava por uma janela nos fundos da escola.

Ela ergueu um dedo, estreitando os olhos e procurando uma posição melhor para ver onde Galt estava. Era difícil ouvir os gemidos daquele ponto de observação porque o motor a diesel, talvez de um caminhão, estava próximo, vindo do outro lado de uma cerca.

Então veio um gemido mais alto.

— Vamos ajudá-la. Eu quero cobertura com fogo cruzado por cima e por baixo. Você quer entrar por aqui ou subir pela escada de incêndio?

Pulaski olhou para a direita, onde uma escada metálica enferrujada levava a uma plataforma e dali a uma janela aberta. Ele sabia que não podia estar eletrificada. Amelia tinha verificado. Na verdade, porém, ele não desejava ir por ali. Pensou no erro que havia cometido no apartamento de Galt, com Stanley Palmer, que poderia vir a morrer e que, mesmo se sobrevivesse, provavelmente jamais seria o mesmo.

— Eu vou subir — respondeu.

— Tem certeza?

— Tenho.

— Lembre-se, queremos pegá-lo vivo, se for possível. Se ele tiver preparado outra armadilha, pode ter um temporizador e precisamos que ele nos diga onde e quando será ativado.

Pulaski assentiu. Agachando-se, começou a se afastar pelo asfalto sujo, coberto de todo tipo de dejeto.

Concentre-se, disse a si mesmo. Você tem um trabalho a fazer. Não vai ficar apavorado outra vez. Não vai cometer erros agora.

Enquanto se movia silenciosamente, percebeu que na verdade se sentia muito menos assustado que antes. Em pouco tempo, toda a ansiedade desapareceu.

Ron Pulaski estava irritado.

Galt tinha ficado doente. Bom, lamento muito. Era realmente uma pena. Que diabo, Pulaski tinha tido traumatismo com o ferimento na cabeça e não havia culpado ninguém por isso. Da mesma forma, Lincoln Rhyme não tinha se abatido. Afinal, Galt poderia estar bem, com todos os novos tratamentos e técnicas para combater o câncer, mas preferia vingar sua infelicidade matando gente inocente. E o que estaria fazendo, meu Deus, com aquela mulher lá dentro? Ela devia ter alguma informação de que ele precisava, ou talvez fosse uma médica que havia feito um diagnóstico equivocado, algo assim, e ele agora se vingava dela também.

Pensando nisso, Pulaski acelerou o passo. Olhou para trás e viu Sachs esperando ao lado de uma porta entreaberta, com a Glock na mão, apontada para baixo e em posição de combate.

A raiva aumentou. Pulaski chegou a uma parede maciça de tijolos, de onde não podia ser visto. Continuou avançando rapidamente em direção à escada de incêndio. Era antiga e a maior parte da pintura tinha descascado, substituída por ferrugem. Fez uma pausa diante de uma poça d'água sobre o concreto na base da escada. Água... eletricidade. Mas não havia corrente elétrica. De qualquer maneira, não era possível evitar a água. Ele pisou na poça.

Três metros adiante estava a escada.

Olhou para cima, procurando a melhor janela para entrar, esperando não fazer barulho na escada e na plataforma. Galt não podia estar a mais de doze metros da janela.

Mesmo assim, o som do motor a diesel abafaria a maior parte dos ruídos.

Um metro e meio.

Pulaski sentiu seu próprio coração, que batia regularmente. Lincoln Rhyme novamente teria orgulho dele.

Que diabo, ele ia prender aquele filho da mãe sozinho.

Estendeu a mão para a escada.

O que ouviu em seguida foi um estalo forte, então todos os músculos do seu corpo se contraíram simultaneamente. Pensou estar vendo toda a luz do céu, antes que tudo se dissolvesse em amarelo e depois em preto.

CAPÍTULO 63

Juntos nos fundos da escola, Amelia Sachs e Lon Sellitto observavam o trabalho da Unidade de Serviço de Emergência do lado de dentro.

— Uma armadilha — disse o tenente.

— Foi — respondeu ela, severamente. — Galt preparou um grande gerador numa cabana ao lado da escola. Ligou-o e foi embora. Estava conectado com as portas de metal e a escada de incêndio.

— A escada de incêndio. Pulaski ia entrar por ali.

Ela concordou.

— Coitado. Ele...

Um dos policiais do Serviço de Emergência, um negro alto, os interrompeu.

— Terminamos a busca, detetive, tenente. Está limpo. O lugar inteiro. Não tocamos em nada lá dentro, como vocês pediram.

— Um gravador digital? — perguntou ela. — Aposto que foi isso que ele usou.

— Isso mesmo, detetive. Parecia uma cena de filme. A gente encontrou uma lanterna pendurada numa corda para parecer que havia alguém segurando.

Nenhum refém, nem Galt. Absolutamente ninguém

— Vou examinar as cenas então.

— Quem ligou não foi um patrulheiro? — perguntou o policial.

— Não — murmurou Sellitto. — Foi Galt. Provavelmente com um celular pré-pago. Vou verificar.

— E ele fez isso — continuou o policial, indicando a escola com um gesto — para matar alguns de nós.

— É verdade — disse Sachs, em tom sombrio.

O policial fez uma careta e foi reunir seu pessoal. Sachs ligou para Rhyme imediatamente para dar as notícias sobre a escola. E sobre Ron Pulaski.

Porém, curiosamente, a ligação caiu direto na caixa de mensagens.

Talvez alguma coisa importante tivesse acontecido em relação ao caso ou à situação do Relojoeiro no México.

Um médico se aproximava dela, de cabeça baixa, escolhendo o melhor caminho por entre o lixo. O pátio dos fundos da escola parecia uma praia depois de um despejo de entulho. Sachs foi ao encontro dele.

— Está livre agora, detetive? — perguntou.

— Claro.

Ela o seguiu, rodeando o prédio, até onde as ambulâncias esperavam.

Ali, sentado em um degrau de concreto, estava Ron Pulaski, com a cabeça entre as mãos. Sachs parou, respirou fundo e caminhou até ele.

— Sinto muito, Ron.

Ele massageava o braço, flexionando os dedos.

— Não, senhora. — Hesitou, estranhando o próprio tom formal. Então deu um sorriso. — Eu que devia agradecer a *você*.

— Se houvesse outra maneira, eu teria preferido. Mas não podia gritar. Eu achava que Galt estava lá dentro. E que estava armado.

— Foi o que pensei.

Quinze minutos antes, enquanto esperava junto à porta, ela havia resolvido usar novamente o detector de corrente de Sommers, a fim de se certificar de que não havia eletricidade na escola.

Horrorizada, percebeu que a porta de metal, poucos centímetros à sua frente, tinha uma carga de duzentos e vinte volts. O concreto onde ela se encontrava estava encharcado. Compreendeu que, independentemente de Galt estar lá dentro ou não, ele havia ligado fios à infraestrutura metálica da escola, decerto a partir de um gerador a diesel. Era *esse* barulho que eles ouviram.

Se Galt tinha eletrificado a porta, certamente teria feito o mesmo com a escada. Sachs se levantou de imediato e correu na direção de Pulaski, que se aproximava da escada. Não ousou chamar seu nome, nem mesmo com um sussurro, porque, se Galt ainda estivesse na escola, poderia ouvir e começar a atirar.

Por isso ela usou o *taser* em Pulaski.

Sachs levava consigo um modelo X26, que lançava cargas de alta e baixa voltagem. O alcance do X26 era de cerca de doze metros, e, quando ela percebeu que não seria capaz de agarrar o colega antes que ele chegasse à escada, alvejou-o com ambas as cargas. A incapacitação de nervos e músculos o derrubou ali mesmo, fazendo-o cair sobre o ombro, mas felizmente sem machucar outra vez a cabeça. Sachs arrastou o corpo, que tremia violentamente, para um lugar abrigado. Ela localizou e desligou o gerador pouco antes da chegada dos agentes do Serviço de Emergência, que estouraram a corrente do portão e invadiram a escola.

— Você parece meio tonto.

— Foi um golpe e tanto — comentou Pulaski, respirando fundo.

— Descansa um pouco.

— Eu estou bem. Vou ajudar com a cena — disse Pulaski, piscando como se estivesse bêbado. — Quero dizer, vou ajudar a analisar a cena.

— Você está com disposição para isso?

— Desde que não tenha que me mexer muito rápido. Mas escuta, fica com aquela coisa, aquela caixa que Charlie Sommers deu para você, bem à mão, está bem? Não vou tocar em nada antes de você verificar com esse aparelho.

A primeira coisa que ambos fizeram foi a análise, pelo percurso reticulado, em torno do gerador atrás da escola. Pulaski recolheu e guardou em uma bolsa os fios usados para eletrificar a porta e a escada de incêndio. Sachs fez a análise em volta do gerador. Era uma máquina grande, alta e comprida. Um aviso na lateral dizia que a capacidade máxima de geração era de cinco mil volts, com quarenta e um amperes.

Cerca de quatrocentas vezes a carga necessária para matar uma pessoa.

Indicando o gerador, ela perguntou à equipe de Criminalística do Queens, que tinha acabado de chegar:

— Vocês podem embalar isso e levar para o Rhyme?

O gerador pesava aproximadamente cem quilos.

— Claro, Amelia. Vamos levar o mais rápido possível.

— Vamos examinar do lado de dentro — disse ela a Pulaski.

Estavam prestes a entrar na escola quando o celular de Sachs tocou. O identificador de chamadas exibiu o nome "Rhyme".

— Já não era sem tempo — comentou ela, com bom humor, ao atender. — Eu tenho algumas...

— Amelia. — Era a voz de Thom, mas soava como ela nunca tinha ouvido antes. — É melhor você vir para cá. Vem agora mesmo.

CAPÍTULO 64

Ofegante, Sachs subiu a rampa e abriu a porta da casa de Rhyme.

Entrando no corredor, com as botas ressoando no chão, dirigiu--se às pressas para a saleta do lado direito, diante do laboratório.

Thom olhou para ela de onde estava, perto da cadeira de rodas de Rhyme, que tinha os olhos fechados e o rosto pálido e molhado. Entre ambos estava um dos médicos de Rhyme, um homem negro, corpulento, que tinha sido campeão de futebol americano nos tempos de universidade.

— Dr. Ralston — disse ela, respirando fundo.

Ele a cumprimentou.

— Amelia.

Por fim, Rhyme abriu os olhos e disse com voz débil:

— Ah, Sachs.

— Como você está se sentindo?

— Não, não, eu quero saber como *você* está.

— Eu estou bem.

— E o novato?

— Ele quase teve um problema, mas deu tudo certo.

Com voz mais firme, Rhyme continuou:

— Era um gerador, não?

— Era, sim. Como ficou sabendo? A equipe de criminalística ligou?

— Não, eu deduzi. Óleo diesel e ervas chinesas. O fato de que aparentemente não havia corrente na escola. Imaginei que fosse uma armadilha. Mas, antes de ligar, eu tive um pequeno problema.

— Não importa, Rhyme — disse ela. — Eu também deduzi.

Sachs não contou que Pulaski quase havia sido eletrocutado.

— Ah, que bom. Eu... Muito bom.

Sachs compreendeu que ele achava que tinha fracassado e que, por sua causa, Sachs e Pulaski poderiam ter morrido ou pelo menos ficado gravemente feridos. Normalmente, essa ideia o enfureceria e ele teria um acesso de raiva. Iria querer uma bebida, insultaria alguém, faria comentários sarcásticos, tudo dirigido a si mesmo, como ela e Thom sabiam perfeitamente.

Mas agora era diferente. Ela percebia alguma coisa no olhar de Rhyme, alguma coisa que a assustava. Estranhamente, para uma pessoa com uma grave deficiência, nada havia de vulnerável em Lincoln Rhyme. Mas agora, sentindo o fracasso, ele irradiava debilidade.

Sachs preferiu desviar o olhar e se virou para o médico, que disse:

— Ele está fora de perigo. A pressão sanguínea baixou. — Em seguida, virou-se para Rhyme. Mais que outros pacientes, pessoas com lesões na espinha detestam que se refiram a elas na terceira pessoa, coisa que muitas vezes acontecia. — Fique na cadeira, e não na cama, o máximo possível e cuide da bexiga e dos intestinos. Vista roupas e meias folgadas.

Rhyme fez que sim com a cabeça.

— Por que isso aconteceu agora?

— Provavelmente o estresse, combinado com alguma pressão no corpo. Pressão interna, sapatos e roupas apertados. Você sabe como a disreflexia age. Em grande parte, é um mistério.

— Durante quanto tempo eu perdi os sentidos?

— Uns quarenta minutos, com intervalos — informou Thom.

Rhyme balançou a cabeça.

— Quarenta — murmurou. Sachs sabia que ele estava revivendo sua falha, que quase havia custado a vida dela e a de Pulaski.

Rhyme agora olhava para o laboratório.

— Onde estão as evidências?

— Eu vim primeiro. Ron está chegando. A gente precisou pedir ao pessoal do Queens que trouxesse o gerador, que pesa uns cem quilos.

— Ron está vindo?

— Isso mesmo — respondeu ela, percebendo que tinha acabado de informá-lo disso e pensando que talvez o episódio o tivesse desorientado. Talvez o médico tivesse dado algum analgésico. A disreflexia costuma ser acompanhada por fortes dores de cabeça.

— Ótimo. Ele vai chegar logo? Ron?

Sachs olhou para Thom com hesitação.

— A qualquer momento — respondeu.

— Lincoln, eu acho melhor você descansar o resto do dia — disse o Dr. Ralston.

Rhyme parecia hesitar, de olhos baixos. Iria ceder a um pedido como aquele?

Contudo, respondeu em voz baixa:

— Lamento, doutor, mas não posso, de verdade. Eu tenho um caso... É importante.

— O da eletricidade? Os terroristas?

— Esse mesmo. Espero que você não se incomode. — Rhyme continuava de olhos baixos. — Lamento, mas eu realmente preciso trabalhar.

Sachs e Thom se entreolharam. A atitude humilde de Rhyme era atípica, para dizer o mínimo.

A expressão de vulnerabilidade voltou aos olhos dele.

— Eu sei que é importante, Lincoln. Não posso obrigar você a fazer nada, mas lembre-se do que eu disse. Não se deite e evite qualquer tipo de pressão sobre o corpo, tanto dentro quanto fora. Acho que não adianta pedir a você que evite o estresse, com esse louco à solta.

— Obrigado. E obrigado a você, Thom.

O ajudante piscou e assentiu.

Novamente, porém, Rhyme olhou para baixo, hesitando em correr para o laboratório com toda a velocidade da cadeira, como teria feito em outras circunstâncias. Mesmo quando a porta da frente da casa se abriu e todos ouviram Ron Pulaski entrar com outros peritos criminais, trazendo as evidências, Rhyme continuou onde estava, com a cabeça baixa.

— Lin... — começou a dizer Sachs, mas se refreou e parou no meio da fala, por causa da superstição de ambos. — Rhyme, quer ir para o laboratório?

— Quero — disse ele. — Claro que sim.

Mas *ainda* olhava para baixo, sem se mover.

Alarmada, Sachs achou que ele estivesse tendo outro ataque.

Mas logo ele engoliu em seco e movimentou os controles da cadeira de rodas. O rosto assumiu uma expressão de alívio e ela entendeu o que havia acontecido: Rhyme estava preocupado, aterrorizado, com a possibilidade de que o ataque tivesse causado outros danos e que talvez os movimentos rudimentares que ele havia conseguido na mão direita e nos dedos tivessem desaparecido.

Por isso tinha ficado olhando para a mão. Aparentemente, no entanto, não havia danos.

— Vamos, Sachs — disse ele, em voz baixa. — Temos trabalho a fazer.

CAPÍTULO 65

R. C. chegou à conclusão de que o salão de bilhar parecia uma boca de fumo.

Precisava falar com o pai sobre isso.

Ele tinha 30 anos. Agarrou a garrafa de cerveja com uma das mãos, observando o jogo nas mesas de sinuca. Tragou o cigarro e soprou a fumaça na direção do exaustor. Aquela lei sobre fumantes era uma estupidez. O pai tinha dito que a culpa era dos socialistas em Washington. Não tinham escrúpulos em mandar rapazes para morrer em lugares com nomes impronunciáveis, mas resolveram que ninguém mais podia fumar. Que merda.

Ficou observando as mesas de sinuca. A mais afastada parecia que ia dar problema. As apostas eram altas, mas Stipp tinha um bastão de beisebol atrás do balcão do bar e gostava de usá-lo.

Pensando nisso, quis saber como ia o jogo dos Mets, um dos times da cidade. Pegou o controle remoto.

A partida de beisebol em Boston não melhorou seu humor.

Depois colocou no noticiário sobre o louco que andava cometendo crimes com eletricidade. O irmão de R. C. era ajudante em um edifício e fazia trabalhos elétricos, mas tinha medo de mexer com fios carregados.

Agora, aparecia gente queimada por toda a cidade.

— Ouviu essa merda? — perguntou a Stipp.

— Que merda? — Tinha estrabismo, ou um olho que não olhava diretamente para você, se era isso que chamavam de estrabismo.

— Essa coisa da eletricidade. Aquele sujeito que mexeu na fiação do hotel. Se você tocar na maçaneta da porta, zzzzzzz, morre.

— Ah, sim, *essa* merda. — Stipp deu uma risada. — É como uma cadeira elétrica.

— Assim mesmo. Mas também pode ser uma escada, ou uma poça, ou aquelas portas de metal nas calçadas. Elevadores que levam aos porões.

— Quem pisar vira fritada?

— Acho que sim. Merda. E quem aperta aqueles botões para atravessar a rua também está fodido.

— Por que ele está fazendo isso?

— Quem sabe? Na cadeira elétrica você se mija todo e os cabelos pegam fogo. Sabia disso? É isso o que mata você, às vezes. O fogo. Você morre queimado.

— Muitos estados usam uma injeção — comentou Stipp. — Mesmo assim, você provavelmente ainda se mija.

R. C. olhava para Janie com sua blusa justa e tentava se lembrar de quando sua mulher viria buscar o dinheiro para as compras de mercado. Nesse momento, a porta se abriu e algumas pessoas entraram. Dois homens com uniforme de entregadores, talvez de folga depois de um turno de trabalho. Isso era bom, porque iriam gastar algum dinheiro naquele início de noite.

Logo atrás deles entrou um mendigo.

Merda.

Era um homem negro, com roupas imundas, que tinha deixado na calçada um carrinho cheio de latinhas vazias e havia entrado apressadamente. Agora estava de costas, olhando pela janela e coçando uma perna. Depois coçou a cabeça, coberta com um boné também sujo.

R. C. olhou para o barman e meneou a cabeça.

— Ei, senhor — disse Stipp. — Quer alguma coisa?

— Eu vi uma coisa estranha lá fora — murmurou o homem. Estava falando consigo mesmo inicialmente. Então, com a voz um pouco mais alta, disse: — Eu vi uma coisa. Vi e não gostei.

Deu uma risada esganiçada, uma risada que R. C. também achou muito esquisita.

— Tudo bem, mas vai embora.

— Está vendo aquilo? — disse o homem, sem se dirigir a ninguém especificamente.

— Vamos, amigo, dá o fora.

Mas o homem foi cambaleando até o bar e se sentou. Passou um instante puxando do bolso algumas notas amassadas e muitas moedinhas. Contou-as cuidadosamente.

— Eu lamento, mas acho que você já bebeu demais.

— Eu não bebi nada. Está vendo aquele cara? O que está com os fios?

Fios?

R. C. e Stipp se entreolharam.

— Tem alguma merda acontecendo na cidade — disse o homem, fixando os olhos arregalados em R. C. — O filho da puta estava bem ali. Estava fazendo alguma coisa. Mexendo nos fios. Já ouviu o que anda acontecendo por aqui? Tem gente sendo fritada.

R. C. foi até a janela, mais além de onde estava o mendigo, que cheirava tão mal que ele teve vontade de vomitar. Olhou para fora e viu o poste. Era um fio que estava preso a ele? Difícil dizer. O terrorista iria atacar *ali*? Naquela parte suja da cidade?

Bem, por que não?

Se ele queria matar gente inocente, podia muito bem ser ali.

R. C. se virou para o homem.

— Escuta, dá o fora daqui.

— Eu quero beber.

— Bom, você não vai beber nada aqui.

Olhou novamente para fora. Estava pensando. Tinha mesmo visto alguns fios, ou cabos, ou uma merda assim. O que estava acontecendo? Alguém queria atacar o bar? R. C. pensava no metal que havia na sala. O descanso de pés do bar, as pias, as maçanetas, a caixa registradora. Que diabo, até o mictório era de metal. Se ele mijasse, a corrente elétrica subiria até seu pau?

— Vocês não estão entendendo, não estão entendendo! — gemia o mendigo, cada vez mais assustado. — Não é seguro lá fora. Olha para lá. Não é seguro. Aquele sujeito com os fios... Eu vou ficar aqui até ter certeza.

R. C., o barman, Janie e os entregadores, todos agora olhavam pela janela. Os jogos de sinuca estavam suspensos. O interesse de R. C. em Janie havia reduzido.

— Não é seguro, meu parceiro. Eu quero uma Coca-Cola com vodca.

— Vai embora. É o último aviso.

— Você acha que eu não posso pagar? Eu tenho dinheiro aqui. Está vendo?

Uma brisa havia espalhado o fedor do homem por todo o bar. Era repulsivo.

Às vezes você morre queimado...

— O homem do fio, o homem do fio...

— Sai daqui, que merda! Alguém vai roubar a merda do seu carrinho.

— Eu não vou sair. Você não pode me obrigar. Eu não quero morrer queimado.

— Sai!

— Não! — O mendigo nojento deu um soco no bar. — Você não está me servindo... porque eu sou preto.

R. C. viu um clarão repentino na rua, mas logo respirou aliviado. Era apenas o reflexo do sol no para-brisa de um carro que passava. Assustar-se dessa maneira o fez ficar revoltado.

— Não estamos servindo porque você é um babaca fedorento. Sai daqui.

O homem havia juntado todas as notas amassadas e moedas. Devia ter uns vinte dólares. Murmurou:

— *Você* é um babaca. Quer me expulsar para que eu saia e morra queimado.

— Pega o seu dinheiro e sai daqui — disse Stipp, exibindo o bastão de beisebol.

O homem não se mexeu.

— Se me obrigar a sair, eu vou dizer para todo mundo o que está acontecendo aqui. Você pensa que eu não sei? Eu vi você olhando para aquela moça peituda ali. Devia ter vergonha, você tem uma aliança no dedo. O que é que a sua mulher acha...

R. C. o agarrou pela jaqueta imunda, com as duas mãos.

O homem fez uma careta e exclamou:

— Não me bate! Eu sou da polícia! Sou um agente secreto!

— Você não é da polícia porra nenhuma — disse R. C., recuando um passo para acertar a cabeça do mendigo.

Em uma fração de segundo, o distintivo do FBI surgiu diante do rosto dele, e logo depois a Glock.

— Caralho! — murmurou R. C.

Um dos dois entregadores brancos que entraram logo antes do mendigo, disse:

— Eu sou testemunha, Fred. Ele tentou atacar você depois que você se identificou como agente do FBI. Podemos voltar agora?

— Obrigado, senhores. Deixem comigo.

CAPÍTULO 66

Fred Dellray se sentou numa cadeira bamba com as costas dela viradas para a frente num canto do salão de sinuca, de frente para R. C. Com as costas da cadeira entre os dois, a intimidação era menos flagrante. Assim era melhor, porque o agente não queria que o outro se assustasse tanto que não conseguisse pensar com clareza.

Porém, precisava que ele ficasse um *pouco* assustado.

— Você sabe quem sou eu, R. C.?

O rapaz suspirou, estremecendo o corpo inteiro.

— Não. Quero dizer, eu sei que você é agente do FBI e está trabalhando sob disfarce. Mas eu não sei o que você quer comigo.

Dellray continuou pressionando.

— Eu sou um detector de mentiras ambulante. Já faço isso há tanto tempo que sou capaz de olhar para uma mulher e ouvi-la dizer: "Vamos até a minha casa para trepar" e sei que ela está pensando: "Ele já vai estar tão bêbado quando chegarmos que vou poder dormir sossegada."

— Eu só estava me protegendo. Você estava me ameaçando.

— É verdade, eu estava ameaçando. E você pode ficar de boca fechada e não dizer nada, esperando um advogado para segurar a sua mão. Pode até ligar para o meu trabalho e se queixar de mim. Mas de qualquer maneira seu pai, que está na penitenciária de Sing-Sing, vai ficar sabendo que o filho tentou agredir um agente federal. E ele vai pensar que nem tomar conta dessa merda de bar, a *única* coisa que ele pediu, você consegue fazer.

Dellray ficou observando a inquietação do rapaz.

— Então, vamos nos entender? — insistiu.

— O que você quer?

Só para ter certeza de que as costas da cadeira não deixariam R. C. muito confiante, Dellray deu um tapa na coxa dele e a apertou com força.

— Ai! Por que você fez isso?

— Você já fez o teste do polígrafo, R. C.?

— Não. O advogado do meu pai disse que nunca...

— É só uma pergunta retórica — disse Dellray, embora na verdade não fosse. Queria intimidar R. C. mais um pouco, como uma granada de gás jogada numa manifestação.

O agente apertou outra vez, para dar mais ênfase. Não podia deixar de pensar: McDaniel não pode fazer isso enquanto fica na escuta na nuvem.

Uma pena, porque isso era muito mais divertido.

Fred Dellray estava ali graças a uma pessoa: Serena. O favor que ela havia pedido nada tinha a ver com a limpeza do porão. Ela queria que ele fosse para a rua. Levou-o escada abaixo, no depósito desordenado, onde ele guardava os disfarces do tempo em que trabalhava como agente em missões clandestinas. Encontrou um deles, guardado numa bolsa plástica do tipo que se usa para vestidos de noiva. Era a roupa de bêbado sem-teto, adequadamente perfumada de mofo e odor corporal, além de um pouco de urina de gato, suficiente para arrancar uma confissão apenas se sentando ao lado de um suspeito.

Serena tinha dito: "Você perdeu seu informante de vista. Para de se lamentar e vai atrás da pista dele. Se não puder encontrá-lo, vai descobrir o que *ele* encontrou."

Dellray tinha sorrido, abraçado-a e ido mudar de roupa. Quando saiu, ela disse "Que horror, você está fedendo" e deu uma palmada brincalhona na bunda dele. Era um gesto que pouca gente, pouquíssima mesmo, havia usado com Fred Dellray.

E lá se foi ele para as ruas.

William Brent sabia como apagar seus rastros, mas Dellray sabia como retraçá-los. Uma das coisas que havia descoberto, e que o tinha encorajado, era que talvez Brent estivesse seguindo mesmo alguma pista. No encalço dos movimentos dele, o agente descobriu que o informante *havia* obtido alguma informação sobre Galt ou sobre o Justice For The Earth, ou alguma coisa importante a respeito dos ataques. Brent tinha trabalhado com empenho, escondido de todos. Por fim,

Dellray ficou sabendo que o informante tinha estado naquele salão de sinuca, onde aparentemente havia procurado, e provavelmente conseguido, importantes dados revelados pelo jovem cuja coxa Dellray tinha acabado de apertar.

— Eu já coloquei as cartas na mesa — disse Dellray. — Vamos nos divertir um pouco mais?

— Meu Deus! — exclamou R. C., fazendo uma expressão medonha. — O que você quer?

— Eu estou gostando de você, meu filho.

Nas mãos do agente surgiu uma foto de William Brent.

Dellray olhava atentamente para o rosto do jovem, em cujos olhos brilhou um clarão de reconhecimento, logo desaparecendo.

— Quanto ele pagou a você? — perguntou o agente imediatamente.

Uma leve hesitação deu a Dellray a certeza de que Brent realmente dera dinheiro a ele e que a importância seria consideravelmente menor do que a que ele havia pagado ao informante.

— Dez mil.

Caramba. Brent estava sendo muito generoso com o dinheiro de Dellray.

Com a voz ligeiramente esganiçada, R. C. disse:

— Não foi coisa de droga. Eu não uso isso.

— É claro que usa, mas não me interessa. Ele veio procurar informações. Mas agora eu quero saber o que ele perguntou e o que você disse.

Dellray preparou novamente os dedos longos.

— Tudo bem, eu vou dizer. Bill... Ele disse que se chamava Bill — começou R. C., apontando para a foto.

— Bill, ou o que quer que seja. Continua.

— Ele ouviu dizer que alguém andava aqui pela vizinhança. Algum sujeito que veio para a cidade recentemente numa van branca, trazendo um trabuco. Um .45 grande. Ele matou um cara.

Dellray não revelou nada.

— Quem foi que ele matou? E por quê?

— Ele não sabia.

— Nome?

— Não tinha nome.

O agente não precisava de polígrafo. R. C. estava se saindo perfeitamente bem com a virtude dhármica da sinceridade.

— Vamos, R. C., meu amigo, o que mais você sabe sobre ele? Van branca, chegou à cidade pouco tempo atrás, um .45 grande. Matou alguém por motivo desconhecido.

— Talvez tenha raptado antes de matar... O sujeito não estava brincando.

Isso parecia absolutamente verdadeiro.

— Então esse Bill, ou seja lá qual for o nome dele, ficou sabendo que eu tinha antenas, você sabe. Estou ligado em um fio, por assim dizer — continuou R. C.

— Um fio.

— É, mas não do tipo que aquele cara usa para matar gente. Eu estou falando de saber o que acontece nas ruas.

— Ah, é *isso* o que você quer dizer — comentou Dellray, mas R. C. não percebeu a ironia. — E você está ligado, não é? Sabe tudo o que acontece por aqui, não é? Você é o Ethel Mertz do Lower East.

— Quem?

— Continua falando.

— Bom, então, eu tinha ouvido alguma coisa. Eu gosto de saber quem anda por aqui, que merda pode estar acontecendo. Mas eu tinha ouvido falar desse cara, como falei para Bill. Eu o mandei ao lugar onde o cara estava morando. Isso é tudo o que eu sei.

Dellray acreditou.

— Eu quero o endereço.

O rapaz informou. Era uma rua miserável, não muito longe dali.

— É o apartamento do porão.

— Muito bem, é tudo o que eu preciso por enquanto.

— Você...

— Eu não vou dizer nada ao seu papai. Não se preocupa. Só se você estiver mentindo.

— Eu não estou, Fred, é sério.

Quando Dellray já estava na porta, R. C. disse:

— Não era o que você pensava.

O agente se virou.

— A gente não quis servir você por causa do cheiro. Não foi porque você é negro.

Cinco minutos depois, Dellray já se aproximava do quarteirão que R. C. havia indicado. Tinha pensado em pedir reforços, mas depois desistiu. Trabalhar nas ruas exige delicadeza, e não sirenes e equipes de emergência nem Tucker McDaniel. Dellray caminhou ligeiro, esquivando-se da multidão, pensando, como fazia frequentemente, que era pleno dia. O que diabo essas pessoas fazem para ganhar a vida? Virou duas esquinas e entrou num beco para poder se aproximar do apartamento pelos fundos.

Esquadrinhou rapidamente a ruela suja e fedorenta.

Não muito longe dali havia um homem branco, de boné e camisa para fora da calça, varrendo os paralelepípedos. Dellray contou as casas. Estava diretamente atrás do lugar para onde R. C. havia mandado William Brent.

Muito bem, isso é estranho, pensou o agente, entrando no beco. O gari virou os óculos escuros para ele e voltou a varrer. Dellray parou perto dele, franzindo a testa e olhando em volta, procurando entender o que estava acontecendo.

Finalmente o gari perguntou:

— Que merda você veio fazer aqui?

— Bom, vou dizer — respondeu Dellray. — Uma das coisas que estou fazendo é olhar para um policial disfarçado que, por algum motivo idiota, está tentando se fazer passar por varredor de rua num bairro onde pararam de varrer há uns cento e trinta anos.

Em seguida, ele mostrou o distintivo.

— Dellray? Já ouvi falar de você. — Em tom defensivo, o policial acrescentou: — Só estou fazendo o que me mandaram. Estou de vigia.

— De vigia? Por quê? Que lugar é esse?

— Você não sabe?

Dellray ficou esperando.

Quando o policial explicou, o agente ficou alarmado, mas apenas por um instante. Poucos segundos depois, arrancou o disfarce fedorento e o jogou numa lata de lixo. Ao sair correndo para o metrô, notou a reação de surpresa do policial e imaginou que fosse por causa de uma de duas coisas: o *striptease* ou o fato de que sob o disfarce maltrapilho ele vestia um traje de corrida verde aveludado. Ou talvez fosse um pouco dos dois.

CAPÍTULO 67

— Diga-me, Rodolfo.

— Pode ser que em breve tenhamos boas notícias, Lincoln. O pessoal de Arturo Diaz seguiu o Relojoeiro até Gustavo Madero. É uma *delegación* no norte da cidade, um *borough*, como o Bronx em Nova York. Grande parte do lugar não é muito agradável, e Arturo acha que os capangas que o ajudam estão lá.

— Mas vocês sabem onde ele está?

— Eles acham que sim. Encontraram o carro que ele usou para escapar. Estavam três ou quatro minutos atrás dele, mas não conseguiram atravessar o tráfego para deter o veículo. Logan foi visto num prédio grande de apartamentos, no centro da *delegación*. O lugar está sendo cercado. Vamos fazer uma busca completa. Daqui a pouco eu ligo com mais informações.

Rhyme desligou, esforçando-se para afastar a impaciência e a preocupação. Só acreditaria que o Relojoeiro tinha sido preso quando o visse comparecer a um tribunal em Nova York.

Ao ligar para Kathryn Dance para dar a ela as últimas notícias, não se sentiu mais animado, porque ela respondeu:

— Gustavo Madero? É um bairro miserável, Lincoln. Eu fui à Cidade do México para tratar de uma extradição. A gente passou pelo bairro de carro. Fiquei contente porque o carro não enguiçou, mesmo com dois agentes federais armados ao meu lado. É como uma toca de coelho, é fácil de encontrar onde se esconder. A boa notícia é que os moradores certamente não gostam de ver a polícia por lá. Se Luna levar um ônibus cheio de policiais, os moradores vão entregar um norte-americano sem demora.

Rhyme disse que a manteria informada e desligou. A fadiga e a tontura do ataque de disreflexia reapareceram e ele descansou a cabeça no encosto da cadeira.

Vamos, fique alerta!, ordenou a si mesmo, recusando-se a aceitar menos de cento e dez por cento de sua dedicação, como fazia com os demais. No entanto, não se sentia capaz, nem um pouco.

Ergueu os olhos e viu Ron Pulaski debruçado sobre a mesa de evidências e a lembrança do Relojoeiro se apagou. O jovem policial se movia bem lentamente. Rhyme olhou para ele com preocupação. Parece que o impacto do *taser* tinha sido muito forte.

Mas essa preocupação veio acompanhada por outro sentimento, que ele vinha experimentando na última meia hora: culpa.

Tinha sido exclusivamente por culpa de Rhyme que Pulaski e Sachs estiveram tão perto de serem eletrocutados pela armadilha de Galt na escola. Sachs havia minimizado o incidente. Pulaski tinha feito o mesmo. Rindo, ele dissera "Ela me acertou com o *taser*", o que aparentemente era alguma brincadeira, fazendo Mel Cooper sorrir. Rhyme não achou graça. Além disso, não estava em condições de achar graça de nada. Sentia-se confuso e desorientado... e não apenas por causa da emergência médica. Tinha dificuldade para se livrar da sensação de fracasso por não ter estado à altura de Sachs e do novato.

Fez um esforço para se concentrar nas evidências trazidas da escola. Algumas sacolas de pistas, alguns aparelhos eletrônicos. Mais importante ainda, o gerador. Lincoln Rhyme gostava de peças de equipamento grandes, volumosas. Para trabalhar com elas era preciso muito contato físico e isso significava que nesses objetos apareciam impressões significativas, fibras, cabelos, suor e células da pele, assim como outros traços. O gerador estava sobre uma plataforma com rodas, mas mesmo assim teria sido necessário erguê-lo para colocá-lo no lugar.

Ron Pulaski recebeu uma ligação. Olhou para Rhyme e foi até um canto da sala para atender. Apesar de ainda parecer tonto, seu rosto se iluminou. Ele desligou e ficou parado por um instante, olhando pela janela. Embora não soubesse o que tinha sido dito, Rhyme não se surpreendeu ao ver o jovem caminhar em sua direção, com uma expressão de confissão nos olhos.

— Preciso contar uma coisa, Lincoln — disse ele, incluindo Lon Sellitto no olhar.

— Pois não? — disse Rhyme, distraído, sem evitar uma expressão de censura.

— Eu meio que não fui sincero com você.

— *Meio que não?*

— Bem, eu não fui sincero.

— Sobre o quê?

Olhando para os quadros de pistas e para o perfil de Ray Galt, o jovem prosseguiu:

— Os resultados do DNA. Eu sabia que não precisava ir buscá-los. Usei isso como desculpa. Eu fui visitar Stan Palmer.

— Quem?

— O homem que está no hospital, o que eu atropelei naquele beco.

Rhyme estava impaciente. Queria lidar com as evidências, mas isso parecia importante. Assentiu e perguntou:

— Ele está bem?

— Os médicos ainda não sabem. Mas o que eu quero primeiro é pedir desculpas por não ter dito a verdade. Eu ia dizer, mas me pareceu, eu não sei, pouco profissional.

— E foi mesmo.

— Mas tem outra coisa. Quando eu fui ao hospital, pedi à enfermeira o número do seguro social dele e algumas informações. Adivinhe o que eu fiquei sabendo? Ele é um ex-presidiário. Ficou três anos na cadeia em Attica. A ficha é extensa.

— Sério? — perguntou Sachs.

— Sim... e ele ainda não acertou as contas com a lei.

— Ele está sendo procurado — arriscou Rhyme.

— Procurado pelo quê? — quis saber Sellitto.

— Agressão, receptação, assalto.

O tenente amarrotado riu.

— Você atropelou um fugitivo, literalmente. — Ele riu de novo e olhou para Rhyme, que não achou graça.

O perito criminal perguntou:

— Então é por isso que você está tão alegre?

— Eu não estou feliz por ter atropelado uma pessoa. Foi um erro da minha parte.

— Mas, se você tinha que atropelar alguém, é melhor que tenha sido ele e não um pai de família.

— Bom, sim — admitiu Pulaski.

Rhyme queria dizer mais alguma coisa, porém não era a ocasião adequada.

— O importante é que você já não está tão preocupado, não é?

— Não.

— Ótimo. Agora que a novela acabou, talvez possamos todos voltar ao trabalho.

Rhyme olhou para o relógio digital. Três da tarde. Sentia a pressão do tempo, como a eletricidade num cabo de alta-tensão. Sabiam a identidade e o endereço do criminoso, mas não tinham pistas sólidas sobre o paradeiro dele.

Nesse momento a campainha soou.

Thom surgiu pouco depois acompanhando Tucker McDaniel, sem o subordinado. Rhyme percebeu imediatamente o que ele ia dizer. Provavelmente todos os demais também.

— Outra carta de exigências? — perguntou o perito criminal.

— Isso mesmo. E dessa vez a coisa é mais séria.

CAPÍTULO 68

— Qual é o prazo? — perguntou Sellitto.

— Seis e meia, hoje.

— Isso nos dá pouco mais de três horas. O que ele quer?

— Essa exigência é ainda mais louca que as outras duas. Posso usar um computador?

Rhyme acenou com a cabeça, indicando uma das máquinas.

O agente especial assistente digitou no teclado e pouco depois a carta surgiu na tela. A vista de Rhyme estava embaçada. Ele piscou em busca de clareza e se curvou para o monitor.

Para a Algonquin Consolidated Power and Light e para a CEO Andi Jessen,

Por volta das seis horas da tarde de ontem, um interruptor de controle remoto desviou corrente de um sistema local da rede de distribuição em um edifício de escritórios no número 235 da rua 54, oeste, enviando um total de treze mil e oitocentos volts para o piso do elevador, com uma linha de retorno ao painel de controle da cabine. O elevador parou antes de chegar ao térreo e um passageiro tocou no painel para acionar o botão de alarme. Nesse momento, o circuito se fechou e as pessoas que estavam dentro da cabine morreram.

Eu já pedi duas vezes uma demonstração de boa-fé, reduzindo o suprimento de energia. Duas vezes meu pedido foi recusado. Se minha razoável solicitação tivesse sido aceita, tanto sofrimento teria sido poupado às pessoas que vocês consideram clientes. Meus pedidos foram irresponsavelmente descartados e alguém pagou o preço.

Quando Thomas A. Edison morreu, em 1931, seus colaboradores solicitaram respeitosamente que toda a energia elétrica da cidade fosse desligada durante sessenta segundos a fim de homenagear o falecimento do homem que havia criado a rede e levado luz a milhões de pessoas. O governo da cidade recusou.

Faço agora o mesmo pedido, não por respeito ao homem que CRIOU a rede e sim pelas pessoas que foram DESTRUÍDAS por ela — as que adoeceram por causa das linhas de transmissão e da poluição resultante da queima de carvão e da radiação, as que perderam suas casas por causa de terremotos causados pelas escavações geotérmicas que prejudicaram nossos rios naturais, as que foram enganadas por empresas como a Enron. A lista é interminável.

A diferença é que, ao contrário de 1931, exijo que toda a Interconexão Nordeste seja desligada durante um dia inteiro, a partir das seis e meia da tarde de hoje.

Se fizerem isso, verão que as pessoas não precisam usar tanta energia quanto consomem. Compreenderão que sua motivação vem da ambição e da gula que vocês estimulam. Por quê? Por LUCRO, naturalmente.

Se deixarem de me dar atenção dessa vez, as consequências serão muitíssimo mais graves do que os pequenos incidentes de ontem e da véspera, e a perda de vidas será muito maior.

R. Galt

— Um absurdo — disse McDaniel. — Haverá caos na população, motins, pilhagens. O governador e o presidente foram categóricos. Não podemos ceder.

— Onde está a carta? — perguntou Rhyme.

— É o que você está vendo. Foi um e-mail.

— Para quem foi enviado?

— Para Andi Jessen, pessoalmente, e para a companhia. Para o e-mail do Departamento de Segurança.

— É possível rastreá-lo?

— Não. Ele usou um proxy na Europa. Parece que está preparando um ataque em massa. — McDaniel levantou os olhos. — Washington agora está bastante envolvida. Os senadores que estão trabalhando com o presidente em questões de energia renovável estão vindo para cá. Eles vão se reunir com o prefeito.

O subdiretor do FBI também vem. Gary Noble está coordenando tudo. Temos um número ainda maior de agentes e soldados na rua. O chefe mobilizou mais mil policiais da polícia de Nova York. — Esfregou os olhos e arrematou: — Lincoln, temos pessoal e poder de fogo, mas precisamos ter alguma ideia de onde pode ser o próximo ataque. O que você tem até agora? Precisamos de *alguma coisa* concreta.

McDaniel, na verdade, estava lembrando ao perito criminal que havia concordado em deixá-lo se encarregar do caso com a certeza de que as condições físicas dele não atrasariam a investigação.

Do início ao fim...

Rhyme tinha conseguido o que desejava: a investigação. No entanto, não havia encontrado o criminoso. Aliás, as próprias condições físicas que ele assegurara não serem problema quase causaram a morte de Sachs e Pulaski, junto com uma dúzia de agentes do Serviço de Emergência.

Rhyme encarou o rosto suave do agente e seus olhos predadores e respondeu, no mesmo tom:

— O que eu tenho são novas evidências para analisar.

McDaniel hesitou e depois fez um gesto ambíguo.

— Está bem. Vai em frente.

Rhyme já se voltara para Cooper com um aceno de cabeça indicando o gravador digital no qual os gemidos da "vítima" tinham sido registrados.

— Análise de áudio — pediu ele.

Com as mãos enluvadas, o técnico ligou o gravador ao seu computador e digitou no teclado. Um momento depois, vendo as curvas na tela, disse:

— O volume e a qualidade do sinal sugerem que tenha sido gravado de um programa de TV.

— Marca do gravador?

— Sanoya. Chinês. — Digitou alguns comandos e observou uma nova base de dados. — É vendido em pelo menos dez mil lojas no país. Não tem número de série.

— Alguma outra coisa?

— Não há impressões digitais nem outros traços, a não ser mais taramasalata.

— E o gerador?

Cooper e Sachs o examinaram cuidadosamente, enquanto Tucker McDaniel fazia ligações e estalava os dedos em um canto. Foi verificado que o gerador era modelo Power Plus, fabricado por Williams-Jonas Manufacturing Company, em Nova Jersey.

— De onde veio esse? — perguntou Rhyme.

— Vamos descobrir — disse Sachs.

Duas ligações — para o escritório local de vendas do fabricante e para a empreiteira que ele havia indicado — revelaram que tinha sido roubado de uma obra em Manhattan. Não havia pistas do roubo, segundo a delegacia do distrito. A obra não tinha câmeras de segurança.

— Encontrei alguns traços curiosos — informou Cooper. Passou sua descoberta pelo cromatógrafo. A máquina começou a trabalhar.

— Está chegando alguma coisa... — Cooper se debruçou para a tela. — Hmmm...

Isso normalmente provocaria um olhar severo de Rhyme querendo dizer "O que isso significa?". No entanto, ele ainda se sentia fatigado e abalado pelo ataque. Esperou pacientemente que o técnico explicasse.

— Não creio ter visto isso antes — comentou Cooper, finalmente. — Uma quantidade significativa de quartzo e um pouco de cloreto de amônia. Uma proporção de dez para um.

Rhyme percebeu imediatamente.

— Produto para limpeza de cobre.

— Fios de cobre? — sugeriu Pulaski. — Galt os estaria limpando?

— Boa ideia, novato, mas não tenho certeza. — Rhyme não imaginava que os eletricistas limpassem os fios. Além disso, explicou: — Em geral, o produto é usado para limpeza de cobre em edifícios. O que mais, Mel?

— Um pouco de pó de pedra que habitualmente não se vê em Manhattan. Terracota arquitetônica. — Cooper estava usando um microscópio e acrescentou: — Alguns grânulos de algo que parece mármore branco.

Rhyme exclamou:

— Os motins da polícia de cinquenta e sete. Isto é, *1857.*

— O quê? — perguntou McDaniel.

— Há poucos anos, o caso *Delgado.*

— Ah, claro — disse Sachs.

— Nós trabalhamos nesse caso? — perguntou Sellitto.

A careta de Rhyme deu o recado. Não importava quem tinha se ocupado do caso nem em que momento. Os peritos criminais — na verdade, todos os policiais — deviam estar cientes de todos os casos importantes da cidade, no passado e no presente. Quanto mais informações tivessem, mais provável seria que pudessem estabelecer ligações capazes de resolver um crime.

Dever de casa...

Rhyme explicou: há alguns anos, Steven Delgado, esquizofrênico e paranoico, havia planejado uma série de assassinatos reproduzindo detalhes de mortes ocorridas durante os famosos motins policiais de 1857, em Nova York. Esse louco escolheu o mesmo local da carnificina de cento e cinquenta anos antes: o parque da prefeitura. Ele foi capturado depois do primeiro homicídio porque Rhyme o havia localizado em um apartamento do Upper West, onde ele deixara pistas, entre as quais produto para limpeza de cobre, resíduos de terracota do edifício Woolworth e pó de mármore branco do tribunal municipal, que estava passando por obras de restauração, como era o caso também no momento atual.

— Você acha que ele vai atacar o prédio da prefeitura? — perguntou McDaniel ansiosamente, deixando cair o telefone que tinha nas mãos.

— Acho que existe alguma ligação. É tudo o que posso dizer. Escreva no quadro, e pensaremos no assunto. O que mais apareceu no gerador?

— Mais fios de cabelo — respondeu Cooper, erguendo uma pinça. — Cabelos loiros, cerca de vinte centímetros de comprimento. — Colocou-os no microscópio e fez a lâmina de exame se deslocar lentamente de um lado para o outro. — Não são tingidos. Loiro natural. Não há degradação de cor nem ressecamento. Eu diria que pertencem a alguém com menos de 50 anos. Também existe uma variação de refração em uma das extremidades. Poderia fazer um exame no cromatógrafo, mas tenho noventa e cinco por cento de certeza de que é...

— Spray para cabelo.

— Isso mesmo.

— Provavelmente uma mulher. Algo mais?

— Outro fio de cabelo. Castanho. Mais curto. Cortado rente. Também com menos de 50 anos.

— Portanto — disse Rhyme —, não é de Galt. Talvez tenhamos aí nossa conexão com o Justice For The Earth ou talvez outros personagens. Continue.

A notícia seguinte não foi muito encorajadora.

— A lanterna pode ter sido comprada em milhares de lojas. Não há vestígios nem impressões. A corda também é genérica. O cabo usado para ligar a eletricidade nas portas da escola? Bennington, como os que ele tem utilizado até agora. Parafusos também genéricos, mas semelhantes aos anteriores.

Olhando para o gerador, Rhyme percebeu que seus pensamentos disparavam de forma estonteante. Em parte, isso acontecia por causa do ataque que havia sofrido pouco antes mas também tinha a ver com o próprio caso. Alguma coisa estava errada. Faltavam peças do quebra-cabeça.

A resposta tinha de estar nas evidências, e, mais importante do que isso, no que *não* estava nas evidências. Rhyme examinou com atenção os quadros brancos, procurando manter-se calmo. Sua intenção não era evitar novo episódio de disreflexia, como aconselhara o médico, e sim refrear o desespero que poderia deixá-lo cego para as respostas.

Perfil

- Identificado como Raymond Galt, 40 anos, solteiro, morador de Manhattan, Suffolk Street, 227
- Conexão terrorista? Relação com o grupo Justice For The Earth? Grupo ecoterrorista? Não há perfil em nenhuma base de dados dos Estados Unidos. Novo? Submundo? Envolvimento do indivíduo chamado Rahman. Johnston também. Referências em código a desembolsos financeiros, movimentos de pessoal e alguma coisa "grande"
  - Possível relação com intruso na Algonquin da Filadélfia
  - Indícios de SIGINT: referência em código a armas, "papel e material de escritório" (armas, explosivos?)
  - Pode haver um homem e uma mulher
  - Envolvimento de Galt desconhecido
- Paciente com câncer: presença de vimblastina e prednisona em quantidades significativas, traços de etoposídio. Leucemia
- Galt está armado com um Colt 45 militar, de 1911
- Disfarçado de funcionário da manutenção com macacão marrom. Verde-escuro também?
- Usava luvas de couro bege.

Cena do crime: subestação Manhattan 10 da Algonquin, rua 57, oeste

- Vítima (falecida): Luís Martin, subgerente de loja de artigos musicais
- Não há impressões digitais em nenhuma superfície
- Estilhaços de metal derretido, resultantes de arco elétrico
- Cabo de alumínio trançado, 8 milímetros, com isolamento
  - Bennington Electrical Manufacturing, AM-MV-60, capacidade de até 60 mil volts
  - Cortado com serra manual, lâmina nova, dente quebrado
- Dois parafusos fendidos, buracos de 2 centímetros
  - Não rastreável

- Marcas de ferramentas nos parafusos
- Placa de latão presa ao cabo com dois parafusos de 6 milímetros
  - Não rastreável
- Pegadas de botas
  - Albertson-Fenwick, modelo E-20 para eletricistas, tamanho 43
- Grade de metal cortada para entrada na subestação, marcas do instrumento de corte
- Porta de acesso e moldura no porão
  - DNA coletado. Enviado para teste
  - Comida grega, taramasalata
- Fio de cabelo louro, 2,5cm, natural, de pessoa abaixo de 50 anos, descoberto no café em frente à subestação
  - Enviado para teste toxicológico
- Resíduos minerais, cinza vulcânica
  - Não encontrada em estado natural na região de Nova York
  - Exibições, museus, escolas de geologia?
- Acesso feito ao Centro de Controle da Algonquin por meio de códigos internos, sem invasão por hackers

Carta de exigências

- Entregue no prédio de Andi Jessen
  - Sem testemunhas
- Escrita à mão
  - Enviada a Parker Kincaid para análise
- Papel e tinta genéricos
  - Não rastreáveis
- Não há impressões além das de Jessen, do porteiro e do mensageiro
- Nenhum outro elemento descoberto no papel

Cena do crime: Hotel Battery Park e arredores

- Vítimas (falecidas)
  - Linda Kepler, de Oklahoma City, turista
  - Morris Kepler, de Oklahoma City, turista
  - Samuel Vetter, de Scottsdale, empresário
  - Ali Mamoud, de Nova York, garçom
  - Gerhart Schiller, da Alemanha, publicitário
- Interruptor de controle remoto para ligar a corrente
  - Origem dos componentes não rastreável
- Cabo Bennington e parafusos fendidos, idênticos aos do primeiro ataque
- Uniforme da Algonquin de Galt, capacete e bolsa de ferramentas somente com marcas de fricção
  - Chave inglesa com marcas que podem ser ligadas às encontradas nos parafusos da primeira cena
  - Lixa fina com pó de vidro que pode ser ligada ao vidro da garrafa encontrada na cena da subestação no Harlem
  - Provavelmente agiu sozinho
- Fragmentos recolhidos no operário da Algonquin, Joey Barzan, atacado por Galt
  - Combustível alternativo de aviões a jato
    - Ataque a uma base militar?

Cena do crime: apartamento de Galt, Suffolk Street, 227, Lower East

- Esferográficas SoftFeel Bic de ponta fina, tinta azul, ligada à tinta usada na carta de exigências
- Papel genérico tamanho A4 para impressora, ligado ao bilhete de exigências
- Envelope genérico tamanho 10, ligado ao envelope que continha o bilhete de exigências
- Cortador de arame, serra com marcas semelhantes às da cena inicial

- Impressos em computador
- Artigos sobre pesquisas médicas de câncer provocado por linhas elétricas de alta-tensão
- Postagens de Galt em blogs: idem
- Botas Albertson-Fenwick modelo E-20 para trabalhos com eletricidade, tamanho 43
- Vestígios adicionais de combustível alternativo para aviões a jato
  - Ataque a uma base militar?
- Nenhum indício óbvio de onde possa estar escondido nem local de futuros ataques

Segunda carta de exigências

- Entregue a Bernard Wahl, chefe da segurança da Algonquin
  - Abordado por Galt
  - Sem contato físico; sem vestígios
  - Sem indicação do paradeiro ou local do próximo ataque
- Papel e tinta semelhantes aos encontrados no apartamento de Galt
- Traços adicionais de combustível de aviação no papel
  - Ataque a uma base militar?

Cena do crime: edifício de escritórios, rua 54, 235, oeste

- Vítimas (falecidas)
  - Larry Fishbein, Nova York, contador
  - Robert Bodine, Nova York, advogado
  - Franklin Tucker, Paramus, Nova Jersey, comerciante
- Uma marca de fricção de Raymond Galt
- Cabo Bennington e parafusos fendidos, como os das outras cenas
- Dois comutadores remotos, fabricação caseira:
  - Um para desligar a corrente do elevador
  - Um para completar o circuito e eletrificar o elevador

- Parafusos e fios menores ligando o painel ao elevador, não rastreáveis
- Água nos sapatos das vítimas
- Traços de:
  - Ervas chinesas, ginseng e goji
  - Mola em espiral de Breguet (planeja usar temporizador em vez de controle remoto em ataques futuros?)
  - Fibra verde-escura grossa de algodão
    - Contendo vestígios de combustível alternativo para aviões a jato
  - Fibra marrom-escura grossa de algodão
    - Contendo vestígios de diesel
    - Contendo mais ervas chinesas

Cena do crime: escola abandonada, Chinatown

- Cabo Bennington, idêntico ao das outras cenas
- Gerador Power Plus fabricado pela Williams-Jonas Manufacturing. Roubado de uma obra em Manhattan
- Gravador digital de voz, da Sanoya, com gravação de segmento de programa ou filme de TV a cabo
  - Traços adicionais de taramasalata
- Lanterna elétrica Brite-Beam
  - Não rastreável
- Cordão de um metro e oitenta prendendo a lanterna
  - Não rastreável
- Resíduos provavelmente provenientes da área em torno da prefeitura
  - Produto para limpeza de cobre; quartzo e cloreto de amônia
  - Pó de terracota, semelhante ao das fachadas de prédios da área
  - Pó de mármore branco
- Fio de cabelo loiro, 20 centímetros de comprimento, com spray, pessoa com menos de 50 anos, provavelmente mulher
- Fio de cabelo castanho, um centímetro e meio de comprimento, pessoa com menos de 50 anos.

Terceira carta de exigências

- Enviada por e-mail
- Não rastreável; endereço na Europa

No entanto, Rhyme estava equivocado.

É verdade que as pistas não pareciam contar toda a história, como ele vinha achando desde o início e como muitas outras circunstâncias desse caso. Mas estava enganado quanto à sua convicção de que a chave para a solução do mistério estava nos quadros à sua volta. De fato, a chave entrou de supetão no laboratório, na companhia de Thom, na forma de um homem alto, esbelto e suado, de pele negra e roupas de um verde reluzente.

Recuperando o fôlego, Fred Dellray cumprimentou rapidamente os presentes com um gesto de cabeça e não lhes deu maior atenção, caminhando diretamente para Rhyme.

— Eu preciso fazer uma sugestão, Lincoln, e você tem que me dizer se funciona ou não.

— Fred — começou a dizer McDaniel —, que diabo...

— Lincoln? — insistiu Dellray.

— É claro, Fred. Continue.

— O que você acha da teoria de que Ray Galt é só um comparsa que está levando a culpa? Na minha opinião, ele está morto há uns dois dias. Quem organizou tudo isso foi outra pessoa, desde o começo.

Rhyme fez uma pausa por alguns segundos. A desorientação resultante do ataque dificultava a análise da ideia de Dellray. Finalmente, porém, sorriu levemente e disse:

— O que eu acho? É uma teoria brilhante. Isso é o que eu acho.

CAPÍTULO 69

A reação de Tucker McDaniel, no entanto, foi a seguinte:

— Isso é ridículo. Toda a investigação está baseada em Galt.

Sellitto não lhe deu atenção.

— Qual é a sua teoria, Fred? Eu gostaria de ouvi-la.

— Meu informante, um sujeito chamado William Brent, estava seguindo uma pista. Ele tinha feito contato com alguém ligado aos ataques na rede elétrica e que talvez fosse o responsável por eles. Mas ele desapareceu. Eu descobri que Brent estava interessado em uma pessoa que tinha acabado de chegar à cidade, estava armado com um .45 e usava uma van branca. Recentemente essa pessoa havia raptado e assassinado alguém. Durante os últimos dois dias tinha ficado hospedado num endereço no Lower East. Eu encontrei o lugar. Era a cena de um crime.

— A cena de um crime? — perguntou Rhyme.

— Isso mesmo. Era o apartamento de Ray Galt.

— Mas Galt não veio agora para Nova York — observou Sachs. — Ele morou aqui durante toda a vida adulta.

— Exatamente.

— Então o que Brent disse? — quis saber McDaniel, em tom cético.

— Ah, ele não está em condições de falar com ninguém, porque ontem foi atropelado por um patrulheiro do Departamento de Polícia de Nova York no beco atrás do apartamento de Galt. Ele está no hospital, ainda inconsciente.

— Ah, meu Deus — murmurou Ron Pulaski. — No St. Vincent?

— Isso mesmo.

Com voz débil, Pulaski disse:

— Eu o atropelei.

— Você? — perguntou Dellray, elevando a voz.

— Mas não, não pode ser — disse o policial. — O nome do homem que atropelei é Stanley Palmer.

— Claro, claro... É ele. Palmer é um dos pseudônimos que Brent usa.

— Quer dizer que ele não está sendo procurado? Que não esteve preso por tentativa de homicídio e agressão?

Dellray balançou negativamente a cabeça.

— O registro policial é falso, Ron. A gente insere no sistema para que quem fosse verificar visse que ele tinha passagem pela polícia. A acusação mais grave que a gente conseguiu contra ele foi de conspiração e por isso eu fiz com que ele trabalhasse como informante. Ele é uma pessoa decente. Dava informações principalmente por dinheiro. Um dos melhores que já encontrei.

— Mas o que ele estava fazendo naquele beco, levando uma sacola de compras de mercado?

— Muitos de nós usamos técnicas de disfarce. Uma pessoa que empurra um carrinho de supermercado ou carrega sacolas de compras parece menos suspeita. O melhor é um carrinho de bebê. Naturalmente, com uma boneca dentro.

— Ah... — murmurou Pulaski. — Eu... Ah.

Mas Rhyme não se preocupou com o que seu auxiliar poderia estar sentindo. Dellray havia apresentado uma teoria digna de crédito que explicava as incoerências percebidas por Rhyme desde o início.

Estava procurando um lobo, quando deveria caçar uma raposa.

Mas isso poderia ser verdade? O responsável pelos ataques seria outra pessoa, e Galt apenas um bode expiatório?

McDaniel ainda duvidava.

— Mas existem testemunhas...

— Essas testemunhas são confiáveis? — questionou Dellray, encarando os olhos azuis do chefe.

— O que você quer dizer com isso, Fred? — perguntou por sua vez o agente especial assistente, agora com um leve tremor na voz.

— Não seriam pessoas que acreditaram ser Galt porque nós dissemos à imprensa que ele era o culpado? E a imprensa espalhou pelo mundo.

— Com óculos de proteção, capacete e uniforme da companhia, uma pessoa da mesma raça e de estatura semelhante, com uma identificação falsa, sua *própria* foto e o nome de Galt... Claro, pode funcionar — acrescentou Rhyme.

Sachs também pensava nas pistas.

— O operário que estava no túnel, Joey Barzan, disse que soube que era Galt pela identificação. Ele nunca tinha visto Galt e lá embaixo estava bem escuro.

— E o chefe da segurança, Bernie Wahl — falou Rhyme —, não o viu quando ele entregou a segunda carta de exigências. O criminoso o abordou pelas costas. Foi ele quem raptou e matou Galt, como disse seu informante.

— É isso mesmo — concordou Dellray.

Rhyme ficou olhando para o quadro, balançando a cabeça.

— Merda. Como eu pude deixar de perceber?

— O que, Rhyme?

— As botas que estavam no apartamento de Galt. Um par, marca Albertson-Fenwick.

— Mas as botas faziam sentido — comentou Pulaski.

— Claro que faziam. Mas isso não é o importante, novato. As botas estavam no apartamento de Galt. Se fossem dele, não estariam lá: ele as estaria *usando*! Os operários não costumam ter dois pares de botas. São caras e muitas vezes são eles quem tem que comprar. Não, o verdadeiro criminoso descobriu a marca que ele usava e comprou outro par. Fez o mesmo com o cortador de arame e a serra. Deixou-as no apartamento de Galt para que fossem encontradas. As demais pistas que apontavam para Galt, como o fio de cabelo no café diante da subestação da rua 57, também foram plantadas.

Rhyme indicou com a cabeça o documento que Pulaski tinha recolhido na impressora de Galt e disse:

— Vejam o texto no blog.

Minha história é semelhante à de muitas pessoas. Fui operário de linha e, depois, operador de emergência (uma espécie de supervisor) e trabalhei durante muitos anos em várias empresas de geração de energia elétrica, em contato direto com linhas que transportavam mais de cem mil volts. Eu tenho certeza de que os campos eletromagnéticos das linhas de transmissão, que não têm isolamento, foram os causadores da minha leucemia. Além disso, está provado que os cabos elétricos atraem partículas de aerossol que causam câncer de pulmão em outras pessoas, mas a imprensa não fala disso.

Precisamos que as empresas elétricas, e mais importante, que o público, tenham conhecimento desses perigos. Como as empresas nada farão voluntariamente — por que motivo o fariam? —, seria possível se as pessoas deixassem de utilizar ao menos metade da energia elétrica, obrigá-las (as empresas) a agir com mais responsabilidade. Elas então desenvolveriam maneiras mais seguras de fornecer eletricidade e também parariam de destruir o meio ambiente.

Gente, precisamos tomar as rédeas da situação!

Raymond Galt

— Agora vejam os dois primeiros parágrafos da primeira carta de exigências:

Por volta de onze e meia da manhã de ontem, houve um incidente com um arco elétrico na subestação MH-10 da rua 57 em Manhattan, isso aconteceu mediante a ligação de um cabo Bennington e uma placa a uma linha munida de disjuntores, por meio de parafusos fendidos. A causa da centelha foi o desligamento de quatro estações e a elevação do limite dos disjuntores da MH-10 para uma sobrecarga de quase duzentos mil volts.

Os culpados desse incidente são unicamente vocês, por causa de sua cobiça e egoísmo. Isso é típico da indústria elétrica, além de altamente repreensível. A Enron destruiu a vida financeira de muitas pessoas e sua empresa destrói nossas vidas e a vida da Terra. Explorando a eletricidade sem considerar as consequências, vocês estão destruindo nosso planeta, penetrando insidiosamente em nossas vidas como um vírus até que nos tornemos dependentes daquilo que está nos matando.

— Qual é a diferença? — perguntou Rhyme.

Sachs deu de ombros.

— No blog não tem erros de ortografia — observou Pulaski.

— É verdade, novato, mas isso não é o importante. O sistema automático do computador descobriria quaisquer erros e os corrigiria. Estou falando da escolha de palavras.

Sachs concordou vigorosamente com a cabeça.

— Claro. A linguagem do blog é muito mais simples.

— Exato. O blog foi redigido pelo próprio Galt. As cartas foram *transcritas* por ele, a letra é dele, mas foram ditadas pelo verdadeiro criminoso, o homem que raptou Galt e o obrigou a escrever o que ele ditava. O criminoso usou suas próprias palavras, que Galt não conhecia bem, e por isso errou nas mais complicadas. No blog ele não usou palavras como "repreensível". Nas outras cartas há erros ortográficos semelhantes. Na carta mais recente não há erros porque o próprio criminoso a escreveu num e-mail.

Sellitto caminhava de um lado para o outro, fazendo o assoalho ranger.

— Você se lembra do que Parker Kincaid disse? O técnico em caligrafia? Que a carta foi escrita por alguém sob forte tensão emocional, contrariado, isto é, estava sendo ameaçado para escrever o que era ditado. Isso causaria tensão em qualquer pessoa. E ele também obrigou Galt a segurar as chaves de comutação e o capacete para que houvesse impressões digitais.

Rhyme fez que sim com a cabeça.

— De fato, aposto que os textos do blog são autênticos. Que diabo, foi provavelmente por meio deles que o criminoso se aproximou de Galt. Ele descobriu a raiva que Galt sentia da indústria de energia elétrica.

Pouco depois seus olhos pousaram nas evidências físicas: os cabos, os parafusos e as porcas.

E o gerador. Rhyme o encarou durante um minuto.

Em seguida, ligou o processador de palavras do computador e começou a digitar. O pescoço e as têmporas latejavam; dessa vez, não como prelúdio de um ataque, e sim como sinal de que seu coração batia forte, com entusiasmo.

A emoção da caçada.

Raposas, e não lobos...

— Bem — murmurou McDaniel, sem dar atenção a uma ligação. — Se essa teoria estiver correta, e eu acho que não está... Mas, se for correta, que diabo está por trás disso tudo?

Digitando vagarosamente, o perito criminal continuou:

— Vamos pensar nos fatos. Deixemos de lado todas as provas que incriminam Galt especificamente; por enquanto, vamos presumir que tenham sido plantadas. Portanto, esqueçamos o fio de cabelo loiro, as ferramentas, as botas, o uniforme, a bolsa de ferramentas, o capacete e as marcas de fricção. Tudo isso não nos interessa mais.

"Muito bem, o que nos resta? Temos uma conexão com o Queens, a taramasalata. Ele tentou destruir a porta de acesso onde a encontramos e, portanto, sabemos que é uma pista verdadeira. Temos o .45. Assim, o verdadeiro criminoso tem acesso a armas de fogo. Temos uma conexão geográfica com a área vizinha à prefeitura, os resíduos que encontramos no gerador. Temos fios de cabelo, loiros longos e castanhos curtos. Isso nos sugere dois criminosos. Um deles, sem dúvida, do sexo masculino, que preparou os ataques. O outro é desconhecido, mas provavelmente se trata de uma mulher. O que mais sabemos?"

— Ele veio de fora da cidade — observou Dellray.

— Ótimo — disse Rhyme.

— Um deles tem acesso às instalações da Algonquin — disse Sellitto.

— É possível, mas podem ter usado Galt para isso.

Os ruídos dos aparelhos forenses enchiam a sala, zumbidos e cliques, como moedas tilintando no bolso de alguém.

— Um homem e uma mulher — disse McDaniel. — Foi exatamente o que ficamos sabendo por meio de T e C. Justice For The Earth.

Rhyme suspirou.

— Tucker, eu acreditaria nisso se tivéssemos algum indício a respeito desse grupo, mas não temos. Nem uma única fibra, impressão digital ou vestígio.

— Tudo está na nuvem.

— Porém — rebateu o perito criminal —, se eles existem, deve haver uma presença física em algum lugar. Não temos provas disso.

— Bom, então o que você acha que está acontecendo?

Rhyme sorriu.

Quase simultaneamente, Amelia Sachs balançou a cabeça.

— Rhyme, você não acha que poderia ser, acha?

— Você sabe o que eu sempre digo: quando todas as demais possibilidades são eliminadas, a única restante, por mais estranha que pareça, deve ser a resposta.

— Não estou entendendo, Lincoln — disse Pulaski. A expressão de McDaniel mostrava sua concordância com o policial. — O que você quer dizer?

— Bem, novato, talvez você queira fazer algumas perguntas a si mesmo. Uma: Andi Jessen tem cabelos loiros mais ou menos do comprimento dos que você encontrou? Outra: ela tem um irmão que já foi militar e que mora fora da cidade, e que pode ter acesso a armas como um Colt de 1911 do Exército, calibre .45? Mais uma: Andi esteve na prefeitura nos últimos dois ou três dias, por exemplo, fazendo coletivas de imprensa?

CAPÍTULO 70

— Andi Jessen?

Enquanto ainda digitava, Rhyme respondeu a McDaniel:

— Ela mesma. Com o irmão Randall fazendo o trabalho externo. Foi ele quem preparou os ataques, mas os dois coordenaram tudo juntos. Por isso surgiram as evidências. Ela o ajudou a transportar o gerador da van branca para os fundos da escola em Chinatown.

Sachs ficou pensando nessas palavras, de braços cruzados.

— Lembre-se de que Charlie Sommers disse que os soldados recebem instruções sobre arcos elétricos no Exército. Randall pode ter aprendido lá o que precisava saber a respeito do assunto.

— A base de dados nos mostrou que as fibras encontradas na cadeira de rodas de Susan poderiam ter vindo de um uniforme militar — comentou Cooper.

Rhyme indicou o quadro de evidências com um aceno de cabeça.

— Houve aquela notícia de uma invasão na subestação da empresa na Filadélfia. Soubemos pela TV que Randall mora na Pensilvânia.

— É verdade — confirmou Sachs.

— Ele tem cabelo escuro? — perguntou Pulaski.

— Tem, sim. Bom, pelo menos tinha quando era jovem, pelo que vi nas fotos na escrivaninha de Andi. E ela fez questão de informar que ele não mora aqui. Mais uma coisa: ela me disse que não tinha antecedentes na parte técnica da atividade de geração de energia. Disse que tinha herdado o talento do pai para o aspecto empresarial, de negócios. Mas vocês se lembram da reportagem sobre ela? Antes da coletiva de imprensa?

Cooper assentiu.

— Andi foi operadora de linha durante algum tempo antes de passar a tratar de assuntos gerenciais e suceder ao pai — disse ele, apontando para o perfil do criminoso no quadro branco. — Ela mentiu.

— A comida grega poderia ter vindo da própria Andi, ou talvez ela tenha se encontrado com o irmão num restaurante perto da empresa — sugeriu Sachs.

Olhando para o que estava digitando, Rhyme franziu a testa, pensando em outra coisa.

— E por que Bernie Wahl ainda está vivo?

— O chefe do Departamento de Segurança da Algonquin? Merda, eu nunca pensei nisso. Claro, faria sentido para Galt, quero dizer, para o criminoso, matá-lo — especulou Sellitto.

— Randall podia ter entregado a segunda carta de exigências de muitas maneiras diferentes. O importante foi fazer Wahl acreditar que era Galt. Ele não viu o rosto do criminoso.

— Não é de admirar que ninguém tenha visto o verdadeiro Galt, mesmo depois que as fotos apareceram na TV e na internet — interveio Dellray. — O criminoso era alguém completamente diferente.

McDaniel agora parecia menos cético.

— Então onde Randall Jessen está agora?

— Tudo o que sabemos é que ele está planejando algo grande para as seis e meia de hoje.

Observando as evidências mais recentes, Rhyme refletiu durante algum tempo e depois voltou a digitar. Era uma lista de instruções sobre como proceder dali em diante, uma letra de cada vez, lentamente.

O agente especial assistente voltou a exibir um olhar de ceticismo.

— Desculpem, mas preciso de uma pausa aqui. Eu entendo o que vocês estão dizendo, mas qual é a motivação dela? Está prejudicando a própria empresa. Está cometendo homicídios. Isso não faz sentido.

Rhyme corrigiu um erro de digitação e continuou.

Clique, clique...

Ergueu os olhos e disse, em voz baixa:

— As vítimas.

— O quê?

— Se o criminoso só quisesse passar sua mensagem, ele podia ter usado um temporizador, sem se arriscar a ficar por perto — explicou Rhyme. — Sabemos que ele poderia ter feito isso: encontramos a mola do dispositivo em uma das cenas de crime. Mas não foi isso que ele fez. Ele usou um controle remoto e estava nas proximidades quando as vítimas morreram. Por quê?

Sellitto riu alto.

— Que diabo, Linc. Andi e o irmão queriam liquidar alguém em particular. Ela só queria fazer com que parecesse aleatório. Por isso os ataques aconteceram antes do esgotamento dos prazos.

— Exatamente! Novato, traga os quadros brancos para cá, agora.

Ron Pulaski obedeceu.

— As vítimas. Veja as vítimas.

Luís Martin, subgerente de loja
Linda Kepler, Oklahoma City, turista
Morris Kepler, Oklahoma City, turista
Samuel Vetter, Scottsdale, empresário
Ali Mamoud, Nova York, garçom
Gerhart Schiller, Alemanha, publicitário
Larry Fishbein, Nova York, contador
Robert Bodine, Nova York, advogado
Franklin Tucker, Paramus, Nova Jersey, comerciante

— Sabemos alguma coisa sobre os feridos?

Sachs disse que não.

— Bom, algum deles pode ter sido a vítima pretendida. Precisamos descobrir. Mas o que sabemos sobre os que morreram, pelo menos? — perguntou Rhyme, observando os nomes. — Existe alguma razão para que Andi desejasse a morte de algum deles?

— O casal Kepler estava fazendo turismo num pacote de grupo — comentou Sachs. — Eles estavam aposentados havia dez anos. Vetter foi a testemunha. Talvez por isso eles o tenham matado.

— Não, isso foi planejado há mais de um mês. Qual é o ramo de negócio dele?

Sachs folheou o caderno de anotações.

— Presidente da Companhia Southwest de Concreto.

— Procure, Mel.

Um minuto depois, Cooper informou:

— Bem, ouçam isso. Empresa baseada em Scottsdale. Construções em geral, com especialidade em projetos de infraestrutura. O site diz que Vetter estava participando de um seminário sobre financiamento de energia alternativa no Hotel Battery Park. — Ele ergueu os olhos e prosseguiu: — Recentemente esteve envolvido na construção de alicerces para baterias fotovoltaicas.

— Energia solar — disse Rhyme, continuando a observar as pistas. — E as vítimas do edifício de escritórios? Sachs, ligue para Susan Stringer e veja se ela sabe alguma coisa a respeito delas.

Sachs puxou do bolso o celular e conversou com Susan. Depois de desligar, disse:

— Bom, ela não conhece o advogado nem o homem que entrou no sexto andar, mas sabe alguma coisa sobre o contador Larry Fishbein. Ela o ouviu se queixando de que havia alguma coisa estranha nas contas de uma empresa que ele tinha acabado de auditar. Certas importâncias em dinheiro estavam desaparecendo. O que quer que fosse, era um lugar quente. Quente demais para jogar golfe.

— Talvez o Arizona. Ligue e descubra.

Sachs deu a Sellitto o número de telefone da empresa de Fishbein e o detetive ligou. Falou por alguns minutos e depois desligou.

— Bingo! Fishbein esteve em Scottsdale. Voltou na terça.

— Scottsdale... É onde fica a empresa de Vetter.

— O que é isso, Lincoln? — interveio McDaniel. — Eu ainda não vejo motivo para os crimes.

Após um momento, Rhyme disse:

— Andi Jessen é adversária da energia renovável, certo?

— Isso é um pouco forte, mas ela sem dúvida não é entusiasta — disse Sachs.

— E se ela estivesse subornando empresas de energia alternativa para reduzir a produção ou fazendo alguma outra coisa para sabotá-las?

— Para manter elevada a demanda de energia da Algonquin? — perguntou McDaniel. Ele parecia mais convencido, vendo uma motivação razoável.

— Isso mesmo. Vetter e Fishbein poderiam ter informações que a prejudicariam. Se tivessem sido assassinados em incidentes separados, só os dois, os investigadores teriam razão para suspeitar de uma conexão. Mas Andi preparou tudo de forma a parecer que eram vítimas de assassinatos ao acaso, para que ninguém juntasse as peças. Por isso era impossível cumprir as exigências. Ela não queria que fossem atendidas. Precisava levar a cabo os ataques.

Então Rhyme disse a Sachs:

— Obtenha os nomes dos feridos e verifique suas vidas. Talvez um deles também fosse um alvo.

— Claro, Rhyme.

— Mas... — disse Sellitto, com uma preocupação pouco costumeira na voz. — Temos essa terceira carta, o e-mail. Isso significa que ela ainda precisa matar alguém. Quem será a próxima vítima?

Rhyme continuou digitando, tão rápido quanto lhe era possível. Ergueu momentaneamente os olhos para o relógio digital próximo.

— Não sei. E temos menos de duas horas para descobrir.

CAPÍTULO 71

Apesar dos horrores dos ataques de Ray Galt, Charlie Sommers não podia negar a empolgação que... bem, que agora o eletrizava.

Ele havia feito uma pausa para o café, durante a qual passou o tempo rabiscando diagramas de uma possível invenção (em um guardanapo, naturalmente): uma forma de distribuir gás de hidrogênio a domicílios, para células de combustível. Estava voltando ao andar principal da Exposição sobre Novas Formas de Energia no Centro de Convenções de Manhattan, no West Side, perto do rio Hudson. O salão estava cheio, com milhares de pessoas entre as mais inovadoras do mundo — inventores, cientistas, professores e os importantíssimos investidores, todos dedicados a uma única coisa: energia alternativa. Produção, distribuição, armazenamento e uso de energia. Era a maior conferência do gênero em todo o mundo, organizada para coincidir com o Dia da Terra. Reunia gente que conhecia a importância da energia mas que também sabia da importância de produzi-la e utilizá-la de formas muito diferentes daquelas a que nos acostumamos.

Enquanto Sommers caminhava pelos salões futuristas do Centro de Convenções, cuja construção havia terminado pouco mais de um mês antes, seu coração palpitava como o de um estudante do ensino fundamental em sua primeira feira de ciências. Sentia-se tonto, olhando para todos os lados ao ver os pavilhões: companhias que geravam energia eólica, entidades sem fins lucrativos que buscavam patrocinadores para criar microrredes em partes remotas de países do Terceiro Mundo, empresas de energia solar, operações de exploração geotérmica e outras pequenas sociedades que fabricavam ou instalavam conjuntos de painéis solares, sistemas de armazenamento de sódio líquido, baterias, sistemas de transporte supercondutivos, redes inteligentes... A lista era infindável e absolutamente sedutora.

Chegou ao estande de três metros de largura de sua empresa, nos fundos do salão.

ALGONQUIN CONSOLIDATED POWER
DIVISÃO DE PROJETOS ESPECIAIS
A ALTERNATIVA INTELIGENTE™

Embora a Algonquin fosse provavelmente maior que os cinco mais importantes participantes juntos, a empresa havia alugado um dos menores espaços disponíveis para a exposição sobre novas formas de energia e Sommers era o único funcionário ali.

Era uma indicação bastante clara da opinião da CEO Andi Jessen sobre as energias renováveis.

Mas Sommers não se importava. Claro que estava ali como representante da empresa mas também tinha a intenção de conhecer pessoas e estabelecer os próprios contatos. Algum dia — em breve, ele esperava — deixaria a Algonquin e dedicaria todo o seu tempo a uma empresa de sua propriedade. Era muito sincero com os superiores sobre seu trabalho privado. Ninguém na Algonquin jamais havia questionado o que ele fazia em seu tempo livre. De qualquer forma, não se interessariam pelas invenções que ele criava em casa, como um sistema de economia de água nas pias de cozinha ou o Coletor de Volts, uma caixa portátil que criava energia com o movimento de veículos e a armazenava em uma bateria capaz de ser ligada a um aparelho doméstico ou de escritório, reduzindo assim a demanda à empresa fornecedora de energia.

O rei dos negawatts...

Sua empresa, já registrada, se chamava Sommers Inovações Iluminadas, e era composta por ele, a esposa e um irmão dela. O nome era inspirado na empresa de Thomas Edison, Companhia Edison de Iluminação, a primeira companhia de serviço público de propriedade de um inventor, operadora da primeira rede de distribuição.

Ainda que tivesse uma parcela — uma *pequena* parcela — do gênio de Edison, Sommers não tinha talento para negócios. Não entendia nada em matéria de dinheiro. Quando teve a ideia de criar redes regionais para que os pequenos produtores pudessem vender o excesso de eletricidade à Algonquin e outras empresas grandes, um amigo que conhecia a indústria riu.

— Por que a Algonquin iria *comprar* eletricidade, quando o negócio dela é *vendê-la*?

— Bom — tinha respondido Sommers, surpreso com a ingenuidade do amigo —, porque é mais eficiente. Vai ser mais barato para os clientes e reduzirá o risco de apagões.

Isso era óbvio.

A risada posterior do amigo sugeria que talvez Sommers fosse o mais ingênuo.

Sentando-se no estande, ele acendeu as luzes e retirou a placa que dizia VOLTO LOGO. Despejou caramelos em um pote. (A Algonquin havia vetado a ideia de ter uma modelo sorridente com vestido decotado diante do estande, como era o caso de alguns expositores.)

Ele próprio teria de sorrir, o que fez com ar de vingança, acenando para que as pessoas se aproximassem e falando sobre energia.

Durante uma pausa, recostou-se na cadeira e olhou em volta, pensando no que diria Thomas Edison se passasse por aqueles salões. Sommers achava que ele ficaria fascinado e deliciado, mas não espantado. Afinal, a geração de energia elétrica e a rede de distribuição não haviam mudado muito ao longo dos últimos cento e vinte e cinco anos. A escala era maior e havia mais eficiência, porém, todos os principais sistemas usados hoje em dia já existiam naquela época.

Edison provavelmente olharia com inveja para as lâmpadas de halogênio, sabendo da dificuldade de encontrar um filamento adequado para a própria lâmpada. E teria rido ao ver as exposições de microrreatores nucleares, que podiam ser transportados em embarcações para onde fossem úteis (Edison tinha previsto no século XIX que algum dia estaríamos usando energia nuclear em geradores). Sem dúvida também veria com admiração o próprio edifício do Centro de Convenções. O arquiteto não havia se preocupado em ocultar as vigas, paredes e dutos da infraestrutura e até mesmo partes do piso eram feitas de cobre e aço inoxidável brilhantes.

Sommers achou que era como estar no interior de uma imensa bateria de comutadores.

No entanto, o gerente de projetos especiais se mantinha alerta. As invenções têm um lado sórdido. A criação da lâmpada elétrica tinha deflagrado uma batalha feroz, não apenas do ponto de vista técnico mas também do jurídico. Dezenas de pessoas participaram da intensa e prolongada disputa sobre a autoria — e também sobre os lucros — da lâmpada. Thomas Edison e o inglês Joseph Wilson Swan saíram vitoriosos, mas em um campo de batalha coberto de demandas judiciais, raiva, espionagem e sabotagem, além de muitas carreiras destruídas.

Sommers pensava nisso naquele momento porque tinha visto um homem de óculos e boné, não longe do estande da Algonquin. Ficou desconfiado pois o homem observava dois estandes próximos. Uma das empresas fabricava equipamento para exploração geotérmica, aparelhos capazes de localizar lugares aquecidos nas profundezas da terra. A outra montava motores híbridos para pequenos veículos. Sommers sabia que quem se interessasse por geotérmica não teria interesse em motores híbridos.

É verdade que o indivíduo dava pouca atenção a Sommers e à Algonquin, mas ele facilmente podia estar tirando fotos de algumas das invenções e maquetes exibidas no estande. As câmeras de espiões hoje em dia são extremamente sofisticadas.

Voltou-se para responder à pergunta de uma mulher. Ao olhar novamente, o homem — espião, homem de negócios ou simples espectador — já tinha desaparecido.

Dez minutos depois, outro decréscimo no número de visitantes. Sommers resolveu ir ao banheiro. Pediu à pessoa do estande ao lado do seu que ficasse de olho e caminhou para um corredor deserto que levava ao banheiro masculino. Uma das vantagens de estar na parte mais barata para estandes pequenos eram os banheiros pouco frequentados.

Entrou no corredor cujo elegante piso de aço tinha algumas ondulações, provavelmente para imitar uma estação espacial ou um foguete.

Quando estava cinco metros adiante, seu celular tocou.

Sommers não reconheceu o número, que tinha um código de área local. Pensou por um momento e apertou o botão IGNORAR.

Continuou caminhando em direção ao banheiro, notando o cobre brilhante da maçaneta e pensando: eles não pouparam despesas. Não admira que o aluguel do estande custe tão caro.

CAPÍTULO 72

— Por favor — disse Sachs em voz alta, de olhos cravados no telefone. — Charlie, atende! Por favor!

Ela havia ligado para Sommers pouco antes, mas o telefone dele tocou apenas uma vez e imediatamente passou para a caixa de mensagens.

A detetive tentou novamente.

— Vamos! — disse Rhyme também.

Dois toques... três...

Por fim, um clique no viva-voz.

— Alô?

— Charlie, aqui é Amelia Sachs.

— Foi você quem ligou agora mesmo? Eu estava indo...

— Charlie — interrompeu ela —, você está correndo perigo.

— O quê?

— Onde você está?

— No Centro de Convenções, eu estou indo para... Que perigo é esse?

— Você está perto de alguma coisa de metal, qualquer coisa que possa produzir um arco elétrico ou que possa ser ligado a uma fonte de eletricidade?

Ele riu abruptamente.

— Eu estou caminhando num piso de metal e já ia abrir a porta do banheiro, que tem uma maçaneta de metal. — O bom humor desapareceu de sua voz. — Você está dizendo que pode ter uma armadilha?

— É possível. Se afasta do piso de metal, agora.

— Não estou entendendo.

— Houve outra exigência e um novo prazo. Seis e meia. Mas nós achamos que os ataques no hotel e no elevador não têm nada a ver com ameaças ou exigências. São uma cortina de fumaça para encobrir a intenção de atingir certas pessoas. Pode ser que você seja uma delas.

— Eu? Por quê?

— Antes de mais nada, vai para um lugar seguro.

— Eu vou voltar para o andar principal. É de concreto. Espera. — Um momento depois ele voltou a falar. — Tudo bem. Sabe, tinha alguém aqui me observando. Mas não acho que fosse Galt.

— Charlie, aqui é Lincoln. Achamos que Ray Galt não é o criminoso. Provavelmente ele está morto.

— O responsável pelos ataques é *outra* pessoa?

— Isso mesmo.

— Quem?

— Andi Jessen. O homem que você viu pode ser Randall, o irmão dela. As evidências mostram que os dois estão agindo juntos.

— O quê? Isso é loucura. E por que eu estaria em perigo?

Sachs tomou a palavra.

— Algumas das pessoas que morreram nos ataques anteriores estavam envolvidas em produção de energia alternativa, assim como você. Nós achamos que eles vêm subornando empresas do ramo de fontes renováveis para que reduzam a capacidade de geração a fim de manter a demanda da eletricidade produzida pela Algonquin.

Houve uma pausa.

— Bem, é verdade, um dos meus projetos tem sido a consolidação das redes regionais para que sejam mais autossuficientes e comecem a fornecer energia às grandes interconexões, como a Algonquin. Creio que isso poderia ser um problema para ela.

— Você esteve recentemente em Scottsdale?

— Eu estou trabalhando em alguns projetos de energia solar naquela área, além de outros lugares. Na Califórnia, a tendência é energia eólica e geotérmica. No Arizona são principalmente baterias solares.

— Eu estava pensando numa coisa que você me disse quando estive na Algonquin — disse Sachs. — Por que ela pediu a *você* que me ajudasse na investigação?

Ele pensou um pouco.

— É verdade. Ela podia ter pedido a várias outras pessoas.

— Acho que era uma armadilha para você.

Ele quase engasgou, dizendo:

— Ah, meu Deus.

— O quê? — perguntou Rhyme.

— Talvez o perigo não seja apenas para mim. Todo mundo que participa dessa exposição é uma ameaça para a Algonquin. O evento é sobre energia alternativa, microrredes, descentralização... Andi poderia considerar cada expositor como uma ameaça, se estiver assim tão obcecada com a ideia de que a Algonquin seja a principal provedora de energia na América do Norte.

— Tem alguém na Algonquin em quem possamos confiar? Alguém que possa desligar a energia sem que Andi saiba?

— Não é a Algonquin quem fornece energia para cá. Assim como algumas linhas do metrô, o Centro de Convenções produz a própria energia. A usina fica do lado do prédio. Devemos evacuar o edifício?

— As pessoas teriam que passar por um piso de metal para chegar ao exterior?

— A maioria, sim. O saguão de entrada e as plataformas de serviço são de metal. Nem são pintados. Aço puro. E você sabe quanta eletricidade entra aqui? A carga em um dia como esse é de cerca de vinte milhões de watts. Olha, eu posso descer e verificar por onde chega o fornecimento. Talvez possa abrir os disjuntores. Eu posso...

— Não, precisamos descobrir exatamente o que eles estão fazendo e como pretendem agir. Vou ligar assim que tivermos descoberto mais alguma coisa. Não saia daí!

CAPÍTULO 73

Transpirando nervosamente, Charlie Sommers olhou ao redor para as dezenas de milhares de visitantes da Exposição de Novas Formas de Energia, alguns esperando ganhar uma fortuna, outros querendo ajudar, ou até mesmo salvar o planeta, e ainda outros porque achavam divertido passar algum tempo visitando os estandes.

Alguns eram adolescentes que, assim como ele próprio, anos atrás, se sentiriam estimulados a tomar rumos diferentes nos cursos escolares após percorrerem a exposição. Mais ciência, menos línguas e história, para que se tornassem os Edisons de sua geração.

Todos estavam em perigo.

Não saia daí, tinha dito a polícia.

A multidão se agitava, levando bolsas coloridas com os prospectos gratuitos dos expositores. Os logotipos das empresas estavam por toda parte: Volt Storage Technologies, Next Generation Batteries, Geothermal Innovations.

Não saia daí...

Seu cérebro, porém, estava em um lugar que a mulher dele chamava "ideias de Charlie". Girava por conta própria, como um dínamo, como um volante para armazenagem de energia. Dez mil rotações por minuto. Pensava na eletricidade em uso no Centro de Convenções. Vinte megawatts.

Vinte milhões de watts.

O watt é o produto da voltagem multiplicada pela amperagem...

Desviada para aquela superestrutura altamente condutiva, era energia suficiente para eletrocutar milhares de pessoas. Em forma de arco elétrico ou em busca de terra, a corrente fortíssima passaria pelos corpos, ceifando vidas e deixando restos fumegantes de carnes, roupas e cabelos.

Não saia daí...

Bem, ele não podia ficar parado.

Como inventor, Sommers pensava nos detalhes práticos. Randall Jessen e Andi deviam ter tomado o controle da unidade de geração de alguma forma. Não poderiam arriscar que a polícia simplesmente mandasse o Departamento de Manutenção desligar o fornecimento. Porém, devia haver uma linha principal para o prédio de exposições. Provavelmente transportaria cento e trinta e oito mil volts, como uma linha de transmissão local. Seria preciso interceptá-la para eletrizar os pisos, as escadas e as maçanetas. Talvez os elevadores também.

Sommers refletiu.

Os visitantes não poderiam evitar a eletricidade.

Não poderiam se proteger dela.

Portanto, ele teria que cortar a cabeça dela.

Nada de *não saia daí.*

Se conseguisse encontrar a linha de alimentação antes que Randall Jessen a interceptasse, poderia desligá-la com um curto-circuito. Ligaria um cabo saindo dela para um retorno. O curto-circuito resultante, acompanhado por um arco elétrico tão intenso quanto o do ponto de ônibus na antevéspera, abriria os disjuntores da usina geradora do Centro de Convenções, eliminando o perigo. O sistema de iluminação de emergência entraria em ação automaticamente, mas era de baixa voltagem, certamente vindo de baterias de cálcio de doze volts. Não haveria risco de eletrocussão com uma carga tão baixa. Algumas pessoas ficariam presas nos elevadores e talvez houvesse pânico, mas os danos pessoais seriam mínimos.

Nesse ponto, ele voltou à realidade. A única maneira de desligar o sistema por meio de um curto-circuito era empregar um dos procedimentos mais perigosos da atividade de fornecimento de energia elétrica: trabalhar com as mãos nuas em uma linha ativa que transportava cento e trinta e oito mil volts. Somente os mais competentes entre os operários de linha podiam tentar tal façanha. Trabalhando em cápsulas de isolamento ou em helicópteros para evitar qualquer contato com a terra e vestindo equipamento *faraday* — ou seja, roupas metálicas —, os operários entravam em contato direto com o cabo de alta voltagem. Como efeito, tornavam-se parte do cabo, e centenas de milhares de volts passavam por seus corpos.

Charlie Sommers nunca havia tentado trabalhar com alta voltagem de mãos nuas, mas sabia como fazer, na teoria.

Como um pássaro pousado num fio...

Foi buscar no estande da Algonquin a mísera caixinha de ferramentas e pediu emprestado a um expositor um pedaço de fio para alta-tensão. Entrou no corredor, procurando uma porta de serviço. Olhou para a maçaneta de cobre, hesitou por um instante e em seguida a abriu de uma vez, mergulhando na penumbra dos diversos andares do subsolo do Centro de Convenções.

Não saia daí?

Acho que não.

CAPÍTULO 74

Ele ficou sentado no assento dianteiro da van branca, sentindo calor porque o ar-condicionado estava desligado. Não queria ligar o motor, atraindo atenção para si. Um veículo parado é uma coisa; um veículo parado com o motor funcionando aumenta exponencialmente as suspeitas.

Um fio de suor escorreu pelo seu rosto. Ele mal notou. Apertou o fone auricular com mais firmeza no ouvido. Nada ainda. Aumentou o volume. Estática. Um ruído surdo. Nada mais.

Pensava nas palavras que havia enviado por e-mail naquele dia: *Se deixarem de me dar atenção dessa vez, as consequências serão muitíssimo mais graves do que os pequenos incidentes de ontem e da véspera, e a perda de vidas será muito maior.*

Sim e não.

Virou a cabeça para um lado, prestando atenção para ouvir mais alguma coisa pelo microfone que havia ocultado no gerador plantado na escola em Chinatown. Era um Cavalo de Troia, que a Unidade de Criminalística gentilmente havia levado para a casa de Lincoln Rhyme. Ele já obtivera a relação dos personagens que colaboravam com Rhyme, assim como os lugares onde se encontravam. Lon Sellitto, o detetive do Departamento de Polícia de Nova York, e Tucker McDaniel, agente especial assistente do FBI, tinham ido para a Prefeitura, onde iriam coordenar a defesa do Centro de Convenções.

Amelia Sachs e Ron Pulaski estavam vindo a toda velocidade para o Centro naquele momento para ver se poderiam desligar a eletricidade.

Uma perda de tempo, pensou ele.

De repente, empertigou-se, ouvindo a voz de Lincoln Rhyme.

— *Muito bem, Mel, preciso que você leve aquele cabo ao laboratório do Queens.*

— O quê...

— O cabo.

— Qual?

— Que diabo, quantos cabos tem aqui?

— Uns quatro.

— Bem, o cabo que Sachs e Pulaski encontraram na escola em Chinatown. Eu quero que eles retirem os resíduos entre o isolamento e o fio propriamente dito e que o examinem.

Ouviu o som de plástico e papel sendo manuseados. Pouco depois, passos.

— Eu volto daqui a quarenta minutos, uma hora.

— Não importa a hora. Eu quero que você ligue para mim quando tiver os resultados.

Passos firmes.

O microfone era muito sensível.

Uma porta bateu. Silêncio. Depois, a digitação nas teclas do computador, nada mais.

Depois, um grito de Rhyme:

— Que merda, Thom! Thom!

— O que foi, Lincoln? Você...

— Mel já foi?

— Espera.

Um momento depois a voz dele respondeu:

— Já. O carro acabou de partir. Quer que eu ligue para ele?

— Não, não importa. Escute, eu preciso de um pedaço de fio elétrico. Quero ver se sou capaz de reproduzir uma coisa que Randall fez... Um pedaço comprido. Temos alguma coisa assim por aqui?

— Uma extensão?

— Não, mais comprido. Seis ou nove metros.

— Por que teria um fio comprido assim aqui?

— Achei que talvez você soubesse. Bem, vá procurar. Agora.

— Onde eu posso encontrar um fio elétrico?

— Que merda, em uma loja de fios. Eu não sei. Uma loja de ferragens. Tem uma na Broadway, não é? Antigamente tinha.

— Ela ainda existe. Quer nove metros?

— *Isso deve bastar... O quê?*

— *É... Você não parece estar bem, Lincoln. Não sei se deveria deixar você sozinho.*

— *Deve, sim. Deve fazer o que eu estou pedindo. Quanto mais rápido você for, mais rápido vai voltar e poder cuidar de mim à vontade, como uma galinha cuida dos pintos. Mas agora vá!*

Houve silêncio por alguns instantes.

— *Está bem, mas primeiro vamos medir a pressão.*

Outra pausa.

— *Pode medir.*

Sons abafados, um leve silvo, o ruído do velcro.

— *Não está mal, mas quero ter certeza de que ela não vai se alterar. Como você está se sentindo?*

— *Estou só cansado.*

— *Volto daqui a meia hora.*

Ouviram-se passos leves. A porta se abriu novamente e logo se fechou.

Ele ficou prestando atenção por alguns instantes e depois se levantou. Pegou um uniforme de operário de manutenção de TV a cabo. Guardou o Colt 1911 em uma bolsa de ferramentas, que colocou a tiracolo.

Verificou as janelas dianteiras e os retrovisores da van e, ao ver que o beco estava vazio, desceu do veículo. Observou que não havia câmeras de segurança e caminhou para a porta dos fundos da casa de Lincoln. Em três minutos se certificou de ter desligado o alarme e abriu a porta, entrando no porão.

Encontrou o painel elétrico e começou a trabalhar silenciosamente, ligando um comutador de controle remoto à linha de alimentação, de quatrocentos amperes, que equivalia ao dobro da maioria das demais residências vizinhas.

Esse detalhe era interessante, mas não especialmente significativo, é claro, pois ele sabia que tudo o que precisava para causar uma morte virtualmente instantânea era uma pequena fração daquela potência.

Um décimo de ampere...

CAPÍTULO 75

Rhyme olhava para os quadros de evidências quando a eletricidade da casa foi cortada.

A tela do computador ficou escura e as máquinas silenciaram. As luzes vermelhas, amarelas e verdes dos indicadores de LED do equipamento ao redor dele se apagaram.

Rhyme virou a cabeça de um lado para o outro.

Do porão veio o ranger de uma porta. Em seguida, ouviu passos. Não o ruído dos pés batendo no chão, e sim o leve protesto dos degraus de madeira seca contra o peso de um corpo humano.

— Olá? — chamou. — Thom? É você? A eletricidade. Tem alguma coisa errada com a eletricidade.

Os ruídos de tábuas rangendo aumentaram. Logo depois desapareceram. Rhyme girou a cadeira de rodas. Olhou para todos os lados com atenção, examinando os arredores como costumava fazer nas cenas de crime imediatamente ao chegar, reparando em todas as pistas importantes, tomando a impressão da cena. Procurando também os perigos: lugares onde o criminoso poderia estar escondido, talvez ferido, talvez em pânico, talvez esperando friamente a oportunidade de matar um policial.

Outra tábua rangeu.

Rhyme girou novamente a cadeira em trezentos e sessenta graus, mas não viu nada. Nesse momento notou um celular em uma das mesas de exame na extremidade da sala. Embora não houvesse energia no restante da casa, certamente o celular estaria funcionando.

Baterias...

Rhyme apertou um botão no painel de controle e a cadeira avançou rapidamente, aproximando-se da mesa e parando, de costas para a porta, olhando para o telefone. Estava a menos de trinta centímetros de seu rosto.

O indicador LCD brilhava com a luz verde. Carga suficiente para receber ou fazer uma ligação.

— Thom?! — chamou novamente.

Nada.

Sentiu a pulsação do coração no telégrafo de suas têmporas e nas veias que latejavam no pescoço.

Sozinho na sala, virtualmente imóvel. A menos de dois passos do telefone, olhando para o aparelho. O perito criminal virou a cadeira um pouco para o lado e depois a fez recuar depressa, batendo na mesa e fazendo o telefone balançar. No entanto, o celular permaneceu exatamente onde estava.

Logo percebeu uma mudança na acústica da sala, dando-se conta que alguém havia entrado. Bateu novamente na mesa com a cadeira, mas, antes que conseguisse fazer o telefone deslizar para mais perto, ouviu passos. Uma mão enluvada passou por cima de seu ombro, agarrando o telefone.

— É você? — perguntou Rhyme à pessoa que se encontrava atrás dele. — Randall? Randall Jessen?

Não houve resposta.

Apenas sons leves atrás dele, leves cliques. Depois uma agitação, que ele sentiu nos ombros. A lâmpada do monitor da bateria da cadeira, que ficava no painel de controle por toque, apagou-se. O intruso soltou manualmente o freio e empurrou a cadeira até uma parte da sala iluminada por uma réstia pálida de luz solar que atravessava a janela.

Em seguida, lentamente, ele girou a cadeira.

Rhyme abriu a boca para falar, mas franziu a testa, estudando cuidadosamente o rosto que tinha diante de seus olhos. Por um instante, não disse nada. Em seguida, murmurou:

— Não pode ser.

A cirurgia plástica tinha sido muito bem-feita. Mesmo assim, havia traços reconhecíveis na fisionomia do homem. Além disso, como Rhyme poderia deixar de reconhecer Richard Logan, o Relojoeiro, que supostamente estava escondido naquele momento em um bairro pobre da Cidade do México?

CAPÍTULO 76

Logan desligou o celular que Lincoln Rhyme aparentemente havia tentado, em seu desespero, fazer funcionar.

— Eu não estou entendendo — disse o perito criminal.

Logan tirou a bolsa de ferramentas do ombro, colocando-a no chão. Abaixou-se e a abriu. Com dedos ligeiros, remexeu o conteúdo e retirou um laptop e duas câmeras sem fio. Colocou uma na cozinha, apontando para o beco nos fundos da casa. A outra foi posta numa das janelas da frente. Ligou o computador, pousando-o sobre uma das mesas. Digitou alguns comandos. Imediatamente surgiram imagens dos acessos dianteiro e traseiro da casa de Rhyme. Era o mesmo sistema que ele havia usado no Hotel Battery Park para espionar Vetter e determinar o momento exato em que deveria apertar o botão do comutador: quando a mão tocasse o metal.

Em seguida, Logan ergueu os olhos e riu levemente. Caminhou até a lareira, em cuja prateleira havia um relógio de bolso sobre um pedestal.

— Você ainda tem o meu presente — murmurou ele. — Você o colocou *bem* à mostra, em exibição.

Estava surpreso. Havia presumido que o antigo Breguet tivesse sido desmontado e cada peça examinada, a fim de descobrir o paradeiro dele.

Embora fossem inimigos, e em breve Logan fosse matá-lo, tinha extrema admiração por Rhyme e se sentia estranhamente contente porque o perito criminal havia conservado intacto o relógio.

No entanto, pensando melhor, imaginou que certamente o perito tinha mandado alguém desmontá-lo para a análise forense e depois montá-lo novamente, peça por peça.

Isso fazia de Rhyme também, de certa forma, um relojoeiro.

Junto do relógio estava o bilhete que o havia acompanhado. Para Rhyme, era tanto um elogio quanto uma promessa ameaçadora de que ambos se encontrariam novamente.

A promessa agora se cumpria.

Recuperando-se da surpresa, o perito criminal disse:

— A qualquer momento alguém vai chegar aqui.

— Não, Lincoln. Ninguém vai vir.

Logan relatou o paradeiro de todos os que estiveram na sala quinze minutos antes.

Rhyme franziu a testa.

— Como foi que você... Ah, é claro. O gerador. Você escondeu um microfone nele.

Fechou os olhos, desanimado.

— É isso mesmo. E sei de quanto tempo disponho.

A decepção nos olhos de Rhyme se transformou em confusão.

— Então não era Randall Jessen se passando por Galt. Era você.

Logan olhava para o Breguet com admiração, comparando-o com o relógio que tinha no pulso.

— Você o mantém funcionando. — Logo, recolocou-o no pedestal.
— É isso mesmo. Durante toda a semana passada eu me transformei em Raymond Galt, mestre eletricista e operador de emergência

— Mas eu vi você no vídeo de segurança do aeroporto... Você foi contratado para matar Rodolfo Luna.

— Não é bem isso. O colega dele, Arturo Diaz, estava a mando de um dos grandes cartéis do tráfico de drogas em Puerto Vallarta. Luna é um dos poucos policiais honestos que ainda existem no México. Diaz *queria* me contratar para liquidá-lo, mas eu estava muito ocupado. Mediante certa soma em dinheiro, no entanto, concordei em *fingir* que estava por trás disso, a fim de evitar suspeitas contra ele. Isso também foi útil para *mim*, porque eu precisava que todos, especialmente você, acreditassem que eu estava em outro lugar e não em Nova York.

— Mas no aeroporto... — A voz de Rhyme passou a um sussurro confuso. — Você estava no avião. A gravação da segurança. Nós vimos você sair daquele avião e se esconder debaixo da lona. Depois você foi visto na Cidade do México e no caminho do aeroporto. Foi visto em Gustavo Madero há uma hora. Suas impressões digitais e... — A voz do perito criminal se apagou. Ele meneou a cabeça, com um sorriso resignado. — Meu Deus! Você não chegou a sair do aeroporto.

— Não, eu não saí.

— Você pegou aquele pacote e entrou no caminhão diante da câmera de propósito, mas o veículo se afastou, fora do campo de visão. Você entregou o pacote a outra pessoa e tomou um voo para a Costa Leste. Os homens de Diaz continuaram a afirmar que você estava na Cidade do México para que todos pensassem que ainda estava lá. Quantos dos homens de Diaz foram subornados?

— Mais ou menos uma dúzia.

— Não houve fuga para Gustavo Madero?

— Não.

Logan considerava a compaixão uma emoção ineficiente e, portanto, inútil. Ainda assim, era capaz de reconhecer, sem, contudo, se emocionar, que alguma coisa em Lincoln Rhyme inspirava pena naquele momento. Ele parecia menor do que da última vez em que se encontraram. Quase frágil. Talvez estivesse doente, o que era bom, pensou Logan. A eletricidade passando pelo corpo dele resolveria o assunto mais rápido. Ele decididamente não queria que Rhyme sofresse.

Como forma de consolo, acrescentou:

— Você previu o ataque a Luna. Impediu que Diaz o matasse. Eu nunca pensei que fosse perceber a tempo. Mas, pensando bem, não deveria ter me surpreendido.

— Mas eu não detive *você*.

Logan havia matado muita gente em sua longa carreira de profissional. Quase todos, ao perceberem que iam morrer, ficavam tranquilos, como se compreendessem a inevitabilidade do que estava prestes a acontecer. Rhyme, porém, ia além. O perito criminal agora parecia quase aliviado. Talvez fosse isso o que Logan tivesse visto no rosto dele: os sintomas de uma doença terminal. Ou talvez tivesse simplesmente perdido a vontade de viver, dada sua condição física. A morte rápida seria uma bênção.

— Onde está o corpo de Galt?

— No Forno... A sala da fornalha da caldeira da Algonquin Power. Não sobrou nada.

Logan olhou para o laptop. Ninguém ainda. Tirou da bolsa um pedaço de cabo Bennington para voltagens médias e o inseriu em uma tomada próxima, de duzentos e vinte volts. Tinha passado meses estudando a eletricidade. Sentia-se à vontade com ela, tanto quanto com as delicadas engrenagens e molas dos relógios.

Apalpou o bolso, sentindo o peso do controle remoto que religaria a corrente elétrica da casa e enviaria uma amperagem suficiente ao corpo do perito para matá-lo imediatamente.

Enquanto enrolava uma extremidade do cano no braço de Rhyme, o perito criminal disse:

— Mas, se você grampeou o gerador, deve ter ouvido o que dissemos antes. Sabemos que Raymond Galt não é o verdadeiro criminoso, que ele foi enganado. E sabemos que Andi Jessen queria matar Sam Vetter e Larry Fishbein. Quer tenha sido o irmão dela quem preparou os ataques, quer tenha sido você, mesmo assim ela vai ser pega e...

Logan apenas olhou de relance para Rhyme, em cujo rosto surgiu uma expressão tanto de compreensão quanto de completa resignação.

— Mas isso não é o caso, não é verdade? Não se trata disso.

— Não, Lincoln. Não se trata disso.

CAPÍTULO 77

Um pássaro no fio, mas não pousado nele, e sim acima dele.

Oscilando no espaço no mais profundo subsolo do Centro de Convenções, Charlie Sommers estava pendurado num balanço improvisado a sessenta centímetros de uma linha carregada com cento e trinta e oito mil volts, envolta num material de isolamento vermelho.

Se a eletricidade fosse água, a pressão no cano diante dele seria como a do fundo do mar: milhões de quilos por centímetro quadrado, esperando uma oportunidade para esmagar o submarino e transformá-lo em uma placa ensanguentada de metal.

A linha principal, sustentada por suportes isolados de vidro, ficava a três metros do chão, entre a parede de um lado do subsolo até a subestação do próprio Centro de Convenções, na outra extremidade do espaço na penumbra.

Como não podia tocar simultaneamente o fio desencapado e qualquer coisa ligada à terra, Sommers havia improvisado um balanço com a mangueira de incêndio, cuja ponta ele havia amarrado a uma balaustrada acima do cabo de alta voltagem. Usando toda a sua força, tinha descido pela mangueira e conseguira se instalar na barra do balanço. Desejava que as mangueiras de incêndio fossem feitas exclusivamente de borracha e lona; se por algum motivo estivesse reforçada com fios de metal, em poucos minutos ele se tornaria parte de um hiato entre uma fase e a terra e seria vaporizado.

Enrolado ao pescoço, ele trazia um pedaço de cabo que havia pedido emprestado ao estande ao lado do da Algonquin. Com o canivete suíço, Sommers descascava lentamente o isolamento desse fio. Quando terminasse, faria o mesmo com o isolamento do cabo da linha de alta voltagem, expondo os fios de alumínio trançados. Depois, com as mãos desprotegidas, uniria os dois cabos.

Em seguida, aconteceria uma de duas coisas.

Nada.

Ou então um hiato da fase para a terra... e o vapor.

No primeiro caso, ele estenderia cuidadosamente a extremidade do fio para encostá-lo em alguma fonte próxima de retorno, alguma viga de ferro ligada aos alicerces do prédio. O resultado seria um curto-circuito espetacular que faria saltar os disjuntores da usina geradora do Centro.

Quanto a ele próprio... bem, Charlie Sommers não estaria em contato com a terra, mas uma voltagem daquela potência produziria um longo arco elétrico que o mataria queimado.

Sabendo que o prazo não significava nada e que Randall e Andi Jessen poderiam ligar o comutador a qualquer momento, ele trabalhou febrilmente, descascando o isolamento vermelho do cabo da linha. Os pedaços dielétricos caíam no chão abaixo dele e Sommers não pôde deixar de pensar que eram como pétalas caindo de rosas murchas numa funerária, depois que os parentes do morto tivessem voltado para suas casas.

CAPÍTULO 78

Observado por Richard Logan, Lincoln olhava em direção ao East River por uma das amplas janelas da casa. Em algum lugar, lá longe, as torres vermelhas e cinzentas da Algonquin Consolidated dominavam as margens do rio. Não dava para ver as chaminés de onde eles estavam, mas Logan imaginou que em um dia frio Rhyme pudesse ver as colunas de fumaça subindo acima da linha dos arranha-céus.

Balançando a cabeça, o perito criminal comentou:

— Andi Jessen não contratou você.

— Não.

— Ela é o *alvo*, não é? Você está armando para incriminá-la.

— Isso mesmo.

Rhyme indicou com um aceno de cabeça a grande bolsa aos pés de Logan.

— Ali há pistas que incriminam a ela e ao irmão. Você vai plantá-las aqui para que pareça que Andi e Randall me mataram. Desde o início você vem deixando pistas falsas. Os resíduos da prefeitura, o cabelo loiro, a comida grega. Você foi contratado por alguém para fazer parecer que Andi usou Ray Galt para matar Sam Vetter e Larry Fishbein... Por que eles?

— Não era especialmente por causa deles. As vítimas poderiam ser quaisquer dos participantes da conferência sobre energia alternativa no Hotel Battery Park ou da empresa de contabilidade de Fishbein. Qualquer pessoa de lá poderia ter informações sobre alguma falcatrua que Andi Jessen quisesse encobrir.

— Ainda que não tivessem informações.

— Não. Nada que tivesse a ver com a Algonquin ou com Andi.

— Então quem está por trás disso? — Rhyme tinha a testa franzida e seus olhos percorriam os quadros de provas, como se precisasse saber a solução da charada antes de morrer. — Eu não consigo entender.

Logan olhou o rosto macilento do perito criminal.

Pena...

Tirou mais um fio e o prendeu ao corpo de Rhyme. Iria ligá-lo ao ponto terra mais próximo, o radiador da calefação.

Do ponto de vista moral, Richard Logan não se preocupava em saber por que motivo seus clientes queriam a morte das vítimas, mas fazia questão de ser informado a respeito porque isso o ajudava no planejamento e na fuga posterior. Por isso ouviu com interesse quando lhe explicaram por que Andi Jessen teria que ser desacreditada e passar uma longa temporada na cadeia. Ele se voltou para Rhyme e disse:

— Andi Jessen é uma ameaça à nova ordem. A opinião dela, e aparentemente é uma opinião muito estridente, é que o petróleo, o gás, o carvão e o átomo são as únicas fontes importantes de energia e continuarão sendo durante os próximos cem anos. As energias renováveis são brincadeira de criança.

— Ela está reforçando o senso comum.

— Exatamente.

— Tem algum grupo ecoterrorista por trás disso, então?

Logan fez uma careta.

— Ecoterroristas? Ora, por favor. Idiotas barbudos e sujos que não são capazes de pôr fogo na obra de um hotel de uma estação de esqui sem serem pegos em flagrante? — Logan deu uma risada. — Não, Lincoln. A questão é dinheiro.

Rhyme pareceu entender.

— Ah, claro... Não importa que por enquanto a energia limpa e as fontes renováveis não tenham grande valor para o esquema geral; ainda é possível ganhar muito dinheiro com baterias de captação de ventos e de luz solar, redes regionais e equipamento de transmissão.

— Exatamente. Subsídios governamentais e isenção de impostos, para não falar de consumidores que vão pagar o preço que for cobrado pela energia verde, porque vão pensar que estão salvando o planeta.

— Quando encontramos o apartamento de Galt e vimos os e-mails dele sobre o câncer, achamos que a vingança nunca é um bom motivo para um crime — comentou Rhyme.

— É verdade, mas a ambição é perene.

O perito criminal aparentemente não pôde evitar o riso.

— Então existe um cartel verde por trás disso. Que ideia. — Os olhos dele voltaram aos quadros. — Creio que eu possa deduzir um dos atores... Bob Cavanaugh?

— Muito bem. Isso mesmo. Na verdade, ele é o principal. Como você descobriu?

— Ele nos deu informações que incriminavam Randall Jessen — respondeu Rhyme, estreitando os olhos. — E nos ajudou no Hotel Battery Park. Poderíamos ter salvado Vetter... mas, é claro, não importava se você efetivamente o matasse, ou Fishbein, ou qualquer outra pessoa, aliás.

— Não. O importante era que Andi Jessen fosse responsabilizada pelos ataques, que fosse desacreditada e presa. Havia outro motivo: Cavanaugh trabalhava com o pai dela e nunca se conformou por ter sido preterido para o posto de presidente e CEO em favor da filhinha do papai.

— Ele não deve ser o único.

— Não. O cartel é formado por CEOs de meia dúzia de fornecedores de equipamento para energia alternativa em todo o mundo, principalmente nos Estados Unidos, na China e na Suíça.

— Um cartel verde. — Rhyme balançou a cabeça.

— Os tempos mudam.

— Mas por que não simplesmente matar Andi?

— Essa é minha pergunta — respondeu Logan. — Havia um ingrediente econômico. Cavanaugh e os demais precisavam afastar Andi mas também queriam uma queda no valor das ações da Algonquin. O cartel pretende comprar a companhia a baixo custo.

— E o ataque ao ônibus?

— Era preciso atrair a atenção do público.

Logan sentia certo arrependimento, mas estava à vontade ao fazer essa confissão a Rhyme.

— Eu não queria que ninguém morresse naquele incidente. Aquele passageiro não teria morrido se tivesse entrado no ônibus, em vez de hesitar. Mas eu não podia esperar mais.

— Eu entendo que você tenha escolhido Vetter e Fishbein para fazer com que parecesse que a morte deles era desejo de Andi. Ambos estavam envolvidos em projetos de energia alternativa no Arizona. Seriam vítimas lógicas. Mas por que o cartel iria querer matar Charlie Sommers? O trabalho dele não era desenvolver a energia alternativa?

— Sommers? — Logan fez um gesto indicando o gerador. — Eu ouvi você falando dele. Bernard Wahl também mencionou o nome dele quando entreguei a segunda carta. Aliás, Wahl entregou você também...

— Ele fez isso porque você ameaçou eletrocutar a família dele?

— Foi.

— É difícil culpá-lo.

— Mas, quem quer que seja esse Sommers, ele não faz parte do plano — continuou Logan.

— Mas você mandou uma terceira carta à Algonquin. Isso significa que precisa matar mais alguém. Não preparou uma armadilha no Centro de Convenções? — perguntou Rhyme, com ar de quem não estava entendendo.

— Não.

Rhyme por fim compreendeu.

— É claro... Eu. Eu sou a próxima vítima.

Logan fez uma pausa, segurando nas mãos o fio elétrico.

— Exatamente.

— Você aceitou esse contrato por minha causa.

— Eu sempre recebo muitas encomendas, mas estava esperando um contrato que me trouxesse de volta a Nova York. — Logan baixou a cabeça. — Você quase me pegou quando eu estive aqui há alguns anos e estragou o meu plano. Foi a primeira vez que alguém me impediu de cumprir um contrato. Tive que devolver o dinheiro... mas o problema não era a grana, e sim a vergonha. Foi muito embaraçoso. E você quase me pegou na Inglaterra também. Da próxima vez... poderia ter mais sorte. Por isso eu aceitei o trabalho, quando Cavanaugh me chamou. Eu precisava chegar perto de você.

Logan ficou pensando por que motivo havia usado essas palavras, mas deixou a ideia de lado, prendendo o fio terra. Ergueu-se e se desculpou:

— Lamento, mas eu preciso fazer isso. — Em seguida, derramou água no peito de Rhyme, encharcando a camisa do perito. Não era muito elegante, mas não tinha alternativa. — Condutividade — arrematou.

— E o Justice For The Earth? Também não tem nada a ver com você?

— Não. Nunca ouvi falar desse grupo.

Rhyme olhava para ele com atenção.

— Então aquele comutador de controle remoto que você fez é o que está ligado no painel de fusíveis da minha casa?

— É.

— Eletricidade... Aprendi muito sobre ela nos últimos dias — comentou Rhyme.

— Eu estudei durante meses.

— Galt instruiu você sobre os controles do computador da Algonquin?

— Não. Foi Cavanaugh. Ele me entregou os códigos de entrada no sistema.

— Ah, é claro.

— Mas eu também fiz um curso sobre o SCADA e o sistema da Algonquin, especificamente.

— Naturalmente, era preciso.

— Fiquei surpreso por me sentir tão fascinado pelo assunto — acrescentou Logan. — Eu nunca dei muita importância para a eletricidade.

— Por causa da atividade de relojoeiro?

— Exato. Uma bateria e um chip produzido em massa podem ter a mesma capacidade do mais fino relógio feito à mão.

Rhyme balançou a cabeça, concordando.

— Você achava os relógios eletrônicos inferiores. O uso de baterias parecia reduzir a beleza da peça. Diminuía o aspecto artístico.

Logan sentiu uma onda de empolgação. Uma conversa como aquela era fascinante, pois havia poucas pessoas capazes de se igualarem a ele. Além disso, o perito criminal realmente percebia o que ele estava sentindo!

— É verdade, exatamente. Mas, quando comecei a trabalhar nesse contrato, mudei de opinião. Por que um relógio que marca o tempo por meio de um oscilador regulado por cristal de quartzo seria menos extraordinário que outro que usa engrenagens, alavancas e molas? No fundo, tudo se resume a fenômenos físicos. Como cientista, você compreende isso... E as complicações? Bem, você conhece as complicações.

— Os alarmes e os apitos que são acrescentados aos relógios. Data, fases da Lua, equinócios, badaladas.

Logan se mostrou surpreso. Rhyme disse:

— Eu também estudei relojoaria.

Perto de você...

— Os relógios eletrônicos contêm essas funções e muitas centenas mais. Você conhece o Timex Data Link?

— Não — respondeu Rhyme.

— Já se tornaram clássicos; relógios de pulso ligados ao seu computador. Marcar as horas é apenas uma das muitas coisas que são capazes de fazer. Os astronautas os usaram na Lua.

Outra olhada para o monitor do computador. Ninguém estava se aproximando da casa.

— E toda essa mudança, toda essa modernidade, não deixa você incomodado? — perguntou Rhyme.

— Não. Ela simplesmente mostra que o tema do tempo está profundamente integrado às nossas vidas. Costumamos esquecer que os relojoeiros foram os inovadores de seu tempo, como os criadores do Vale do Silício hoje. Ora, veja esse projeto. Que arma impressionante, a eletricidade. Graças a ela, sou capaz de fechar uma cidade inteira durante alguns dias. Hoje em dia ela é parte da nossa natureza, do nosso ser. Não poderíamos viver sem ela... Os tempos mudam. Nós também temos que mudar, quaisquer que sejam os riscos. Mesmo que tenhamos que deixar algo para trás.

— Eu preciso que você me faça um favor — disse Rhyme.

— Eu ajustei os fusíveis no painel da sua casa. A carga vai ser triplicada. Vai ser rápido. Você não vai sentir nada.

— Eu nunca sinto muita coisa, de qualquer maneira — disse Rhyme.

— Eu... — Logan percebeu que havia cometido uma gafe. — Desculpe. Eu estava distraído.

Rhyme fez um gesto de compreensão com a cabeça.

— O que eu quero pedir tem a ver com Amelia.

— Sachs?

— Não há motivo para persegui-la.

Logan havia pensado no assunto e revelou a Rhyme a conclusão a que havia chegado.

— Não, eu não tenho essa intenção. Ela com certeza vai querer me deter e é uma pessoa obstinada. Mas não está à minha altura. Ela vai ficar em segurança.

Rhyme deu um leve sorriso.

— Obrigado... Eu ia dizer Richard. Seu nome é Richard Logan, não? Ou isso é um pseudônimo?

— Esse é o meu nome verdadeiro — respondeu Logan.

Ele olhou novamente para o computador. A calçada do lado de fora estava vazia. Não havia policiais e nenhum dos companheiros de Rhyme estava voltando. Ele e o perito criminal estavam completamente a sós. Já era hora.

— Sua calma é notável.

— Por que não seria? — questionou Rhyme. — Há anos estou vivendo por empréstimo. Todos os dias me surpreendo quando acordo.

Logan procurou na bolsa e jogou no chão outro pedaço de cabo elétrico no qual havia as impressões digitais de Randall Jessen. Depois abriu um envelope plástico e deixou cair alguns fios de cabelos dele. Usou um dos sapatos do irmão de Andi para deixar uma marca na água derramada. Em seguida plantou cabelos de Andi e algumas fibras de roupas dela, que havia tirado do armário do escritório.

Erguendo os olhos, verificou novamente as conexões elétricas. Por que motivo estaria hesitando? Talvez porque a morte de Rhyme representasse para ele o fim de uma era. Matar o perito criminal seria um grande alívio mas também seria uma perda que Logan lamentaria para sempre. Imaginou que o que sentia agora fosse semelhante a tomar a decisão de desligar os aparelhos que sustentam a vida de uma pessoa amada.

Perto de você...

Tirou do bolso o controle remoto e se afastou um pouco da cadeira de rodas.

Lincoln Rhyme o observava calmamente. Suspirou e disse:

— Acho que chegamos ao fim.

Logan hesitou e estreitou os olhos, olhando para Rhyme. Havia alguma coisa diferente no tom com que o perito criminal pronunciara essas palavras. A expressão de seu rosto também tinha mudado. Os olhos... De repente eram olhos de uma ave de rapina.

Richard Logan estremeceu ao compreender subitamente que aquela frase incoerente, dita de forma tão fora de propósito, não era dirigida a ele.

Era uma mensagem. Uma mensagem para outra pessoa.

— O que você fez? — murmurou o assassino, o coração batendo forte. Olhou para o monitor do laptop. Não havia sinal de ninguém voltando para a casa.

Mas... se ninguém tivesse saído dela?

Ah, não...

Logan olhou para Rhyme e imediatamente apertou os dois botões do controle remoto.

Nada aconteceu.

Rhyme observou, com naturalidade:

— Logo que você subiu para a sala um dos nossos agentes desligou tudo.

— Não! — gemeu Logan.

Atrás dele, uma tábua do assoalho rangeu. Logan se virou rapidamente.

— Richard Logan, não se mova! — Era a detetive sobre quem ambos haviam falado pouco antes: Amelia Sachs. — Mantenha as mãos à vista. Se você se mexer, eu vou atirar.

Atrás dela havia dois homens. Logan imaginou que fossem policiais. Um deles era corpulento, de terno amarrotado. O outro, mais franzino, estava com camisa de manga e óculos de aro preto.

Os três apontavam as armas para ele.

Seus olhos, porém, fitavam Amelia Sachs, que parecia ser a mais ansiosa para disparar. Ele percebeu que Rhyme tinha feito a pergunta sobre Sachs para avisar aos policiais que estava prestes a pronunciar as palavras mágicas e deflagrar a armadilha.

Acho que chegamos ao fim.

Isso significava que ela teria ouvido o comentário a seu respeito, sobre sua capacidade inferior.

Mesmo assim, ao se adiantar para algemá-lo, ela o fez com absoluto profissionalismo, quase com gentileza. Em seguida o fez se deitar no chão com o mínimo de desconforto.

O policial corpulento deu um passo à frente e estendeu a mão para os fios enrolados no braço de Rhyme.

— Luvas, por favor — pediu o perito criminal, calmamente.

O policial hesitou. Então colocou luvas de látex e retirou os fios. Pegou o rádio e disse:

— Tudo certo aqui em cima. Podem voltar a ligar a eletricidade.

Pouco depois as luzes inundaram a sala. Em meio aos cliques do equipamento que voltava à vida e dos lampejos vermelhos, verdes e brancos dos diodos, Richard Logan, o Relojoeiro, ouviu os seus direitos.

CAPÍTULO 79

O momento era de heroísmo.

Em geral não é essa a atividade dos inventores.

Charlie Sommers achou que havia retirado isolamento suficiente do cabo mais fino e estava pronto para tentar produzir o curto-circuito.

Teoricamente, isso deveria dar certo.

O risco era de que, na ânsia de correr para a terra, no momento em que ele aproximasse o fio do retorno, a imensa voltagem da linha de alimentação produzisse um arco em direção ao fio leve e logo depois o corpo dele fosse consumido pela centelha. Sommers estava a apenas três metros do concreto. Tinha visto vídeos de arcos elétricos com mais de quinze metros de comprimento.

Mas já havia esperado demais.

Primeiro passo: ligar o fio à linha principal.

Pensou na mulher, pensou nos filhos e nos seus outros filhos: suas invenções ao longo dos anos. Curvou-se até o cabo carregado de energia e, respirando fundo, encostou o fio mais fino nele.

Nada aconteceu. Por enquanto, tudo bem. O corpo dele e os fios continham agora a mesma potência. De fato, nesse momento, Charlie Sommers fazia parte de uma linha de cento e trinta e oito mil volts.

Passou a parte nua do fio por trás da linha carregada e, pegando a extremidade, enrolou-a, para que o contato ficasse firme.

Agarrou a parte isolada do fio, recuou em seu incerto balanço improvisado, olhando para o ponto em que tinha resolvido fechar o circuito: uma viga vertical profundamente enterrada no solo.

O instinto primordial da energia era voltar à terra.

A viga estava a pouco menos de dois metros dele.

Charlie Sommers riu de leve.

Isso era ridículo. No momento em que a parte desencapada do fio se aproximasse da viga de metal, a corrente se anteciparia ao contato e se lançaria para a frente, numa grande explosão de um arco elétrico. Plasma, chamas e gotas de metal derretido voando a mil metros por segundo...

Mas ele não via opção.

Agora!

Corte a cabeça...

Começou a aproximar o fio da viga de metal.

Dois metros, um metro e meio, um metro...

— Ei! Charlie! Charlie Sommers!

Ele engasgou. A extremidade do cabo se soltou de suas mãos, mas ele o puxou rapidamente para si.

— Quem está aí? — perguntou Sommers, antes de perceber que poderia ser o irmão de Andi Jessen que vinha matá-lo.

— Aqui é Ron Pulaski, o colega da detetive Sachs.

— Sim, o que foi? — gaguejou Sommers. — O que você veio fazer aqui?

— Estamos tentando encontrar o senhor há meia hora.

— Sai daqui, agente. É perigoso!

— Não conseguimos falar com você. Ligamos logo depois que você falou com Amelia e Lincoln.

Sommers se acalmou um pouco.

— Eu não estou com a merda do telefone. Escuta, eu vou desligar a corrente aqui, em toda essa área. É a única maneira de detê-lo. Vai ter uma grande...

— Ele já foi detido.

— O quê?

— Sim senhor, eles me mandaram aqui para encontrá-lo. Para dizer que o que disseram ao telefone era mentira. Eles sabiam que o assassino estava ouvindo tudo, mas não podiam dizer o que estavam planejando. Tivemos que fazer com que ele pensasse que a gente achava que o ataque ia acontecer aqui. Assim que saí da casa de Lincoln, tentei ligar para você, mas não consegui. Alguém disse que o viu descendo para cá.

Meu Deus do céu.

Sommers olhou para o fio que balançava abaixo de si. A qualquer instante a energia poderia resolver saltar para a terra por um atalho e ele simplesmente desapareceria.

— O que exatamente você está fazendo aqui? — perguntou Pulaski.

Estou me matando.

Recolheu lentamente o fio e, em seguida, começou a desfazer a conexão com a linha principal, esperando — não, tendo a certeza — de que a qualquer momento ouviria o zumbido e o estrondo do arco, e então morreria.

O processo de desmontar a fera parecia durar uma eternidade.

— Posso ajudar em alguma coisa?

Sim, cala a boca.

— Por favor, fica onde está e me dá um minuto.

— Claro.

Finalmente o fio se separou da linha de alimentação e Sommers o deixou cair no chão. Desvencilhou-se do balanço feito com a mangueira, pendurou-se por um segundo e se jogou no chão, por cima do fio. A queda provocou dores, mas ele se levantou e procurou fraturas. Verificou que não havia nenhuma.

— O que o senhor estava dizendo? — perguntou Pulaski.

Sommers estava repetindo o mantra: *não se mova, não se mova.*

No entanto, respondeu:

— Nada. — Limpou a poeira da calça e olhou ao redor. Perguntou: — Por favor, agente?

— Sim senhor?

— Por acaso você viu algum banheiro no caminho para cá?

CAPÍTULO 80

— Charlie Sommers está bem — avisou Sachs, finalizando a ligação. — Ron acabou de ligar.

Rhyme franziu a testa.

— Eu não sabia que ele *não* estava bem.

— Parece que resolveu bancar o herói. Ia desligar a corrente no Centro de Convenções. Ron o encontrou no subsolo com um fio e algumas ferramentas. Estava pendurado numa mangueira.

— Fazendo o quê?

— Não sei.

— Por que diabo ele não ficou onde estava, sem sair do lugar?

Sachs deu de ombros.

— Você não podia simplesmente ter ligado para ele?

— Ele não tinha levado o telefone. Algo a ver com os cem mil volts.

O irmão de Andi Jessen também estava são e salvo, embora estivesse sujo e furioso. Tinha sido encontrado na traseira da van de Logan, estacionada em um beco atrás da casa de Rhyme. Logan não tinha dito nada a ele e o mantivera no escuro — em ambos os sentidos. Randall Jessen havia imaginado que tinha sido raptado por causa de algum plano para extorquir dinheiro de sua irmã rica. Randall não sabia nada sobre os ataques e o plano de Logan era aparentemente eletrocutá-lo no porão da casa de Rhyme, como se ele tivesse tocado acidentalmente em um fio carregado ao desmontar o comutador instalado para matar o perito criminal. Foi levado para junto da irmã, a quem Gary Noble tinha posto a par da situação.

Rhyme se perguntou como ela reagiria ao fato de que o alvo dos seus ataques na imprensa — o mundo das formas de energia alternativa — estava por trás de todo o plano.

O perito criminal perguntou:

— E Bob Cavanaugh? O chefe de operações?

— O pessoal de McDaniel já o prendeu. Ele estava no escritório. Não ofereceu resistência. Havia toneladas de material sobre negócios com empresas de energia alternativa que os conspiradores pensavam em fazer depois que tomassem o controle da Algonquin. O FBI vai conseguir os outros nomes no computador e no telefone dele, se Bob não colaborar.

Um cartel verde...

Rhyme percebeu que Richard Logan, algemado a uma cadeira entre dois policiais uniformizados, estava lhe dirigindo a palavra. Em tom frio, inteiramente analítico, o assassino repetiu:

— Todo esse trabalho para nada. Você sabia desde o início.

— Sabia, sim — respondeu Rhyme, olhando-o com atenção.

Embora tivesse confirmado que se chamava Richard Logan, era impossível pensar nele com esse nome. Para Rhyme, seria sempre o Relojoeiro. Claro, o rosto estava diferente depois da cirurgia plástica, mas os olhos eram os mesmos do homem que havia se mostrado tão esperto quanto o próprio Rhyme. Até mesmo mais esperto, às vezes, e sem constrangimento pelos entraves banais da lei e da consciência.

As algemas eram fortes e justas, mas Lon Sellitto se mantinha próximo, vigiando-o, como se achasse que Logan arquitetava um plano de fuga com sua considerável capacidade mental.

Mas Rhyme achava que não. Os olhos do preso haviam esquadrinhado a sala e os demais policiais, e ele tinha concluído que não poderia ganhar nada se resistisse.

— Como você conseguiu? — perguntou Logan.

Enquanto Sachs e Cooper guardavam e registravam as novas provas, Rhyme, já com um ego inflado, teve a satisfação de aquiescer.

— Quando o nosso agente do FBI me disse que o criminoso era outra pessoa, e não Galt, fiquei atordoado. Você sabe como é arriscado presumir... Durante todo o tempo, presumi que Galt era o criminoso. Mas, quando essa ideia virou pelo avesso, comecei a pensar no conjunto — disse Rhyme, pensando na palavra que lhe veio à mente —, em todo o *arco* de crimes. Veja a armadilha na escola. Para que tentar matar apenas dois ou três policiais? E com um gerador barulhento? Me ocorreu que seria uma excelente forma de plantar uma pista dentro do meu laboratório. Uma pista suficientemente grande para esconder um microfone.

"Imaginei que o gerador estivesse grampeado e que você estivesse ouvindo. Por isso comecei a pensar em novas teorias sobre Andi Jessen e o irmão, que era para onde as pistas apontavam. Ao mesmo tempo, porém, digitei instruções para todos os que estavam no laboratório. Eles as estavam lendo por cima do meu ombro. Mandei Mel, meu colega, procurar o microfone no gerador e ele o encontrou. Bom, se você queria que achássemos o gerador, isso significava que quaisquer pistas que houvesse nele teriam sido plantadas. Portanto, quem quer que fosse incriminado por essas pistas não estaria envolvido nos crimes. Andi Jessen e o irmão eram inocentes."

Logan franziu a testa.

— Mas você nunca suspeitou dela?

— Suspeitei, sim. Nós achamos que Andi havia mentido para nós. Você me ouviu dizer isso ao microfone.

— É verdade, mas eu não sabia muito bem o que você queria dizer com isso.

— Ela tinha dito a Sachs que havia aprendido a conhecer o mundo dos negócios com o pai, como se quisesse ocultar o fato de que tinha trabalhado como operária de linha e sabia preparar arcos elétricos. Mas, se pensarmos bem no que ela disse, Andi não estava negando que tivesse feito trabalhos de campo, mas simplesmente afirmando que seu talento era na parte comercial das operações. Bem, se o culpado não era Andi nem o irmão, quem poderia ser? Eu continuei analisando as pistas — prosseguiu Rhyme, olhando para os quadros brancos. — Havia alguns objetos sem explicação. O que mais me chamou a atenção foi a mola.

— Mola? É verdade, você falou disso.

— Encontramos uma pequena mola em uma das cenas. Era quase invisível. Pensamos que poderia ter sido de algum dispositivo para marcar o tempo em um comutador. Mas eu achei que, se vinha de um dispositivo para marcar o tempo, também poderia ser usada em relojoaria. Naturalmente, isso me fez pensar em você.

— Uma mola? — Logan se mostrou surpreso. — Eu sempre levo comigo um rolo de papel adesivo — disse, indicando uma prateleira com rolos desse tipo, perto da mesa de análise. — Faço questão de recolher quaisquer resíduos antes de iniciar um trabalho. A mola deve ter caído do punho da minha camisa. E quer saber de uma coisa engraçada, Lincoln? Provavelmente caiu lá enquanto eu estava guardando alguns dos meus instrumentos e ferramentas. Como falei, eu estava fascinado pela ideia de relógios eletrônicos. Era o que ia fazer dali em diante. Eu queria construir o relógio mais perfeito do mundo, ainda melhor que o relógio atômico do governo. Só que seria eletrônico.

Rhyme prosseguiu:

— Nesse ponto, as outras peças se encaixaram. Minha teoria sobre as cartas, que tinham sido escritas por Galt sob ameaça, estaria correta se fosse você quem as tivesse ditado. O combustível alternativo para aviões a jato? Estava sendo experimentado principalmente na aviação militar, mas isso significa que também em alguns aviões comerciais e particulares. Achei que não faria sentido alguém planejar um ataque a um aeroporto ou base militar; a segurança em torno dos sistemas elétricos seria muito severa. Nesse caso, de onde viriam esses resíduos? O único cenário recente de aviação não tinha nada a ver com esse caso, e sim com você, no México. E encontramos uma fibra verde em uma das cenas... A cor exata dos uniformes da polícia mexicana. A fibra continha combustível de aviação.

— Eu deixei uma fibra? — Logan estava furioso consigo mesmo.

— Imagino que tenha vindo do seu encontro com Arturo Diaz no aeroporto, antes que você tomasse o voo para a Filadélfia a fim de raptar Randall Jessen e vir na van até Nova York.

Tudo que Logan pôde fazer foi suspirar, confirmando a teoria de Rhyme.

— Bom, essa era a minha teoria sobre o seu envolvimento. No entanto, era pura especulação, até que eu percebi que a resposta estava diante dos meus olhos. A resposta definitiva.

— O que você quer dizer com isso?

— O DNA. Analisamos o sangue encontrado na porta de acesso no primeiro ataque à subestação, mas nunca o mandamos para exame no CODIS, a base de dados do DNA. Para quê? Já conhecíamos a identidade de Galt.

Essa tinha sido a prova final. Pouco antes, Rhyme havia digitado instruções a Cooper — não podia dá-las oralmente por causa do grampo no gerador — para que o laboratório de DNA enviasse um exemplar da amostra ao CODIS.

— Tínhamos uma amostra do seu DNA, vinda de um trabalho seu em Nova York há alguns anos. Eu estava lendo a confirmação de que ambas eram idênticas quando você apareceu.

O rosto de Logan revelou toda a raiva que sentia de si mesmo.

— É verdade... Na subestação, na porta de acesso, eu cortei o dedo numa farpa de metal. Limpei o sangue como pude, mas estava preocupado que pudesse ser encontrado. Por isso preparei a bateria para que explodisse e queimasse o DNA.

— É o princípio de Locard — disse Rhyme, citando o perito criminal do início do século XX. — Em todo crime há uma troca...

Logan completou:

— ... entre o criminoso e a vítima ou entre o criminoso e o local do crime. Pode ser difícil de encontrar, mas a conexão existe. E é obrigação de todo perito criminal encontrar essa pista comum, que vai levar ao autor do crime ou então ao seu paradeiro.

Rhyme não pôde deixar de rir. Essa citação era sua, uma paráfrase de Locard, em um artigo sobre perícia forense que ele tinha escrito há menos de três meses. Aparentemente, Richard Logan também fazia o dever de casa.

Ou seria mais que uma pesquisa?

Por isso eu aceitei esse contrato... Eu precisava chegar perto de você.

— Você não é só um bom perito criminal — comentou Logan. — Também é um bom ator para ter me enganado assim.

— Você também fez isso, não é?

Os olhos dos dois homens se encontraram e ambos sustentaram o olhar. Nesse momento, o telefone de Sellitto tocou e ele conversou brevemente com o interlocutor. Depois de desligar, avisou:

— O transporte chegou.

Três policiais surgiram na porta, dois uniformizados e um detetive de jeans, camisa branca e paletó esporte bege. Tinha um sorriso fácil, compensado pelo fato de que trazia duas grandes pistolas automáticas, uma de cada lado da cintura.

— Olá, Roland — disse Amelia Sachs, sorrindo.

— Há muito tempo não vejo você — observou Rhyme.

— Como vocês estão? Bem, você pegou um peixe grande.

Roland Bell tinha sido transferido do escritório de um xerife da Carolina do Norte. Havia trabalhado como detetive no Departamento de Polícia de Nova York durante alguns anos, mas ainda não perdera o sotaque do sul. Sua especialidade era proteção a testemunhas e assegurar que os suspeitos não escapassem. Não havia ninguém melhor que ele nisso. Rhyme ficou satisfeito porque seria ele quem acompanharia o Relojoeiro até a detenção.

— Ele vai estar em boas mãos.

A um aceno de Bell, os patrulheiros ajudaram Logan a se levantar. Bell verificou as algemas e revistou o criminoso. Assentiu, e todos se encaminharam para a porta. O Relojoeiro se virou e disse, com uma modéstia afetada:

— Eu ainda vou ver você de novo, Lincoln.

— Sei que isso é verdade. Espero essa ocasião com prazer. — E Rhyme continuou: — Vou atuar como perito criminal no seu julgamento.

— Talvez lá, talvez em algum outro lugar — rebateu Logan, olhando para o Breguet. — Não se esqueça de dar corda.

Com essas palavras, o Relojoeiro saiu da casa.

CAPÍTULO 81

— Lamento ter que contar isso, Rodolfo.

O tom confiante havia desaparecido inteiramente da voz dele.

— Arturo? Eu mal posso acreditar.

Rhyme continuou explicando a conspiração que Diaz tinha arquitetado: matar o chefe e fazer com que parecesse consequência do contrato do matador na Cidade do México.

No silêncio que se seguiu, Rhyme perguntou:

— Ele era seu amigo?

— Ah, amizade... Eu diria que, em matéria de traição, a mulher que dorme com outro homem e volta ao lar para cuidar dos filhos e cozinhar o almoço é menos pecadora que o amigo que nos trai por cobiça. O que você me diz, capitão Rhyme?

— A traição é um sintoma da verdade.

— Capitão Rhyme, o senhor é budista? É hinduísta?

Rhyme teve que rir.

— Não.

— Mas falou como um filósofo... Creio que a resposta deve ser que Arturo Diaz era um agente da lei mexicano e que esse foi o motivo pelo qual fez o que fez. A vida é impossível aqui.

— Mas você persiste. Você continua lutando.

— É verdade, mas eu sou um idiota. Tanto quanto você, meu amigo. Você não poderia estar ganhando milhões preparando relatórios de segurança para grandes empresas?

— Mas qual seria a graça disso? — replicou o perito criminal.

— O que vai acontecer com ele agora? — perguntou o mexicano.

— Logan? Vai ser condenado por assassinato por esses crimes e por outros que cometeu aqui há muitos anos.

— Ele poderia ser condenado à morte?

— Poderia, mas não seria executado.

— Por que não? Por causa dos liberais nos Estados Unidos, dos quais tanto ouço falar?

— É um pouco mais complicado que isso. A questão é da política do momento. Atualmente, o governador não deseja executar nenhum preso, não importa o crime, porque seria embaraçoso.

— Especialmente para o preso.

— A opinião do preso não tem muita importância.

— Creio que não. Bom, apesar dessa leniência, capitão, acho que eu gostaria dos Estados Unidos. Talvez eu atravesse a fronteira escondido e vire imigrante ilegal. Poderia trabalhar no McDonald's e resolver crimes durante a noite.

— Eu patrocino você, Rodolfo.

— Rá. Minha viagem para aí é tão provável quanto a vinda do senhor ao México para comer *mole* de frango e tomar tequila.

— Isso é verdade, embora eu ache que fosse gostar da tequila.

— Acho que é hora de limpar o ninho de ratos em que meu departamento se transformou. Talvez...

— O que foi, comandante?

— Eu posso precisar de algumas provas. Sei que é presunçoso da minha parte, mas eu poderia contar com a sua ajuda?

— Fico feliz em ajudar em tudo o que puder.

— Ótimo. — Outra risadinha. — Talvez daqui a alguns anos, se tiver sorte, eu também possa acrescentar essa palavra mágica ao meu nome.

— Palavra mágica?

— Aposentado.

— O senhor, comandante? Aposentado?

— É uma piada, capitão. A aposentadoria não é para pessoas como nós. Vamos morrer trabalhando. Vamos torcer para que ainda demore muito tempo. Agora, adeus, meu amigo.

Desligaram. Rhyme então mandou que o telefone discasse para Kathryn Dance, na Califórnia. Relatou a ela as notícias sobre a prisão de Richard Logan. A conversa foi breve. Não porque ele se sentisse antissocial — pelo contrário. Estava feliz com sua vitória.

No entanto, sentia as consequências do ataque de disreflexia, como se fosse orvalho gelado. Passou o telefone para Sachs e pediu a Thom que trouxesse um pouco do Glenmorangie.

— O de 18 anos, se quiser fazer essa gentileza. Por favor, e obrigado.

Thom serviu uma dose generosa no copo e o colocou no suporte, perto da boca do chefe. Rhyme sorveu por um canudo, saboreou o gosto defumado e depois engoliu. Sentiu o calor e a satisfação, embora isso acentuasse a fadiga infernal que o atormentava desde a semana anterior. Ele se esforçou para não pensar no assunto.

Depois que ela desligou, Rhyme perguntou:

— Quer um trago, Sachs?

— Com todo o prazer

— Estou com vontade de ouvir música.

— Jazz?

— Claro.

Ela escolheu Dave Brubeck, a gravação ao vivo de um concerto da década de sessenta. A peça principal, "Take Five", começou a soar com o característico ritmo cinco por quatro, e a música se derramou pelo alto-falante, forte e contagiosa.

Ao se servir da bebida e se sentar perto dele, os olhos da detetive se desviaram para os quadros de evidências.

— Esquecemos uma coisa, Rhyme.

— O quê?

— O suposto grupo terrorista, Justice For The Earth.

— Isso é um caso para McDaniel. Se tivéssemos encontrado alguma pista eu me preocuparia mais. Porém... não temos nada. — Rhyme bebeu mais um gole e sentiu uma nova onda da persistente fadiga que o envolvia. Mesmo assim, ainda fez um gracejo: — Pessoalmente, acho que foi um engano da nuvem.

CAPÍTULO 82

As comemorações do Dia da Terra no Central Park estavam acontecendo com grande entusiasmo.

Às seis e vinte da tarde daquele dia agradável, embora um pouco frio e nublado, um agente do FBI se encontrava na beira do Sheep Meadow, observando a multidão, grande parte da qual protestava contra alguma coisa. Havia turistas, gente fazendo piquenique. A concentração de mais de cinquenta mil pessoas parecia estar em desacordo com apenas uma coisa ou outra: aquecimento global, exploração de petróleo, grandes empresas, dióxido de carbono e efeito estufa.

E também o metano.

O agente especial Timothy Conradt piscou ao ver um grupo de pessoas protestando contra a flatulência bovina. O metano proveniente do gado aparentemente também produzia buracos na camada de ozônio.

Peido de vaca.

Que mundo louco.

Conradt estava disfarçado com um bigode e vestia jeans e camisa folgada, para esconder o rádio e a arma. Naquela manhã, a mulher tinha passado as roupas amarrotadas, vetando a sua intenção de dormir vestido para dar a impressão de que as usava havia muito tempo.

Não era admirador dos liberais nervosos e de gente preparada para vender a pátria em nome de... bem, quem sabe de quê? Complacência, Europa, globalização, socialismo, covardia.

Uma coisa, porém, ele tinha em comum com aquela gente: o meio ambiente. Conradt vivia para os espaços abertos. Gostava de caçar, de pescar, de caminhadas nas montanhas. Por isso, simpatizava com os movimentos. Examinava cuidadosamente a multidão porque, mesmo com a prisão do criminoso conhecido como Relojoeiro, o agente especial assistente Tucker McDaniel ainda estava persuadido de que o grupo Justice For The Earth iria tentar alguma façanha. Até Conradt, que não era técnico, precisava confessar que os indícios de SIGINT eram convincentes. Justice For The Earth. Segundo as instruções de McDaniel os agentes agora se referiam ao grupo como JFTE, pronunciando "Jufte".

Equipes de agentes e policiais do Departamento de Polícia de Nova York foram distribuídas pela cidade, cobrindo o Centro de Convenções perto do rio Hudson, um desfile no Battery Park no sul da ilha e aquelas comemorações no Central Park.

A teoria de McDaniel era que a polícia havia interpretado equivocadamente a conexão entre Richard Logan, a Algonquin Consolidated e o JFTE, mas era provável que o grupo tivesse estabelecido uma aliança com uma célula fundamentalista islâmica.

Um constructo simbiótico.

Era uma expressão que daria aos agentes munição suficiente para os próximos meses, quando se reunissem para beber alguma coisa. A impressão de Conradt, devido aos muitos anos de trabalho nas ruas, era que o JFTE poderia existir, mas era apenas um bando de malucos que não oferecia ameaça a ninguém. Ele passeou pelo parque tranquilamente, mas, durante todo o tempo, procurava pessoas que pudessem corresponder ao perfil. Observava a posição dos braços em relação ao corpo, certos tipos de mochila, maneiras de andar que pudessem revelar uma arma ou um aparelho explosivo improvisado. Procurava queixos pálidos que demonstrassem a barba recentemente raspada ou um toque distraído de uma mulher nos cabelos, talvez indicando que ela se sentia pouco à vontade em público sem o *hijab* pela primeira vez após chegar à adolescência.

Além disso, vigiava constantemente os olhos.

Até então, Conradt havia observado olhares devotos, olhares distraídos e olhares curiosos.

Nenhum, porém, sugeria pertencer a um homem ou a uma mulher que pretendesse assassinar um grande número de pessoas em nome de um deus, ou em nome de baleias, árvores ou aves em extinção. Ele circulou durante algum tempo e por fim se aproximou da companheira, de 35 anos e poucos sorrisos, vestindo uma longa saia de camponesa e blusa folgada, capaz de ocultar o mesmo que a camisa de Conradt.

— Alguma coisa?

Pergunta inútil, porque se tivesse visto "alguma coisa", ela teria chamado não só a ele, como a multidão de homens da lei presentes no parque naquele fim de tarde.

Ela meneou a cabeça.

Na opinião de Barb, perguntas inúteis não mereciam resposta.

Bar-ba-ra, corrigiu-se ele, silenciosamente, como ela o havia corrigido quando começaram a trabalhar juntos.

— Eles já chegaram? — perguntou Conradt, indicando o palco preparado na parte sul do Sheep Meadow e se referindo aos oradores que deveriam começar a falar às seis e meia: dois senadores que vinham de Washington de avião. Colaboravam com o presidente em questões ambientais, garantindo leis que satisfaziam os liberais verdes e deixando preocupada metade das grandes empresas norte-americanas.

Depois, haveria um festival de música. Conradt não saberia dizer se a maioria das pessoas tinha vindo por causa da música ou dos discursos. Naquela multidão, era provável que a divisão de preferências fosse meio a meio.

— Acabaram de chegar — avisou Barbara.

Ambos olharam com atenção ao redor por um momento. Depois, Conradt disse:

— Esse acrônimo é estranho. Jufte. Deviam chamá-la simplesmente de JFTE.

— Jufte não é um acrônimo.

— O que você quer dizer com isso?

Barbara explicou:

— Por definição, para ser um acrônimo as próprias letras têm que formar uma palavra.

— Em inglês?

Ela suspirou, com ar condescendente.

— Bem, em um país de língua inglesa, é claro.

— Então a NFL não é um acrônimo?

— Não, é uma sigla. ARC, o *American Resource Council*, é um acrônimo.

Conradt xingou Barbara mentalmente.

— E BIC? — perguntou ele.

— Talvez. Não sei nada sobre marcas. O que as letras significam?

— Esqueci.

Os rádios soaram simultaneamente e ambos inclinaram as cabeças.

— Aviso: os visitantes estão no palco. Repito, visitantes no palco.

Visitantes: um eufemismo para os senadores.

O agente do posto de comando mandou que Conradt e Barbara se posicionassem no lado oeste do palco. Os dois começaram a caminhar.

— Sabe, essa área era realmente um pasto para carneiros — disse ele a Barbara. — Os fundadores da cidade permitiram que esses animais pastassem aqui até a década de trinta. Depois foram levados para o Prospect Park, no Brooklyn. Isto é, os carneiros foram levados.

Barbara lançou para ele um olhar confuso, como se perguntasse o que isso tinha a ver com qualquer coisa.

Conradt lhe cedeu a frente em uma alameda estreita.

Houve uma explosão de aplausos e gritos.

Os dois senadores subiram ao púlpito. O primeiro a discursar se curvou para o microfone e começou a falar, fazendo as palavras ressoarem e a voz alcançar os quatro cantos do Sheep Meadow. Logo a multidão ficou rouca de tanto gritar enlouquecidamente a cada dois minutos, aplaudindo os lugares-comuns do senador.

Pregando aos convertidos.

Nesse momento, Conradt viu alguma coisa que se movia lentamente ao lado do palco em direção à parte da frente, onde estavam os dois senadores. Ele flexionou os músculos e avançou.

— O que foi? — perguntou Barbara, procurando a arma.

— Jufte — sussurrou ele, agarrando o rádio.

CAPÍTULO 83

Às sete da noite, Fred Dellray voltou ao edifício das repartições federais em Manhattan, após a visita no hospital a William Brent, conhecido como Stanley Palmer e muitos outros pseudônimos. Os ferimentos eram graves, mas ele havia recuperado a consciência. Deveria ter alta em três ou quatro dias.

Brent já tinha sido contatado pelos advogados municipais a respeito de uma indenização pelo acidente. Ser atropelado por um policial do Departamento de Polícia de Nova York que fez merda com uma viatura não exigia maiores elucubrações. A soma oferecida era de aproximadamente cinquenta mil dólares, mais as despesas médicas.

Assim, William Brent estava bem servido, pelo menos do ponto de vista financeiro, ao receber tanto a indenização, isenta de impostos, pelas lesões corporais, quanto os cem mil que Dellray lhe havia pago, igualmente livre de impostos, embora unicamente porque a Receita Federal e o Departamento de Rendimentos de Nova York nunca saberiam disso.

Em seu escritório, Dellray saboreava a notícia de que Richard Logan, o Relojoeiro, tinha sido preso, quando sua assistente, uma mulher negra esperta, de pouco mais de 20 anos, disse:

— Você ouviu falar dessa coisa do Dia da Terra?

— Que coisa?

— Eu não sei os detalhes, mas aquele grupo, Jufte...

— O quê?

— JFTE. Justice For The Earth. Seja o que for. O grupo ecoterrorista?

Dellray pousou a xícara de café, com o coração batendo forte.

— Ele existe mesmo?

— A-hã.

— O que aconteceu? — perguntou ele, ansioso.

— O que eu ouvi dizer foi que eles entraram no Central Park, bem perto daqueles dois senadores que o presidente designou para falarem no comício. O agente especial quer que você vá ao gabinete dele, agora.

— Houve algum ferido ou morto? — quis saber Dellray, preocupado.

— Não sei.

De cara séria, o agente se levantou e foi rapidamente para o corredor. Quase trotava, que era o jeito como ele costumava andar. Essa postura tinha vindo, é claro, das ruas.

Estava prestes a se despedir desse tipo de trabalho. Tinha conseguido uma pista importante para ajudar a capturar o Relojoeiro, mas havia fracassado na missão principal: encontrar o grupo terrorista.

Era o que McDaniel usaria para crucificá-lo... à sua maneira, de olhos brilhantes e cara sombria, com energia mas de forma sutil. Aparentemente isso já estava decidido e por isso o agente especial o havia chamado.

Bem, continue assim, Fred. Você está fazendo um bom trabalho.

Enquanto caminhava, observou os outros escritórios, procurando alguém para fazer perguntas sobre o incidente. Estavam vazios. Já tinha terminado o expediente normal, mas o mais provável era que todos tivessem ido às pressas para o Central Park, depois que o Justice For The Earth tinha sido localizado. Talvez essa fosse a melhor indicação de que sua carreira havia chegado ao fim. Ninguém o chamara pedindo sua presença na operação.

É claro que também havia outro motivo para isso e para a convocação ao gabinete do agente especial: os cem mil dólares roubados.

O que diabo ele estava pensando? Tinha feito isso em benefício da cidade que amava, pelos cidadãos que tinha jurado proteger. Mas teria acreditado que conseguiria escapar ileso? Especialmente tendo um chefe que desejava excluí-lo e que estudava os relatórios como um viciado em palavras cruzadas.

Seria possível negociar para evitar a cadeia?

Não tinha certeza. Tendo em vista os problemas com o Justice For The Earth, suas ações estavam valendo muito pouco no mercado.

Passou por um corredor do prédio sem atrativos e entrou em outro.

Finalmente chegou ao covil do agente especial encarregado da repartição. A secretária o anunciou e Dellray entrou no espaçoso gabinete de esquina.

— Fred.

— Jon.

O agente especial, Jonathan Phelps, de pouco mais de 50 anos, passou a mão nos cabelos grisalhos, ajeitando-os para trás, e fez um gesto para que Dellray se sentasse em uma cadeira diante de sua escrivaninha atulhada de coisas.

Não, pensou Dellray, não estava realmente atulhada. Estava organizada e em ordem, mas com uma camada de maços de arquivo de dez centímetros de altura. Afinal, estavam em Nova York. Havia muita coisa que podia dar errado e precisava ser reparada por alguém como o agente especial.

Dellray tentou examiná-lo, mas o outro não ofereceu nenhuma pista. Também havia trabalhado clandestinamente no início da carreira, mas aquele breve passado comum não significava que tivesse simpatia pelo agente. Isso era característico do FBI: as leis federais e os regulamentos decorrentes suplantavam qualquer outra consideração. O agente especial era a única pessoa presente, o que não constituía surpresa para Dellray. Tucker McDaniel devia estar lendo os direitos dos terroristas no Central Park.

— Então, Fred, vou ser direto.

— Claro.

— Esse assunto do Jufte.

— Justice For The Earth.

— Isso mesmo. — Outra vez a mão correu pela farta cabeleira. Depois que os dedos passaram, os cabelos continuaram no mesmo lugar. — Só quero entender. Você não descobriu nada sobre esse grupo, não é verdade?

Dellray não havia chegado até aquele ponto em sua carreira evitando a verdade.

— Não, Jon. Eu fracassei. Entrei em contato com todas as minhas fontes de sempre e algumas novas. Todos os meus contatos atuais e mais outros que estavam afastados. Mais de vinte pessoas. Não consegui nem um fiapo. Lamento.

— Mesmo assim, as equipes de vigilância de Tucker McDaniel encontraram dez pistas claras.

A nuvem...

Dellray não ia censurar McDaniel, nem mesmo nas entrelinhas.

— É o que entendo. As equipes dele conseguiram uma porção de detalhes úteis. As pessoas, Rahman, Johnston. E também palavras codificadas sobre armas. — Suspirou e disse: — Ouvi dizer que houve um incidente, Jon. O que aconteceu?

— Ah, claro. O Jufte entrou em ação.

— Houve feridos?

— Temos um vídeo. Quer ver?

Dellray pensou: não senhor, certamente eu não quero ver isso. A última coisa que eu quero ver é gente ferida porque fracassei, ou então Tucker McDaniel liderando uma equipe salvadora no último minuto. No entanto, respondeu:

— Claro. Pode mostrar.

O agente especial se curvou para o laptop e digitou algumas teclas. Em seguida, virou o aparelho para que Dellray pudesse olhar. Ele esperava ver um vídeo típico de vigilância, feito com lente grande angular e baixo contraste para registrar todos os detalhes, com as informações na base da tela: o local e o tempo correndo segundo a segundo.

Em vez disso, o que via era um noticiário da CNN.

CNN?

Uma jornalista sorridente e com o cabelo bem penteado, folheando um bloco de anotações, conversava com um homem de cerca de 30 anos, de paletó descombinado. Tinha pele escura e cabelos cortados rente. Sorria meio sem jeito, com o olhar indo da jornalista para as câmeras. Junto dele havia um menino sardento, de cabelos ruivos, com mais ou menos 8 anos.

A jornalista dizia ao homem:

— Pelo que sei, os seus alunos vêm se preparando nos últimos meses para o Dia da Terra.

— É verdade — respondeu o homem, ainda sem jeito, porém demonstrando orgulho.

— Muitos grupos diferentes vieram aqui ao Central Park essa noite, cada qual dedicado a um tema. Os seus alunos têm um interesse específico entre os temas de meio ambiente?

— Na verdade, não. Eles se interessam por diversos assuntos: energia renovável, ameaças às florestas tropicais, aquecimento global e dióxido de carbono, proteção da camada de ozônio, reciclagem.

— E quem é esse seu jovem assistente?

— É um dos meus alunos, Tony Johnston.

Johnston?

— Olá, Tony. Você poderia dizer aos nossos telespectadores em casa o nome do seu clube do meio ambiente na escola?

— Hmm... Posso. É Just Us Kids For The Earth.

— E vocês têm cartazes muito interessantes. Foram feitos por você e seus colegas?

— Bem, foram sim. Mas, é claro, o nosso professor, o Sr. Rahman — o menino olhou para o homem ao seu lado —, nos ajudou um pouco.

— Meus parabéns, Tony. E obrigado a você e aos seus colegas da turma do professor Peter Rahman, no terceiro ano do ensino fundamental da Escola Ralph Waldo Emerson, do Queens, por acreditarem que nunca é cedo demais para trabalhar de forma construtiva em questões de meio ambiente. Aqui é Kathy Brigham, falando do...

O dedo do agente especial em uma tecla fez a tela escurecer. Ele se recostou na cadeira. Dellray não sabia se ele ia rir ou dizer algum palavrão.

— Justice... — disse Phelps, pronunciando claramente a palavra. — Just Us... Kids. — Suspirou. — Você quer saber a quantidade de merda no ventilador, Fred?

Dellray ergueu a sobrancelha peluda.

— Nós imploramos a Washington por uma verba extraordinária de cinco milhões de dólares, adicional à despesa de mobilização de quatrocentos agentes a mais. Obrigamos duas dúzias de juízes de Nova York, Westchester, Filadélfia, Baltimore e Boston a emitir mandados de busca. Tínhamos informações absolutamente seguras de SIGINT de que um grupo ecoterrorista, pior que Timothy McVeigh, pior que Bin Laden, ia fazer os Estados Unidos ficarem de joelhos com um ataque devastador.

"Na verdade, era só um bando de crianças de 8 e 9 anos. Quanto às palavras codificadas, "papel e suprimentos", queriam mesmo dizer papel e suprimentos. As comunicações não eram da nuvem; eram as conversas deles depois da soneca na escola. A mulher que trabalhava com Rahman provavelmente era o pequeno Tony, porque a voz dele não mudou ainda... Felizmente, o SIGINT não interceptou ninguém falando em "soltar pombas" no Central Park, porque poderíamos ter pedido uma bateria de foguetes antimíssil."

Houve um silêncio momentâneo.

— Você não está fazendo cara de triunfo, Fred.

O agente simplesmente deu de ombros.

— Quer ocupar o lugar de Tucker?

— E ele vai para onde?

— Algum lugar em Washington. Isso tem importância? E, então, quer o cargo de agente especial assistente? Se quiser, pode começar a partir de hoje mesmo.

Dellray não hesitou.

— Não, Jon. Obrigado, mas eu não quero.

— Você é um dos agentes mais respeitados desse escritório. As pessoas admiram você. Peço que reconsidere sua decisão.

— Eu quero estar nas ruas. Isso é o que eu sempre quis. É importante para mim.

Essas palavras foram ditas no tom mais burocrático possível.

— Você são os caubóis — disse o agente especial, com um risinho. — Talvez agora você prefira voltar para sua sala. McDaniel está vindo para cá para conversarmos. Imagino que você não queira se encontrar com ele.

— Certamente, não.

Dellray já estava na porta quando o chefe disse:

— Fred, tem outra coisa.

O agente parou.

— Você trabalhou no caso Gonzalez, não foi?

Dellray tinha enfrentado com sucesso um dos mais perigosos criminosos da cidade sem que seu coração batesse mais rápido. Agora ele tinha certeza de que a pulsação era visível na veia do pescoço.

— Prendemos esse traficante em Staten Island. Fui eu, sim.

— Houve uma pequena confusão, pelo que parece.

— Uma confusão?

— Sim, com as evidências.

— De verdade?

O agente especial esfregou os olhos.

— Na operação, seu pessoal recolheu trinta quilos de droga, duas dúzias de armas e um bocado de dinheiro.

— Isso mesmo.

— A nota para a imprensa dizia que a importância recolhida era de um milhão e cem mil. Mas estamos terminando de preparar a informação para o júri e parece que no cofre há somente um milhão.

— Cem mil desapareceram?

O agente especial inclinou a cabeça para o lado.

— Não, foi outra coisa. Não desapareceu nada.

— Hmm... — murmurou Dellray, respirando fundo. Chegou a hora da verdade.

O agente especial continuou:

— Eu examinei a documentação e achei uma coisa engraçada: o segundo zero no cartão de custódia, o zero que vem depois do um milhão, era muito magrinho. Olhando de relance, parece o algarismo um. Alguém olhou e errou ao redigir a informação para a imprensa. Escreveu *1,1 milhão.*

— Compreendo.

— Só queria que você soubesse, caso alguém levante o assunto. Foi um erro de digitação. A quantia exata recolhida pelo Escritório no caso Gonzalez foi de um milhão redondo. Essa é a palavra oficial.

— Muito bem. Obrigado, Jon.

Ele franziu a testa.

— Obrigado por quê?

— Pelo esclarecimento.

O agente especial assentiu. O aceno continha uma mensagem e a mensagem tinha sido recebida. O chefe acrescentou:

— Aliás, devo dizer que você fez um bom trabalho encontrando aquele Richard Logan. Há alguns anos ele planejou matar militares e funcionários do Pentágono, além de alguns dos nossos. Fico contente em vê-lo trancado para sempre.

Dellray se virou e saiu da sala. Ao retornar ao seu escritório, não pôde deixar de rir nervosamente, uma única vez.

Crianças do terceiro ano?

Tirou o celular do bolso para mandar uma mensagem para Serena, dizendo que em pouco tempo estaria em casa.

CAPÍTULO 84

Lincoln Rhyme ergueu os olhos ao ver Ron Pulaski na porta.

— O que você está fazendo aqui, novato? Eu pensei que estivesse levando as evidências para o Queens.

— Eu estava sim... mas... — A voz dele morreu como o motor de um carro diante de um nevoeiro denso.

— Mas o quê?

Eram quase nove da noite e ambos estavam a sós no laboratório de Rhyme. Da cozinha vinham ruídos domésticos reconfortantes. Sachs e Thom preparavam o jantar. Rhyme notou que já passava muito da hora de beber e estava contrariado porque ninguém havia reforçado a dose de uísque em seu copo de plástico.

Ele pediu ao jovem policial que reparasse essa falha, o que Pulaski fez.

— Isso não é uma dose dupla — murmurou Rhyme, mas o jovem pareceu não ouvir. Tinha caminhado até a janela, olhando para fora.

Enquanto sorvia a bebida pelo canudo, Rhyme deduziu que tudo estava se encaminhando para uma cena dramática de algum filme britânico lento.

— Acho que tomei uma decisão. Eu quero que você seja o primeiro a saber.

— Você *acha*? — ralhou novamente Rhyme.

— Quero dizer, tomei uma decisão.

O perito criminal ergueu uma sobrancelha. Não queria parecer que estava incentivando. O que viria depois?, conjecturou, embora acreditasse ter uma ideia. Sua vida podia ter sido dedicada à ciência, mas ele também havia chefiado centenas de funcionários e policiais. Apesar de sua impaciência e rabugice, tinha sido um chefe razoável e justo.

Pelo menos desde que ninguém cometesse erros.

— Continue, novato.

— Estou saindo.

— Daqui?

— Da polícia.

— Ah.

Rhyme começou a entender linguagem corporal quando conheceu Kathryn Dance. Ele percebeu que Pulaski dizia frases já ensaiadas muitas vezes.

O jovem policial passou as mãos pelos cabelos loiros.

— William Brent.

— O informante de Dellray?

— Sim, senhor, ele mesmo.

Rhyme pensou mais uma vez em lembrar ao jovem que não precisava usar expressões cerimoniosas. No entanto, disse apenas:

— Continue, Pulaski.

De rosto sério e olhos turbulentos, Pulaski se sentou em uma cadeira de vime ao lado da cadeira de Rhyme.

— Eu me assustei no apartamento de Galt. Entrei em pânico. Não raciocinei corretamente. Não segui os procedimentos adequados. — Como se fizesse um resumo, acrescentou: — Eu não avaliei a situação como devia e não ajustei meu comportamento de forma devida.

Como um estudante inseguro com as respostas de uma prova, ele disparava rapidamente as justificativas, esperando que alguma delas fizesse sentido.

— Ele já saiu do coma.

— Mas podia ter morrido.

— E é por isso que você quer sair da polícia?

— Eu cometi um erro que quase custou a vida de uma pessoa... Simplesmente não acho que eu possa continuar no máximo da minha capacidade.

Meu Deus, como foi que ele preparou essas palavras?

— Foi um acidente, novato.

— Um acidente que não devia ter acontecido.

— Existe outro tipo de acidente?

— Você sabe o que eu quero dizer Lincoln. Eu pensei nisso com muito cuidado.

— Mas eu sou capaz de provar que você deve ficar, que seria um erro pedir demissão.

— Você vai dizer que tenho talento, que tenho muito a contribuir? — A expressão dele era de ceticismo. Pulaski era jovem, mas parecia muito mais velho do que quando Rhyme o havia conhecido. O trabalho da polícia causa isso.

Trabalhar comigo também, refletiu Rhyme.

— Sabe por que você não pode sair? Porque seria hipocrisia.

Pulaski piscou, surpreso.

Rhyme continuou, com voz severa.

— Você deixou passar a oportunidade.

— O que você quer dizer com isso?

— Veja, você cometeu um erro e alguém foi gravemente ferido. Mas, quando descobriu que Brent era procurado pela polícia, você achou que tinha se redimido, não foi?

— Bem... Acho que sim.

— De repente, você já não se importou tê-lo atropelado, porque ele era... bem, menos que um ser humano?

— Não, eu só...

— Me deixe terminar. No instante em que deu marcha a ré e o atingiu, você teve que fazer uma escolha. Ou chegava à conclusão de que o risco de danos colaterais e acidentes não é aceitável e pedia demissão na hora ou então esquecia o acidente e aprendia a conviver com o que acontecesse. Não fazia diferença se aquela pessoa era um assassino em série ou um religioso. Choramingar agora é uma desonestidade intelectual.

Os olhos do novato se estreitaram de raiva e ele ia se defender de algum modo, mas Rhyme prosseguiu:

— Você cometeu um erro, mas não cometeu um crime. Bem, erros acontecem na nossa atividade. O problema é que, quando eles acontecem, não é como um erro de contabilidade ou um conserto de sapato malfeito. Quando nós erramos, é possível que alguém seja morto. Mas, se parássemos para pensar nisso, nunca conseguiríamos fazer nada. Passaríamos o tempo todo preocupados e isso significa que mais pessoas morreriam porque não estamos cumprindo o nosso dever.

— Para você é fácil dizer isso — interveio Pulaski, irritado.

É bom que ele se sinta assim, pensou Rhyme, mas se manteve sério.

— Você já esteve em alguma situação como essa? — perguntou Pulaski.

Claro que sim. Rhyme já tinha cometido erros. Dezenas, senão centenas deles. Muitos anos antes, um erro que, com efeito, havia resultado na morte de inocentes tinha levado ao caso que fizera Rhyme e Sachs se conhecerem. Naquela época, porém, ele não queria argumentar com casos semelhantes.

— Isso não vem ao caso, Pulaski. O importante é que você já tinha tomado uma decisão. Ao voltar do apartamento de Galt para cá, depois de ter atropelado Brent, você perdeu o direito de se demitir. Portanto, isso não é uma possibilidade.

— Isso está acabando comigo.

— Bem, já é hora de dizer a *isso*, o que quer que seja, que pare de acabar com você. Parte de ser policial é saber separar esse tipo de coisa.

— Lincoln, você não está dando atenção ao que eu disse.

— Estou. Examinei seus argumentos e os rejeitei. Eles não são válidos.

— São válidos para mim.

— Não, não são — retrucou Rhyme. — E vou dizer o motivo. — O perito criminal hesitou por um instante. — Eles não são válidos para *mim*... e nós dois somos muito parecidos, Pulaski. Detesto ter que confessar isso, mas é verdade.

Essas palavras fizeram o jovem se calar.

— Agora, esqueça essa bobagem, porque você está me aborrecendo com isso. Estou contente que você esteja aqui, porque preciso completar o trabalho. No...

Pulaski encarou o perito criminal e deu uma risada fria.

— Eu não vou trabalhar *em nada*. Vou pedir demissão. Não concordo com o que você disse.

— Bem, você não vai pedir demissão agora. Pode fazer isso daqui a alguns dias. Eu preciso de você. O caso, e ele é tanto seu quanto meu, ainda não terminou. Temos que assegurar que Logan seja condenado. Está de acordo?

O jovem suspirou.

— Estou.

— Antes que McDaniel fosse retirado da chefia e mandado para a nuvem ou para onde quer que seja, ele mandou seus homens revistarem o escritório de Bob Cavanaugh. Não nos chamou para isso. A equipe de Reação Rápida do FBI é competente, eu ajudei a organizá-la. Mas também devíamos ter varrido a área. Eu quero que você vá fazer isso agora. Logan disse que existe um cartel envolvido e quero ter certeza de que todos os integrantes sejam presos.

Pulaski fez uma careta de resignação.

— Vou fazer isso, mas vai ser minha última missão.

O jovem policial saiu da sala às pressas, balançando negativamente a cabeça.

Lincoln Rhyme fez um esforço para não sorrir enquanto procurava o canudo no copo de uísque.

CAPÍTULO 85

Lincoln Rhyme ficou sozinho.

Ron Pulaski examinava a cena na Algonquin Consolidated. Mel Cooper e Lon Sellitto tinham voltado às suas respectivas casas. Roland Bell havia informado que Richard Logan estava devidamente alojado numa ala especial de alta segurança da casa de detenção, no centro da cidade.

Amelia Sachs também tinha ido ao centro para ajudar com a documentação, mas já estava de volta ao Brooklyn. Rhyme esperava que ela tivesse tempo para descansar e talvez dar uma volta no Torino Cobra. De vez em quando ela levava Pammy nesses passeios. A mocinha dizia que era uma experiência "totalmente incrível", o que para Rhyme queria dizer "revigorante".

Sabia, porém, que a jovem nunca estaria em perigo. Ao contrário do que fazia quando estava sozinha, Sachs sabia o momento exato de se conter quando seus instintos ameaçavam se manifestar.

Thom também tinha saído com seu parceiro, um jornalista do *The New York Times*. Teria preferido ficar e cuidar do patrão, prestando atenção em algum efeito colateral horrível do ataque de disreflexia ou qualquer outro problema. O perito criminal, porém, tinha insistido para que ele saísse.

— Vou dar um prazo a você, no entanto — tinha dito ele. — Meia-noite.

— Lincoln, eu volto antes...

— Não. Volte *depois* de meia-noite. É um prazo ao contrário.

— Isso é loucura. Eu não vou deixar...

— Se voltar antes dessa hora, vou demitir você. Que merda!

O ajudante o havia olhado atentamente e respondera:

— Está bem.

Rhyme não tinha paciência para demonstrações de gratidão e ignorou o ajudante quando este se sentou ao computador para organizar as listas de provas que seriam enviadas ao promotor público para o julgamento, ao fim do qual o Relojoeiro seria mandado para a cadeia por um impressionante conjunto de crimes, inclusive assassinato com agravantes. Sem dúvida seria condenado, mas o estado de Nova York, ao contrário da Califórnia ou do Texas, tratava a pena de morte como uma embaraçosa marca de nascença no meio da testa. Como Rhyme tinha dito a Rodolfo Luna, não acreditava que Logan fosse executado.

Outras jurisdições também iriam querer julgá-lo, mas teriam que esperar, porque ele tinha sido capturado em Nova York.

Rhyme secretamente não teria problemas em vê-lo pegar prisão perpétua. Se Logan tivesse morrido em um confronto no laboratório, por exemplo, ao procurar uma arma para atirar em Sachs ou em Sellitto, isso teria sido uma solução justa, um fim honesto. Ter sido capturado por Rhyme e passar o resto da vida preso seria o bastante do ponto de vista da justiça. Uma injeção letal parecia algo mesquinho, um insulto. Rhyme não queria ser parte de um caso que o mandasse para uma última caminhada até a morte.

Contente com a solidão, Rhyme ditou ao computador várias páginas de relatórios de perícia criminal. Alguns policiais forenses redigiam relatórios líricos, dramáticos ou poéticos. Rhyme não era assim. A linguagem era sucinta e rígida, como se fosse feita de ferro fundido e não de madeira entalhada. Releu o que havia escrito e ficou satisfeito, embora irritado com alguns hiatos. Ainda esperava a chegada de certos resultados de análises. Mesmo assim, recordou a si mesmo que a impaciência também era um pecado, apesar de não tão grave quanto a falta de cuidado, e que não haveria prejuízo se o relatório final ainda demorasse mais um ou dois dias.

Ótimo, pensou ele. Mais coisas a fazer — sempre mais coisas —, mas isso era bom.

Observou o laboratório ao redor, que Mel Cooper tinha deixado bem arrumado antes de ir para a casa da mãe no Queens, onde morava. Ou talvez, depois de dar uma passada na casa da mãe, fosse se divertir na companhia da namorada escandinava, dançando em algum salão em Manhattan.

Sentindo uma leve dor de cabeça parecida com a anterior, Rhyme olhou para a prateleira onde estavam seus remédios, notando o frasco de clonidina, o vasodilatador que provavelmente havia salvado sua vida antes. Ocorreu-lhe que, se naquele momento sofresse um novo ataque, poderia perfeitamente não sobreviver. O frasco estava a poucos centímetros das suas mãos, mas poderiam muito bem ser quilômetros.

Observou os quadros de evidências, bem conhecidos, cobertos por palavras escritas com a letra de Sachs ou de Mel Cooper. Havia borrões e rasuras, enganos apagados, erros de ortografia e outros problemas.

Era um símbolo de como os casos criminais sempre avançavam.

Olhou em seguida para os aparelhos: o gradiente de densidade, os fórceps e as ampolas, as luvas, os frascos e os aparelhos mais sofisticados. O microscópio eletrônico com o scanner, o cromatógrafo/espectrômetro de massa, silenciosos e de grande porte. Recordou as muitas horas que havia passado trabalhando com aquelas máquinas e suas antecessoras, lembrou-se dos sons que produziam, do odor ao sacrificar uma amostra no coração ardente do cromatógrafo a fim de descobrir o que algum elemento misterioso era na verdade. Muitas vezes, a dúvida: se destruísse a única amostra para descobrir a identidade ou o paradeiro do criminoso, correria o risco de prejudicar a acusação no tribunal, porque a evidência teria desaparecido.

Lincoln Rhyme sempre preferia fazer a análise.

Recordou o tremor da máquina sob suas mãos, quando elas ainda podiam sentir tremores.

Olhou para os fios que atravessavam o assoalho como cobras e se lembrou da sensação — apenas no queixo e na cabeça, naturalmente — ao passar por cima daqueles obstáculos na cadeira de rodas no caminho entre uma mesa e outra ou de volta para o monitor do computador.

Fios...

Dirigiu a cadeira até a sala de estar, observando as fotos de família. Pensou no primo Arthur, no tio Henry e nos pais.

Naturalmente, pensou em Amelia Sachs. Sempre pensava em Amelia.

Depois, as lembranças agradáveis se desvaneceram e ele não pôde deixar de pensar em suas falhas, que quase custaram a vida dela naquele dia, porque seu corpo revoltado os havia traído — Rhyme, Sachs e Ron Pulaski. E quem poderia dizer quantos agentes do Serviço de Emergência teriam sido eletrocutados ao invadir a escola em Chinatown, com a armadilha preparada?

Os pensamentos continuaram girando numa espiral e ele compreendeu que o incidente era um símbolo do relacionamento entre ambos. Havia amor, naturalmente, mas não podia negar que ele representava um empecilho para ela, que Sachs era apenas parcialmente a pessoa que poderia ser caso tivesse outro parceiro, ou mesmo estando só.

Não se tratava de autopiedade, e, na verdade, Rhyme se sentia estranhamente eufórico com o rumo de seus pensamentos.

Conjecturou sobre o que aconteceria se ela levasse a vida sozinha. De maneira isenta, desenhou o cenário e chegou à conclusão de que Amelia Sachs se daria muito bem. Mais uma vez imaginou Ron Pulaski e ela chefiando a Unidade de Criminalística dali a alguns anos.

Agora, na sala silenciosa ao lado do laboratório, cercado pelas fotos de sua família, o olhar de Rhyme encontrou uma coisa sobre a mesinha próxima. Uma coisa colorida e brilhante. Era o folheto que Arlen Kopeski, o entusiasta do suicídio assistido, havia deixado.

Escolhas...

Rhyme concluiu, divertindo-se, que aparentemente o alvo do folheto eram as pessoas com deficiência. Nem era preciso abri-lo e folheá-lo. O número do telefone da organização de promoção da eutanásia aparecia na capa, em fonte grande, para o caso de as condições que impelissem alguém a se matar estarem relacionadas à deterioração da visão.

Enquanto olhava para o folheto, seus pensamentos voavam. O plano que ia se formando necessitaria de certa organização.

Exigiria uma dose de sigilo.

Exigiria um pouco de conspiração e de suborno.

Mas assim era a vida de um tetraplégico, uma vida em que pensar era livre e fácil, mas a ação exigia cumplicidade.

O plano também levaria algum tempo, mas nada do que era importante na vida acontecia rapidamente. Rhyme se sentiu inundado pela emoção decorrente de uma decisão firme.

Sua maior preocupação era assegurar que seu testemunho contra o Relojoeiro em relação às provas pudesse ser ouvido pelo júri sem sua presença. Há um procedimento para os depoimentos sob juramento. Além disso, Sachs e Mel Cooper eram testemunhas de acusação experientes. Ele achava que Ron Pulaski também poderia ser.

No dia seguinte iria ter uma conversa particular com o promotor e faria um escrivão vir à sua casa para tomar o depoimento. Thom não acharia estranho.

Sorrindo, Lincoln Rhyme voltou em sua cadeira de rodas ao laboratório que continha os aparelhos eletrônicos e todo o software. Continha também, é claro, os fios que lhe permitiriam fazer a ligação em que vinha pensando — na verdade, pela qual estava obcecado — praticamente desde o momento da prisão do Relojoeiro.

Parte IV
O ÚLTIMO CASO

DEZ DIAS DEPOIS DO DIA DA TERRA

Grande parte dos meus exercícios consiste em ficar de pé e caminhar o dia inteiro de uma mesa do laboratório para outra. Isso me proporciona maiores benefícios e diversão do que meus amigos e competidores conseguem obter jogando golfe.

Thomas Alva Edison

CAPÍTULO 86

Amelia Sachs e Thom Reston entraram correndo no hospital. Nenhum dos dois fez comentários.

O saguão e os corredores estavam tranquilos, o que era estranho para um lugar como aquele no fim de uma tarde de sábado em Nova York. Em geral, o caos imperava em estabelecimentos desse tipo: a confusão de acidentes, excesso de bebida, overdoses e, naturalmente, ferimentos de bala ou de faca.

Ali, no entanto, o ambiente era estranho, fantasmagórico, anestesiado.

Com expressão grave, Sachs parou e olhou as placas. Apontou para uma direção e ambos entraram em um corredor ainda menos iluminado, no subsolo do hospital.

Fizeram uma nova pausa.

— Por ali? — murmurou Sachs.

— Não está bem indicado. Podia ser melhor.

Sachs notou a exasperação na voz de Thom, mas sabia que o motivo era realmente a apreensão.

— Ali.

Continuaram a caminhar, passando por um posto de enfermagem onde havia enfermeiras conversando tranquilamente, atrás de um balcão alto. Havia muitos apetrechos normais daquela atividade, papéis e arquivos, mas também xícaras de café, artigos de maquiagem e um livro de charadas. Muito Sudoku, notou Sachs, sem saber por que esse jogo era tão popular. Ela não tinha a paciência necessária.

Imaginou que ali embaixo, naquela seção, os funcionários não precisavam entrar em ação subitamente, como os médicos da TV nas enfermarias de emergência.

Em um segundo balcão, Sachs se aproximou de uma enfermeira solitária de meia-idade e disse uma única palavra:

— Rhyme.

— Claro — disse a enfermeira, erguendo os olhos. Não era preciso olhar para um diagrama nem outro documento. — A senhora é...?

— A parceira dele — respondeu ela. Já tinha usado essa palavra várias vezes em relação a Rhyme, tanto no sentido profissional quanto no pessoal, mas nunca havia percebido antes o quanto era inadequada. Não gostava dela. Odiava.

Thom se identificou como "ajudante".

Também era inadequado.

— Lamento não saber os detalhes — disse a enfermeira, respondendo ao que teria sido a pergunta de Sachs. — Venham comigo.

Com ar competente, ela os levou por outro corredor, ainda mais sombrio que o primeiro. Era impecável, de aspecto asseado, organizado. Além disso, era repugnante.

Que melhor palavra para descrever um hospital?

Aproximando-se de um quarto que estava com a porta aberta, a enfermeira disse, em tom menos simpático:

— Esperem aqui; alguém vai vir em breve.

A mulher desapareceu imediatamente, como se tivesse medo de que um dos dois a obrigasse a se sentar para ser interrogada. Sachs estava pensando mesmo em fazer isso.

Thom e ela dobraram uma esquina e entraram em uma sala de espera. Estava vazia. Lon Sellitto e Arthur, primo de Rhyme, com a esposa Judy, estavam a caminho. Assim como Rose, mãe de Rhyme. Ela tinha falado em vir de trem, mas Sachs fez questão de que usasse um carro alugado com motorista.

Ficaram sentados em silêncio. Sachs pegou outro livro de Sudoku e o folheou. Thom olhou para ela. Apertou o braço de Sachs e voltou a afundar no assento. Era curioso vê-lo abandonar a postura empertigada costumeira.

— Ele não falou nada — disse Thom. — Nem uma palavra.

— Você se surpreende com isso?

Ele começou a responder que sim, mas em seguida se deixou afundar ainda mais.

— Não.

Um homem de terno, com a gravata torta, entrou na sala, observou o rosto das duas pessoas que estavam ali e resolveu esperar em outro lugar. Sachs não pôde deixar de lhe dar razão. Em momentos como aquele, ninguém gosta de compartilhar um espaço público com desconhecidos.

Sachs encostou a cabeça no braço de Thom, que lhe deu um abraço firme. Ela havia esquecido que ele era tão forte.

Aquela noite foi talvez o ápice das doze horas mais estranhas e tensas em todos os anos em que ela conhecia Rhyme. De manhã, ao chegar ao laboratório após ter passado a noite no Brooklyn, encontrou Thom olhando para a porta, com ar de expectativa.

— O que foi? — perguntou ela, também olhando para trás.

— Ele não estava com você?

— Quem?

— Lincoln.

— Não.

— Que diabo. Ele desapareceu.

Graças à veloz e confiável cadeira de rodas, Rhyme tinha tanta mobilidade quanto qualquer outro tetraplégico e às vezes ia ao Central Park sozinho. No entanto, tinha pouco interesse em ficar ao ar livre, pois preferia o laboratório, cercado por seus aparelhos, pensando em algum caso.

O assistente o tinha despertado cedo naquele dia, conforme as instruções de Rhyme. Vestira-o e o pusera na cadeira. O perito criminal disse, então:

— Eu vou me encontrar com uma pessoa no café da manhã.

— Aonde vamos? — perguntou Thom.

— Eu usei a primeira pessoa do singular, Thom. "Nós" é plural. Também é primeira pessoa e é um pronome, mas, fora isso, os dois têm muito pouco em comum. Você não está convidado e é para o seu bem. Você ficaria entediado.

— Eu nunca fico entediado com você, Lincoln.

— Ha-ha. Voltarei logo.

O perito criminal estava de tão bom humor que Thom concordou. Rhyme, porém, simplesmente não voltou.

Passou-se mais uma hora depois da chegada de Sachs. A curiosidade se transformou em preocupação. Naquele instante, no entanto, ambos receberam um e-mail, com um tilintar dos computadores e dos BlackBerrys. Era tão lacônico e funcional quanto se poderia esperar de Lincoln Rhyme.

Thom, Sachs,

Depois de prolongada deliberação, concluí que não desejo continuar vivendo na minha situação atual.

— Não... — gaguejou Thom.
— Continua lendo.

Acontecimentos recentes tornaram claro que certas incapacidades já não são mais aceitáveis para mim. Duas coisas me motivaram a agir. A visita de Kopeski me fez compreender que, embora eu jamais seja capaz de me matar, mesmo assim há momentos em que o risco da morte não deve me impedir de tomar uma decisão.

A segunda foi conhecer Susan Stringer. Ela disse que não existiam coincidências e que achava estar destinada a me falar do Centro de Medula Pembroke. (Vocês sabem o quanto acredito NISSO, e, se nesse ponto eu devo escrever RSRSRS, isso não vai acontecer.)

Tenho estado em contato constante com o Centro e marquei quatro consultas para diversos procedimentos ao longo dos próximos oito meses. O primeiro está prestes a começar.

É claro que sempre existe a possibilidade de que eu não chegue a comparecer aos três procedimentos seguintes, mas só podemos esperar para ver. Se as coisas correrem como imagino, em poucos dias informarei todos os sangrentos detalhes da cirurgia. Se não, Thom, você sabe onde guardo a documentação. Uma coisa que me esqueci de colocar no testamento: dê todo o uísque ao meu primo Arthur. Ele vai gostar muito.

Sachs, eu fiz outra carta para você. Thom a entregará.

Lamento ter organizado as coisas dessa forma, mas vocês dois têm melhores coisas a fazer nesse belo dia do que escoltar um mau paciente como eu ao hospital e perder tempo. Além disso, vocês me conhecem. Eu prefiro fazer certas as coisas sozinho. Nos últimos anos não tive muitas oportunidades para isso.

Alguém entrará em contato para dar informações ainda hoje, no fim da tarde ou no início da noite.

Quanto ao nosso trabalho mais recente, Sachs, minha intenção é atuar pessoalmente como testemunha no caso do Relojoeiro. Se as coisas não derem certo, porém, já entreguei formalmente meu depoimento ao promotor público. Você e Mel poderão cobrir as lacunas. Certifiquem-se de que o Sr. Logan passará o resto da vida na cadeia.

Esse pensamento, vindo de alguém com quem tive intimidade, descreve perfeitamente meus sentimentos: os tempos mudam. "Nós também temos de mudar, quaisquer que sejam os riscos, seja o que for que tenhamos de deixar para trás."

LR

Agora eles esperavam no hospital repugnante.

Finalmente, um funcionário alto e esbelto, de uniforme verde e cabelos grisalhos, entrou na sala.

— Você é Amelia Sachs.

— Isso mesmo.

— E Thom.

Um aceno de cabeça.

O homem era o cirurgião-chefe do Centro de Medula Pembroke.

— A cirurgia terminou, mas ele ainda está inconsciente.

Prosseguiu, dando explicações técnicas. Sachs assentia com a cabeça, ouvindo os detalhes. Algumas coisas pareciam boas, outras nem tanto. Porém, mais que tudo, ela notou que ele não respondia à única pergunta importante — não sobre o êxito da operação em si, mas se, e quando, Lincoln Rhyme iria recuperar a consciência.

Ela fez a pergunta, abruptamente, mas tudo o que o médico pôde dizer foi:

— Nós simplesmente não sabemos. Temos que esperar.

CAPÍTULO 87

As curvas tridimensionais de nossas impressões digitais não surgiram para que os cientistas forenses pudessem identificar e condenar criminosos, mas simplesmente para que nossos dedos tivessem aderência, permitindo que as coisas preciosas, necessárias ou desconhecidas que tivéssemos nas mãos não escapassem de nossa frágil empunhadura humana.

Afinal, somos destituídos de garras e nosso tônus muscular — perdoem, aficionados das academias de ginástica — é verdadeiramente patético em comparação com o de qualquer animal selvagem de peso semelhante.

As linhas dos dedos das mãos (e também dos pés) são conhecidas oficialmente como "papilas".

Lincoln Rhyme olhou rapidamente para Amelia Sachs, que estava a três metros, dormindo encolhida em uma cadeira, numa postura estranhamente satisfeita e modesta. Seus cabelos ruivos caíam sobre seu rosto, dividindo-o em duas partes.

Era quase meia-noite.

Rhyme voltou a contemplar suas papilas. Elas ocorrem nos dedos, tanto das mãos quanto dos pés, e também nas palmas das mãos e nas solas dos pés. É tão fácil ser incriminado por uma impressão da sola quanto de um dedo, embora no primeiro caso as circunstâncias possam ser um tanto inusitadas.

A individualidade das impressões digitais já é conhecida há muito tempo — há oitocentos anos serviam para marcar documentos oficiais —, mas somente na década de mil oitocentos e noventa foram usadas como forma de ligar um criminoso ao crime. O primeiro Departamento de Impressões Digitais em uma repartição policial foi instalado em Calcutá, na Índia, sob a direção de Sir Edward Richard Henry, que deu seu nome ao sistema de classificação de impressões digitais empregado pelas polícias durante os cem anos seguintes.

O motivo da reflexão de Rhyme sobre as impressões digitais era que ele olhava agora para as suas, pela primeira vez em vários anos.

Pela primeira vez desde o acidente no metrô.

Seu braço direito estava erguido, flexionado no cotovelo e com o punho e a palma da mão virados de forma a estar diante dele. Olhava para as linhas com atenção. Sentia-se extremamente contente, com a mesma sensação de quando encontrava uma fibra mínima, um pequeno resíduo ou uma leve marca na lama que lhe permitia estabelecer algum vínculo entre um suspeito e a cena do crime.

A cirurgia tinha dado certo: a implantação de fios, um computador controlado por movimentos de cabeça e ombros. Ele havia começado a flexionar os músculos do pescoço e dos ombros para erguer cuidadosamente o braço e girar o punho. Ver as próprias impressões digitais era um sonho de muitos anos e ele tinha decidido que, se recuperasse o movimento dos braços, essa seria a primeira coisa que faria.

Naturalmente, ainda teria que enfrentar muitas sessões de fisioterapia, além de outras operações. Mesmo que pudesse mover os braços e as mãos, ainda que os pulmões funcionassem melhor que nunca e as funções abaixo da cintura se aproximassem das de uma pessoa sem deficiência física, ele ainda não tinha sensações, continuava sujeito a toxinas e não caminharia — provavelmente jamais poderia caminhar, ou pelo menos por muitos anos. Isso, porém, não preocupava Lincoln Rhyme. A atividade forense havia lhe ensinado que raramente se consegue cem por cento do que se busca. Em geral, porém, com esforço e o alinhamento de circunstâncias — nunca a "sorte", na opinião dele, é claro —, o que se conseguia era suficiente... para identificação, detenção e condenação. Além disso, Lincoln Rhyme era uma pessoa que precisava de metas. Vivia para preencher lacunas, para perseverar, como Sachs bem sabia. Sua vida seria inútil se ele não tivesse para onde ir, se não houvesse constantemente algum lugar para onde se dirigir.

Agora, cuidadosamente, usando leves movimentos dos músculos do pescoço, ele girou a palma da mão e a colocou sobre a cama, com toda a coordenação de um potro recém-nascido que descobre a existência das pernas.

Em seguida, a exaustão e o resíduo dos medicamentos o dominaram. Rhyme, sem dúvida, estava pronto para dormir, mas preferiu retardar o esquecimento durante alguns minutos e pousou os olhos no rosto de Amelia Sachs, pálido e meio escondido pelos cabelos, como o ponto mediano de um eclipse da Lua.

AGRADECIMENTOS

Calorosos agradecimentos à revista *Crimespree*, à biblioteca de Muskego, no Wisconsin, e a todos aqueles que compareceram à reunião Murder and Mayhem, realizada em novembro passado e foram premiados por sua participação entusiasmada no evento e por seu amor à leitura!

E também a Julie, Madelin, Will, Tina, Ralph, Kay, Adriano e Lisa.

Este livro foi composto na tipologia Palatino LT Std, em corpo 11/15, e impresso em papel off-white no Sistema Cameron da Divisão Gráfica da Distribuidora Record.